Skye

Black Panther Operations

Jessica Westin

ISBN:
13-stellige ISBN: 9781521598528sas

Reglos stand Caya in den Armen eines Einheimischen, der über beide Ohren grinsend seine Machete an ihren Hals hielt.
Augenblicklich gefror Skyes Blut in seinen Adern. Unauffällig griff er nach dem Messer, das er unter seinem langärmeligen Hemd versteckt hielt. Der Mann ihm gegenüber war ein toter Mann.

KAPITEL 1

In Cayas Kopf dröhnte ein Presslufthammer, während gleichzeitig ein Schlagbohrer versuchte, sich durch ihre rechte Schläfe zu bohren. Ihre Kehle war ausgetrocknet und der Geschmack in ihrem Mund war widerlich. Niemals in ihrem Leben hatte sie einen solchen Kater gehabt. Doch halt! Auf welcher Party war sie überhaupt gewesen?

Unter Anstrengung versuchte sie ihre Augen zu öffnen, aber die Lider wollten ihr nicht gehorchen. Wenn nur ihr Kopf nicht so schmerzen würde. Caya wollte ihre Hand an die Schläfe legen, wo der Druck am schlimmsten war, doch ihr Arm war zu schwer. Sie konnte ihn nicht heben. Bevor sie der Ursache dafür auf den Grund gehen konnte, zog sie ein traumloser Schlaf zurück in das Dunkel der Nacht. Ergeben ließ sie sich fallen.

Als Caya das nächste Mal erwachte, war der Kopfschmerz besser. Noch immer pochte es hinter ihrer Stirn, doch es war kein Vergleich mehr zu dem Schmerz, den sie zuvor gefühlt hatte. Allerdings war sie schweißgebadet und ihre Kleidung klebte an ihrem Körper. Kein Wunder, denn die Temperatur glich einer Sauna und es war entsetzlich stickig, realisierte Caya. Kein noch so winziger Luftzug berührte ihre Haut.

War die Klimaanlage ihrer Wohnung über Nacht ausgefallen?, fragte sie sich unwillkürlich. Doch instinktiv wusste Caya, dass das nicht sein konnte. Was sie spürte war keine Hitze, die sie von Zuhause kannte. Zwar konnte Washington in den Sommermonaten heiß und auch schwül sein, aber niemals wurde sie von einer solch tropischen Feuchtigkeit begleitet. Auch roch es nicht wie in ihrer Wohnung. Doch wo um alles im Himmel war sie, wenn sie nicht zu Hause war?

Vorsichtig öffnete Caya die Augen. Der gemauerte Raum glich einem Verließ. Er war höchstens drei mal fünf Meter groß und auch nicht sehr hoch. Höchstens zwei Meter, eher weniger. An der Wand links von ihr befand sich eine kleine Fensteröffnung. Statt mit Glas war sie mit vier Gitterstäben verschlossen.

Ein Gefängnis. Sie war in einem Gefängnis, erkannte Caya. Panisch setzte sie sich auf und sofort überrollte sie eine Welle der Übelkeit. Ein erneuter Schweißausbruch zwang sie dazu, die Augen noch einmal zu schließen und sich auf ihren Kreislauf zu konzentrieren.

Langsam! Denk nach, Caya!, nötigte sie sich selbst zu innerer Ruhe, während ihr Herz raste. *Was war passiert? Was ist das Letzte, woran du dich erinnern kannst?*

Sie war mit Michael Langton zum Essen verabredet gewesen. Anschließend war sie in ihr Büro zurückgekehrt, um noch einige Akten durchzuarbeiten. Es war bereits nach Mitternacht gewesen, als sie ihren Computer schließlich heruntergefahren hatte und mit dem Fahrstuhl in die Tiefgarage der Staatsanwaltschaft gefahren war. In Gedanken sah sie sich vor ihrem silbernen Mercedes E550 Cabrio stehen. Sie hörte das leise Klack, mit dem die Türsicherung aufgesprungen war, als sie die Fernbedienung betätigt hatte und dann war es mit einem Mal schwarz um sie herum geworden.

Nein! Das stimmte nicht. Sie erinnerte sich noch an einen Schatten, den sie plötzlich aus ihrem Augenwinkel wahrgenommen hatte. Doch noch bevor sie sich hatte umdrehen können, hatte sich eine Hand von hinten über ihren Mund gelegt und etwas Spitzes hatte sie seitlich im Hals getroffen.

Eine Nadel!, schlussfolgerte Caya, während sie unbewusst an die entsprechende Stelle tastete.

Die Schwere ihrer Hand sowie das begleitende metallene Geräusch ließen sie nach unten blicken. Eine dicke Eisenkette war um ihr Handgelenk befestigt. Erstaunt riss sie die Augen auf. Sie war an der Wand festgekettet. Panisch begann ihr Herz noch schneller zu rasen. Wo um alles auf der Welt war sie? Wie lange war sie schon hier? Und wer hatte sie hierher gebracht?

Ein lautes Geräusch unterbrach die Stille und ließ Caya automatisch zu einer hölzernen Tür blicken. Jemand hatte von außen einen Riegel zur Seite geschoben. Gut. Jetzt würde sie zumindest einige Antworten auf ihre Fragen erhalten.

Unweigerlich richtete sie sich auf, als drei dunkelhäutige Männer den Raum betraten, die Caya sofort als Südamerikaner einstufte. Zwei von ihnen trugen grüne Tarnkleidung und mit ihren Maschinenpistolen positionierten sie sich jeweils in einer Raumecke. Der dritte Mann war der kleinste, aber seine Haltung ließ ihn zweifellos als den Anführer erkennen. Caya schätzte seine

Körpergröße auf höchstens 1,75 Meter. Seine Uniform war von oben bis unten in olivgrün gehalten, und seine kalten Augen taxierten sie durch die runden Brillengläser.

„Herzlich willkommen, Miss Campbell", grüßte er in perfektem, akzentfreien Englisch. „Ich hoffe, Jago hat es mit dem Narkotikum nicht übertrieben. Manchmal neigt er dazu", schüttelte er bedauernd den Kopf. „Aber, wie ich sehe sind Sie wach und wohlauf."

„Wer sind Sie?", verlangte Caya zu wissen, während sie aufstand. Ihre Beine wackelten ein wenig, doch sie trugen sie. „Was wollen Sie?"

„Gleich zwei Fragen auf einmal. Tststs!", sprach der Mann in einem Ton, als stünde er einem Kind gegenüber, das nicht genug bekommen konnte. Dann verhärteten sich seine Gesichtszüge. „Ich will wissen, wo Marcos Giribaldi ist."

Einen Moment lang starrte Caya den Mann stumm an. Natürlich! Warum war sie nicht gleich darauf gekommen? Ihr Kopf musste immer noch von der Droge, die sie verabreicht bekommen hatte, benebelt sein. Selbstverständlich ging es um Giribaldi. Um wen auch sonst?

„Ich habe keine Ahnung, wo er gefangen gehalten wird, falls es das ist, was Sie wissen wollen", entgegnete sie kalt und war erleichtert, dass ihre Stimme nicht verriet, wie viel Furcht sie innerlich verspürte.

„Oh bitte, Miss Campbell, verkaufen Sie mich nicht für dumm. Sie wollen mir wirklich erzählen, dass die führende Staatsanwältin nicht weiß, wo sich ihr Angeklagter in Haft befindet? Ich bitte Sie!"

Nachdenklich schritt der Mann im Raum auf und ab, bevor er schließlich vor ihr stehenblieb.

„Ich bin nicht sicher, ob Sie Ihre augenblickliche Situation schon richtig einschätzen können, Miss Campbell. Immerhin wirken diese Medikamente noch eine ganze Weile nach und der Körper braucht ein wenig Zeit, bis er sie vollständig abgebaut hat. Daher will ich mir gerne ein paar Minuten nehmen und Ihnen Ihre Optionen aufzeigen. Die Sache ist die: Ihr Aufenthalt bei uns kann angenehm verlaufen oder auch weniger angenehm. Er kann kurz sein oder sehr lange dauern. Er kann für Sie ein gutes Ende nehmen oder auch nicht. Das liegt ganz bei Ihnen. Wenn Sie mir gleich sagen, was ich wissen will, werden wir Giribaldi zurückholen und dann dürfen Sie unser kleines Gästezimmer im Souterrain wieder verlassen. Wenn nicht ...“ Mit bedauernder Miene ließ er den Rest des Satzes in der Luft hängen.

„Wo bin ich?“, wollte Caya wissen.

„In Südamerika“, erwiderte der Mann bereitwillig.

„Ich kann mir denken, dass ich in Kolumbien bin“, gab Caya scharf zurück. „Ich meine, wo bin ich genau.“

Die Lippen des Mannes hoben sich zu einem wissenden Lächeln. „Anscheinend stimmt es, was man über Sie sagt. Sie reden nicht lange um den heißen Brei herum.“

Caya schwieg und wartete, während der Mann sie abermals musterte.

„Es tut nichts zur Sache, wo genau wir sind. Ich kann Ihnen jedoch sagen, dass sich unsere bescheidene Herberge mitten im Nirgendwo befindet. Niemand wird uns hier stören. Selbst der nächste Ureinwohnerstamm ist drei Tagesmärsche von hier entfernt.“

„Wer sind Sie?“ fragte Caya.

„Ich bin General Guttierez, aber kommen wir bitte zum Wesentlichen.“ Die Gesichtszüge des Generals verhärteten sich wieder. „Wo befindet sich Mr Giribaldi?“

„Ich weiß nicht, in welchem Gefängnis er augenblicklich gefangen gehalten wird”, wiederholte Caya.

„Nun, ich muss gestehen, ich hätte Sie für vernünftiger gehalten, aber am Ende ist es natürlich Ihre Entscheidung”, meinte der Mann achselzuckend, während er einem seiner Soldaten zunickte.

Aufmerksam folgten Cayas Augen dem Geschehen und ihr Herz begann härter zu schlagen, als kurz darauf drei weitere Männer den Raum betraten. Einer von ihnen stellte eine Kamera auf, während ein zweiter einen Scheinwerfer daneben und einen Stuhl in die Mitte des Raumes stellte.

„Nehmen Sie bitte Platz, Frau Staatsanwältin”, bat der Anführer freundlich, nachdem er die Kette um ihr Handgelenk gelöst hatte.

Als sie sich nicht rührte, nickte er ein weiteres Mal, woraufhin einer seiner Männer sie brutal am Arm fasste und auf den Stuhl zog. Tränen des Schmerzes schossen in ihre Augen, doch Caya schluckte sie hinunter. Um nichts in der Welt würde sie vor diesen Männern Schwäche zeigen.

„Ich hasse es, Frauen wehtun zu müssen”, erklärte der Oberste bedauernd, wobei der Ton seine Worte Lügen strafte. „Aber manchmal hat man im Leben einfach keine Wahl.“

Ein kurzes Nicken, dann ergriff der Soldat ohne jede Vorwarnung Cayas Hand und brach ihr Handgelenk.

Caya schrie auf, während alle Farbe aus ihrem Gesicht fiel und kalter Schweiß sich auf ihrer Stirn bildete. Vor ihren Augen tanzten Sterne, doch sie weigerte sich das Bewusstsein zu verlieren. Verzweifelt versuchte sie mehr Sauerstoff in ihr System zu pumpen, doch die feuchtwarme Luft verursachte nur noch schlimmere Übelkeit.

„Wo ist Giribaldi?", verlangte eine harte Befehlsstimme von ihr zu wissen, doch sie schien aus weiter Ferne zu kommen.

„Ich ... weiß es nicht", stieß Caya mit letzter Kraft aus, bevor sie den Kampf gegen den Schmerz verlor, der Raum vor ihren Augen verschwamm und sie seitlich vom Stuhl rutschte.

KAPITEL 2

„Skye! Das ist wunderbar! Hör nicht auf!“, stieß die langhaarige Blondine atemlos aus, die splitterfasernackt mit ihm auf dem Bett lag.

Nein, das hatte er ganz gewiss nicht vor. Er würde noch lange nicht aufhören. Noch lag die ganze Nacht vor ihnen. Der Körper der Frau war perfekt. Sie war vollbusig und besaß einen knackig runden Hintern, der ihn bereits in den letzten zwei Stunden alleine beim Ansehen in der Bar um den Verstand gebracht hatte. Pure sexuelle Lust strömte aus jeder Pore ihres Körpers und die Laute, die sie ausstieß, ließen nicht den geringsten Zweifel daran, wie nah sie ihrem Orgasmus war.

Skye genoss diesen Moment. Er liebte Frauen, die nichts zurückhielten, sondern leidenschaftlich liebten. Das Leben konnte so kurz sein. Zu kurz für einige von ihnen. Dazu forderte es zu jeder Zeit uneingeschränkte Disziplin und Selbstkontrolle von ihm. Sex gehörte jedoch zu den wenigen Dingen dieser Welt, bei denen Kontrolle nicht gefragt war. Im Gegenteil. Hier zählte einzig und allein Leidenschaft. Animalische Leidenschaft.

„Ja!“, stöhnte die Frau vor ihm erneut und schloss ihre Augen, während sie ihre Hüfte fest gegen seine Hand presste.

Wie hieß sie noch gleich? Christa? Christina? Kristin? Egal! Genussvoll schloss Skye seine Lippen um eine ihrer großen Brüste und begann zu saugen. Aus den Augenwinkeln bekam er mit, wie Christa oder wie immer sie hieß nach dem Kondom auf dem Nachttisch griff. Als sie es kurz darauf über seine Männlichkeit streifte, stöhnte er. Das war gut. Und es war Zeit für das erste Finale des Abends.

Erregt positionierte er sich über ihr und drang in sie ein. Nicht langsam. Nicht zärtlich, sondern hart. Hart und fest. Noch einmal versicherte er sich, dass er mit der Frau unter ihm auf der gleichen Wellenlänge schwamm, dann stieß er abermals zu.

Brrrm! – Brrrm!, vibrierte plötzlich eines seiner beiden Handys und ließ ihn augenblicklich mitten in der Bewegung innehalten.

Mist! Das war nicht sein iphone, sondern sein schwarzes Samsung Galaxy. Nur ein einziger Mensch auf dieser Welt besaß diese Nummer. Ungläubig starrte Skye hinüber auf den Nachttisch, wo der Bildschirm des Samsung Handys aufleuchtete.

„Unbekannter Anruf" stand auf dem Display!

Von wegen Unbekannt! Er wusste ganz genau, wessen Stimme er gleich hören würde. Konnte Price einen ungünstigeren Zeitpunkt erwischen? Kaum!

„Skye! Nicht jetzt! Lass es klingeln!", flehte die Blondine, doch Skye wusste, dass das nicht möglich war.

„Tut mir leid, Baby", sagte er, während er sich bereits aus ihr zurückzog, das Telefon griff und aufstand.

„Ich hoffe, es ist wirklich dringend", brummte er in den Hörer.

„Holen Sie das Team, Stryker. Sie haben zwanzig Minuten", sprach Dylon Price und beendete das Gespräch.

Fassungslos starrte Skye auf das Telefon in seiner Hand. Zwanzig Minuten? Wie sollte das funktionieren? Es war Samstagabend und sie waren erst gestern Nachmittag von einer Operation in El Salvador zurückgekehrt, wo sie drei Amerikaner und einen Franzosen aus den Händen ihrer Kidnapper befreit hatten.

„Skye?" Zwei große blaue Augen starrten ihn irritiert durch das Schlafzimmer an.

„Tut mir leid", wiederholte er, während er bereits das Gummi abstreifte und dabei war, seine Jeans anzuziehen. „Ich muss los."

„Das ist nicht dein ernst?" Wütend zog die Frau das Bettlaken über ihren Körper.

„Ich mach' es wieder gut, versprochen."

„Vergiss es. Wenn du mich jetzt hängen lässt, hast du deine Chance gehabt."

„Es tut mir leid, Baby."

Seufzend griff Skye nach seinen restlichen Sachen. Dann zog er leise die Wohnungstür hinter sich zu. Er konnte Christa verstehen. Oder Kristin?

„Weißt du, welch eine feurige Brasilianerin ich gerade in meinen Armen hatte?" Wütend stürmte Pax in die Kommandozentrale.

„Reg dich ab, Mann, oder glaubst du ernsthaft, du bist der Einzige, der gerade dabei war sich zu amüsieren?", entgegnete Blue gelassen, der fünf Minuten zuvor gleichzeitig mit Skye eingetroffen war.

„Wir sind zwölf ganze Tage durch diesen Scheiß Dschungel in El Salvador gekrochen und hatten gerade einmal einen freien Abend", zeterte Pax.

„Das ist mehr als wir in der Vergangenheit so manches Mal bei den Seals hatten", erinnerte ihn Ash, der in diesem Moment den großen Besprechungsraum betrat. „Hallo, übrigens. Wo ist Cal?"

„Bin schon da", erklärte der fünfte Mann im Team, während er ein Tablett mit Kaffee, Tassen und Schokolade auf dem großen halbrunden Tisch abstellte.

„Hoffentlich ist er stark genug", knurrte Pax. „Weiß jemand, was Price will?"

„Ich schätze, das wird er uns gleich sagen", stellte Skye emotionslos fest, während er sein Samsunghandy per Kabel an einem kleinen, rechteckigen Kasten unter dem Tisch anschloss. Augenblicklich sprang der Beamer an und ihr Logo, der schwarze Panther, erschien vor ihnen auf der großen Leinwand. Als wenige Sekunden später der erwartete Anruf einging, war Dylon Price' Stimme laut und deutlich über die Lautsprecher zu vernehmen.

„Guten Abend, meine Herren. Es tut mir leid, dass ich Ihre Freizeit beschneiden muss, aber Sie müssen nach Kolumbien."

„Hätte das nicht wenigstens bis morgen früh Zeit gehabt?", murmelte Pax, der immer noch seinem freien Abend hinterher trauerte.

„Leider nein, Mr Carter. Ich fürchte, jede Stunde zählt, wenn es nicht ohnehin schon zu spät ist", entgegnete die Stimme und wieder einmal wunderte sich jeder der fünf Männer nicht nur darüber, wie Dylon Price die Worte überhaupt hatte verstehen können, sondern sie darüber hinaus auch noch dem richtigen Teammitglied zugeordnet hatte.

Keiner von ihnen hatte Dylon Price, der das Team ‚Black Panther' im Hintergrund führte, jemals gesehen und Skye vermutete, dass sein Name in Wirklichkeit nur ein Pseudonym war.

Es war mittlerweile knapp zwei Jahren her, als sein damaliger Seals-Captain auf ihn zugekommen war und ihm eine Telefonnummer in die Hand gedrückt hatte.

„Mr Price erwartet Ihren Anruf, Commander Stryker."

Nach neun Jahren aktiver Seals-Erfahrung hatte Skye gelernt, keine Fragen zu stellen, wenn von vorneherein feststand, dass er keine Antwort bekommen würde. Daher hatte er sich in sein Zimmer zurückgezogen und die Nummer gewählt. Ohne Smalltalk war Dylon Price direkt zur Sache gekommen.

In wenigen Worten hatte der Mann ihm erklärt, dass die verschiedenen Geheimdienste der USA gemeinsam mit dem Präsidenten beschlossen hatten, eine geheime Elite-Kampftruppe zu gründen. Sie sollte zu Beginn nicht mehr als fünf Mitglieder umfassen, und sie würde überall dort eingesetzt werden, wo die USA offiziell nicht operieren durften. Man erwartete, dass die Männer die Feinde des Landes unbemerkt jagen und ihre Operationen zuverlässig und erfolgreich abschließen würden. Dafür würde ihnen die beste Ausstattung sowie die neueste Technik zur Verfügung gestellt werden.

Das geheime Projekt würde unter dem Namen ‚Black Panther' laufen und Price hatte nicht extra erwähnen müssen, dass das Team offiziell nicht existierte und sie somit auf sich allein gestellt waren, wenn jemals etwas schieflaufen sollte. Price hatte ihn ebenfalls darüber aufgeklärt, dass die Truppe alle Aufträge ausschließlich von ihm erhielt. Die Führung des Teams sowie die Planung der Operationen würden jedoch einzig und allein Skye obliegen.

Nachdem Skye eine Nacht darüber geschlafen hatte, hatte er seine Entscheidung getroffen. Unter der Voraussetzung, dass er sein Team selbst aussuchen konnte, war er dabei. Ohne eine weitere Frage zu stellen, hatte Price sich die Liste mit den gewählten Namen geben lassen und fünf Stunden später hatte Skye grünes Licht gehabt. Acht Tage darauf hatte er ein kleines Apartment in Washington D.C. bezogen.

„Also, worum geht es?“, brachte Skye das Thema zurück auf den Grund der Telefonkonferenz.

Augenblicklich erschien eine attraktive junge Frau auf der Leinwand des Konferenzraumes. Ihre satinblonden Haare fielen glatt und glänzend auf ihre Schultern, während ihre grünen Augen offen in die Kamera leuchteten. Ihr leicht geöffneter Mund lachte und ließ strahlend weiße Zähne erkennen.

Sie trug ein dunkelblaues Business-Kostüm, dessen Rock eine Handbreit über dem Knie endete und damit den Blick auf formvollendete Waden freigab. Ihre Füße steckten in ebenfalls dunkelblauen Pumps, deren hoher und schmaler Absatz Skye Achtung einflößte. Es war ihm unerklärlich, wie jemand in solchen Schuhen stehen, geschweige denn laufen konnte.

„Das ist Miss Caya Aurora Campbell”, erklärte Dylon Price, der die Präsentation aus der Ferne steuerte.

„Ist sie nicht die Staatsanwältin, die die Anklage gegen den kolumbianischen Drogenbaron Marcos Giribaldi führt?“, erkundigte sich Blue stirnrunzelnd und beobachtete, wie das Bild auf der Leinwand wechselte. Es zeigte nun einen sechzigjährigen kahlköpfigen Mann, der trotz seiner untersetzten Körpergröße eine starke Autorität ausstrahlte.

„Das ist korrekt, Mr DaSilva. Giribaldi befindet sich seit acht Tagen in amerikanischer Haft und wartet auf seine Verhandlung. Allerdings wissen nicht einmal eine Handvoll Leute, in welchem Gefängnis sich Giribaldi befindet, da das Risiko einer Befreiungsaktion seitens seiner Anhänger zu hoch ist. Die CIA hält sein Kartell daher unter besonderer Beobachtung.“

„Wenn sich die CIA mit dem Fall beschäftigt, wozu brauchen Sie dann uns?“, hakte Ash ein.

„Leider haben nicht nur Giribaldis eigene Leute ein Interesse daran, dass der Mann nach Kolumbien zurückkehrt. Eine Splittergruppe der FARC will ihn ebenso haben.“

„Ist die FARC nicht die kolumbianische Guerillabewegung, die gegen die Regierung kämpft?“, wollte Cal wissen.

„Das ist richtig. Allerdings schließen sich immer wieder einzelne Gruppen der Organisation mit Drogenkartellen zusammen. Auf diese Weise finanzieren sie ihren Krieg”, erklärte Blue, dessen Eltern ursprünglich aus Venezuela stammten.

„So ist es. Wir vermuten, dass entweder jemand die Gelegenheit nutzt, um in Giribaldis Gunst nach oben zu steigen, was ihm mit Sicherheit gelingt, wenn er den Mann freipressen kann, oder aber jemand handelt im Auftrag eines anderen Drogenbosses, der mit Giribaldi noch eine offene Rechnung hat. In den letzten sechs Monaten hat sich der Mann mit gleich zwei anderen Kartellen angelegt und diese Familien regeln ihre Geschichten lieber untereinander. Sie sehen es nicht gerne, wenn wir Amerikaner uns in ihr Geschäft einmischen.“

„Wenn ich es richtig verstehe, befürchtet die CIA also, dass die FARC Giribaldi freipressen will”, schlussfolgerte Pax.

„Leider ist es nicht mehr nur eine Befürchtung, sondern bereits nackte Realität”, klärte Price die Männer auf.

„Die FARC erpresst die Vereinigten Staaten? Mit was drohen Sie?“, erkundigte sich Ash.

„Mit dem Tod der Staatsanwältin", stellte Skye die einzig logische Verbindung her. „Und wenn wir nach Kolumbien müssen, bedeutet es, dass sie die Frau bereits in ihrer Gewalt haben."

„Sie haben den Nagel auf den Kopf getroffen, Mr Stryker. Miss Campbell hat ihr Büro in der Nacht von Mittwoch auf Donnerstag gegen halb eins verlassen. Die Kamera vor den Aufzügen zeigt deutlich, wie sie den Lift betritt. Am Donnerstag erscheint sie nicht zum Dienst und ihr Auto parkt immer noch in der Tiefgarage."

„Gibt es keine Kameras auf den Parkebenen?", erstaunte sich Blue.

„Normalerweise schon, aber in jener Nacht sind sie im gesamten Parkplatzbereich ausgefallen."

„Und keiner hat Verdacht geschöpft?" Ungläubig schüttelte Pax den Kopf.

„Leider nein. Heute Abend haben wir ein Video erhalten. Bitte sehen Sie selbst."

Alle Augen der Männer richteten sich wieder nach vorn auf die Leinwand, auf der nun ein amateurhaft gedrehter Film in schlechter Qualität zu sehen war. Ein kleiner Kolumbianer in Militäruniform erschien vor der Kamera.

„Ich bin General Felipe Guttierez und ich habe die amerikanische Staatsanwältin Caya Aurora Campbell in meiner Gewalt. Im Austausch gegen die Frau erwarte ich die Freilassung von Marcos Giribaldi bis Montagmittag, zwölf Uhr. Damit Sie sich ein Bild von Miss Campbells augenblicklich gesundheitlicher Verfassung machen können, gebe ich Ihnen einen kurzen Überblick. Lehnen Sie sich in Ihren bequemen Ledersesseln zurück, meine Herren. Wir beginnen mit einer Zusammenfassung des gestrigen Freitags."

Während Skye versuchte seine Emotionen weitestgehend auszuschalten, analysierte er das Bild des kargen dunklen Raumes, der mehr einem Loch als einem Zimmer glich. Durch das einzige Fenster fielen die ersten Sonnenstrahlen des Tages.

In seinem Leben hatte er schon genug derartige Räume gesehen, um zu wissen, wie stickig und unangenehm sie waren. Er konnte den Fäulnisgeruch der tropischen Feuchte geradezu riechen. Die Tür des Raumes öffnete sich und herein trat ein Mann, der eine regungslose Frau über der Schulter trug. Caya Campbell. Rücksichtslos ließ er sie auf den Boden fallen und Skye biss seine

Backenzähne hart aufeinander, während der Film einen Schnitt zeigte.

In der nächsten Szene saß Caya in der Mitte des Raumes auf einem Stuhl. Schmutzige Hände drückten von oben auf ihre Schultern. Während Skye mit seinem Team Guttierez' erstem Verhör lauschte, musterte er die Frau aufmerksam.

Sie wirkte verletzlich, aber dennoch brannte in ihren Augen ein Feuer. Es sagte ihm, dass sie stärker war als es auf den ersten Blick den Anschein hatte. Sie war keine Frau, die vorzeitig aufgab.

Als Skye kurz darauf Cayas Handgelenksknochen brechen hörte und er sie wenig später bewusstlos zusammensinken sah, musste er allerdings seine gesamte Selbstkontrolle aufbringen, um sich auf dem Stuhl zu halten. Automatisch hatten sich seine Hände zu Fäusten geballt und die Muskeln seines Körpers hatten sich zum Bersten gespannt. Eiskalte Wut brannte in ihm und ein Blick in die Runde zeigte ihm, dass es seinen Teamkollegen nicht anders ging.

Keinem von ihnen war Gewalt ein Fremdwort. Vielmehr war sie ein Teil von ihnen, doch sie nutzten sie allein als Mittel gegen den Feind, wenn sie keine andere Wahl hatten. Niemals wendeten sie sie als Demonstration ihrer Macht an. Gewalt gegenüber Schwächeren, Zivilisten oder gegenüber Frauen und Kinder einzusetzen, war jedem von ihnen zuwider. Es widersprach ihrem Ehrenkodex und war verabscheuungswürdig.

Erneut wechselte die Szene. Dieses Mal war es Nacht und der Raum war dunkel. Dementsprechend schlecht war die Bildqualität. Jemand brachte jedoch eine Stehlampe herein und das körnige Grau löste sich auf. Deutlich war Caya nun zu erkennen, die abermals auf dem Stuhl in der Raummitte saß. Noch immer trug sie den roséfarbenen Rock, doch weder die passende Jacke, die sie zuvor getragen hatte, noch ihre Schuhe waren mehr vorhanden. Ihre zartrosa Bluse war aufgerissen und ein Teil ihres BHs aus gleichfarbiger Spitze war zu sehen.

Zur Zeit der Aufnahme in Kolumbien

Fordernd hallte General Guttierez' Stimme durch den kahlen Raum „Wo halten Sie Marcos Giribaldi gefangen?“

„Ich weiß es nicht", antwortete Caya zum wiederholten Male. Ihre Stimme klang fest, doch ihre Atemfrequenz verriet, dass sie Schmerzen und wahrscheinlich auch Angst hatte.

„Warum machen Sie sich das Leben nur so unnötig schwer, Miss Campbell? Ich verstehe die Amerikaner einfach nicht", meinte Guttierez kopfschüttelnd in die Kamera, bevor er sich blitzschnell umdrehte und Caya ins Gesicht schlug.

Sofort färbte sich ihre Wange rot, während ihr die Tränen in die Augen schossen. „Sie können mich schlagen, so oft Sie wollen. Ich kann Ihnen nicht sagen, was ich nicht weiß", erklärte Caya, als sie wieder Luft bekam.

„Sie werden reden, glauben Sie mir. Am Ende reden alle", versicherte der Mann und nickte drei Soldaten zu, von denen einer hinter Caya trat. Fest schlangen sich seine Arme um ihren Körper.

„Lassen Sie mich los!", rief Caya wütend aus, doch Guttierez lachte nur.

Ein zweiter Soldat, nicht älter als zwanzig, zog ihren Kopf brutal nach hinten und legte ihr ein Handtuch über das Gesicht, während er gleichzeitig mit einem geschickten Griff ihre Kiefermuskulatur aufdrückte.

Entsetzen packte Caya. Was hatte Guttierez vor? Panisch versuchte sie sich zu wehren. Ihre Füße traten aus, ihr Oberkörper versuchte sich zu befreien und ihr Kopf wollte nach oben. Doch sie hatte keine Chance. Vier Arme hielten sie in Position und dann kam das Wasser.

Unaufhörlich floss es in einem festen Strahl durch das Handtuch auf ihr Gesicht. Caya hustete und versuchte ihren Mund zu schließen, doch es gelang ihr nicht. Fest bohrten sich spitze Fingernägel in ihre Wangen und hielten ihren Mund geöffnet. Das Wasser floss in ihre Nase, in ihren Mund und an ihrem Hals herunter. Es hörte nicht auf zu fließen und schiere Panik überfiel sie.

Sie würde ertrinken. Nein, wie würde ersticken. Unwillkürlich begann sie zu würgen. Ihr Brustkorb hob und senkte sich in wilden Bewegungen, und ihr Hals zog sich durch die Würgereflexe immer enger zusammen. Sie bekam keine Luft mehr, doch ihr Körper versuchte sich immer noch mit aller Kraft zu befreien.

Mit einem Mal hörte das Wasser auf, und alle Hände ließen sie gleichzeitig los. Caya wäre vom Stuhl gefallen, hätte sie nicht im gleichen Augenblick jemand an den Haaren zurückgezogen. Heftig schnappte Caya nach Luft, wobei sie sich die Seele aus dem Leib hustete.

„Nun, wo ist Giribaldi?“, drang erneut Guttierez’ kalte Stimme durch den Raum.

Cayas Brustkorb schmerzte, ihre Lungen brannten, doch sie sah ihrem Peiniger in die Augen, als sie ihm antwortete. „Ich. Weiß. Es. Nicht.“

Sie sah Guttierez nicken und alles in ihr schrie: *Nein! Nein! Nein! Nicht noch einmal!* Doch sie wusste, dass ihr Wunsch nicht erhört werden würde. Noch bevor sie sich wehren konnte, zogen brutale Hände sie wieder in die entsprechende Position und der kalte Wasserstrahl traf erneut auf ihren geöffneten Mund.

Caya schluckte mehr Wasser als jemals zuvor in ihrem Leben. Sie würgte und versuchte sich abermals zu wehren. Es war eine reflexartige Reaktion, doch ihre Kräfte hatten bereits nachgelassen und als Guttierez sein Spiel zum dritten Mal wiederholte, ergab sie sich in das Unvermeidbare. Sollte er sie ertränken.

„Oh nein, Miss Campbell. So einfach werde ich es Ihnen nicht machen”, drang Guttierez’ unbarmherzige Stimme an ihr Ohr, während seine Hand sie abermals schlug.

Einen Moment lang starrte er sie an, dann schnipste er mit den Fingern und jemand reichte ihm einen schwarzen Sack, den er ihr in einer schnellen Bewegung über den Kopf stülpte. Anschließend zog er ihre Arme nach hinten und fesselte ihre Hände auf dem Rücken.

Auch wenn sich Caya vorgenommen hatte, unter keinen Umständen zu schreien, so hatte sie den Schmerzensschrei doch nicht unterdrücken können, als der Mann ihr gebrochenes Handgelenk berührt hatte. Ihr wurde schlecht vor Schmerz, allerdings wusste sie, dass sie sich nicht übergeben durfte. Unter dem Sack würde sie sofort ersticken und auch wenn sie dieses Kellerloch wahrscheinlich nicht lebend verlassen würde, so weigerte sie sich doch auf diese Weise zu sterben.

Weitere zwei Mal kehrte Guttierez in die Kammer zurück und wiederholte seine Folter. Beim dritten Mal spuckte sie ihm vor die Füße. „Glauben Sie tatsächlich, es würde Ihnen noch etwas nützen, wenn ich Ihnen sage, wo Giribaldi steckt? Mit Sicherheit hat man ihn längst verlegt oder glauben Sie allen Ernstes, mein Verschwinden ist noch niemandem aufgefallen?“

Süffisant lächelte Guttierez, während er die Kamera ausschaltete. „Sie haben recht. Ich werde die verschiedenen Aufnahmesequenzen zu einem kleinen netten Film zusammenschneiden und Ihrem Präsidenten schicken. Es wird langsam Zeit zu erfahren, wie viel Sie Ihrem Land wert sind."

Provozierend fuhr seine Hand über ihr Dekolleté. „Sie sind eine sehr schöne Frau, Miss Campbell."

„Scheren Sie sich zum Teufel und nehmen Sie Ihre Finger von mir."

Laut lachte der General auf. „Ich muss gestehen, Sie haben mehr Mumm in den Knochen als ich Ihnen zugetraut hätte. Ich habe bereits viele Männer gesehen, die vor Ihnen zusammengebrochen sind. Glauben Sie mir, ich respektiere Überlebenswillen. Sehr sogar. Schwäche ist mir ein Gräuel. Ich bedauere es fast, dass Sie am Ende doch keine Chance haben." Wortlos streckte der Mann seine Hand aus und jemand reichte ihm den schwarzen Sack.

Nein!, schrie alles in Caya auf. *Keine Dunkelheit mehr!* Doch unbarmherzig stülpte sich der Stoff abermals über ihren Kopf und nahm ihr jegliches Raum- und Zeitgefühl.

Tief in ihrem Innern wusste sie, dass sie nicht mehr lange durchhalten würde. Sie hatte gerade ihre letzte Kraft gegenüber Guttierez aufgebracht, um den Mann nicht merken zu lassen, wie nah er seinem Ziel bereits war.

KAPITEL 3

„Was ein mieses Schwein!“, stieß Pax verächtlich aus, als sich das Bild auf der Leinwand schwarz färbte und damit das Ende des Videos signalisierte.

Alle im Raum nickten zustimmend. Nur Skye saß noch immer regungslos auf seinem Stuhl. Selten zuvor hatte er eine solche Wut in sich gespürt. Er bewunderte diese Frau, die den grausamen Foltermethoden bisher standgehalten hatte. Aus eigener Erfahrung wusste er, was die Staatsanwältin durchmachte und er wusste leider auch nur zu gut, was es mit einem machte.

Während seiner Sealausbildung hatte er freiwillig an einer Studie zur Waterboarding-Methode teilgenommen. In einer kontrollierten Umgebung, in der all seine Vitalfunktionen aufgezeichnet worden waren, hatte er sich fesseln lassen und sich dem Wasserstrahl ausgesetzt. Obwohl er das Experiment jederzeit per Knopfdruck hatte abbrechen können und damit die Kontrolle nie vollständig aus der Hand gegeben hatte, war sein Schlaf wochenlang von bösen Albträumen gestört gewesen. Noch heute reichte allein die Erinnerung an das Experiment, um ihn in Schweiß ausbrechen zu lassen. Nein, Caya Aurora Campbell würde niemals wieder die Frau sein, die sie noch vor wenigen Tagen gewesen war.

Skye wünschte, er könne die Uhr zurückdrehen, und das Geschehene für Caya Campbell verhindern. Niemand sollte solche Dinge erleben. Niemand sollte diese Hölle jemals kennenlernen.

Skye war ein guter Beobachter. Zwar war zu erwarten gewesen, dass Caya im Laufe des Videos immer schwächer geworden war, allerdings hatte er auch die versteckte Angst in ihren Augen gesehen. Die Frau hatte sich alle Mühe gegeben, diese zu verbergen, doch sie hatte mittlerweile ihre Grenze erreicht. Ihre Kraft fuhr nur noch auf Reserve und als Skye dies erkannt hatte, hatte sein Herz zu rasen begonnen. Sie würden Miss Campbell dort rausholen. Sie hatte nicht so lange durchgehalten, nur um am Ende doch zu verlieren.

„Weiß sie wirklich nicht, wo Giribaldi steckt?“, stellte Blue die Frage, die sich auch Ash und Cal bereits heimlich gestellt hatten.

„Natürlich weiß sie es", antwortete Skye mit überzeugter Stimme. Er hatte das Wissen darum bei Guttierez' erster Frage in ihren Augen erkannt, und die Erkenntnis hatte seinen Respekt für diese Frau mit einem Schlag in schwindelerregende Höhen getrieben.

Caya Campbell war weder ein Mitglied der Navy noch gehörte sie einem Geheimdienst an. Sie hatte keinerlei Training, auf das sie in einer solchen Situation zurückgreifen konnte. Sie war eine gottverdammte Zivilistin und hatte sich dennoch besser geschlagen als so mancher ausgebildete Soldat. Ihre psychische Stärke war beeindruckend.

„Mr Stryker hat recht. Sie wusste es", untermauerte Price die Feststellung. „Mittlerweile ist der Mann allerdings verlegt worden. Für Sie ist das jedoch irrelevant, meine Herren. Das Ultimatum läuft Montagmittag ab. Bis dahin müssen Sie Miss Campbell gefunden haben, wobei ich nicht glaube, dass der Frau noch so viel Zeit bleibt."

„Was wissen wir über Guttierez?", kam Skye zur Sache.

„Leider nicht viel. Bisher ist der Name in keiner unserer Datenbanken aufgetaucht. Das Wenige, was ich in Erfahrung bringen konnte ist, dass er im Süden Kolumbiens aufgewachsen und achtundzwanzig Jahre alt ist. Mit neunzehn hat er sich der FARC angeschlossen, doch Gerüchten nach hat er vor ungefähr einem Jahr angefangen, sich eine eigene Truppe zusammenzustellen. Angeblich soll er sich im südöstlichen Teil Kolumbiens, dem Amazonasbecken, aufhalten. Seine Mutter gehörte einem Naturvolk an, dessen Stamm dort beheimatet ist. Dementsprechend kennt er sich in der Gegend perfekt aus."

„Das Gebiet besteht aus nichts anderem als Regenwald", erklärte Blue. „Das dauert Wochen bis wir ihn dort gefunden haben."

„Satellitenbilder haben in den frühen Morgenstunden des Donnerstags die Landung eines Wasserflugzeugs in dieser Gegend aufgezeichnet", berichtete Price. Noch während er sprach, wechselte das projizierte Bild und die Karte zeigte nun den südöstlichen Teil Kolumbiens. Eine unsichtbare Hand malte einen kleinen roten Kreis in den Río Caquetá, einen Nebenfluss des Amazonas.

„Das ist alles, was wir haben. Alle weiteren notwendigen Informationen über Miss Campbell sowie die entsprechenden Karten habe ich Ihnen bereits überspielt.“

„Wie kommen wir in das Land rein und wieder raus?“, wollte Skye wissen.

„Leise und unbemerkt. Leider gibt es keine Unterstützung seitens der kolumbianischen Regierung. Mit anderen Worten, Sie sind auf sich alleine gestellt. Am Flughafen wartet bereits ein Helikopter auf Sie. Allerdings müssen Sie sich beeilen, wenn Sie die Dunkelheit der Nacht nutzen wollen.“

„Wir sind schon unterwegs.“

„Der Rücktransport gestaltet sich etwas schwieriger, da wir weder wissen, wo Sie sich zu jenem Zeitpunkt befinden werden, noch in welcher gesundheitlichen Verfassung Miss Campbell ist. Sie werden improvisieren müssen. Sobald Sie einen Platz gefunden haben, an dem wir Sie auflesen können, melden Sie sich.“

„Verstanden.“

„Gut. Dann bringen Sie Miss Campbell nach Hause, Black Panther!”

Das werden wir!, versprach Skye in Gedanken, bevor er sich seinem Team zuwandte. „Packen wir zusammen. Abfahrt ist in zehn Minuten.“

Wortlos erhoben sich die Männer und verließen den Raum. Jeder wusste, was er zu tun hatte, denn während ihrer Einsätze war Zeit einer ihrer härtesten Gegenspieler. In Minutenschnelle zogen sich alle um und trugen plötzlich schwarze Tarnkleidung. Zusätzlich rüsteten die Männer ihre Körper mit versteckten Waffen und Messern aus. Aus den Regalen zogen sie bereits gepackte Rucksäcke, die sie in den nächsten Tagen mit den Dingen versorgen würden, die sie zum Überleben benötigten.

Cal ging an den Medizinerschrank und griff nach zwei größeren Packungen, die jeweils fünf Morphinampullen enthielten.

Anerkennend nickte Skye ihm zu. Er wusste, dass Cal grundsätzlich eine kleinere Menge Morphin auf ihren Operationen mitführte. Da sie jedoch nicht wussten, in welcher Verfassung sie die Staatsanwältin vorfinden und wie schnell sie das Land würden verlassen können, war es mit Sicherheit eine gute Entscheidung, die Menge zu erhöhen. Die Frau litt schließlich schon seit Tagen an Schmerzen und wenn es in ihrer Macht stand, würden sie ihr das Leben leichter machen.

Cal war der Mediziner unter ihnen. Bevor er zu den Seals gekommen war, hatte er bereits drei Jahre Medizin studiert. Später hatte er sein Studium fortgesetzt und seine Approbation erhalten. Durch regelmäßige Fortbildungen in der Notfallmedizin hielt er sein Wissen auf dem neuesten Stand und hatte damit in der Vergangenheit bereits mehr als einmal einem von ihnen oder einem unschuldigen Opfer das Leben gerettet.

„Die Frau braucht etwas zum Anziehen. Außerdem braucht sie ein Paar feste Schuhe", äußerte Pax. All sein Missmut über seinen gestrichenen freien Abend war verflogen. Allerdings hatte diesen ohnehin niemand im Team für bare Münze genommen.

Jeder von ihnen lebte für das Black Panther Team und jeder von ihnen gab dreihundertfünfzig Prozent. Aufgeben kam niemals infrage. Nicht, so lange das eigene Herz noch schlug und Blut durch die Adern pumpte. Pax jedoch schien darüber hinaus noch von einer weit stärkeren, einer dunklen Macht getrieben zu sein.

Nach Skye war er der zweite in der Kommandokette und jeder mochte ihn nicht nur, sondern respektierte ihn auch. Alles andere wäre bei ihrer Arbeit auch schlichtweg nicht möglich gewesen. Trotzdem hatte der Mann etwas Unnahbares. Niemals verlor er die Kontrolle oder trank auch nur einmal ein Glas zu viel. Alleine gegenüber Skye lockerte er seine Haltung hin und wieder.

„Ich kümmere mich darum", erklärte Skye. „Größenvorschläge?"

„Höchstens eine sechs", meinte Ash, während er ohne aufzusehen weiter seine Waffen verstaute.

„Mann, wo hast du nur deine Augen. Sie ist niemals eine sechs. Höchstens eine vier", erklärte Blue.

„Definitiv eine vier", bestätigte Cal grinsend. „Die Schuhe sind schwieriger. Nimm zur Sicherheit eine sieben und eine acht."

„In Ordnung. Wir sehen uns in zwei Minuten am Auto", bestätigte Skye, schulterte seinen Rucksack und griff nach seinem Fallschirmrucksack.

Bevor das Black Panther Team seinen schwarzen GMC Vandura am Flughafen verließ, zogen sich die Männer ihre Sturmhauben über. Der Pilot wusste nicht, wen er in dieser Nacht nach Kolumbien flog und nichts an ihnen würde ihm darüber Aufschluss geben.

Skye übergab dem Mann einen Zettel, auf dem die Zielkoordinaten standen. Im Gegenzug erhielt er eine Funkfrequenz, auf der er mit dem Piloten kommunizieren konnte. Wenn alles nach Plan lief, würde er diese jedoch nicht benutzen müssen.

Lautlos sprangen die Männer in den Hubschrauber, verstauten ihre Sachen und keine Minute später gab Skye mit seinem Daumen dem Piloten das Zeichen, dass er starten konnte. Augenblicklich erhob sich der Vogel in die Luft, und Skye warf einen Blick auf seine Armbanduhr.

Sie würden ungefähr fünf Stunden bis zu ihrem Ziel brauchen. Das gab ihnen genügend Zeit alle Informationen, die Price für sie zusammengestellt hatte, zu studieren und ihre nächsten Schritte zu planen. Vielleicht konnten sie sogar noch einmal für dreißig Minuten die Augen schließen.

Über ihre Helmkopfhörer waren Cal, Blue, Ash und Pax mit Skye verbunden. Die Männer saßen sich gegenüber, wobei ihre Knie aneinanderstießen und Ash nutzte die Enge, um auf ihren Beinen eine Karte auszubreiten.

„Wenn wir Glück haben, hat Guttierez sein Quartier direkt in der Nähe aufgeschlagen. Mit einem Auto ist das Gebiet nicht zugänglich und da Caya narkotisiert war, wird er sie nicht stundenlang durch die Wildnis getragen haben”, überlegte er laut, während sein Finger die Stelle markierte, an der das Wasserflugzeug laut Price gelandet war.

„Das heißt, wir nehmen uns einen Radius von drei Meilen vor?“, fragte Blue.

„Auf keinen Fall mehr, denn er wird in jedem Fall in der Nähe eines Flusses bleiben. Drei Meilen sind im Dschungel auch schon eine ganz schöne Entfernung, zumindest wenn er keinen Pfad geschlagen hat“, bestätigte Ash.

„Und wenn er das getan hat, ist das umso besser für uns”, meinte Cal grinsend.

„Was ist die andere Möglichkeit?“, wollte Pax wissen. „Du hast gesagt, wenn wir Glück haben.“

„Die Alternative ist, dass er die Reise mit einem Boot fortgesetzt hat.“

„Das wäre schlecht für uns”, stellte Pax emotionslos fest. „Dann bräuchten wir ein Floß, dessen Bau uns zeitlich aufhält.“

„Mit anderen Worten, wir haben im Grunde keine Ahnung", schlussfolgerte Cal.

Ash grinste. „Ganz so schlimm ist es nicht, denn der Río Caquetá besitzt in diesem Gebiet jede Menge kleinere und größere Stromschnellen. Für weite Transportwege ist er also nicht geeignet. Trotzdem vergrößert es unser Suchgebiet natürlich."

„Wie groß ist die Fläche, von der wir reden?", wollte Skye wissen.

„Entfernen wir uns nicht mehr als drei Meilen auf jeder Flussseite, dann würde ich sagen, ungefähr hundert Quadratkilometer. Allerdings halte ich es für mehr als unwahrscheinlich, dass er flussaufwärts lagert. Hier oben ist der Fluss wesentlich breiter, sodass sein Wasserflugzeug ebenso gut dort hätte landen können. Es muss einen Grund haben, warum Guttierez diese Stelle hier ausgesucht hat." Dabei tippte er mit seinem Finger erneut auf die gleiche Position auf der Karte.

„In jedem Fall werden die Männer am Ufer Spuren hinterlassen haben. Ich vermute, dass die Sonne zügig aufgehen wird, sobald wir unten sind und dann werden wir sie finden", erklärte Ash mit überzeugter Stimme, woraufhin alle nickten.

Während Ash, Cal und Blue weiter die Karte studierten und dabei auch die verschiedenen Rückzugsoptionen besprachen, ging Skye gemeinsam mit Pax die Unterlagen zu Caya durch.

Ihr Vater war im amerikanischen Senat und strebte bei der nächsten Wahl die Präsidentschaftskandidatur an, die er beim letzten Mal knapp verpasst hatte. Die Mutter war verstorben, als Caya noch zur Grundschule gegangen war und da ihr politisch ambitionierter Vater keine Zeit gehabt hatte, sich um seine Tochter zu kümmern, war das Kind bei ihrer Großmutter aufgewachsen.

Cayas Lebenslauf enthielt keinerlei Kurven oder Wendungen. Von jeher war sie eine gute Schülerin gewesen und direkt an ihren Schulabschluss hatte sie ihr Jurastudium angehangen, dass sie mit Bravour beendet hatte. In den letzten Jahren hatte sie sich in der Staatsanwaltschaft nach oben gearbeitet und bei ihrer Verurteilungsquote war es kein Wunder, dass der Oberstaatsanwalt ihr die Verantwortung für den Fall Giribaldi übertragen hatte. Privat gab es ebenfalls keine Überraschungen. Seit ihrer Studienzeit hatte Caya zwei längere Beziehungen hinter sich, wobei beide Männer Rechtsanwälte waren.

Unwillkürlich breitete sich ein unruhiges Gefühl in Skye aus. Überrascht sah er auf. Was war das? Warum gefiel ihm nicht, was er las? Caya Campbell war zweiunddreißig Jahre alt. Da war es normal, dass sie feste Beziehungen hinter sich hatte. Es sollte ihn eher wundern, dass die Frau in den vergangenen Jahren nur zwei Männer an ihrer Seite gehabt hatte.

„Stimmt etwas nicht?“, hörte er Pax Stimme in seinem Ohrknopf.

„Nein, alles in Ordnung. Ich habe nur gerade die beiden Namen gelesen.“ Mit seinem Finger deutete er auf Marc Jordan und Dennis Richard.

„Heißt Giribaldis Anwalt nicht auch Jordan?“, runzelte Pax die Stirn und blätterte noch einmal einige Seiten zurück. „Tatsächlich Douglas Jordan. Er ist Marcs Vater und der Sohn arbeitet in der väterlichen Kanzlei. Ich wette, er arbeitet ebenfalls an dem Giribaldi-Fall.“

„Es gibt wahrscheinlich angenehmere Konstellationen als seinem Ex vor Gericht wieder zu begegnen”, stellt Skye fest, erleichtert, dass sein Freund seine wahren Gefühle nicht mitbekommen hatte. Eifersucht war an dieser Stelle völlig fehl am Platze und ihm außerdem vollständig fremd. Ganz abgesehen davon, dass er die Frau nicht einmal kannte.

„Miss Campbell scheint gut behütet in einem rosaroten Wolkenkuckucksheim aufgewachsen zu sein”, urteilte Pax. „Außer dem frühen Tod der Mutter scheint es keine Dramen zu geben.“

„Das macht die letzten Tage für sie um so schlimmer”, stellte Skye fest und fühlte eine kalte Hand nach seinem Herz greifen. Wie ging es ihr? Schlief sie oder folterte Guttierez sie gerade ein weiteres Mal? Die Vorstellung allein drehte ihm den Magen um.

So sicher wie das Amen in der Kirche war, wusste Skye, dass er mit Freuden abdrücken würde, wenn er den Mann vor den Lauf seiner Waffe bekäme. Obwohl ein solches Ende für Guttierez viel zu gut wäre, fügte er in Gedanken hinzu.

Nicht wissend wann er das nächste Mal Gelegenheit haben würde zu ruhen, schloss Skye die Augen und entspannte ganz bewusst seine Muskeln. Jede Minute Schlaf zählte, denn sobald er wieder festen Boden unter den Füßen hatte, brauchte er nicht nur eine mit Energie geladene Batterie, sondern dazu auch noch einen vollgeladenen Reservetank.

Zwanzig Minuten später ließ ihn eine Stimme im Ohr aufschrecken. „Hundertachtzig Sekunden bis zum Absprung."

Augenblicklich war Skye hellwach. Er gab die Information an seine Männer weiter, woraufhin jeder von ihnen seinen Fallschirm anzog und ein letztes Mal die Ausrüstung kontrollierte.

„Dreißig Sekunden", informierte der Pilot wenig später und Skye gab die Zeitangabe mit einer stummen Zeichensprache weiter. Die letzten fünf Sekunden zählte er für alle gut sichtbar mit seinen Fingern nach unten. Als Skye nur noch seine Faust in die Höhe hielt, sprangen Pax, Ash, Blue und Cal nacheinander lautlos in die Dunkelheit der Nacht. Skye folgte als Letzter.

KAPITEL 4

Ihr Körper zitterte, was den Schmerz in ihrem Kopf noch verstärkte. Caya wollte schreien, doch sie hatte nicht einmal mehr dafür genug Kraft. Auch ihre Tränen waren schon lange versiegt. Wahrscheinlich besaß ihr Körper gar nicht mehr genügend Flüssigkeit, um zu weinen. Wenigstens das Durstgefühl hatte nachgelassen. Sie sollte dankbar sein für die kleinen Erleichterungen.

Caya wusste nicht mehr, welcher Tag heute war oder wie lange sie schon hier war. Ihre Augen hielt sie geschlossen, denn mit dem Stoff über ihrem Kopf war ohnehin alles dunkel. Was machte es da für einen Sinn, die Augen zu öffnen?

Manchmal hatte sie Glück und sie döste für eine Weile weg. Wenn sie dann wieder aufwachte, konnte sie nicht sagen, ob es ein paar Minuten oder ein paar Stunden gewesen waren. Doch solange alles still war, war alles gut. Solange es still war, war sie allein.

Als Guttierez das letzte Mal mit seinen Männern zurückgekehrt war, hatte er sich zu Anfang nicht einmal mehr die Mühe gemacht, ihr den Sack abzustreifen. Stattdessen hatte er ihr das eiskalte Wasser direkt übergekippt.

Sie hatte geschrien und Guttierez hatte gelacht. Erst dann hatte er sie aus der Dunkelheit befreit, denn er hatte gewollt, dass sie sah, wie er mit seinem langen scharfen Kampfmesser über ihren Arm fuhr. Ihr Blut war auf den Boden geflossen sowie auf ihre Kleidung oder zumindest auf das, was davon noch übrig war. Schließlich hatte er die Spitze seines Messers senkrecht unterhalb ihrer Schulter angesetzt und ein ‚G' hineingeritzt.

‚G' wie Guttierez. ‚G' wie Guerilla. ‚G' wie Giribaldi, hatte er gesagt.

„Wenn wir uns das nächste Mal sehen, süße Caya, dann werden wir beide allein sein. Nur du und ich." Seine Stimme hatte dabei beängstigend sanft geklungen und Caya fürchtete diesen Moment mehr als alles Bisherige.

Wieder musste sie eingeschlafen sein, denn plötzlich schreckte sie auf. Mit rasendem Herzklopfen lauschte sie angestrengt in die Dunkelheit.

Da. Da war es wieder. Es waren Schritte, die sie geweckt hatten. Leise Schritte, aber dennoch waren sie ganz deutlich zu hören. Ebenso deutlich wie das Aufgehen der Tür. Jemand kam herein und es war nur ein Paar Füße, die sie hörte. Panik überfiel sie. Guttierez war zurück.

Nein!, schrie es in ihrem Kopf. *Neiiiiin!*

Verzweifelte setzte sie sich auf und versuchte auf ihrem Po nach hinten zu rutschen, was mit den auf dem Rücken zusammengebunden Händen schwierig war, aber Caya wollte sich nicht von Guttierez anfassen lassen. Hart stießen ihre Schultern gegen die Wand, doch sie verspürte keinen Schmerz.

„Fassen Sie mich ni…", schrie sie, doch das Wort erstickte in der Hand, die sich fest auf ihren Mund presste.

Wild trat Caya um sich, während sie versuchte zu beißen, doch ihre Zähne erfassten nur den Stoff vor ihren Lippen.

„Scht, Caya. Ich tue Ihnen nichts. Ich bin hier, um Ihnen zu helfen", flüsterte eine Stimme dicht an ihrem Ohr, doch sie nahm den Sinn der Worte nicht wahr. Sie würde es Guttierez nicht einfach machen. So lange sie noch einen Funken Energie hatte, würde sie sich wehren.

Skye fluchte innerlich, während sich ein feiner Riss durch sein Herz zog. Nie zuvor hatte er soviel Angst und Verzweiflung bei gleichzeitiger Kampfbereitschaft gespürt, obwohl die totale Erschöpfung schon ihre Hand ausgestreckt hatte.

Es bereitete ihm keine Mühe, Cayas Tritten auszuweichen, geschweige denn die Laute aus ihrem Mund zu ersticken. Doch er hasste es, die Frau, die in den letzten Tagen bereits so viel hatte erleiden müssen, gegen ihren Willen festhalten zu müssen. Allerdings ließ sie ihm in diesem Moment keine Wahl.

Bislang hatte noch niemand gemerkt, dass er im Haus war. Die fünf Wachen, die ihm auf dem Weg begegnet waren, hatten Pax und er lautlos ausgeschaltet. Skye wollte, dass dies so lange wie möglich so blieb. Doch dafür musste sich die Staatsanwältin beruhigen. Es wäre ein Leichtes für ihn gewesen, sie mit einem Handgriff für einige Minuten auszuschalten, doch etwas in Skye wehrte sich gegen diese Option. Er wollte dieser Frau keine weiteren Schmerzen zufügen. Außerdem wollte er, dass sie ihm vertraute.

„Caya. Miss Campbell", versuchte er es erneut. „Ich bin von der US Navy." Dies war die Auskunft, die das Team grundsätzlich offiziell verwendete. Es vereinfachte die Dinge. Schließlich konnten sie ihre wahre Identität nicht preisgeben und die US Navy assoziierte jeder Amerikaner in einer Notsituation mit den korrekten Attributen: Ehre, Mut und nicht zuletzt Hilfe.

„Ich bin hier, um Sie nach Hause zu bringen", ergänzte er noch.

Die Worte verfehlten auch dieses Mal ihre Wirkung nicht. Zumindest schien die Frau ihn jetzt zu hören und Skye spürte, wie die Gegenwehr aus ihrem Körper wich. Allerdings wusste er genug über sie, um dem alleine noch nicht zu trauen.

„Ich werde jetzt meine Hand von ihrem Mund nehmen und den Stoffsack von ihrem Kopf ziehen, sodass Sie mich sehen können. Wenn Sie schreien, hören uns Guttierez' Leute und Sie bringen nicht nur uns beide, sondern auch meine Männer draußen in Gefahr. Haben Sie das verstanden?"

Es dauerte zwei Sekunden, doch dann nickte Caya zustimmend. Langsam entfernte Skye seine Hand und wie er versprochen hatte, löste er den Knoten in ihrem Nacken und nahm den Sack ab.

Große, verängstigt wilde Augen starrten ihn aus einem blassen Gesicht an.

„Sie ..." Ihre Stimme klang rau und sie versuchte zu schlucken, doch ohne Speichelflüssigkeit war selbst das schwer. „Sie sind Amerikaner?"

„Ja", bestätigte Skye und versuchte zuversichtlich zu lächeln. Er wusste, dass er in seiner Kampfmontur und mit der schwarzen Farbe im Gesicht eher angsteinflößend als vertrauenserweckend wirkte. Wenn es nach ihm gegangen wäre, hätte er Caya gerne noch einige Minuten Zeit gegeben, die neue Situation aufzunehmen, doch von draußen drangen plötzlich laute Schüsse zu ihnen herein. Offensichtlich hatten Guttierez' Leute sie bemerkt.

„Wir sollten verschwinden. Kommen Sie." Mit einer blitzschnellen Bewegung zog Skye ein Messer aus seiner Hüfte, und Caya schrie erschrocken auf.

Panisch sah sie ihn an und wollte zurückweichen, doch ihr Rücken befand sich bereits an der Wand.

Gut gemacht, Stryker!, lobte sich Skye sarkastisch, während er sich innerlich zur Ruhe zwang, obwohl er Ash in seinem Ohr hörte.

„Skye, Pax, seht zu, dass ihr da rauskommt."

„Sind auf dem Weg!", erklärte er, bevor er sich wieder Caya zuwandte. „Ich schneide Ihre Fesseln durch. In Ordnung?"

Die nächsten zwei Sekunden kamen ihm wie eine halbe Ewigkeit vor, doch schließlich drehte ihm die Frau bereitwillig den Rücken zu, und Skye durchtrennte das Sisalseil mit einem geschickten Schnitt.

„Kommen Sie", nahm er ihre gesunde Hand und half ihr auf.

Caya stand jedoch noch nicht richtig, als ihr bereits schwindelig wurde. Die Sicht verschwamm vor ihren Augen und ihre Beine begannen zu wackeln. Sofort ergriff Skye ihre Schultern, um sie vor dem Fallen zu bewahren. Er hatte bereits damit gerechnet, dass ihr Kreislauf nicht hundertprozentig funktionieren würde. Daher wartete Pax vor der Tür. Auf diese Weise konnte er sich um Miss Campbell kümmern, während sein Partner immer noch beide Hände frei hatte, um ihnen Deckung zu geben. Ohne weiter darüber nachzudenken, hob er Caya auf seine Schulter, um sie hinauszutragen. Er war allerdings noch keine zwei Schritte gegangen, als sie mit einer Faust auf seinen Rücken schlug.

„Lassen Sie mich herunter! Sofort!", verlangte sie mit fester Stimme.

Verwundert blieb Skye stehen und stellte Caya vor sich ab. Sicherheitshalber hielt er sie jedoch an den Oberarmen fest, denn er war nicht sicher, wie lange ihre Beine sie tragen würden.

„Ich werde dieses Haus auf meinen eigenen Füßen verlassen", stellte sie fest, woraufhin Skye überrascht seine Augenbrauen in die Höhe zog.

„Sie sind zu schwach, um weit zu laufen, Caya", erklärte er. „Sie sind verletzt, halb verhungert und, was noch schlimmer ist, völlig dehydriert."

„Es ist mir egal, was ich bin. Nach allem was passiert ist, muss ich hier alleine hinausgehen", erwiderte sie trotzig und dann fügte sie leise hinzu, während sie ihn mit ihren großen grünen Augen ansah: „Können Sie das nicht verstehen?"

Bedächtig nickte Skye, während er angestrengt schluckte. Jede andere Frau, die er kannte, wäre froh gewesen, dieses Loch auf dem schnellsten Weg zu verlassen. Egal wie. Diese Frau hingegen war anders. Sie war etwas Besonderes.

„Doch, Caya, das kann ich", gab er leise zurück und hatte damit die Wahrheit gesagt. Sein Respekt für diese Frau stieg und wenn

Skye sich nicht mitten in einer Kampfzone befunden hätte, hätte er sich zu ihr nach unten gebeugt und sie geküsst.

Erschrocken fuhr er zusammen. Geküsst? Hatte er tatsächlich in dieser Situation ans Küssen gedacht? Er musste verrückt sein. Total verrückt.

„Gehen wir", verkündete er ein wenig brüsk und nahm erneut ihre Hand in seine. „Bleiben Sie dabei so dicht wie möglich an der Wand."

Auf dem Flur nickte er Pax zu, und zu dritt schritten sie vorsichtig den langen kahlen Gang entlang. Pax hatte sein Maschinengewehr im Anschlag und auch Skye hielt eine Waffe in der rechten Hand. Mit seiner linken hielt er Caya Campbell fest.

Ihre Schritte waren langsam und er spürte, wie viel Anstrengung es sie kostete, einen Fuß vor den anderen zu setzen, doch ihr Schritt war zumindest fest.

Plötzlich kamen zwei Kolumbianer um die Ecke gelaufen. Sie hoben ihre Waffen, doch Pax war schneller. Ohne zu zögern, gab er zwei tödliche Schüsse ab. Skye spürte den Schauer, der durch Caya lief, doch kein Laut war aus ihren Lippen gedrungen. Schnell warf er ihr einen kurzen Blick zu. Sie war geschockt, doch noch war der Überlebenswille stärker als der Schreck. Das Adrenalin half dabei.

Skye wusste, dass sich all diese Bilder unwiderruflich in ihr Gedächtnis einbrennen würden. Albträume würden Caya in den nächsten Wochen plagen und von erholsamem Schlaf abhalten, doch dagegen konnte er leider nichts machen. Er wollte, er könnte ihr das ersparen. Himmel, er wollte, er könnte ihre ganzen letzten vier Tage auslöschen, doch nichts davon stand in seiner Macht. Was er jedoch konnte, war sie aus dieser Hölle rausbringen. Dafür sollte er sich allerdings besser auf seinen Job konzentrieren.

Feuersalven hallten durch die Luft und vor ihnen tauchten drei weitere Kolumbianer auf. Instinktiv ließ er Cayas Hand los und zielte auf den linken, während Pax die beiden anderen ausschaltete. Mit blassem Gesicht stieg Caya kurz darauf über die Körper der toten Männer. Ihre Lippen zitterten, doch auch jetzt sagte sie kein Wort. Von draußen drang eine letzte Schusssalve herein, dann wurde es unnatürlich still.

Per Handzeichen gab Pax zu verstehen, dass Skye mit der Staatsanwältin warten solle, während er zuerst um die Ecke biegen würde.

Skye nickte und es dauerte eine halbe Minute bis er Pax in seinem Ohr hörte. „Das Haus ist klar.“

„Hier draußen auch”, kam Blues Stimme hinterher.

„Gut, seid trotzdem wachsam”, befahl Skye, bevor er Caya seine Hand anbot.

„Es wird kein schöner Anblick werden, wenn wir aus dem Haus gehen”, warnte er sanft. „Es gibt eine Menge Leichen.“

Caya nickte nur, während sie seine Hand ergriff und an Skyes Seite einen kleinen Raum durchschritt, von dem aus sie ins Freie trat.

Das gleißende Sonnenlicht blendete sie und automatisch wollten sich ihre Augen schließen. Doch sie wehrte sich gegen den Reflex. Sie wollte keine Dunkelheit mehr. Davon hatte sie für den Rest ihres Lebens genug. Sie wollte Licht. Licht war Hoffnung und Hoffnung konnte sie nun wieder haben. Es konnte alles wieder gut werden. Es würde vielleicht etwas dauern, aber Guttierez hatte sie nicht besiegt.

„Ich habe es geschafft”, flüsterte sie und sah zu Skye auf, der sie ermutigend anlächelte.

„Ja, das haben Sie.“

„Danke für Ihre Hilfe!“, erwiderte sie leise. Dann wurde es dunkel um sie. Doch bevor ihr Körper auf den Boden auftreffen konnte, fingen Skyes starke Arme sie auf.

„Was ist mit ihr?“, erkundigte sich Pax sofort besorgt.

„Sie ist dehydriert. Cal?“

„Bin schon da. Bring sie zurück ins Haus.“

„Die Kolumbianer werden mit Verstärkung zurückkommen”, mahnte Pax.

„Sie braucht medizinische Hilfe”, erklärte Cal unbeeindruckt, der automatisch nach dem Puls an Cayas Handgelenk fühlte. „Gib’ mir wenigstens zehn Minuten.“

Skye seufzte. Dies war eine Situation, in der er nur die falsche Entscheidung treffen konnte. Doch ihre Priorität war Caya.

„Zehn Minuten, Cal.“ Seinen Leuten musste er nicht sagen, was zu tun war. Sie würden sich automatisch rund um das Haus positionieren und die Gegend im Auge behalten. Sie würden ihn und Cal rechtzeitig warnen. Dennoch hoffte er, dass die anderen Guerillas nicht so schnell zurückkehren würden. Sobald diese ihre Kumpels, die sie als Wachposten zurückgelassen hatten, nicht auf ihren Posten vorfänden, würden sie wissen, dass etwas nicht stimmte.

Als er Caya vorsichtig auf einem alten Sofa ablegte, kam sie wieder zu sich. „Was ist passiert?“, fragte sie.

„Sie sind ohnmächtig geworden”, erklärte Skye lächelnd.

„Oh. Das tut mir leid”, murmelte sie und sah verlegen nach unten, doch dann erblickte sie den zweiten Mann im Raum, der gerade eine kleinere Tasche aus seinem Rucksack zog.

„Wer ist das?“ Mit großen Augen sah sie Skye an.

„Das ist Cal. Er ist Arzt.“

„Freut mich, Sie kennenzulernen, Mam’“, grüßte Cal freundlich, während seine Finger geschickt eine Braunüle auspackten.

Sofort kehrte der panische Blick in Cayas Augen zurück und ihre Stimme klang selbst für ihre Ohren zu hoch. „Was machen Sie da?“

„Ich werde Ihnen eine Kanüle legen, durch die wir dann eine Kochsalzlösung in Ihr Kreislaufsystem laufen lassen”, erklärte er ruhig, wobei er ihr direkt in die Augen sah. „Sie brauchen dringend Flüssigkeit, Caya. Sie sind völlig ausgetrocknet.“

Obwohl Caya wusste, dass der Mann recht hatte, traute sie ihm nicht. Sie wollte keine weiteren Nadeln von fremden Männern in ihren Körper gestochen bekommen. Daher schüttelte sie ihren Kopf.

„Haben Sie etwas zu essen bekommen, seitdem Sie hier sind?“, erkundigte sich Cal. Sein Ton war ruhig und sachlich. Nichts an ihm deutete darauf hin, dass sie besser so schnell wie möglich von hier verschwinden sollten, denn er wusste aus Erfahrung, dass man manchmal schneller ans Ziel kam, wenn man langsamer ging.

„Nein”, beantwortete Caya seine Frage.

„Haben Sie getrunken?“

„Ein Glas am Tag”, bekannte sie leise. *Plus das Wasser, das ich bei Guttierrez’ Folter geschluckt habe,* fügte sie in Gedanken hinzu.

„Sie wissen, dass das zu wenig ist”, stellte Cal sachlich, aber freundlich, fest. „Vor allem bei diesen Temperaturen.“

„Erschwerend kommt hinzu, dass wir hier weg müssen, Caya”, mischte sich Skye ein. Seine Stimme klang ebenso ruhig, wie die seines Kameraden, auch wenn er innerlich angespannt war. Mit jeder Minute, die sie hier im Haus verbrachten, erhöhte sich das Risiko auf eine zweite Feindbegegnung.

„Wir befinden uns im kolumbianischen Teil des Amazonasbeckens“, erklärte er weiter. „Der nächste Ort, an dem uns ein Flugzeug abholen kann, ist La Pedrera. Mit anderen Worten, der einzige Weg hier raus führt zu Fuß durch vierzig Meilen unwegsames Regenwaldgebiet. Niemand erwartet, dass Sie diese Strecke vollständig zu Fuß zurücklegen können. Wir können Sie sogar die gesamte Strecke tragen, wenn es sein muss. Aber es würde uns helfen, wenn wir uns darüber hinaus keine Sorgen um Sie machen müssen oder länger als nötig pausieren müssen, weil sich Ihr gesundheitlicher Zustand verschlechtert."

Peinlich berührt überzogen sich Cayas Wangen mit einem leichten Rosa. „Sie müssen nicht weitersprechen. Ich habe verstanden." Dann wanderte ihr Blick zurück zu Cal. „Kochsalz, ja?"

Mit einem sympathisch offenen Blick nickte er und wartete. Erst als Caya ihm bereitwillig ihre Hand entgegenstreckte, ergriff er sie. Geschickt führte Cal die Nadel ein, nachdem er den Handrücken desinfiziert hatte und bereits wenige Sekunden später fühlte Caya die kalte Flüssigkeit in ihren Körper laufen.

„Darf ich Ihr linkes Handgelenk sehen?", bat Cal.

Caya zögerte nur einen kurzen Moment, dann nickte sie. Vorsichtig tasteten sich Cals Finger vor, doch bereits bei der ersten Berührung, zog Caya die Luft durch die Zähne und biss die Lippen aufeinander. Schweiß bildete sich auf ihrer Stirn.

Sofort beendete Cal seine Untersuchung. „Ich denke, es ist ein glatter Bruch. Endgültig kann das natürlich nur eine Röntgenaufnahme zeigen, aber wir können das Gelenk in jedem Fall schienen. Das lindert die Schmerzen und verhindert, dass der Knochen in einer falschen Position zusammenwächst. Allerdings ..."

„Allerdings?" Fragend sah Caya ihn an.

„Allerdings muss ich den Knochen dafür richten."

„Dann machen Sie es."

„Das kann ich nicht, ohne Ihnen zuvor ein starkes Schmerzmittel gegeben zu haben."

„Kein Schmerzmittel."

„Caya, ich habe den gebrochenen Knochen noch nicht einmal berührt und Sie sind vor Schmerzen fast ohnmächtig geworden."

„Das bin ich nicht", behauptete Caya trotzig und arbeitete daran, die Tränen in ihren Augen zurückzudrängen. Sie hasste es, hilflos zu sein.

Keiner der beiden Männer sagte ein weiteres Wort. Stumm blickten sie sie einfach nur mit verständnisvollen Augen an und warteten. Sie hatten genügend Informationen über die Staatsanwältin, um zu wissen, dass Caya eine selbstbewusste, selbstständige und unabhängige Person war, die es nicht mochte, die Kontrolle vollständig zu verlieren und damit einer Situation hilflos ausgeliefert zu sein.

Beides konnten Skye und Cal nachvollziehen, denn es wäre ihnen genauso gegangen. Daher beschlossen sie, Caya einen Augenblick Zeit zu geben, die Lage für sich zu beurteilen. Schließlich wussten sie aus ihrem psychologischen Profil ebenfalls, dass sie eine intelligente und vernünftig denkende Frau vor sich hatten, die es gewohnt war, rationale Entscheidungen zu treffen.

Beide Männer waren sich sicher, dass Caya die richtige Wahl treffen würde und es würde das Leben der nächsten Tage in jedem Fall einfacher machen, wenn sie ihnen vertraute und mit ihnen kooperierte. Beides würden sie nicht erreichen, indem sie sie herumkommandierten.

Sofort bekam Caya ein schlechtes Gewissen. Ihre Reaktion war kindisch gewesen, zumal der Mann recht gehabt hatte.

Sie hatte bereits Sterne vor ihren Augen gesehen, die ein untrügliches Zeichen dafür waren, dass ihr Kreislauf damit gekämpft hatte, bei Bewusstsein zu bleiben.

Diese Männer riskierten ihr Leben, um sie zu befreien und sie verlor wertvolle Zeit, indem sie offensichtliche Dinge diskutierte, nur weil sie sie nicht wahrhaben wollte.

„Werde ich mit dem Mittel laufen können?“

„Das Morphin wird Sie für eine gewisse Zeit ausknocken”, erklärte Cal wahrheitsgemäß, wobei er verschwieg, dass er vorhatte, sie eine ganze Weile länger auszuschalten, als Caya recht sein würde. Doch er wusste, dass sie in ihrer aktuellen Verfassung nicht einmal eine Meile in dem Dschungel draußen würde laufen können, ohne zusammenzubrechen. Allerdings ahnte er auch, wie wichtig es für diese Frau war, keine Belastung für das Team zu sein und nach allem, was sie erlebt hatte, brauchte sie zudem auch das Gefühl der Kontrolle über sich und ihre Situation. Daher versicherte er:

„Anschließend wird es Ihnen besser gehen als jetzt und Sie werden in der Lage sein, Ihren Beitrag zum Zurücklegen des Weges zu leisten. Versprochen!“

Unschlüssig drehte Caya ihren Kopf wieder zu Skye, der aufmunternd ihre gesunde Hand nahm.

„Auch wenn er im Moment nicht danach aussieht, Cal ist wirklich Arzt und er weiß, was er tut. Vertrauen Sie ihm!"

„Also gut", schluckte Caya und nickte dem blonden Hünen zu, der daraufhin eine Spritze aufzog.

„Sie werden nichts spüren, Caya. Entspannen Sie sich und träumen Sie etwas Schönes", versprach Cal, als er die Nadel in die zweite Öffnung der Braunüle einführte.

„Ich kenne nicht einmal Ihren Namen", stellte Caya fest, während sie wieder zu ihrem Retter aufsah.

„Mein Name ist Skye", antwortete dieser lächelnd, doch ihre Augen fielen bereits zu und er ahnte, dass sie ihn nicht mehr gehört hatte.

Erleichtert atmete Cal auf. „Ein willensstarkes kleines Ding, diese Staatsanwältin. Ich schätze, das ist ihr Glück bei allem, was Guttierez ihr angetan hat."

Wieder spürte Skye kalte Wut in sich aufschäumen, und er bedauerte, dass Guttierez sich nicht im Haus befunden hatte, als sie eingedrungen waren. Dieser Mann hatte es nicht verdient zu leben. Skye war überrascht von der Heftigkeit der Emotion, die ihn in diesem Moment durchfuhr. Im Laufe seiner Karriere war er schon viel Abschaum begegnet. Niemals jedoch hatte es ihn derart aufgewühlt.

Gefühle hatten in seinem Beruf keinen Platz, denn sie beeinflussten die Entscheidungsfindung in der Regel auf negative Weise. Selbst Hass war gefährlich. Emotionen überlagerten logisch-analytisches und strategisches Denken und das war die Basis jeder erfolgreichen Operation. Verwirrt von seinen eigenen Gedanken, blickte er auf Caya und sah sie zum ersten Mal völlig gelöst.

Abgesehen von dem ersten Foto, das Price uns gezeigt hat, erinnerte sich Skye, während er sie intensiver betrachtete.

Cayas Gesichtszüge waren fein und erinnerten ihn an eine nordische Prinzessin. Hohe Wangenknochen betonten ihr zartes Gesicht und ihre Nase wirkte fast aristokratisch. Selbst die tiefen Schatten unter den Augen konnten ihre Schönheit nicht mindern. Sie jagten lediglich Skyes Beschützerinstinkte in den Himmel. Sein Blick wanderte zu ihren vollen Lippen, die sicherlich schon so manchen Mann um den Verstand gebracht hatten.

„Ihre Lippen sind aufgesprungen", stellte er fest.

„Weil ihr Körper zu wenig Flüssigkeit hat”, erklärte Cal, während er das Handgelenk schiente. „Wir müssen ihr noch mindestens einen weiteren Beutel Kochsalzlösung verabreichen.“

„Beeil dich.“

„Ich bin dabei. Wenn du helfen willst, nimm dir ein Tuch und die Alkohollösung und säubere ihren Arm, damit ich sehen kann, wie es unter dem ganzen getrockneten Blut aussieht.“

Ohne zu zögern, griff Skye nach der Flasche. Wie alle anderen hatte auch er eine Ersthelfer-Grundausbildung. Ganz sicher konnte er damit nicht Cals Job machen, doch er wusste wie man eine Wunde reinigte.

„Das sind tiefe Schnitte”, presste Skye wütend hervor, als mit einem Mal neues Blut Cayas Arm hinunter lief.

„Mist. Hoffentlich entzündet sich das nicht. Zur Sicherheit gebe ich ihr später besser noch ein Antibiotikum. Aber zuerst müssen wir diese Wunden schließen.“

„Wie lange brauchst du dafür?“

„Ich kann es notdürftig tackern, aber dann müssen wir es später nähen, wenn sie wach ist.“

„Wie lange dauert es, wenn du es gleich nähst, Cal?“ Alles in Skye sträubte sich dagegen, Caya noch mehr Schmerzen zuzumuten. Sie würde in den nächsten Tagen ohnehin bereits genug zu ertragen haben, angefangen bei ihrem Handgelenk über die Schnitte bis hin zu den Nachwirkungen der Dehydration.

„Mindestens fünf Minuten, eher zehn.“

„Näh es!“, entschied Skye mit zusammengepressten Lippen.

Eine Sekunde lang sah Cal seinen Teamführer intensiv an, dann griff er nach seinen Utensilien. Er konnte nur zu gut verstehen, was in Skye vorging. Ihm erging es nicht anders. Diese zarte, tapfere Frau war durch die Hölle gegangen und ebenso wenig wie Skye wollte auch Cal ihr Leid verlängern. Keinesfalls wollte er ihr mehr Schmerzen zumuten, als unbedingt nötig waren. Dennoch war Cal es nicht gewohnt, dass sein Freund und Kollege eine emotionale Entscheidung traf, und dies war definitiv eine emotionale Entscheidung gewesen.

„Brauchst du mich hier?“, erkundigte sich Skye, doch Cal schüttelte nur seinen Kopf. „Gut, dann nutze ich die Zeit und sehe mich um.“

Zügig schritt er durch das Haus, das aus fünf kleinen Räumen bestand. In einem von ihnen befanden sich eine Kleiderstange, an der einige Hemden hingen sowie ein Tisch, ein Stuhl und ein Bett. Auf dem Tisch lag ein Papierordner, den Skye neugierig aufschlug. Sofort fielen mehrere Fotografien heraus. Das Erste war eine Porträtaufnahme von Caya, das zweite eine Ganzkörperaufnahme. Das dritte Foto zeigte Cayas Auto und das vierte ein Wohnhaus.

Wahrscheinlich ihre Adresse, überlegte Skye, während er hastig alle Unterlagen einsteckte.

„Ich bin fertig", hörte er kurz darauf Cals Stimme in seinem Ohr, woraufhin er sofort in den ersten Raum zurückkehrte.

„Dann lass uns machen, dass wir hier wegkommen", erklärte er, während er Caya vorsichtig über seine Schulter legte.

„Wir brauchen etwas, womit die Flüssigkeit weiter nach unten tropfen kann, während wir laufen", erklärte Cal, der die Infusion in seiner Hand nach oben hielt.

„Mit Sicherheit finden wir draußen etwas Passendes."

„Ich habe bereits etwas vorbereitet." Grinsend hielt Pax ihnen eine Astgabel entgegen, als sie hinaustraten.

„Perfekt", meinte Cal und befestigte den Infusionsbeutel in der Gabel, während Skye den Ast am unteren Ende hielt.

„Los geht's. Lasst uns das restliche Tageslicht möglichst effektiv nutzen" befahl Skye den Aufbruch.

„Es ist mir schleierhaft, wie hier überhaupt ein Haus hinkommt", äußerte sich Ash.

„Für mich sieht es aus, als ob es eine der Wohltätigkeitsorganisationen gebaut hat. Vor fünfzig Jahren waren einige von ihnen hier unten recht aktiv", erklärte Blue nachdenklich. „Vielleicht war es einmal eine Schule oder eine Krankenstation."

„Wieso ist es dann wieder verlassen worden?", wollte Pax wissen.

„Ich vermute, dass das Konzept nicht aufgegangen ist. Zu viele dieser westlichen Vereine wollen den Einwohnern mit ihrer Hilfe auch ihre Kultur aufdrängen. Doch das funktioniert nicht. Die Maßstäbe, die für uns gelten, spielen hier im Dschungel entweder keine oder nur eine untergeordnete Rolle."

„Vielleicht hat es auch einmal einen Stamm gegeben, der durch eine Seuche dahingerafft wurde", überlegte Cal.

Leise stöhnte Caya. Sie war noch immer nicht aufgewacht, doch offensichtlich hatte sie Schmerzen.

„Cal?", rief Skye leise.

„Ich hab es gehört", bekannte der Mann, während er bereits Cayas Puls fühlte und ihr gleichzeitig eine Hand auf die Stirn legte. „Sie hat Fieber."

„Kannst du ihr noch etwas geben? Wir haben noch mindestens vier Stunden Licht und je länger sie schläft, desto angenehmer ist es für sie."

Zustimmend nickte Cal und gab ihr eine weitere Spritze. „Sie bräuchte ein warmes weiches Daunenbett und nicht deine kantige unbequeme Schulter."

„Ich schätze, darauf wird sie noch ein wenig warten müssen", bedauerte Skye.

„Soll ich dich ablösen?", bot Pax an, doch aus einem unerfindlichen Grund wollte Skye die Frau nicht einem seiner Männer überlassen.

„Nicht nötig, danke. Sie wiegt höchstens fünfzig Kilo. Das ist nichts gegen das, was wir in unserer Grundausbildung getragen haben", erwiderte er daher mit verschwörerischem Lächeln.

Schweigend schlugen sich die Männer in den nächsten Stunden ihren Weg durch die Wildnis. Als es schließlich dunkel wurde, erklärte Ash: „Nach dieser Karte müsste es eineinhalb Meilen nordöstlich von uns eine Höhle geben."

„Gut. Dort bleiben wir über Nacht", entschied Skye und Ash setzte sich an die Spitze der Truppe, um die Führung zu übernehmen.

Das Gelände wurde immer beschwerlicher und so dauerte es mehr als eine weitere Stunde, bis sie den gesuchten Platz endlich erreicht hatten. Rasch teilte Skye sein Team ein.

„Pax, Ash, ihr übernehmt die erste Wache. Blue und Cal, die zweite. Positioniert euch so, dass ihr mindestens zweihundertvierzig Grad des Geländes abdecken könnt. Ich werde zunächst warten bis unser Gast aufwacht und dann zwischen euch pendeln. Auf diese Weise sollte zumindest jeder drei bis vier Stunden Schlaf bekommen."

Bevor Cal sich hinlegte, sah er noch einmal nach Caya. „Falls sie aufwacht, während ich noch schlafe, dann versuche ihr etwas zu trinken zu geben", instruierte er Skye. „Im Moment würde ich ihr lieber noch nichts zu essen geben, aber sie muss trinken. Gib ihr außerdem eine von den blauen Tabletten. Das ist ein Antibiotikum. Eine der Wunden gefällt mir nicht. Außerdem hat sie immer noch

Fieber. Gegen die Schmerzen kannst du ihr Ibuprofen geben. Wenn sie etwas Stärkeres braucht, weck mich."

„Mach ich. Leg dich hin, Cal. Es waren lange sechsunddreißig Stunden."

„Für dich auch", gab der Kamerad zurück, doch Skye winkte ab.

„Ich bin okay. Ich schlafe später."

Es war kalt. Nein, das konnte nicht sein, denn sie schwitzte und man schwitzte nur, wenn es heiß war. Jeder Knochen in ihrem Körper schmerzte und automatisch versuchte sich Caya zu drehen, um eine bequemere Position zu finden. Ah, das tat weh.

Leise hörte sie ihre eigene Stimme stöhnen, während sich etwas Warmes sanft auf ihre Hand legte. Vorsichtig drehte Caya ihren Kopf und öffnete die Augen, die sie jedoch sofort wieder erschrocken schloss. Im gleichen Moment zog sie ihre Hand zu sich heran. Wer war dieser Mann? Erinnerungen an Guttierez und sein Versprechen kehrten zurück. Automatisch begann ihr Herz zu rasen.

„Es ist alles in Ordnung, Caya. Sie sind in Sicherheit", hörte sie eine leise beruhigende Stimme.

In Sicherheit? Was war das? Aber die Stimme klang vertrauensvoll. Vorsichtig öffnete sie erneut ihre Lider. Es war dunkel, doch durch das hereinfallende Mondlicht konnte sie zumindest ihre nächste Umgebung wahrnehmen. Dieses Mal fokussierte sie die tief dunkelbraunen Augen des neben ihr sitzenden Mannes, die sie freundlich und besorgt zugleich musterten. Das war nicht Guttierez oder einer seiner Männer. Es war der Mann, an dessen Seite sie zurück in die Freiheit getreten war. Er war ihr Retter. Wenn sie sich doch nur an seinen Namen erinnern könnte. Scharf dachte sie einen Moment darüber nach. Da er ihr aber nicht einfiel, gab sie schließlich auf.

„Wo sind wir?", erkundigte sie sich, während sie sich langsam aufrichtete.

„In einer Höhle, ungefähr zehn Meilen von dem Ort entfernt, an dem Sie gefangen gehalten wurden."

„Zehn Meilen?" Fieberhaft arbeitete es in ihrem Kopf, warum sie keine Erinnerung an den Weg hatte, bis sich ihre Augen vor Erstaunen weiteten.

„Sie haben mich zehn Meilen getragen, während ich geschlafen habe?"

Amüsiert blitzte es in den Pupillen des Mannes. Ihr grenzenloser Wille nach Selbständigkeit gefiel ihm.

„Das ist nicht amüsant", erwiderte Caya hitzig. „Ich möchte keine Last sein. Sie haben bereits genug für mich getan."

„Keine Sorge, wir haben noch fast dreißig Meilen vor uns, die zu laufen sind", erklärte Skye versöhnlich. „Wie geht es Ihnen?"

„Gut", antwortete Caya sofort, doch Skye verzog sarkastisch seinen linken Mundwinkel.

„Lassen Sie uns das noch einmal versuchen, Caya. Wie geht es Ihnen?" In seiner Stimme lag so viel Verständnis und seine Augen sahen sie derart sanft an, dass sie leise seufzte.

„Mein Handgelenk tut nicht mehr so weh und auch die Kopfschmerzen sind besser. Ansonsten fühle ich mich, als hätte mich ein Truck überfahren."

„Sie sollten versuchen, etwas zu trinken", schlug Skye vor und hielt ihr eine volle Trinkflasche entgegen, von der er den Deckel abschraubte.

Mit ihrer gesunden Hand griff Caya nach der Feldflasche, doch obwohl sie nur wenig mehr als ein Kilo wog, war sie zu schwer für sie, um sie zu heben. Als Cayas Hand zu zittern begann, griff Skye sofort nach dem Behältnis.

„Warten Sie, ich helfe Ihnen", bot er an, während er die Flasche bereits ihrem Mund näherte.

Nein!, schrie es in Caya sofort. Hastig wich sie zurück und ihre innere Panik spiegelte sich in ihren Augen. Rasend schlug ihre Halsschlagader gegen ihre Haut.

Kein Wasser! Bitte kein Wasser mehr! Atemlos fixierte sie Skye und erinnerte ihn damit an ein gehetztes Tier.

Skyes Herz schlug ebenso wild wie Cayas, während er versuchte, ihre Reaktion einzuordnen und er brauchte einen ganzen Moment, bis er verstand, welcher Film gerade in ihrem Kopf ablief. Wie hatte er nur so unsensibel sein können?, ohrfeigte er sich selbst in Gedanken. Er hätte ahnen können, dass die Bewegung in Kombination mit dem Wasser sie direkt in Guttierez' Folterkammer zurückversetzte. Augenblicklich nahm er die Flasche herunter.

„Caya!", sprach er sanft. „Niemand tut Ihnen mehr etwas. Erinnern Sie sich, Sie sind in Sicherheit."

Die Erkenntnis, dass diese Frau sich vor ihm fürchtete, nur weil er ihr eine Feldflasche entgegengehalten hatte, brach ein Stück seines Herzens. Wenn er Guttierez jemals in die Finger bekäme, würde er es ihm heimzahlen, versprach Skye sich selbst. Er würde dem Mann zeigen, was es hieß, Angst zu haben. Doch zunächst einmal musste er Caya davon überzeugen, dass sie ihm trauen konnte. Hastig suchte er nach einer Lösung. Warum hatte er nur nicht daran gedacht, einen Strohhalm einzustecken? Glücklicherweise kam ihm eine andere Idee.

„Ich weiß, wie wir es machen. Ich halte die Flasche, aber Sie führen sie mit Ihrer Hand. Wie ist das?“, schlug Skye vor und wartete geduldig auf ihre Antwort. Dabei sah er, wie sich ihr innerer Tumult langsam legte. Stattdessen färbten sich ihre Wangen und sie sah verlegen nach unten.

Augenblicklich legte Skye einen Finger unter ihr Kinn und hob es langsam an. „Machen Sie das nicht, Caya. Es gibt nichts, was Ihnen unangenehm sein müsste. Sie haben eine ganz normale Reaktion gezeigt. Wenn hier jemand einen Fehler gemacht hat, dann bin ich das gewesen.“ Skye machte eine kurze Pause. Dann lächelte er sie ermutigend an. „Wie sieht es aus? Versuchen wir es noch einmal gemeinsam?“

Vorsichtig nickte Caya und sie legte ihre Hand über Skyes.

Wie viel kleiner und fragiler wirkte ihre gegenüber seiner großen kräftigen Handfläche. Erneut beschleunigte sich Skyes Herzschlag. Dieses Mal jedoch nicht vor Ärger. Unendlich weich schlangen sich Cayas Finger um seine.

Sofort wünschte sich Skye zu erfahren, wie sie sich anfühlen würden, wenn sie über seinen Brustkorb glitten. Augenblicklich fuhr er innerlich zusammen. Wo war diese Idee auf einmal hergekommen? Niemals zuvor hatte er sich sexuell zu einem Opfer hingezogen gefühlt. Dies hier war in höchstem Maße unprofessionell und das Letzte, was Caya gerade brauchte.

Voller Vertrauen sahen ihn ihre großen grünen Katzenaugen an, und Skye wusste, dass sich dieser Blick sofort ändern würde, wenn sie um seine Gedanken wüsste. Unter Anstrengung bemühte er sich, seinen Blick so emotionslos wie möglich zu halten, was jedoch keine einfache Aufgabe war, als seine Augen auf ihren vollen Lippen ruhten, an die er die Feldflasche so sacht wie möglich ansetzte.

Er fühlte das Zittern in ihrer Hand und damit den großen Kraftaufwand, den dieser ihm entgegengebrachte Vertrauensbeweis für sie bedeutete. Noch immer fürchtete sie, dass erneut Wasser über ihren Kopf laufen würde und sie zu ertränken drohte. Doch Caya Aurora Campbell war niemand, der sich ihrem inneren Terror ergab.

Vier Tage hatte sie sich gegen Guttierez zur Wehr gesetzt und nun würde sie gegen die Wunden und Narben kämpfen, die der Mann hinterlassen hatte. Egal wie geschwächt sie war. Respekt und Bewunderung erfüllten Skye.

Das Wasser tat gut. Es war nicht kalt, aber wahrscheinlich hätte ihr Magen die Kälte auch nicht vertragen. Ihre Stimmbänder jedenfalls freuten sich über die Flüssigkeit.

„Noch ein Schluck?“, erkundigte sich der Mann an ihrer Seite.

Angenehm beruhigend klang seine Stimme und seine Augen blickten warm und vertrauenswürdig. Wie hatte sie auch nur für eine Sekunde annehmen können, dass er ihr wehtun würde?

Vorsichtig nickte sie einmal. Zu schnelle Bewegungen mit ihrem Kopf schmerzten. Lächelnd setzen seine Hände den Flaschenhals erneut an ihre Lippen. Niemals zuvor hatte Wasser so köstlich geschmeckt. Als ihr Mund den Kontakt verlor, erhöhte sie den Druck in ihrer Hand. Sie wollte mehr.

„Langsam, Caya. Ich weiß, dass das Wasser verlockend ist, aber geben Sie ihrem Körper einen Moment Zeit, sich an die Aufnahme zu gewöhnen.“

Ergeben ließ Caya ihre Hand sinken. Der Mann hatte recht. Sie durfte am Anfang nicht zu gierig sein.

„Es tut mir leid, aber ich glaube, ich habe Ihren Namen vergessen“, gestand sie leise.

„Skye”, antwortete der Mann lächelnd.

„Skye von der US Navy.“

Wortlos nickte er und schluckte unauffällig. Normalerweise hatte er kein Problem mit dieser kleinen Lüge, doch merkwürdigerweise fiel sie ihm zum ersten Mal schwer. Aus einem ihm unerfindlichen Grund wollte er diese Frau nicht anlügen. Schnell wechselte er das Thema.

„Cal bat mich, Sie davon zu überzeugen, ein Antibiotikum zu nehmen. Das Fieber ist ein sicheres Anzeichen für eine Infektion gegen die Sie kämpfen und unter den gegebenen Umständen sollten wir Ihren Körper dabei so gut wie möglich unterstützen.“

„Ich weiß schon: Komplikationen sind unnötige Risiken, die vermieden werden sollten.“

„So ähnlich, ja", grinste Skye, erleichtert darüber, dass Caya diesbezüglich vernünftig zu sein schien.

„Dann brauche ich allerdings noch etwas Wasser."

„Sehr wohl, Mylady." Skye wartete bis Caya die Tablette geschluckt hatte, bevor er einen weiteren Vorstoß wagte. „Ich sollte meine Glückssträhne nutzen, solange sie anhält. Wie sieht es aus? Kann ich Ihnen noch zwei Ibuprofen anbieten?"

Einen Moment sah sie ihn ernst an. „Skye, ich bin nicht generell gegen Medikamente eingestellt, und das Letzte, was ich möchte ist Ihnen zur Last zu fallen. Es tut mir leid, wenn ich zuvor einen anderen Eindruck vermittelt habe. Ich denke, ich wollte einfach nur nicht schon wieder die Kontrolle verlieren. Dabei habe ich dann wohl das Gesamtbild der Situation aus dem Auge verloren."

Sofort wurde Skyes Blick noch etwas sanfter. „Dafür hat jeder Verständnis. Sie können stolz auf sich sein, Caya. Ich kenne nicht viele Menschen, die solcher Folter widerstanden haben."

Argwöhnisch zog Caya ihre Augenbrauen zusammen. „Sie wissen, was Guttierez wollte?"

„Er wollte von Ihnen den Aufenthaltsort von Marcos Giribaldi erfahren", nickte Skye.

„Woher wissen Sie das?", stieß Caya plötzlich atemlos hervor.

Besorgt beobachtete Skye ihre Reaktion, als er wahrheitsgemäß antwortete. „Guttierez hat uns ein Video geschickt. Er wollte Sie gegen Giribaldi austauschen."

„Sie haben das Video gesehen? Das bedeutet, Sie ... Sie wissen, was er mit ... was er gemacht hat?" Schockiert starrte sie ihn mit großen Augen an.

Augenblicklich regte sich in Skye ein schlechtes Gewissen, obwohl er im Grunde nicht wusste, warum. Er hatte nichts Unrechtes getan. Ein Teil von ihm konnte ihre Reaktion jedoch nachvollziehen. Sie war eine stolze Frau. Die Erfahrung einer Situation oder einem anderen Menschen völlig wehr- und hilflos ausgeliefert zu sein, widersprach ihrem Naturell. Darüber hinaus zu wissen, dass es Zeugen dafür gab, erniedrigte sie. Seiner Ansicht nach, sah Caya dies jedoch aus einem falschen Blickwinkel. Intuitiv ergriff Skye ihre Hand.

„Caya, ich versichere Ihnen, jeder von uns hat nur die vollste Bewunderung und den höchsten Respekt für Sie. Sie wussten, wo Giribaldi steckt. Dennoch haben Sie seinen Aufenthaltsort Guttierez nicht verraten. Stattdessen haben Sie seine

Foltermethoden mit all den Schmerzen über sich ergehen lassen. Sie waren nicht wehrlos, Caya. Im Gegenteil. Sie haben sich mit dem einzigen Mittel zur Wehr gesetzt, dass sie besessen haben: mit Ihrem Schweigen. Je länger Sie geschwiegen haben, desto enger haben Sie den Mann an die Wand gedrängt. Ich schwöre Ihnen, ich kenne keinen Zivilisten, der das unter diesen Umständen getan hätte."

„Es hätte keinen Unterschied gemacht, wenn ich es ihm gesagt hätte. Guttierez hätte mich niemals gehen lassen."

„Das ist richtig. Aber es hätte die Folter beendet und Sie wissen, wie sehr sich der eigene Körper nichts anderes wünscht, als dass es einfach nur vorbei ist."

Caya schluckte. Ja, das wusste sie. Vielleicht hatte dieser Mann nicht unrecht. Vielleicht sollte sie es aus seiner Perspektive sehen. Immerhin war sie Guttierez und seiner Hölle entkommen. Sie hatte lange genug durchgehalten.

„Denken Sie immer daran, Caya, Guttierez hat sie nicht gebrochen und dafür zollt Ihnen jeder von uns den höchsten Respekt."

„Aber fast hätte er es geschafft", flüsterte sie und das Wissen darum, ließ ihre Augen mit Tränen füllen. „Wenn Sie nicht gekommen wären ..." Den Rest des Satzes ließ sie in der Luft hängen.

„Aber wir sind gekommen, Caya. Spielen Sie nicht ‚Was wäre gewesen, wenn ...' Glauben Sie mir, das führt zu nichts."

Plötzlich durchfuhr ihn ein völlig neuer Gedanke. Ein Gedanke, der ihn derart entsetzte, dass es ihm mit einem Mal kalt den Rücken hinunterlief.

„Caya?" Seine Stimme klang so unnatürlich rau, dass sie ihn sofort irritiert ansah.

„Guttierez hat Sie nicht ...", begann Syke, bevor er schluckte und die Frage zu Ende brachte. „Ich meine, er hat Sie nicht auf eine intime Weise angefasst, oder?"

Caya sah das Entsetzen in Skyes Augen, der dieser Gedanke in ihm auslöste, auch wenn er versuchte, es möglichst zu verbergen. Er schien ein wirklich netter Mann zu sein, und sie wünschte, sie hätte ihn unter anderen Umständen kennengelernt. Innerlich seufzend schüttelte sie verneinend den Kopf und beobachtete, wie Skye langsam erleichtert ausatmete.

„Er hat gesagt, wenn er das nächste Mal kommt, dann ...“ Ihre Stimme erstickte, doch dann richtete sie sich plötzlich auf und die nächsten Worte sprach sie überzeugend fest. „Doch dann sind Sie gekommen. Zuerst dachte ich, es sei Guttierez, der sein Versprechen einlösen wollte, aber es waren Sie.“

Skye erinnerte sich daran, wie sie sich am Anfang gegen ihn gewehrt hatte und die Vorstellung, was passiert wäre, wenn er und seine Männer sie nicht rechtzeitig gefunden hätten, erzeugte Übelkeit.

„Spielen Sie jetzt ‚Was wäre gewesen, wenn ...’ oder sieht es nur so aus?“, lächelte Caya, woraufhin Skye leise lachen musste.

„Ertappt”, beichtete er, schob aber seine Gedanken sofort beiseite. „Noch ein Schluck Wasser?“

„Gerne.“

Nachdem Caya getrunken hatte, musterte sie ihn aufmerksam.

„Wie viele sind Sie?“, wollte sie wissen. „Ich habe bisher nur Sie und Cal gesehen.“

„Wir sind fünf.“

„Aber Sie haben das Kommando, richtig?“

„Offiziell trage ich die Verantwortung, ja. Als Einheit sind wir jedoch ein Team und treffen alle wesentlichen Entscheidungen gemeinsam. Über bestimmte Fertigkeiten hinaus, die allen von uns gemein sind, besitzt jeder von uns jedoch noch besondere individuelle Fähigkeiten, die er in das Team einbringt, so wie beispielsweise Cal seine medizinischen Kenntnisse. Dadurch können wir eine Situation aus vielen Perspektiven beleuchten und die richtige Wahl treffen.“

„Was ist ihre Spezialität?“

„Organisation, Planung und Strategie.“

Einen Moment lang dachte Caya darüber nach, dann wechselte sie das Thema. „Was ist mit Guttierez?“

Aufmerksam betrachtete Skye ihre Mimik, doch zum ersten Mal konnte er nichts in ihrem Gesichtsausdruck lesen.

„Ist er tot?“, hakte Caya nach, nachdem er immer noch nicht geantwortet hatte.

„Nein”, bekannte Skye schließlich vorsichtig. „Guttierez hat sich bei unserer Befreiungsaktion nicht im Haus befunden.“

„Haben Sie gewartet, bis er gegangen war?“

„Nein. Wir haben ihn überhaupt nicht gesehen. Nachdem wir das Haus gefunden und die Wachen davor gesehen hatten, haben wir vermutet, dass Sie dort gefangen gehalten werden. Alle äußeren Anzeichen sprachen dafür, und wir haben entschieden, anzugreifen. Unsere Priorität waren, beziehungsweise sind Sie, nicht Guttierez."

„Mit anderen Worten, der Mann kommt für seine Taten ungeschoren davon?" Herausfordernd blitzten ihre Augen Skye an.

„Nein. Es wird mit Sicherheit einen internationalen Haftbefehl für ihn geben. Früher oder später wird er gefasst werden."

„Gut", nickte Caya zufrieden. „Ich will diesen Mann hinter amerikanischen Gittern sehen."

Nur hinter Gittern?, durchfuhr es Skye, während er innerlich den Kopf schüttelte. *Das Gefängnis ist viel zu gut für diesen Abschaum. Ich will den Mann sterben sehen. Aber langsam. Ganz langsam. Doch wahrscheinlich ist das nicht die Denkweise einer Staatsanwältin.*

Erschöpft ließ sich Caya zurück auf den Boden gleiten. Sie war erneut unendlich müde.

„Schlafen Sie noch ein wenig", forderte Skye sie freundlich auf. „Morgen wird ein anstrengender Tag werden und wir brechen bereits mit den ersten Sonnenstrahlen auf."

Ergeben nickte Caya, während ihr die Augen schon zufielen.

KAPITEL 5

Mühsam setzte Caya einen Fuß vor den anderen. Sie waren erst seit vier Stunden unterwegs, und sie hatte bereits das Gefühl am Ende ihrer Kräfte zu sein. Sie war dankbar für die luftige Hose, die Leinenbluse und allen voran für die Wanderschuhe, die Skye ihr am Morgen zum Anziehen gegeben hatte. In ihrem Kostümrock und ohne Schuhe wäre sie niemals in der Lage gewesen auch nur einen Schritt zu laufen.

Fälschlicherweise hatte sie immer geglaubt, im Regenwald herrsche eine himmlische Ruhe. Doch das Gegenteil war der Fall. Affen kreischten, Papageien schrien und hinzu kamen jede Menge fremdartiger Tierlaute, die sie nicht zuordnen konnte.

Die feuchte Hitze stand in der Luft und erschwerte das Atmen. Ihre Beine fühlten sich an wie Blei, doch Caya würde lieber auf der Stelle tot umfallen als diesen fünf Männern gegenüber ihre Schwäche einzugestehen. Sie wusste, dass diese das Tempo bereits ihretwegen gedrosselt hatten. Auf keinen Fall würde sie das Team zum Stillstand bringen. Um ihren Geist von der Anstrengung abzulenken, ließ sie ihre Gedanken zu ihren Rettern gleiten.

Zum ersten Mal hatte sie Skye am Morgen ohne schwarze Farbe im Gesicht gesehen, und seine darunterliegende Attraktivität hatte sie erstaunt. Der Mann hatte eine gerade Nase sowie ein markantes männliches Kinn. Sein Hautton war ein wenig dunkler, was ihr jedoch bereits zuvor schon seine Hände verraten hatten. Er hatte dichte, aber gepflegte dunkle Augenbrauen, und ein Drei-Tage-Bart zierte sein Kinn sowie seine Wangen.

Wie alle Soldaten trug auch er seine Haare kurz, doch interessanterweise störte Caya dies nicht. Normalerweise mochte sie ein wenig längeres Deckhaar bei Männern, aber Skye konnte sie sich nicht mit einer anderen Frisur vorstellen. Der Mann strahlte ein gesundes Selbstbewusstsein aus und vermittelte dabei den Eindruck, dass es keine Situation geben könne, der er nicht gewachsen sei.

Wäre er am Mittwochabend bei mir gewesen, hätte mich Guttierez niemals erwischt, durchfuhr es Caya, während sie seinen durchtrainierten Körper musterte.

Breite Schultern, schmale Hüfte, kräftige Beine. Sein schwarzes T-Shirt verbarg weder seine muskulösen Oberarme noch seine ausgeprägte Brustmuskulatur. Dieser Mann hatte kein Gramm Fett an seinem Körper. Ebenso wenig wie seine Teamkameraden, die alle einen ähnlichen Fitnessstatus aufwiesen.

Caya war kein naives kleines Blondchen. Sie wusste genau, mit wem sie hier unterwegs war und hatte das ja auch schon bezeugen können: Diese Männer waren nicht nur ausgebildet, um zu kämpfen, sondern auch um zu töten.

Es war ihre Aufgabe, amerikanische Bürger um jeden Preis zu schützen und den Gegner auszuschalten, auch wenn dies dessen Tod bedeutete. Ihr Ziel war nicht die Gefangennahme, um denjenigen vor Gericht zu stellen, wie Polizisten, Agenten oder Detectives es taten. Nein, in ihrem Alltag ging es viel öfter um Leben und Tod. In der Regel überlebte im Kampf nur einer: der Gegner oder man selbst.

Sosehr Caya auch vom amerikanischen Rechtssystem überzeugt war, so wusste sie doch, dass ihr Land Männer wie Skye, Cal, Pax, Ash und Blue brauchte. Sie waren Helden, die jeden Tag ihr Leben riskierten, um Menschen aus Situationen zu retten, wie sie sie gerade erlebt hatte.

Caya machte sich nichts vor. Ohne diese fünf wäre sie mittlerweile nicht mehr am Leben und wenn sie ehrlich war, wünschte sie sogar, Guttierez wäre während ihrer Befreiungsaktion im Haus gewesen, sodass einer von ihnen den Mann hätte töten können.

Der Gedanke sollte sie eigentlich erschrecken, doch erstaunlicherweise tat er es nicht. Zu groß war der Hass auf diesen Mann, der ihr eine der entscheidenden Säulen in ihrem Leben geraubt hatte, nämlich das Gefühl von Sicherheit.

Diese Lücke in ihrer Psyche hatte er dafür mit Angst und Schrecken gefüllt. Allein der Gedanke an ihre Reaktion in der Nacht auf das einfache Hinhalten einer Wasserflasche ließ sie beschämend zusammenfahren. Sie hasste Guttierez.

Cal, der die ganze Zeit neben Caya gelaufen war, warf ihr ein aufmunterndes Lächeln zu. Dann beschleunigte er seinen Schritt und schloss zu Skye auf.

„Wir müssen pausieren", erklärte er leise.

Sofort sah Skye ihn besorgt an. „Caya?"

„Sie schwitzt nicht mehr und ihre Hautfarbe gefällt mir nicht. Außerdem werden ihre Schritte kleiner, doch sie ist zu stolz, um zuzugeben, dass sie erschöpft ist. Es ist ein Wunder, dass sie überhaupt so lange Schritt gehalten hat. Die Frau ist halb verhungert und außerdem krank. Ich wette, ihre Temperatur ist ebenfalls wieder gestiegen.“

„Okay, wir suchen einen Rastplatz. Denkst du, sie kann danach weiterlaufen?“

„Ich weiß, dass ihr Körper Erholung braucht und ganz sicher keine Wanderung durch den kolumbianischen Regenwald. Je eher sie in einem Krankenhausbett liegt, desto besser. Allerdings weiß ich auch, wie wichtig die Psyche in ihrem Fall ist. Um ehrlich zu sein, glaube ich nicht, dass wir ihr auf Dauer einen Gefallen tun, wenn wir sie hier raustragen. Zumindest nicht, solange sich ihr Zustand nicht weiter verschlechtert.“

„Du hältst Selbständigkeit für wichtiger als Zeit”, fasste Skye zusammen.

„Wenn ich als Seal denke, ist Zeit der entscheidende Faktor. Wenn ich jedoch als Arzt entscheiden soll, halte ich es für wichtiger ihr Selbstvertrauen zu stärken.“

„Bisher war für uns immer nur die körperliche Verfassung eines Opfers entscheidend, nicht die mentale”, gab Skye zu Bedenken, doch sein Ton verriet, dass er Cals Ansicht teilte.

Intensiv sah Cal seinen Freund an. „In diesem Fall ist jedoch alles anders, nicht wahr?“

Ja, das ist es, bestätigte Skye stumm. Bislang war er davon ausgegangen, dass Caya Aurora Campbell nur in ihm etwas Persönliches berührte. Doch mit einem Mal erkannte er, dass es Cal ebenso ging. Abschätzend musterte er den Arzt. Was empfand dieser für Caya?

Skye spürte, wie sich der Stachel der Eifersucht schmerzhaft in sein Herz bohrte. Dieser war jedoch nicht nur ungeliebt, sondern auch unangemessen. Sofort schob er das Gefühl beiseite, doch Cal kannte seinen Freund zu gut.

Süffisant lächelte er, denn er hatte bereits in Guttierez’ Haus den Verdacht gehabt, dass Skye dieses Mal wesentlich emotionaler involviert war als es bei anderen Operationen der Fall gewesen war.

„Mach dir keine Gedanken, Skye. Ich will nichts von der Staatsanwältin, auch wenn ich zugeben muss, dass sie nicht nur äußerst attraktiv ist, sondern auch einen sehr interessanten

Charakter hat. Ich mache mir allerdings Sorgen um sie. Sie erinnert mich ein wenig an meine Schwester und ich möchte nicht, dass ihr das Gleiche passiert. Ich möchte nicht denselben Fehler noch einmal machen."

Innerlich seufzend erinnerte sich Skye an Cals Schwester. Sie war eine lebensfrohe, selbstbewusste junge Frau gewesen, bis sie eines Nachmittags von zwei Collegestudenten vergewaltigt worden war.

Neunzehn Jahre war sie damals gewesen und körperlich waren die Wunden schnell verheilt. Seelisch jedoch hatte Patricia das Ereignis nie überwunden. Ihr Psychiater hatte der Familie den Rat gegeben hatte, ihr so viel wie möglich abzunehmen und sie überallhin zu begleiten. In seinen Augen hatte ihr das Sicherheit zurückgeben sollen. Doch das war eine fatale Fehleinschätzung gewesen.

In Patricia hatte dies den Eindruck hinterlassen, als gäben alle ihr die Schuld, weil sie nicht in der Lage gewesen war, genügend aufzupassen. Sie hatte sich immer hilfloser und nutzloser gefühlt. Die Scham hatte sie erniedrigt, und dabei hatte sie auch noch den letzten Funken Selbstbewusstsein verloren, der ihr geblieben war. Am Ende hatte sie den Freitod gewählt und sich die Pulsadern aufgeschnitten

Mitfühlend berührte Skye seinen Kameraden kurz an der Schulter. „Wir richten uns nach Cayas Tempo."

Dankbar nickte Cal, während er sich wieder zurückfallen ließ. Skye hingegen kehrte gedanklich zu der Staatsanwältin zurück. Bereits den ganzen Morgen dachte er an nichts anderes als an diese Frau.

In der Hoffnung, dass es ihn ablenken würde, wenn er sie nicht die ganze Zeit vor sich sehen würde, hatte er die Führung der Gruppe übernommen. Doch es hatte nichts genutzt. Stattdessen hatte es ihn enorme Anstrengung gekostet, sich nicht alle fünf Minuten nach ihr umzudrehen, um zu sehen, wie es ihr ging.

Ihr eiserner Wille, den sie seit Marschbeginn an den Tag gelegt hatte und der sie zweifelsohne bis hierhin gebracht hatte, hatte ihm imponiert. Natürlicherweise hatte er aber nicht dazu beigetragen, seine Sorge zu mildern. Es hatte keine besonderen medizinischen Kenntnisse gebraucht, um zu sehen, dass sie nach wie vor viel zu schwach war. Von sich aus hatte sie Cal am Morgen nach einer weiteren Ibuprofen gefragt, was Skye verraten hatte, dass sie immer noch Schmerzen hatte. Doch seinen Vorschlag, sie zu tragen, hatte sie rigoros abgelehnt.

Wahrscheinlich war das auch besser, hatte sich Skye eingestanden, denn er wusste, dass er den Vorschlag nicht aus reiner Nächstenliebe getätigt hatte. Die Wahrheit war, dass er ihren warmen Körper vermisste, den er am Vortag nur zu gerne gespürt hatte. Sicher, sie hatte nicht nach Vanille, Rosen oder anderen schönen Düften gerochen. Nach Tagen ohne sanitäre Möglichkeiten gab es keine künstlichen Gerüche mehr. Es blieb nur noch der eigene Duft. Unter diesen Bedingungen fand sich grundsätzlich sehr schnell die Antwort auf die Frage, ob man sich riechen konnte oder nicht und Caya konnte er definitiv besser riechen als es der Situation angemessen war.

Links von ihnen sah Skye einen umgefallenen Kapokbaum. „Wir machen eine halbe Stunde Pause", verkündete er.

Erleichtert wollte sich Caya auf den Baumstamm fallen lassen, als Pax sie am Arm zurückhielt. „Warten Sie!"

Erstaunt sah sie den Mann an, der mit Abstand die unnahbarste Ausstrahlung besaß. Er war nicht unfreundlich. Er war ihr auch nicht unsympathisch, aber er war ihr gegenüber auch nicht so offen wie alle anderen.

„Warum?", wollte sie wissen.

„Deswegen!", erwiderte er und deutete auf Skye, der einen Ast vom Boden aufgehoben hatte und nun einige Male damit auf den Stamm schlug.

Augenblicklich huschten einige kleinere Echsen aus seinen Ritzen und verschwanden in Windeseile auf dem Waldboden. Auch eine kleinere Schlange war darunter gewesen. Entsetzt starrte Caya den Tieren hinterher.

„Jetzt können Sie sich setzen", erklärte Pax mit einer einladenden Handbewegung.

„Ich weiß nicht." Plötzlich sah der Baumstamm nicht mehr so verlockend aus wie noch vor einer Minute.

„Es ist wirklich in Ordnung", versicherte ihr der Mann in einem zuversichtlichen Ton.

Noch immer war Caya davon nicht restlos überzeugt, aber ihre Beine wollten sie auch nicht länger tragen. Daher ließ sie sich erschöpft fallen und schloss die Augen.

„Solange wir rasten, gebe ich Ihnen noch eine weitere Infusion, Caya", ging Cal vor ihr in die Hocke. Sein Ton war freundlich, doch es lag eine Bestimmtheit darin, die jeden Widerspruch zwecklos machte.

Caya hätte jedoch ohnehin nicht widersprochen. Wortlos hielt sie ihm ihre Hand hin, ohne ihre Augen auch nur zu öffnen.

„Trinken Sie, Caya", vernahm sie plötzlich Skyes warme Stimme. Sie klang angenehm ruhig.

Ich könnte ihm den ganzen Tag zuhören, lächelte sie in sich hinein.

„Caya, wenn Sie den nächsten Teil der Wanderung nicht über meiner Schulter fortsetzen wollen, dann öffnen Sie die Augen und trinken Sie", mahnte Skye.

Wer hatte gesagt, dass die Stimme angenehm klang?

Besorgt sah Skye zu Cal hinüber, doch der nickte nur als Zeichen, dass er es weiter versuchen sollte, während er selbst in seinem Rucksack nach einem weiteren Medikament suchte. Er musste dieses Fieber herunterbekommen.

„Also gut, ich nehme das als Zeichen, dass Ihnen meine Schulter lieber ist als Ihre Beine", erklärte Skye.

„Nein!" Augenblicklich öffnete Caya ihre Lider und blitzte ihn wütend aus ihren grünen Augen an, doch Skye grinste nur.

„Ich dachte, wir rasten. Darf man dabei nicht wenigstens einmal für fünf Minuten die Augen zumachen?"

„Sobald Sie getrunken haben, dürfen Sie alles, was Sie möchten", versprach Skye mit sanfter Stimme und half ihr dabei, die unhandliche Feldflasche an den Mund zu führen. Glücklicherweise zuckte sie nicht mehr zusammen und auch die Angst war aus ihren Augen verschwunden. Dennoch betrachtete sie ihn bei dieser Bewegung mit einem unterschwelligen Argwohn. Traurig lächelte er sie an.

Skye wusste, dass sie nichts für ihre Skepsis konnte. Guttierez war dafür verantwortlich. Natürlich würde Caya nicht in wenigen Tagen vergessen können, was sie während der Gefangenschaft erlebt hatte, dennoch wünschte Skye, dass sie ihm rückhaltlos vertrauen würde. Er wünschte, er hätte ihr die Erlebnisse der letzten Tage ersparen können.

„Es tut mir leid. Es ist nichts Persönliches", erklärte Caya leise, während sie gleichzeitig ihre Hand auf seine legte und ihm betrübt in die Augen sah.

Sofort riss sich Skye zusammen. Offensichtlich konnte Caya gut Gesichter gelesen.

„Das weiß ich, Caya. Machen Sie sich keine Gedanken. Es ist viel wichtiger, dass Sie mit sich selbst Geduld haben. Glauben Sie mir, das Schlimmste kommt erst, wenn Sie wieder zu Hause sind. Dann beginnen die Albträume, und sie werden in allen Ecken dunkle Schatten sehen.“

Intensiv musterte Caya den Mann neben ihr. „Das klingt, als hätten Sie Erfahrung damit.“

Einen langen Moment sah Skye hinaus in die Ferne.

„Jeder von uns hat seine eigenen Dämonen”, sagte er schließlich, bevor er ihr den Rücken zuwandte und ihr über die Schulter anbot: „Kommen Sie, lehnen Sie sich an und machen Sie die Augen zu. In zwanzig Minuten geht es weiter."

Die kurze Pause hatte Caya gut getan. Oder waren es Cals Wundermittel gewesen? Sie war zu erschöpft gewesen, um zu fragen, was er ihr alles durch die Braunüle in ihrer Hand gespritzt hatte. Solange sie danach hatte weiterlaufen können, war ihr alles recht gewesen.

Nach weiteren zwei Stunden kehrte die Müdigkeit jedoch zurück. Erschwerend kam hinzu, dass es seit einer Stunde unaufhörlich regnete und sie klitschnass war. Es war kein leichter Nieselregen und es war auch kein starker Schauer, wie sie ihn aus Washington kannte. Es war ein sintflutartiger Regen, den nicht einmal die dichten Pflanzen um sie herum mindern konnten.

Die Kleidung klebte an ihrer Haut und auch das Laufen auf dem nassen Boden wurde mit jedem Schritt schwerer. An manchen Stellen sackte sie ein, andere wiederum waren spiegelglatt. Außerdem war es entsetzlich laut. Sie wollte, sie könnte die Welt um sich herum verstummen lassen. Ihr Fuß stolperte über einen Ast, doch bevor sie fallen konnte, griff Skye nach ihrem Arm.

Aufmunternd lächelte er ihr zu, doch Caya war sich nicht sicher, wie lange sie noch einen Fuß vor den anderen setzen konnte. Sie war sich allerdings sicher, dass sie die Männer ausbremste.

„Nur noch zwei Meilen, Caya. Dann haben wir die heutige Strecke geschafft”, munterte Skye sie auf und verschränkte seine Finger mit ihren.

Der Kontakt fühlte sich gut an. Er vermittelte ihr, dass sie nicht allein war und ein Blick in Skyes Augen sagte ihr, dass er an sie glaubte. Die Energie, die sie in diesem Moment durchströmte war unbeschreiblich. Caya wusste nicht, wo sie auf einmal herkam, aber das war im Grunde auch egal. Wichtig war nur, dass sie wieder Kraft hatte. Dankbar drückte sie seine Hand und ihr Herz begann zu hüpfen, als sie spürte, wie Skye den kurzen Druck erwiderte.

Hand in Hand liefen sie die nächste Stunde nebeneinander her. Weitere zweimal stolperte Caya, doch jedes Mal war Skye zur Stelle und fing sie auf. Dabei kam weder ein vorwurfsvolles Wort, noch ein verärgerter Blick. Er schlug nicht einmal vor, sie für den Rest des Weges über seine Schulter zu werfen, worüber sie am dankbarsten war. Es konnte nicht mehr weit sein. Sie hatten es fast geschafft, und sie würde nicht kurz vor dem Ziel aufgeben. Sie würde den Tag aufrecht beenden.

Skye setzte gerade an, etwas zu ihr zu sagen, als Ash, der vor einiger Zeit die Führung übernommen hatte, plötzlich eine Faust in die Luft hob. Sofort blieben alle stehen und Caya konnte die Spannung spüren, die auf einmal durch die Gruppe fuhr.

Fragend sah sie Skye an, doch er legte lediglich als Stillezeichen seinen Zeigefinger senkrecht über seine Lippen. Jetzt war nicht der Zeitpunkt für Erklärungen.

Es dauerte einige Sekunden bis Ash seinen Zeige- und Mittelfinger hob. Deutlich nickte Skye, dann zeigte er auf Ash, Cal und Blue und gab jedem von ihnen mit seinem Finger eine Richtung vor. Lautlos verschwanden die Männer im Dickicht des Waldes. Anschließend kommunizierte er ebenso wortlos mit Pax.

Mit großen Augen beobachtete Caya, wie sich Skye mühelos über zwei Äste an einem Baum hochschwang. Der Mann war fast 1,90 Meter groß und wog mindestens hundertzehn Kilo. Dennoch wirkte die Bewegung, als sei es ein Kinderspiel, seinen Körper an den dicken Ästen hochzuziehen.

Plötzlich beugte sich Skye nach unten und hielt ihr seine Hand entgegen. Cayas Augen weiteten sich vor Erstaunen und Pax legte einen Zeigefinger über seine Lippen, um ihr noch einmal zu signalisieren, dass sie keinen Laut von sich geben sollte.

Für wie dumm hielt der Mann sie? Im gleichen Moment hielt er ihr jedoch seine ineinander verschränkten Hände entgegen.

Überrascht zog Caya ihre Augenbrauen zusammen. Sollte sie tatsächlich einen Fuß dort hineinstellen? Sein Blick ließ daran keinen Zweifel und auch Skye nickte ihr aufmunternd zu. Da sie im Augenblick nicht Diskutieren konnte, legte sie ihre Hände auf Pax Schultern, während sie ihren rechten Fuß in seine Räuberleiter stellte. Augenblicklich hievte er sie nach oben und Skye ergriff ihr gesundes Handgelenk. Fest presste Caya ihre Lippen aufeinander, damit ihr kein Laut entwich.

Skyes Bizeps schwoll unter ihrem Gewicht an, doch er zog sie problemlos nach oben. Der Mann war nicht einmal außer Atem, als er sich aufrichtete, um einen weiteren Ast nach oben zu steigen. Dieses Mal war die Differenz nicht so groß, sodass er Cayas Hand ohne Hilfe fassen konnte.

Als Pax sah, dass sein Freund zurechtkommen würde, verschwand er ebenfalls im Unterholz.

Weitere drei Male wiederholten Skye und Caya die Prozedur. Ihr gebrochenes Handgelenk pochte durch die Belastung der unbequemen Haltung, doch darüber verlor sie kein Wort. Noch immer hatte ihr niemand gesagt, was passiert war, aber sie vermutete, dass Ash zwei von Guttierez Leuten gesehen oder zumindest gehört hatte. Laut schlug ihr Herz in ihrer Brust.

„Ich sehe drei Tangos in nördlicher Richtung", kam Ashs leise Stimme durch Skyes Ohrknopf, den er mittlerweile aktiviert hatte.

„Vier im Süden", informierte Blue.

„Zwei sind direkt vor mir. Soll ich sie ausschalten?", fragte Cal.

„Positiv", erwiderte Skye flüsternd. „Pax?"

„Von Osten nähern sich zehn Tangos. Entfernung zirka zweihundert Meter."

„Minus zwei", vermeldete Cal.

„Minus drei. Aber ich sehe zwei weitere", informierte Ash.

Nachdenklich warf Skye einen Blick auf Caya. Guttierez' Leute hatten sie umzingelt, doch offensichtlich hatten sie noch nicht gemerkt, dass sie von ihnen entdeckt worden waren. Der Überraschungseffekt lag also nach wie vor auf ihrer Seite. Diesen mussten sie nutzen. Vorsichtig beugte er sich näher zu Caya, sodass sie ihn verstehen konnte, obwohl er nur flüsterte.

Fest sah er ihr in die Augen. „Guttierez Leute haben uns gefunden."

Erschrocken zuckte sie zusammen. Sie hatte es geahnt. Dennoch war es etwas anderes, die Worte real zu hören.

„Das ist keine Überraschung für uns. Eigentlich haben wir damit schon früher gerechnet. Aber ich möchte, dass Sie hier oben bleiben. Verstanden? Ganz egal was passiert, Sie rühren sich nicht vom Fleck bis ich oder einer der anderen Jungs Sie holt. Versprechen Sie es, Caya!"

„Wohin gehen Sie?"

„Ich muss mein Team unterstützen."

Verdammt! Skye hasste es, sie in dieser Situation alleinzulassen, aber seine Leute brauchten ihn. Es waren zu viele Feinde, die auf einmal und vor allem aus allen Richtungen angriffen. Caya hingegen würde hier oben sicher sein.

„Versprechen Sie es, Caya!", wiederholte er eindringlich.

„Versprochen!", flüsterte sie und zwang sich, die Mundwinkel zu einem zaghaften Lächeln nach oben zu ziehen.

Das Zittern ihrer Unterlippe verriet Skye, wie schwer es ihr fiel, alleine zu warten. Dennoch versuchte Caya, ihre Unsicherheit so gut wie möglich zu verbergen. Sie war eine tapfere Frau.

Aufmunternd drückte er ihre Hand. „Ich bin bald zurück."

Tief durchatmend folgte Caya ihm mit den Augen bis auch Skye im wildverwachsenen Gelände verschwunden war. Dann schloss sie die Lider. Zumindest hatte es mittlerweile aufgehört zu regnen. Durch die verdampfende Nässe hatte sich dafür jedoch Nebel gebildet. Vogelstimmen waren wieder zu hören und hin und wieder kreischte ein Affe.

Ein Schrei kam direkt aus ihrer Nähe, sodass Caya sich suchend umblickte. Tatsächlich saß ein kleines Kapuzineräffchen direkt über ihr. Mit schief geneigtem Kopf schien es sie neugierig zu betrachten. Augenblicklich musste Caya lächeln.

„Leistest du mir Gesellschaft?", flüsterte sie so leise, dass selbst sie ihre Stimme kaum vernehmen konnte, doch sie freute sich, dass sie nicht mehr alleine war. „Es tut mir leid, wenn das hier dein Baum ist. Ich verspreche, ich bin bald wieder weg."

Als ob es Caya verstehen könnte, neigte das Äffchen seinen Kopf in eine Richtung und sah sie weiterhin interessiert an.

„Der Westen ist klar", erklärte Cal. „Ich versuche mich von hinten zu nähern, sodass wir sie in der Zange haben."

„Verstanden", antwortete Skye, während er einen weiteren Späher hinter einem Baum entdeckte. Geschmeidig wie eine Katze schlich Skye sich an und schnitt ihm von hinten die Kehle durch. Dann ließ er den Mann lautlos zu Boden gleiten. Das Ganze war so schnell gegangen, dass der Mann nicht einmal mitbekommen hatte, wie sein Leben ausgelöscht worden war.

Zwanzig Meter weiter befand sich ein weiterer Kolumbianer. Gerade wollte Skye sich ihm nähern, als er Blues Kopf auftauchen sah. Per Handzeichen signalisierte Skye ihm, dass er den Mann Blue überlassen und selbst die andere Richtung nehmen würde.

Als Skye sich gerade umdrehen wollte, vernahm er links von ihm ein verräterisches Knacken. Es war ein leises Geräusch gewesen, doch war es definitiv keines, das ein Tier verursacht hatte. Intuitiv glitt er hinter einem Baum in Deckung und tatsächlich kamen kurz darauf zwei weitere von Guttierez' Männern in Sicht.

Geduldig wartete Skye bis sie an ihm vorbeigegangen waren. Dann stieß er dem einen sein Messer in die Kehle, bevor er den Kopf des anderen in seine Arme nahm und ihm das Genick brach.

Gleichmäßig schlug Skyes Herz mit sechzig Schlägen in seiner Brust. Das war für seinen ausdauertrainierten Körper zwar etwas höher als sein normaler Ruhepuls, aber von Aufregung war die Frequenz immer noch weit entfernt. Was sagte das wohl über ihn aus?

Einen Moment blickte Skye auf seine Hände und dachte an Caya. Sicher wäre sie geschockt, wenn sie ihn in den letzten drei Minuten beobachtet und gesehen hätte, wozu er, ohne auch nur mit einer Wimper zu zucken, fähig war. War er wirklich besser als die Männer, die hier vor ihm lagen?

Ohne Bedauern hatte er sie eiskalt getötet. Ermordet. Es hatte keine Gerichtsverhandlung gegeben. Keine Urteilsverkündung. Die offiziellen Behörden in den USA hätten unter den gegebenen Umständen bis jetzt noch nicht einmal eingreifen dürfen, da es schließlich noch keinen Angriff gegeben hatte.

Verächtlich schüttelte Skye den Kopf. Er hatte kein Verständnis dafür, dass immer erst etwas passieren musste, bevor das Rechtssystem handlungsfähig wurde. Selbst wenn die Situation so eindeutig war wie in der aktuellen Situation. Diese Männer waren nicht gekommen, um mit Skye und seinem Team zu plaudern. Sie waren gekommen, um sie zu töten.

Vielleicht war er am Ende nichts anderes als ein Mörder, aber er beschützte dabei diejenigen, die dieser letzten Art von Hilfe bedurften und für die ihr System Löcher aufwies, die der Rechtsstaat nicht schließen konnte, die jedoch der Abschaum dieser Welt für sich nutzte. Entschieden schob Skye diese Gedanken beiseite. Hier und jetzt war kaum der geeignete Zeitpunkt für solch ethisch-moralische Fragen.

Geräuschlos kämpfte er sich weiter in Pax' Richtung vor, als plötzlich ein Schuss durch den Wald hallte. Der

Überraschungsmoment war also vorbei, folgerte Skye automatisch und noch während er den Gedanken zu Ende dachte, fielen Schüsse über Schüsse.

Idioten, dachte Skye kurz darauf, als er fünf Kolumbianer vor sich auftauchen sah, die mit dem Rücken zu ihm standen und mit ihren Gewehren ziellos in das Dickicht der Pflanzen schossen.

Grinsend tauchte Blue neben ihm auf, der seine Maschinenpistole bereits im Anschlag hielt. Skye nickte und eine kurze Salve ließ die Männer wie Streichholzmännchen zusammensinken. Weitere Kolumbianer kamen angerannt, doch der strategische Vorteil lag beim Black Panther Team. Syke, Pax, Cal, Ash und Blue brauchten keine drei Minuten bis sich eine ungewohnte Stille über den Dschungel senkte. Kein Affe schrie mehr. Kein Vogel sang mehr. Wahrscheinlich waren alle Tiere geflüchtet.

„Sichert die Umgebung", orderte Skye. „Ich will keine unliebsamen Überraschungen in Form von weiteren ungebetenen Gästen."

Während Cal, Blue, Ash und Pax in die vier Himmelsrichtungen ausströmten, kehrte Skye zu Caya zurück. Statt oben auf dem Baum sitzend fand er sie jedoch bereits wieder zurück auf der Erde. Reglos stand sie in den Armen eines Einheimischen, der über beide Ohren grinsend seine Machete an ihren Hals hielt.

Augenblicklich gefror Skyes Blut in seinen Adern. Er warf einen kurzen Blick in Cayas Augen. Darin spiegelte sich der Horror der Situation, aber Skye sah auch noch etwas anderes. Er sah grenzenloses Vertrauen in seine Fähigkeiten, und er wusste, dass er sie nicht enttäuschen würde. Der Mann ihm gegenüber war ein toter Mann. Unauffällig griff Skye nach dem Messer, das er unter seinem langärmeligen Hemd versteckt hielt

„¡Saca tus sucias manos de ella!", befahl Skye in perfektem Spanisch. *Nimm deine dreckigen Hände von ihr.* Seine Stimme klang kalt. Emotionslos. Beherrscht.

Doch der Mann schien die Warnung, die darin lag, nicht zu verstehen, denn er lachte nur. „Me la voy a joder." *Ich werde sie ficken.*

„No, no lo vas a hacer." *Definitiv nicht,* versprach Skye, zog sein Messer und zielte.

Surrend drehte sich die fliegende Klinge durch die Luft bis sich ihre Spitze tief in die Mitte der Stirn ihres Ziels bohrte. Als der Mann begriff, was passierte, riss er die Augen weit auf, doch jede andere Reaktion kam zu spät. Geräuschlos fiel seine Machete auf den Boden, während sich seine Arme öffneten. Er torkelte einen Schritt zur Seite, dann fiel er wie ein nasser Sack zu Boden. Gleichzeitig eilte Skye auf Caya zu, zog sie in seine Arme und drehte sie von dem Leichnam weg.

Sie war kalt und steif. Nichts regte sich in ihr, und Skye war nicht sicher, ob die Schockstarre von der Todesangst kam, die der Mann ihr eingejagt hatte oder von seiner eigenen Handlungsweise. Schließlich hatte er gerade vor ihren Augen einen Menschen getötet und das auch noch auf keine besonders ansehnliche Art und Weise.

„Es tut mir leid", flüsterte er in ihr Ohr. „Ich hatte keine andere Wahl." Das war zumindest nicht vollständig gelogen. Es tat ihm leid, dass Caya diese Situation auch noch hatte erleben müssen. Den Tod des Mannes bedauerte er jedoch nicht. Allein die Vorstellung, dass dieser Mann ihren zarten reinen Körper mit seinen schmutzigen Händen berührt hatte, ließ seine Galle überlaufen.

„Es tut mir leid", wiederholte er noch einmal und spürte, wie sich Cayas Körper plötzlich anspannte.

Mit soviel Kraft, wie sie noch besaß, stieß sie ihn von sich. „Mir nicht!" Wütend drehte sie sich um und blickte auf den toten Mann, bevor sie ihn mit ihrem Fuß trat. Einmal. Zweimal. Dreimal. „Ich hasse ihn!", stieß sie unter Tränen hervor und wiederholte den Satz lauter. „Ich hasse sie alle!"

Als sie abermals zutreten wollte, zog Skye sie von dem toten Körper weg. Augenblicklich wehrte sich Caya gegen die Klammerhaltung.

„Lassen Sie mich los! Er war ein mieses Schwein. Er war derjenige, der das Wasser über mich geschüttet hat, der mich festgehalten hat, während Guttierez mich geschlagen hat. Ich habe in seinen Augen gesehen, wie viel Spaß er dabei jedes Mal gehabt hat. Es hat ihn sexuell erregt. Er hat sich gefreut, während ich ..." Ihre Stimme wurde leiser, während ihr Körper heftig geschüttelt wurde und kraftlos in sich zusammensank.

Intuitiv ließ sich Skye mit Caya zu Boden gleiten und nahm sie auf seinen Schoß. Beruhigend streichelte er ihren Kopf, den er an seine Schulter gezogen hatte und ließ sie weinen. Er wollte, er könnte ihr den Schmerz abnehmen, doch das stand nicht in seiner Macht. Er konnte ihr nur das Gefühl geben, nicht alleine zu sein und ihr im Moment die Zeit geben, die sie brauchte, denn Skye wusste, dass es am Ende besser war, wenn sie ihre Gefühle hinausließ, als wenn sie sie in sich aufstaute. Ihre Reaktion war normal und sie war gut. Es war der erste Schritt auf einem langen Weg der Verarbeitung.

Als Pax auftauchte warf er nur einen kurzen Blick von Skye, der immer noch Caya in seinen Armen hielt, auf den Leichnam und wieder zurück. Jede weitere Erklärung war unnötig. Die restliche Geschichte konnte er sich selbst zusammenreimen. Ohne dass Caya ihn registrierte, schulterte Pax den Mann und entfernte sich ebenso leise wie er gekommen war. Dankbar wandte Skye seine Aufmerksamkeit wieder der Frau auf seinem Schoß zu.

Sie war zart und wirkte unendlich zerbrechlich. Lange hatte er keine Frau mehr in den Armen gehalten, bei der er das Gefühl gehabt hatte, aufpassen zu müssen, dass er ihr nicht aus Versehen wehtat. Allerdings fühlte sie sich verdammt gut an. Ihr Körper schien perfekt in seine Arme zu passen. Ebenso schien die Kuhle an seiner Schulter wie für ihren Kopf gemacht zu sein.

Cayas Körper presste sich enger an seinen, doch Skye wusste, dass diese Reaktion keinem sexuellen Verlangen geschuldet war. Caya fror innerlich und ihr Körper suchte unbewusst die Wärme sowie den menschlichen Kontakt. Sie wollte das Gefühl nach Sicherheit und Geborgenheit zurückgewinnen, doch Skye wusste, dass es noch eine ganze Weile dauern würde, bis dieses tatsächlich zurückkehren würde.

Sosehr Skyes Verstand die Situation auch logisch analysierte, seinen Körper ließ dies unbeeindruckt. Gnadenlos fütterte seine Fantasie ihn mit erotischen Reizen. Seine Brustmuskulatur war bereits zum Äußersten gespannt und wartete auf jede noch so kleine Bewegung von Cayas Körper. Zwar trug sie noch immer ihren BH, doch die dünne Leinenbluse tat nichts dagegen, dass er ihre weichen Brüste deutlich fühlen konnte.

Sowohl auf dem Video als auch bei Cals Untersuchung im Haus hatte er ihren roséfarbenen Spitzen-BH gesehen und seine sensitiven Fingerspitzen wollten nichts mehr als zunächst den Stoff erfühlen, um ihn dann schließlich zur Seite zu schieben. So schmal Caya auch gebaut war, an Kurven mangelte es ihr nicht.

Vorsichtig veränderte Skye leicht Cayas Position auf seinem Schoß. Auf keinen Fall wollte er, dass sie die Reaktion seines Körpers erfasste, die er trotz aller Willensanstrengung nicht verhindern konnte. Es würde ihr unangenehm sein, wahrscheinlich sogar peinlich und das war das Letzte, was Skye wollte. Er war glücklich über das Vertrauen, das sie ihm entgegenbrachte und er würde nichts tun, was dieses enttäuschte.

Langsam ebbte Cayas Weinkrampf ab, und sie wischte die letzten Tränen mit ihren Händen von den Wangen ab. „Entschuldigung", flüsterte sie, doch Skye schüttelte nur den Kopf.

„Besser?"

„Ja, ich denke schon", nickte sie bestätigend.

„Gut." Noch immer war er nicht sicher, was sie nun von ihm dachte. Ihre Reaktion auf die Leiche war zu emotional gewesen, um daraus wahre Rückschlüsse ziehen zu können. „Ich hatte keine andere Wahl, als ihn zu töten", erklärte er daher noch einmal. Dabei sah er ihr fest in die Augen.

„Ich weiß, und ich bin dankbar dafür. Als Staatsanwältin sollte ich eigentlich nicht so denken, aber ich tue es. Ich kann nicht anders." Einen Moment blickte sie nachdenklich in die Ferne, bevor sie ihn wieder ansah. „Vielen Dank. Sie haben mir erneut das Leben gerettet."

„Kein Problem. Das ist mein Job", lächelte er.

Richtig. Es war sein Job. Besser, sie vergaß das nicht, mahnte sich Caya. Die letzten fünf Minuten hatten gar zu verführerisch in eine andere Richtung gelockt, doch das hatte natürlich nur sie so empfunden. Im Gegensatz zu Skye war ihr Körper nicht an den Adrenalinschub gewohnt und hatte dementsprechend wesentlich sensitiver reagiert. Hastig stand sie auf.

Skye spürte, wie sich die Atmosphäre zwischen ihnen änderte. Caya hatte sich von ihm distanziert. Was er nicht verstand, war das Warum. Hatte sie doch ein Problem damit, dass er den Mann getötet hatte? Oder war es vielleicht das Messer, das sie im Nachhinein schockierte?

„Caya, wenn ich eine andere Möglichkeit gesehen hätte ..."

Verärgert sah sie ihn an. „Ich bin nicht dumm, Skye. Ich weiß, wer Sie sind und was Sie sind."

Innerlich zuckte Skye bei ihren Worten zusammen. Es war ihm nicht klar gewesen, wie viel ihm ihre Meinung wirklich bedeutete. Zu hören, dass sie ihn für einen Mörder hielt, schmerzte mehr als er gedachte hätte. Doch halt! Sagte sie dies überhaupt? Er sollte besser zuhören, bevor er den Rest auch noch verpasste.

„... bin ich dankbar, dass es Menschen wie Sie und Ihr Team gibt, die diese Lücken schließen. Ohne Sie wäre ich nicht mehr am

Leben. Sie sind ein Held, Skye. Sie sind mein Held!“ Sanft küsste sie ihn auf die Wange. Dann trat sie einen Schritt zurück und straffte ihre Schultern. „Können wir nun weitergehen? Es muss in diesem Urwald auch noch einen anderen Platz zum Schlafen geben, oder?“

Ein wenig irritiert sah er die Frau vor ihm an. Sie hielt ihn für einen Helden? Hatte sie das wirklich gerade gesagt? Hatte sie ihn auch tatsächlich geküsst?

Seine Finger wollten die Stelle an seiner Wange berühren, von der er glaubte, ihre Lippen gespürt zu haben, doch selbstverständlich widerstand er diesem Drang. Es war nicht mehr als eine einfache Dankbarkeitsbezeugung zwischen Opfer und Retter gewesen. Daher sagte er einfach nur: „Gehen wir.“

KAPITEL 6

Gebannt starrte Skye auf den großen flachen Fernsehbildschirm, dessen eingestellter Nachrichtensender eine Zusammenfassung der Pressekonferenz gab, die die Staatsanwaltschaft vor einer Stunde abgehalten hatte. Zum ersten Mal seit sechs Wochen sah er Caya Aurora Campbell wieder oder zumindest neue Bilder von ihr, denn in seinen Träumen tauchte sie jede Nacht auf.

Eingehend musterte er sie, als die Kamera ihr Gesicht heranzoomte. Sie sah gut aus. Anders, als er sie in Erinnerung hatte. Ihr Teint hatte seinen lebendigen roséfarbenen Ton zurück und äußerlich deutete nichts mehr auf den Terror hin, den sie durchlebt hatte.

Ihre Haare glänzten seidig im Licht der Scheinwerfer und Skye erinnerte sich daran, wie seine Fingerspitzen durch die einzelnen Strähnen gefahren waren, als er sie in seinen Armen gehalten hatte. Wahrscheinlich würden sie sich heute mit all den ganzen Shampoos und Pflegespülungen, die der Markt zu bieten hatte, völlig anders anfühlen als damals in den Tagen der Wildnis.

Cayas Lippen leuchteten in einem dezenten Orange, während ihre Augen von langen schwarzen Wimpern umrahmt wurden. Kurz kräuselte Skye die Stirn, als sein Blick ihre Augen fokussierte. Waren das Schatten unter ihren Augen? Oder war dies nur der Beleuchtung geschuldet?

Skye wusste, dass die dünne Haut unter den Augen als Erstes Anzeichen von Stress oder Schlafmangel zeigte und unweigerlich fragte er sich, ob sie in der Nacht genügend Ruhe bekam. Es war eine Frage, die er sich jeden Abend vor dem Einschlafen stellte und sie war ebenso sein erster Gedanke am Morgen, wenn er wieder aufwachte.

Aus Erfahrung wusste er, wie viel Kraft und Energie Albträume einem abverlangen konnten und er hoffte inständig, dass Caya einen guten Therapeuten hatte, der ihr dabei half, die traumatischen Erlebnisse zu bewältigen. Ohne professionelle Hilfe würde sie Guttierez' Folter psychisch nicht verarbeiten können.

In der Vergangenheit hatte er viele gute Männer an PTBS zugrunde gehen sehen, nur weil sie zu stolz gewesen waren, Hilfe anzunehmen oder weil sie einen schlechten Psychiater hatten, der mit der Schwere der posttraumatischen Belastungsstörung überfordert gewesen war.

In Cayas Fall konnte Skye aber sicher davon ausgehen, dass ihr Vater den besten Mann oder die beste Frau für seine Tochter ausgewählt hatte. Mit seinen Beziehungen dürfte es dem Senator ein Leichtes gewesen sein, kurzfristig eine entsprechend hochqualifizierte Therapie zu organisieren.

Cayas körperliche Verletzungen waren in jedem Fall gut verheilt. Wie immer hatte Cal fantastische medizinische Vorarbeit geleistet und so hatte Caya bereits drei Tage nach ihrer Rückkehr in die Vereinigten Staaten die Klinik in Washington wieder verlassen können.

Sowohl Cal als auch er selbst hatten ihre Genesung aus der Distanz verfolgt und Skye war froh, als er gehört hatte, dass sie ab heute ihre Arbeit wieder offiziell aufnahm.

Die Freude verschwand jedoch sofort als der leitende Staatsanwalt verkündete, dass Miss Campbell auch weiterhin den Fall Marcos Giribaldi verhandeln würde. War die Frau von allen guten Geistern verlassen? Hatte sie nicht bereits genug durchgemacht? Wütend stand Skye auf und schaltete den Fernseher aus, als der Nachrichtensprecher das Thema wechselte. Nur langsam beruhigte er sich, sodass er wieder klar denken konnte.

Was hatte er erwartet? Dass sich Caya zurückziehen würde? Am besten bis Giribaldi verurteilt war und anschließend nur noch Scheidungsfälle oder Nachbarschaftsstreitigkeiten verhandeln würde? Nein. Das passte nicht zu dieser Frau.

Genau das mochte Skye vielleicht gehofft haben, aber im Grunde hatte er von Anfang an gewusst, dass das niemals passieren würde. Caya war niemand, der sich verletzt und verängstigt zurückzog. Sie würde auf ihre Weise und mit ihren eigenen Waffen zurückschlagen. Skye befürchtete allerdings, dass diese gegen Guttierez nicht ausreichen würden.

Heimlich hatte er auf eigene Faust einige Recherchen angestellt, doch für die Zeit vor Cayas Entführung hatte er nicht mehr über Guttierez herausgefunden als das, was er bereits wusste, und seit ihrer Befreiung schien der Mann wie vom Erdboden verschluckt zu sein.

Nur allzu gut wusste Skye, dass er sich an dieser Stelle raushalten sollte. Sein Team hatte die Staatsanwältin zurück nach Hause gebracht. Damit war der Auftrag erfolgreich beendet und sein Job erledigt. Doch in diesem Fall war das leichter gesagt als getan.

Seufzend zog Skye eine Badehose an und schlenderte nachdenklich durch seinen Garten hinunter zum Strand. Er sollte Caya Aurora Campbell vergessen. Sie war ein Auftrag gewesen. Einer von vielen. Doch egal wie oft er sich das auch immer wieder versuchte einzureden, es gelang ihm nicht, die Frau aus seinen Gedanken zu verbannen. Zum ersten Mal in seinem Leben hatte Skye keinen Einfluss auf das, was er dachte.

Verärgert darüber begann er über den vom Tag noch aufgewärmten Sand zu joggen. Vielleicht half ihm etwas körperliche Ertüchtigung zu entspannen.

Skye liebte die Lage seines kleinen Strandhauses. Zwar hatte er eine Wohnung in Washington, doch wann immer er einen freien Tag hatte, fuhr er die Stunde nach Chesapeak Beach hinaus, wo das Haus stand, das er zu seinem Zuhause gemacht hatte. Es befand sich direkt an einem endlos langen Strandabschnitt ganz am Ende des Ortes, wo sich kaum ein Tourist jemals hin verirrte. Es war sein Refugium, in das er sich nach anstrengenden Einsätzen zurückziehen und wo er neue Kraft tanken konnte.

Langsam versank die Sonne am Horizont hinter dem Meer und tauchte den Himmel in ein abendliches Rot. Im Laufen ließ Skye sein Handtuch fallen, bevor er mit großen Schritten ins Wasser sprintete und in den Tiefen der hereinbrechenden Wellen verschwand.

Skyes Muskeln schmerzten und seine Lungen brannten vom ausdauernden Schwimmen und Tauchen. Sechzig Minuten war er im Meer an seine Grenzen gegangen und das nach dem anstrengenden Fitnesstraining, das er am Mittag in seinem Kraftraum absolviert hatte. Dennoch hatte Skye nicht den gewünschten Erfolg erzielt.

Nach wie vor kreisten seine Gedanken noch immer einzig und allein um Caya und ohne zu lügen, konnte er behaupten, dass ihn niemals zuvor eine Frau dermaßen beschäftigt hatte. Seufzend schwamm er zurück zum Strand und stieg aus dem Meer. Sofort erblickten seine Augen die einsame Figur, die neben seinem Handtuch auf ihn wartete. Pax.

Was macht er hier draußen?, schoss es Skye durch den Kopf. War etwas passiert? Sicher, sein Freund kam hin und wieder bei ihm vorbei. Nie jedoch unangemeldet. Dafür war der Weg aus der Stadt heraus zu weit.

Unbewusst runzelte Skye die Stirn. Sein Handy war zwar in der letzten Stunde ausgeschaltet gewesen, aber wenn es etwas Dringendes gegeben hätte, hätte Pax ihn über den stillen Alarm an seinem Handgelenk erreichen können. Ein Blick in Pax' Gesicht bestätigte ihm, dass kein tragisches Ereignis der Anlass für den Überraschungsbesuch war. Unauffällig atmete Skye erleichtert auf.

Offensichtlich brauchte er dringend ein paar freie Tage. Wenn er jetzt schon das Schlimmste vermutete, nur weil sein Freund ihm einen spontanen Besuch abstattete, dann wurde es wirklich Zeit, dass er die Grauen und Schrecken, mit denen er während seiner Einsätze konfrontiert wurde, mit einigen schönen Erlebnissen überspielte.

Bevor sich die Black Panther Gruppe formiert hatte, war Skye der Einzige gewesen, der jedes Teammitglied persönlich gekannt hatte. Zu jedem der Männer hatte er eine enge Bindung und für jeden von ihnen würde er jederzeit seine Hand ins Feuer legen. Pax jedoch war nicht nur sein ältester, er war auch sein bester Freund. Sie hatten bereits als Kinder gemeinsam im Sandkasten gespielt, waren gemeinsam zur Schule gegangen und sie hatten zusammen ihr BUD/S Training absolviert. Dankend ergriff Skye das Handtuch, das ihm sein Freund entgegenhielt.

„Das Meer war immer dein liebstes Element", bemerkte Pax.

„Das wird sich auch nicht mehr ändern", bestätigte Skye, während er sich mit dem Handtuch durch sein Gesicht fuhr.

„Ich hab' Pizza mitgebracht. Sie wartet im Ofen."

Überrascht zog Skye seine Augenbrauen in die Höhe. „Du hast kein heißes Date heute Abend?"

„Doch. Dich", erwiderte Pax grinsend. „Jetzt mach', dass du unter die Dusche kommst. Ich hab' Hunger."

Zehn Minuten später saßen die beiden Männer auf Skyes Veranda. Leise rauschte das Meer im Hintergrund, während zwei große Pappkartons mit Pizzen aufgeklappt vor ihnen lagen und jeder eine Flasche Bier in der Hand hielt.

„Prost!", eröffnete Pax das Dinner und beide nahmen einen großen Schluck aus ihrer Flasche.

„Deine Mutter wäre entsetzt, wenn sie sehen würde, wie du den Tisch gedeckt hast", bemerkte Skye grinsend.

„Ich habe nie verstanden, warum Frauen dieses Gedöns darum machen. Am Ende ist es immer noch die gleiche Pizza, die vor einem liegt. Man muss nur mehr aufräumen, spülen, abtrocknen und unter Umständen noch eine Tischdecke waschen."

„Wie wäre es mit: Weil es nett aussieht? Weil es zeigt, dass einem der andere die Mühe wert ist?"

„Tja, ich schätze, Buddy, du bist der Mühe dann nicht wert gewesen", scherzte Pax trocken.

„Kein Problem. Es ist schließlich nicht so, dass ich damit gerechnet hätte. Um ehrlich zu sein, habe ich nicht einmal mit dir gerechnet." Auffordernd blickte Skye seinen Freund an, der einen Moment zu überlegen schien, wie er den Grund seines Besuches zur Sprache bringen sollte.

„Hast du die Nachrichten gesehen?"

Misstrauisch geworden legte Skye sein Pizzastück zur Seite. „Ja, habe ich. Auf welchen Beitrag willst du hinaus?"

„Das weißt du sehr genau."

„Sag es mir trotzdem", forderte Skye ihn heraus, woraufhin Pax stöhnte.

„Nun komm schon, Skye. Erzähl mir nicht, dass es dich nicht beschäftigt, wenn Miss Campbell Giribaldi anklagt. Seitdem wir aus Kolumbien zurück sind, suchst du in deiner Freizeit nach Informationen über Guttierez und du trainierst mehr als zu der Zeit, in der wir uns auf die Höllenwoche vorbereitet haben."

Lange starrte Skye seinen Freund über den Tisch hinweg an. Doch Pax dachte nicht daran zurückzuweichen. Er kannte Skye seit zweiunddreißig Jahren. Manchmal hatte er sogar das Gefühl, er konnte ihn besser lesen als sich selbst.

„Sie beschäftigt dich, Skye. Gib zu, dass sie dir nicht aus dem Kopf geht."

„Was ist, wenn es so wäre, Pax?", gab Skye nach einem Moment zurück, währenddessen er seinen Freund aufmerksam gemustert hatte. „Was willst du mir überhaupt sagen? Willst du andeuten, dass ich unkonzentriert bin? Dass ich meine Arbeit nicht richtig mache?"

„Nein, zumindest noch nicht", erklärte Pax ruhig. „Aber du weißt genauso gut wie ich, dass wir uns in unserem Job keine Ablenkung leisten können. Ansonsten ist es nur eine Frage der Zeit bis einem Fehler unterlaufen und Fehler sind tödlich."

„Wenn du ein Problem hast, mit mir zu arbeiten, dann sag' es." Wütend blitzte es in Skyes Augen, doch Pax legte ihm beruhigend die Hand auf seinen Arm,

„Ich vertraue dir dreihundert Prozent, und das weißt du genau. Ich bin auch nicht hier, um dich von etwas abzubringen, Skye. Im Gegenteil. Ich möchte, dass du dir eingestehst, was du für diese Frau empfindest."

Wie Luft aus einer kaputten Luftmatratze wich Skyes Wut aus seinem Körper. Stattdessen sah er Pax voller Erstaunen an. Er sollte was?

„Ich habe noch nie erlebt, dass dich eine Frau durcheinander bringt", fuhr Pax fort. „Vor allem nicht, dass sie sich über mehrere Wochen in deinem Kopf einnistet. Sag mir, wenn ich mich irren sollte, aber seitdem wir zurück sind, hast du mit keiner einzigen Frau geschlafen. Seit du siebzehn warst, bist du nicht mehr über einen solch langen Zeitraum abstinent gewesen."

Ergeben lehnte sich Skye in seinem Stuhl zurück. Pax hatte recht. Seit er Caya kannte war er tatsächlich mit keiner Frau mehr intim gewesen. Ja, er hatte geflirtet, wenn er mit den Jungs in einer Bar gewesen war, aber bevor es ernst werden konnte, hatte er jedes Mal einen Rückzieher gemacht und war alleine nach Hause gefahren. Bisher hatte er sein Verhalten nicht mit Caya in Verbindung gebracht, doch so wie Pax es geschildert hatte, war vielleicht etwas Wahres dran. Vielleicht. In jedem Fall war Caya die einzige Frau, die sein geistiges Auge seit Wochen vor sich sah. Egal ob er schlief oder wach war.

„Vielleicht solltest du einfach mit ihr ins Bett gehen", schlug Pax vor. „Der Fall ist schließlich abgeschlossen. Damit gibt es keinen Grund, warum ihr nicht eine heiße Nacht miteinander verbringen solltet. Leb' deine Fantasie aus, bevor sie dich um den Verstand bringt."

Unweigerlich ballten sich Skyes Hände zu Fäusten. Das war nicht das, war er wollte und ganz sicher war es nicht das, was Caya verdient hatte. Sie war keine Frau für einen One-Night-Stand. Sie war eine Frau fürs Leben.

Hoppla! Stopp! Stopp! Stopp! Nochmal von vorn!, rief sich Skye zur Vernunft. Ja, sie war eine Frau fürs Leben, aber natürlich nicht für sein Leben. Sie war jemand, der mehr verdient hatte, als er ihr bieten konnte.

Sicher, Geld hatte er genug. Onkel Sam zahlte gut. Aber wenn er morgens das Haus verließ, würde er niemals wissen, wann, beziehungsweise ob er überhaupt zurückkehren würde. Caya war keine Frau, der man eine solche Ungewissheit zumutete.

Sie war eine Frau, die man als Mann liebte, verehrte und auf Händen trug. Eine Frau, die man heiratete, wenn man denn heiraten wollte. Und wenn man nicht heiraten wollte, dann ließ man als Mann die Finger von einer Frau wie ihr. Zumindest, wenn man Ehre zu den entscheidenden Merkmalen seines Charakters zählte, so wie Skye es tat.

„Du weißt, dass sie zu einer anderen Kategorie Frau zählt", bemerkte er schließlich.

Verständnisvoll seufzte Pax. „Ich habe befürchtet, dass du das sagen wirst."

„Außerdem sieht sie mich völlig anders."

Pax wollte widersprechen, doch Skye hob abwehrend die Hände. „Wir wissen beide wie die Realität aussieht. Wir haben sie gerettet."

„Zu dir hat sie jedoch die engste Verbindung aufgebaut", unterbrach Pax.

„Das ist auch nicht weiter verwunderlich. Ich war der Erste, den sie von uns gesehen hat. Ich war derjenige, der sie aus diesem Loch geholt hat und der einige Tage später dieses Schwein getötet hat, der sie mit seiner Machete an ihrem Hals bedroht hat. Zufällig war ich auch gerade zur Stelle, als die Emotionen sie überwältigt haben. Doch wir müssen uns nichts vormachen, Pax. Gegenseitige Attraktivität war das Letzte, was für diese Frau in jenen Tagen eine Rolle gespielt hat. Dafür war sie viel zu sehr damit beschäftigt gewesen, einen Fuß vor den anderen zu setzen und uns möglichst nicht merken zu lassen, wie schwer ihr jeder einzelne verdammte Schritt gefallen ist."

Frustriert legte Skye seine Daumen auf die Wangenknochen und zog die Finger über seinen Augen an der Nasenwurzel zusammen, bevor er Pax wieder ansah. „Ganz sicher ist sie mir und uns dankbar für alles, was wir getan haben, aber als Mann hat sie definitiv keinerlei Erinnerung an mich."

„Vielleicht solltest du dich dann in Erinnerung bringen", riet Pax. „Abgesehen davon kann es nicht schaden, in den nächsten Wochen ein Auge auf die Frau zu haben. Ich würde mein Leben jedenfalls nicht darauf verwetten, dass Guttierez nicht versuchen wird, sie noch einmal in die Finger zu bekommen. Diese Männer nehmen Niederlagen normalerweise nicht ehrenvoll entgegen."

„Du hast also auch kein gutes Gefühl bei der Sache?"

„Nein, und wenn ich richtig liege, geht es den anderen ebenso. Cal hat beispielsweise ihren gesundheitlichen Fortschritt ausführlicher verfolgt als bei jeder anderen Geisel, die wir bisher nach Hause gebracht haben."

„Ich weiß. Ash hat auch einige Nachforschungen über Guttierez angestellt. Allerdings mit ebenso wenig Erfolg wie ich."

Automatisch musste Pax grinsen. „Du hast also doch noch mitbekommen, was um dich herum vorgegangen ist."

„Selbstverständlich. Entgegen deiner offensichtlichen Annahme bin ich nicht auf beiden Augen blind."

„Sie ist eine wirklich außergewöhnliche Frau. Keiner von uns möchte, dass ihr etwas passiert."

Argwöhnisch musterte Skye ihn plötzlich. Er wusste, dass Cal keine erotischen Gedanken gegenüber Caya hegte. Doch wie sah es mit den anderen aus? Ihre Reize konnten auch ihnen nicht verborgen geblieben sein.

Offensichtlich schien Pax seine Gedankengänge zu erraten, denn er hob sofort abwehrend seine Hände. „Hör auf, Skye! Niemand von uns macht sie dir streitig. Jeder hat verstanden, dass du ein Auge auf sie geworfen hast."

„Was?" Entsetzt starrte Skye ihn an.

„Oh, bitte. Glaubst du allen Ernstes, keiner von uns hat gemerkt, dass du dich um Caya dreimal so viel gekümmert hast wie um jedes andere Opfer zuvor? Abgesehen davon, dass jede Entscheidung in Kolumbien darauf basiert hat, was das Beste für sie war."

„Bei jeder Entscheidung berücksichtige ich den Zustand der Geisel."

„Ja, den gesundheitlichen, doch nicht den emotionalen. Aber, Skye, das ist gar kein Vorwurf. Wir alle haben das verstanden und jeder von uns hätte die gleichen Entscheidungen getroffen. Wenn dem nicht so gewesen wäre, hätte jemand etwas gesagt. Der Punkt ist jedoch, dass du Caya nicht mit der gleichen Distanz gesehen hast, mit der du sonst unsere Fälle betrachtest und jeder von uns hat begriffen, was das bedeutet."

Nachdenklich nahm Skye einen zweiten Schluck Bier aus seiner Flasche. „Ich werde mit Dylon Price sprechen. Es gefällt mir nicht, dass wir nur so wenige Informationen über Guttierez haben."

„Mach das. Aber vergiss nicht: Selbst wenn der Mann uns kein offizielles Okay gibt, stehen wir alle hinter dir. Wenn du willst, dass wir Caya im Auge behalten, dann genügt ein Wort von dir."

KAPITEL 7

Grundsätzlich arbeitete Caya in ihrem Büro mit offener Tür. Als es jetzt an ihren Türrahmen klopfte, hob sie den Kopf und es dauerte eine Sekunde, bis sie den Mann auf ihrer Türschwelle erkannte. Er wirkte völlig anders als sie ihn in Erinnerung hatte. Dennoch begann ihr Herz augenblicklich zu hüpfen.

„Skye!“, murmelte sie und die Überraschung stand ihr ins Gesicht geschrieben. Hunderte von Malen hatte sie in den letzten Wochen an ihn gedacht. In den ersten Tagen hatte sie sogar gehofft, dass er sie im Krankenhaus besuchen würde.

Wann immer sich die Tür zu ihrem Zimmer geöffnet hatte, hatte sie wie ein Teenager, der das erste Mal für jemanden schwärmt, innerlich gebetet, Skye würde ihr Besucher sein. Doch er war nicht gekommen. Er hatte nicht einmal angerufen, um sich nach ihr zu erkundigen. Sie hatte sich selbst nicht erklären können, warum sie dies so entsetzlich enttäuscht hatte. Schließlich hatte sie gewusst, dass sie für ihn nur eine von vielen Operationen gewesen war. Allerdings war es im Leben nicht immer einfach das Herz von dem zu überzeugen, was der Kopf längst wusste.

Im Laufe der Wochen hatte Caya verstanden, dass ihre Gefühle gegenüber Skye eine ganz normale Reaktion ihrer Psyche waren. Der Mann hatte sie aus einer traumatischen Hölle befreit und als Folge davon hatte sie unbewusst eine Bindung zu ihm aufgebaut, in der sie ihn als Gestalt glorifiziert hatte. Nachdem sie dieses Verhaltensmuster analysiert und verstanden hatte, war es einfacher gewesen, ihn aus ihren Gedanken zu verdrängen. Schließlich wusste sie nicht einmal die elementarsten Dinge über diesen Mann. Nicht einmal seinen vollständigen Namen kannte sie.

Unerwarteterweise stand er jedoch jetzt plötzlich vor ihr. Statt Kampfkleidung trug er eine Blue-Jeans, die locker auf seinen Hüften saß, ein weißes Hemd sowie ein dunkelblaues Sakko. Sein Gesicht war glatt rasiert, was seine markanten Züge deutlich zur Geltung brachte.

Der Mann hat mehr Sex-Appeal als erlaubt sein sollte. Er könnte direkt von der Coveraufnahme eines Männermagazins kommen, durchfuhr es Caya, während sie versuchte, ihren Herzschlag wieder in eine normale Frequenz zu lotsen.

„Hey!“, grüßte Skye mit seiner tiefen ruhigen Stimme, wobei er sie sanft anlächelte. „Darf ich reinkommen?“

„Sicher! Entschuldigen Sie, bitte. Ich war nur einen Moment erstaunt, Sie hier zu sehen”, erklärte Caya, während sie sich erhob.

„Sie sehen großartig aus”, lobte Skye, als er vor ihr stand. Dann beugte er sich vor und küsste sie zur Begrüßung auf eine Wange.

Sandelholz und Meer, vermeldete ihre Nase und schnupperte sofort noch einmal nach dem angenehmen Duft, der von diesem Mann ausging.

„Setzen Sie sich”, bot Caya an, wobei sie auf eine kleine Sitzecke mit vier schwarzen Ledersesseln verwies. „Kann ich Ihnen etwas anbieten?“

„Nein, vielen Dank, ich möchte Sie nicht lange aufhalten. Ich war nur zufällig in der Nähe und dachte, ich nutze die Gelegenheit zu einem kurzen Besuch.“

Gelogen, schrie es in Skyes Kopf, doch er überging die innere Stimme geflissentlich. „Wie geht es Ihnen, Caya?“

„Gut, danke. Mein Handgelenk ist wieder voll einsatzfähig und auch alle anderen Verletzungen sind gut verheilt.“ Um ihre Aussage zu untermauern, drehte sie ihre Hand vor ihm in alle Richtungen.

Aufmerksam musterte Skye sie. Er hatte keine Zweifel daran, dass ihre körperlichen Verletzungen ausgeheilt waren. „Was machen die Albträume?“

Bevor Caya antwortete, schlug sie die Beine übereinander und legte ihre Hände zusammengefaltet in den Schoß. Das war ein Thema, über das sie lieber nicht sprechen wollte. Doch sie wusste, dass der Mann vor ihr nur allzu gut Bescheid wusste. Er hatte vorausgesagt, dass die Albträume einsetzen würden, sobald sie zu Hause war und er hatte recht behalten. Auch jetzt hatte er nicht gefragt, ob sie welche hatte, denn er wusste, dass sie existierten. Lügen war dementsprechend zwecklos.

„Sie werden besser. Die Erinnerung verblasst langsam”, antwortete Caya ausweichend. Das war zumindest nicht vollständig gelogen. Die Träume waren tatsächlich besser geworden. Immerhin konnte sie bereits zwei, manchmal sogar drei Stunden am Stück schlafen.

Skye wusste, dass Caya nicht die Wahrheit gesagt hatte. Es war zwar richtig, dass sie fantastisch aussah und zweifelsohne würde ihr niemand Außenstehendes ansehen, was sie während ihrer Entführung erlebt hatte, doch die Erinnerungen daran waren noch lange nicht verblasst.

Ein Blick in ihre Augen genügte ihm, um zu sehen, dass sie noch immer jede Nacht durch die Hölle ging. Es schmerzte ihn zu wissen, dass sie dabei alleine war und er ihr nicht helfen konnte. „Haben Sie eine gute Psychologin?"

„Ich bin in den ersten Wochen zwei- oder dreimal da gewesen. Das war hilfreich." Absichtlich verschwieg sie, dass die Sitzungen so grauenhaft gewesen waren, dass sie sie von sich aus abgebrochen hatte. Sie hatte nicht über das Erlebte mit einem Fremden sprechen können. Es war zu schmerzhaft gewesen und in ihren Augen auch völlig unnötig. Sie brauchte keine Hilfe. Sie hatte bisher alles in ihrem Leben alleine geschafft und somit würde sie auch diese paar Tage in Kolumbien früher oder später vergessen. Es war lediglich eine Frage der Zeit.

„Im Moment habe ich soviel Arbeit, dass ich gar keine Zeit habe über Vergangenes nachzudenken", bekräftigte sie ihre Aussage.

Auch wenn Skye beschloss, das Thema im Moment nicht weiterzuverfolgen, hörte er doch all die Dinge, die Caya nicht sagte. Auch entging ihm nicht, wie sie ihre Handflächen kurz an ihren Hosenbeinen abstreifte. Ihre Hände begannen also schon allein bei diesen oberflächlichen Sätzen zu schwitzen. *So viel dazu, dass die Erinnerung verblasst,* dachte er sarkastisch, beschloss aber, das Thema zunächst fallenzulassen. „Ich habe gehört, dass Sie den Fall Giribaldi wieder aufgenommen haben."

Automatisch strafften sich Cayas Schultern. „Das ist richtig."

„Warum?"

„Glauben Sie ernsthaft, ich lasse mir von Guttierez oder sonst jemandem diktieren, wen ich anklage und wen nicht? Giribaldi bringt jedes Jahr Kokain im Wert von mehreren Millionen Dollar in dieses Land. Jahrelang haben wir darauf gewartet, dass er einen Fehler macht und einen Fuß auf amerikanischen Boden setzt. Ich werde ihn verurteilen lassen, Skye. Ich muss es machen. Ansonsten hätte Guttierez am Ende doch noch über mich gesiegt und das kann ich nicht zulassen."

Einen Moment dachte Skye über ihre Worte nach, dann nickte er. „Wie kommt es, dass Giribaldi überhaupt in Washington angeklagt wird? Ist er nicht in New York gefasst worden? Und werden nicht die meisten großen Drogenfälle in Florida oder Kalifornien verhandelt?"

„Doch. Giribaldis Fall birgt allerdings eine Menge politischen Zündstoff, zumal nächstes Jahr die Präsidentschaftswahlen anstehen. Der Präsident will den Fall nutzen, um die Drogengesetze in unserem Land zu ändern und ein Drogenprozess hier in Washington erregt wesentlich mehr Aufmerksamkeit als in den anderen beiden Bundesstaaten. Da der Mann an der Ostküste gefasst wurde, war die Gelegenheit günstig, den Fall vor ein Washingtoner Gericht zu bringen. Aber Sie sind bestimmt nicht gekommen, um sich mit mir über Giribaldi zu unterhalten."

„Nicht ausschließlich", bestätigte Skye und verspürte mit einem Mal eine leichte Nervosität. Was war, wenn Caya seine Einladung ablehnte?

Darüber kannst du dir dann Gedanken machen, schob er die Frage beiseite und sah sie entschlossen an. Jetzt oder nie, dachte er und nahm sich ein Herz. „Ich wollte fragen, ob Sie mich einmal zum Essen begleiten würden?"

Während er Caya erwartungsvoll anblickte, hämmerte Skyes Herz in seiner Brust und er merkte, wie nun auch seine Hände zu schwitzen begannen. Meine Güte, was war nur mit ihm los? Er war doch kein unbedarfter Teenager mehr und Caya war ganz sicherlich nicht die erste Frau, die er zum Essen einlud.

„Brauchen Sie noch eine Aussage für Ihren Abschlussbericht?", erkundigte sich Caya schließlich, nachdem sie ihn lange mit vor Erstaunen geweiteten Augen angesehen hatte.

Aufmerksam hielt Skye ihren Blick, bevor er langsam den Kopf schüttelte. „Nein. Es war eine private Frage." Dann schluckte er und löste die Anspannung in seinem Körper auf. Er musste ihr einen Ausweg aus dieser Situation bieten. Offensichtlich wollte sie ihn nicht privat treffen und auf keinen Fall wollte er, dass das Ganze für sie peinlicher wurde als es ohnehin bereits war. „Aber ich verstehe, wenn Sie gerade zu viel zu tun haben oder Sie generell kein Interesse haben. Schließlich ..."

Noch während er sprach, erhob er sich und reichte ihr zum Abschied die Hand, doch Caya unterbrach ihn, ohne seinen Blick zu lösen. „Das würde ich sehr gerne."

Möglichst unauffällig atmete Skye tief ein, während plötzlich hundert Schmetterlinge frei in seinem Bauch herumzuflattern schienen. Sie wollte mit ihm essen gehen? Sie wollte ihn tatsächlich wiedersehen? Die Freude darüber stieg ihm zu Kopf und er brauchte eine lange Sekunde bis ihm einfiel, dass er etwas erwidern musste. Aber was? Was sollte er sagen, was einigermaßen vernünftig klang?

Ein Termin!, durchfuhr es ihn plötzlich. Richtig, sie brauchten einen Termin.

„Wann würde es Ihnen passen?“, fragte er vorsichtig, denn er war nicht sicher, wie viele Tage zwischen seiner Einladung und dem Treffen angemessener Weise liegen sollten.

„Ist heute Abend zu früh?“ Ein wenig unsicher sah Caya ihn nun an, aber Skye begann zu strahlen.

„Heute Abend ist perfekt”, entgegnete er begeistert. „Ich hole Sie ab. Sagen wir halb acht?“

„Gerne”, bestätigte Caya. „Soll ich Ihnen meine Adresse aufschreiben?“

„Nicht nötig“, lächelte Skye. „Sie stand in den Unterlagen, die wir über Sie erhalten haben.“

Verlegen errötete Caya. Wie hatte sie das nur vergessen können? Wahrscheinlich wusste der Mann noch viel mehr von ihr. Sie wollte ihn gerade fragen, was noch alles in ihrer Akte gestanden hatte, als es abermals kurz klopfte und eine fragende Männerstimme erklang: „Störe ich?“ Unweigerlich sahen Caya und Skye zur Tür, in der ein blonder Mann stand.

Anfang dreißig, 1,82 Meter, 75 Kilo. Amerikanisches Durchschnittsgesicht, arrogant, selbstverliebt, unsympathisch. Das waren die Ergebnisse von Skyes erstem Eindruck.

„Hallo, Michael, komm herein. Darf ich dir Skye ...“ Ihre Stimme stockte. Wie sollte sie ihren Besucher ohne Namen vorstellen?

„Hi, ich bin Skye”, übernahm dieser sofort das Gespräch und streckte dem Mann seine Hand entgegen.

„Michael Langton”, erwiderte der Mann argwöhnisch, während er Skye von oben bis unten musterte, bevor er sich wieder Caya zuwandte. „Wenn du noch Zeit brauchst, komme ich gern später wieder”, bot er an.

„Nein, nein. Skye ist kein Klient, und er wollte ohnehin gerade gehen.“

„Sie sind kein Klient?“, hakte Michael in einem leicht überheblichen Ton nach, wobei sein Blick noch einmal über Skyes

Jeans glitt. Dieses Mal gab er sich jedoch keine Mühe, sein Missfallen zu verbergen.

„Ich bin ein Freund", erklärte Skye in einem leichten Ton, der nichts von seiner inneren Abneigung gegenüber dem Mann verriet. Je länger er Michael Langton allerdings studierte, desto weniger mochte er ihn. Am wenigsten gefiel ihm die Art und Weise, wie der Mann Caya ansah. Außerdem stand er für seinen Geschmack zu dicht neben ihr.

„Ein Freund", wiederholte Michael und ließ seine Stimme dabei äußerst fragwürdig klingen.

„Ja, er ist ein Freund", bestätigte Caya, sichtlich verärgert. „Nimm schon Platz und leg die Unterlagen raus. Ich bin gleich bei dir." Damit trat sie zwei Schritte zurück und Skye folgte ihr.

Aus seinem Augenwinkel heraus sah Skye, dass der Mann ihn immer noch beobachtete. Ursprünglich hatte er Caya zum Abschied nur die Hand geben wollen, denn der Stromschlag, der ihn bei der Begrüßung durchfahren hatte, schien noch immer durch seinen Körper zu hüpfen wie ein Wassertropfen auf einer heißen Herdplatte. Seine Lippen konnten noch immer die weiche Haut ihrer Wangen spüren und ihr zarter Kokosduft hielt ihn ebenfalls noch immer gefangen. Allerdings konnte er der Versuchung nicht widerstehen, diesen arroganten Anwalt ein wenig zu provozieren.

„Dann bis heute Abend, Caya", sprach er leise, jedoch laut genug, dass Michael Langton jedes Wort verstand. Dabei verlieh er seiner Stimme etwas Intimes. Während er die Staatsanwältin abermals auf die Wange küsste, beobachtete er ihre Reaktion. In ihren Augen spiegelte sich gleich eine ganze Reihe von Gefühlen wieder: Gefallen, Verlegenheit, Ärger.

Als Skye die letzte Emotion realisierte, wusste er, dass Miss Campbell ihn durchschaut hatte. Sie hatte sehr wohl verstanden, was sich zwischen ihm und Langton abgespielt hatte und es war offensichtlich, dass ihr das nicht gefiel. Augenblicklich speicherte er die Information im Hinterkopf ab. Er würde sich am Abend dafür entschuldigen. Nicht jetzt.

„Auf Wiedersehen, Michael", rief er dem Mann im Hinausgehen zu, bevor er einen letzten Blick auf Caya warf. Selbst in diesem strengen Businessanzug war sie für ihn die erotischste Frau, die er sich vorstellen konnte.

Als Caya ihm am Abend die Tür öffnete, blieb Skye für mindestens drei Sekunden lang die Luft weg. Sie trug ein enganliegendes Seidenkleid aus den Farben schwarz, weiß und grün, die in einem abstrakten Muster ineinander zu verlaufen schienen. Dabei passte sich das Grün perfekt ihrer Augenfarbe an. Der Hals war weit ausgeschnitten, sodass er einen verführerischen Blick auf ihr Dekolleté freigab, die Ärmel waren jedoch lang geschnitten und reichten bis zu ihren Händen.

Skye ahnte, dass Caya das Kleid absichtlich gewählt hatte, um die Narben auf ihrem Arm zu verbergen. Der Rock des Kleides reichte bis zu ihren Knien, doch sie trug darunter keine Strümpfe. Ihre nackten Füße steckten in hohen schwarzen Peeptoes und ließen gepflegte Zehen sehen. Sie waren in dem gleichen Orange lackiert wie ihre Fingernägel und auch ihr Lippenstift war im gleichen Farbton gehalten.

„Sie sehen bezaubernd aus, Caya."

„Danke. Möchten Sie hereinkommen oder lieber gleich fahren?"

„Ich habe einen Tisch für acht reserviert. Bei dem Verkehr in der Stadt sollten wir daher besser direkt losfahren. Vorausgesetzt, Sie sind fertig."

„Das bin ich." Caya griff nach ihrer Handtasche und einem breiten Schal, dann zog sie die Tür ihrer Wohnung zu und sperrte ab.

„Schöne Wohngegend", bemerkte Skye, als er ihr die Tür zu seinem Wagen aufhielt.

„Capitol Hill liegt günstig für mich. Ich habe keine Lust für den Weg ins Büro jeden Tag mehrere Stunden im Auto zu verbringen. Daher habe ich mich für eine zentrale Stadtwohnung entschieden. Als ich vor acht Jahren hierher gezogen bin, ist der Umbau des alten Schulhauses gerade fertig geworden. Es besteht aus zehn Lofts, was ich eine angenehme Größe finde. Ich muss gestehen, ich bin kein großer Freund von diesen riesigen Apartmenthäusern."

„Sie sind aber in Washington aufgewachsen?" Skye stellte die Frage nur, um das Gespräch in Gang zu halten, da er die Antwort darauf bereits kannte. Aber schließlich kannte er alle Fakten aus Cayas Leben.

„Die ersten zehn Jahre habe ich ebenfalls in Capitol Hill verbracht. Meine Mutter ist jedoch verstorben, als ich acht war. Die darauffolgenden zwei Jahre haben sich verschiedene Kindermädchen um mich gekümmert. Als die Grundschule abgeschlossen war, haben mich dann meine Großeltern zu sich genommen. Sie hatten ein Haus am Rande der Stadt."

„Sie hatten ein enges Verhältnis zu ihnen?"

„Ja. Sie sind leider viel zu früh gestorben. So wie meine Mutter."

„Was ist mit Ihrem Vater?"

„Wir sehen uns nicht sehr oft. Er ist zu sehr damit beschäftigt, Präsident zu werden." Es klang sarkastisch.

„Wird er es nächstes Mal schaffen?"

„Keine Ahnung. Ich hoffe nicht."

Überrascht warf Skye ihr einen schnellen Blick zu. Er hatte gewusst, dass sie kein besonders enges Verhältnis zu ihrem Vater hatte, doch diese extreme Aussage überraschte ihn dann doch.

„Warum nicht?", hakte er interessiert nach.

„Er ist ein Mensch, der über Leichen geht, symbolisch gesprochen natürlich. Für ihn zählen einzig und allein Umfrageergebnisse. Wie sie zustande kommen und wer oder was dabei auf der Strecke bleibt, ist ihm egal. Ah, fast hätte ich es vergessen, Spendengelder sind natürlich ebenso wichtig. Der Rest seines Lebens ordnet sich diesen beiden Prioritäten unter."

„Ihr Vater hat im Fernsehen einen überaus besorgten Eindruck gemacht, als Guttierez sie in Händen hatte."

„Sicher hat er das. Etwas anderes wäre auch merkwürdig gewesen, nicht wahr?" Leise seufzte Caya. „Vielleicht bin ich auch ungerecht. Bestimmt hat er sich Sorgen gemacht. Wahrscheinlich liebt er mich auch auf seine Weise. Als Tochter ist es nur schwierig einen Vater zu haben, der alles ausschließt, was nicht in seine politische Welt passt."

„Wie meinen Sie das?"

„Wissen Sie, wie oft mein Vater mich in den letzten sechs Wochen besucht hat?"

Fragend sah Skye sie an.

„Einmal und das in Begleitung der Presse. Am liebsten hätte er alle Journalisten noch mit in mein Krankenzimmer geschleppt, wenn die Ärzte es nicht verboten hätten. Seitdem hat er mich noch genau einmal angerufen und das war nach der Pressekonferenz letzte Woche. Für ihn war die Sache mit meiner Rückkehr abgeschlossen."

„Sie meinen, Sie haben nicht mit ihm über all das gesprochen, was passiert ist?"

„Nein. Wozu? Daraus kann er kein Kapital schlagen. Daher ist es für ihn Zeitverschwendung. Außerdem bin ich jetzt wieder da und alles kann weitergehen wie zuvor. Emotionale Wunden kennt er nicht. Was er nicht sieht, ist nicht da. So einfach ist das."

Ungläubig schüttelte Skye den Kopf, während er versuchte den Hass, der sich in ihm auf diesen Mann aufbaute, zur Seite zu schieben. „Das tut mir leid, Caya."

„Machen Sie sich keine Gedanken. Es ist kein Problem für mich. Ich kenne meinen Vater nicht anders und habe dementsprechend auch nichts anderes erwartet", entgegnete Caya mit fester Stimme, wobei sie ihn anstrahlte. Doch es war kein Strahlen, das ihre Augen erreichte.

„Mit wem haben Sie über die Ereignisse in Kolumbien gesprochen?"

„Ich sagte doch schon, dass es mir gut geht. Die Sache ist so gut wie vergessen", fuhr sie ihn ein wenig ungeduldiger an, als es ihre Absicht gewesen war. Daher fügte sie etwas verbindlicher hinzu. „Ich habe Freunde, wissen Sie?"

Freunde? Oh ja, ganz gewiss hatte Caya Freunde. Skye kannte sie alle aus ihrem Dossier. Es waren liebenswerte und völlig normale Menschen, so wie beispielsweise ihre drei besten Freundinnen, die Grundschullehrerin, Kinderärztin und Tierärztin waren. Eine hatte vor einem halben Jahr ihr erstes Baby bekommen, eine andere war im fünften Monat schwanger.

Das sind geradezu ideale Voraussetzungen, um von körperlichen und seelischen Misshandlungen zu berichten, dachte Skye ironisch. Nein. Mit absoluter Sicherheit hatte Caya keiner von ihnen erzählt, was wirklich passiert war. So gut kannte er die Frau neben ihm mittlerweile, und er wusste, wenn sie nicht zu einer Gesprächstherapie ging, war sie völlig alleine mit all den traumatischen Erinnerungen, die unaufhörlich in ihrem Kopf herumgeisterten.

Geschickt parkte Skye den Wagen in einer Parklücke, die ihm weder nach vorne noch nach hinten viel Spielraum ließ.

„Ich dachte, dies wäre ein privater Abend. Wenn ich gewusst hätte, dass Sie über nichts anderes reden wollen als über meinen kleinen Ausflug nach Kolumbien, hätte ich ganz sicher nicht zugesagt", stellte Caya ein wenig verstimmt fest. Sie wollte nicht, dass Skye herausfand, wie stark die Ereignisse während ihrer Gefangenschaft noch immer ihr Leben beeinflussten. Für ihren

Geschmack ahnte der Mann bereits viel zu viel, und es war ärgerlich genug, dass sie noch immer gegen die Erinnerungen kämpfen musste. Sie brauchte darüber hinaus keine Mitwisser. Ihre Schwäche ging niemanden etwas an.

„Das möchte ich auch gar nicht", erwiderte Skye ruhig, während er ihre Hand ergriff und sie an seine Lippen führte. Dabei schaute er Caya tief in die Augen und versank augenblicklich in den endlos grünen Weiten ihrer Iris. Sein Herz klopfte heftig und er musste sich zusammenreißen, um ihre Hand wieder loszulassen und auszusteigen.

Aufgewühlt saß Caya im Auto und wartete, dass Skye ihr die Türe von außen öffnete. Sie brauchte diese wenigen Sekunden, um ihre Gefühlswelt wieder in Balance zu bringen. Skyes Blick hatte sie direkt ins Herz getroffen. Wie war das möglich?

Gar nicht, beantwortete sie sich diese Frage sofort selbst. Sie musste endlich diesen verdammten Heldenkomplex loswerden, bevor Skye davon etwas mitbekam. Es war schlimm genug, dass er sie an ihrem tiefsten Punkt erlebt hatte. Sie brauchte nicht auch noch die Erniedrigung, wenn er erfuhr, dass ihre weiblichen Hormone mit ihr durchgingen.

Die Beifahrertür öffnete sich und Caya atmete einmal tief durch, bevor sie ausstieg. An Skyes Seite betrat sie ein nettes kleines italienisches Restaurant, das sie noch nicht kannte. Das Licht war gedämpft, dafür standen auf jedem Tisch kleine Kerzen und im Hintergrund spielte leise italienische Musik. „Es ist hübsch hier."

„Es ist ein Geheimtipp fernab der politischen und wirtschaftlichen Bühnen der Stadt. Ich hatte gehofft, dass es Ihnen gefällt."

„Das tut es", nickte Caya.

„Nehmen Sie ein Glas Wein zum Essen?"

„Gerne."

„Weiß oder lieber Rot?"

„Weiß."

Eine junge Italienerin trat an ihren Tisch und gemeinsam gaben sie ihre Bestellung auf, nachdem sie das Menü studiert hatten

„Wir nehmen eine Flasche des Pinot Grigio sowie eine große Flasche Wasser", begann Skye, bevor er an Caya übergab.

„Ich hätte gerne einen gemischten Salat und die Seezunge."

„Das nehme ich auch", schloss sich Skye an und wartete bis sich die Bedienung wieder entfernt hatte. „Würde es Ihnen etwas ausmachen, wenn wir das förmliche ‚Sie' streichen? Nach allem, was wir gemeinsam erlebt haben, fühlt es sich unwirklich an."

„Gerne." Caya nahm einen kleinen Schluck Wein, der sich plötzlich in ihrem Glas befand und überlegte, wie sie am besten den Punkt ansprach, der sie am meisten beschäftigte. Schließlich stellte sie das Glas entschieden ab und sah Skye direkt an. „Wie lautet dein vollständiger Name?"

Amüsiert hob Skye eine Augenbraue an. „Befinde ich mich jetzt vor Gericht?"

Nach wie vor sah Caya ihn ernst an, doch ihr Gesichtsausdruck wurde weicher. „Nein, natürlich nicht. Entschuldige. Mein Ton war vielleicht etwas zu fordernd. Dennoch ändert es nichts an der Tatsache, dass ich nicht einmal weiß, wie du heißt."

„Wir operieren grundsätzlich nur mit unseren Vornamen", erklärte Skye freundlich.

„Aber heute Abend hast du keinen Einsatz und ich gehe normalerweise nicht mit Männern aus, deren Namen ich nicht kenne", erwiderte sie bestimmt.

Nachdenklich sah Skye sie an. Caya hatte einen Punkt. Es war allerdings schon lange her, dass er einer Frau seinen vollständigen Namen genannt hatte. Die Frauen, die er normalerweise kennenlernte, interessierten sich nicht für seinen Nachnamen. Allerdings musste er zugeben, dass er diese Frauen auch nicht zum Essen einlud.

„Ich heiße Skye Stryker, bin fünfunddreißig Jahre alt und einziger Sohn eines Navy Kommandanten und einer Krankenschwester. Beantwortet das deine nächsten Fragen gleich mit?"

Amüsiert funkelten Cayas Augen ihn an und sanfte Lachfältchen bildeten sich unter ihren Augen. „Die ein oder andere", gab sie zu. „Aber fahr ruhig fort."

Skye lächelte ebenfalls. „Mein Vater ist vor drei Jahren an einem Herzinfarkt gestorben und meine Mutter lebt in Kalifornien, wo ich auch aufgewachsen bin. Obwohl mein Vater seinen Stützpunkt alle zwei bis drei Jahre wechseln musste, hat meine Mutter sich geweigert, ständig mit ihm umzuziehen. Sie war der Ansicht, dass ein Kind Stabilität braucht. Außerdem bestand sie auf ihrer Selbstständigkeit und war nicht bereit, sich immer wieder eine neue

Stelle zu suchen und beruflich von vorne anzufangen. Dementsprechend habe ich meinen Vater nur einige Tage im Monat und zu Urlaubszeiten gesehen."

„Das ist ungewöhnlich für einen Soldaten."

„Ja, aber mein Vater hat meine Mutter geliebt. Er hätte alles getan, damit sie glücklich ist. Er wollte nie, dass sie ihre Träume für ihn aufgibt."

Leise lächelte Caya. „Das ist schön. Meine Mutter hat alles für meinen Vater aufgegeben. Aber ich habe zu wenige Erinnerungen an sie. Ich weiß nicht, ob sie glücklich war oder nicht. Wann bist du zur Navy gegangen?"

„Das erste Mal direkt nach der Schule. Doch ich habe das Lernen vermisst. Kaum zu glauben, nicht wahr?" Spitzbübisch grinste er sie an. „Daher habe ich die Army nach zwei Jahren wieder verlassen und bin an die Uni gegangen."

„Tatsächlich? Was hast du studiert?"

„Politik, Strategie und nebenbei ein bisschen Psychologie."

„Wow!" Interessiert musterte Caya den Mann ihr gegenüber. Sie hatte geahnt, dass er einen gehobenen Bildungsstandard hatte, aber dies überraschte sie nun doch. „Was hast du mit deinem Abschluss gemacht?"

„Ich bin zurück zur Navy", lachte Skye. „Als kleiner Junge habe ich immer davon geträumt, ein Seal zu werden und mit fünfundzwanzig habe ich erkannt, dass ich es zumindest versuchen muss, wenn ich es später nicht bereuen will."

„Du bist also ein Seal", stellte Caya beeindruckt fest.

„So wie Pax, Cal, Ash und Blue."

„Seid Ihr in D.C. stationiert?"

Unweigerlich schärften sich Skyes Pupillen. Cayas Stimme war nach wie vor leicht, doch es war ihm bewusst, dass er sie keinesfalls unterschätzen durfte.

„In der Stadt gibt es nur Verwaltungsstützpunkte", erklärte er. „Ah, da kommt unser Essen."

Augenblicklich hatte Caya das Gefühl, dass ihm die Ablenkung mehr als willkommen war, doch für den Moment wollte sie das Thema fallenlassen. Die Atmosphäre zwischen ihnen war zu schön, als dass sie sie zerstören wollte und immerhin hatte er mehr von sich erzählt, als sie zu hoffen gewagt hatte.

Die nächsten beiden Stunden vergingen in Windeseile. Sie unterhielten sich über Bücher, Filme und Städte, die sie beide besucht hatten und Caya bedauerte das Ende des Abends, das kurz bevor stand, als Skye schließlich vor ihrem Haus hielt.

„Möchtest du noch auf einen Kaffee mit hinaufkommen?“, bot sie an. Dies war seit Wochen der erste entspannte Abend für Caya gewesen. Sie hatte noch keine Lust in die Einsamkeit ihrer Wohnung zurückzukehren, die zwangsläufig Bilder in ihren Kopf zurückbringen würde, die sie nicht mehr sehen wollte.

„Gerne”, nahm Skye die Einladung an, obwohl seine Vernunft ihm sagte, dass er besser gehen solle, bevor er eine Dummheit beging.

Den ganzen Abend hatten ihn Cayas verführerische Lippen ebenso gelockt wie ihre zartgliedrigen Hände. Es hatte ihn eine enorme Anstrengung gekostet, seine Hand nicht auf ihre zu legen und seine Finger mit den ihren zu kreuzen. Mehrfach war er in ihren Augen versunken, die wie strahlende Diamanten funkeln konnten, wenn sie begeistert von einem Buch oder einem Ort erzählte. Nicht einmal hatte ihr Gespräch gestockt und Skye hatte sich mit Caya auf eine Weise verbunden gefühlt, die er in dieser Form bislang noch nicht erfahren hatte. Er hatte das Gefühl, als kenne er diese Frau schon sein ganzes Leben lang und er konnte sich nicht erinnern, wann er das letzte Mal so herzlich mit jemandem gelacht hatte.

Gemeinsam stiegen sie die Treppen in das zweite Stockwerk hinauf, in dem Cayas Wohnung zu ihrer Linken lag. In ihrer großen Handtasche suchte sie den Schlüssel, wobei sie innerlich fluchte, dass sie diesen wieder einmal einfach achtlos hineingeworfen hatte, anstatt ihn sorgfältig in die kleine, dafür extra eingenähte innere Tasche gestaut zu haben. Es erschien ihr wie eine halbe Ewigkeit, bis sie das kühle Metall endlich zwischen ihren Fingern spürte.

Ein wenig verlegen lächelte sie Skye an, während sie den Bart ins Schlüsselloch steckte. Zum Aufsperren drehte sie den Schlüssel nach links und sofort sprang die Tür auf.

Umgehend runzelte Skye die Stirn. Während seine Ohren ein flüsterleises Klick gehört hatten, das seine Haare im Nacken zum Stehen und alle Alarmglocken in seinem Körper zum Schrillen gebracht hatte, erinnerte sich sein geistiges Auge daran, wie Caya die Tür nicht nur zugezogen, sondern auch abgesperrt hatte, als sie gegangen waren.

Ohne nachzudenken, übernahmen seine Reflexe die Führung. Falls er sich irrte, würde er sich später entschuldigen. Energisch ergriff Skye Cayas Schulter, wirbelte sie herum und zog sie zurück auf den Flur. Er sah den Schreck in Cayas Augen, der innerhalb einer Millisekunde zu wahrem Horror wuchs und das Wissen, dass sich diese Furcht gegen ihn richtete, weil sie seine Handlung nicht verstand, schnitt Skye ins Herz.

Er konnte ihr allerdings keine Erklärung geben, denn im gleichen Moment hallte ein ohrenbetäubender Knall durch das hohe Treppenhaus. Cayas Wohnungstür flog aus den Angeln und krachte an die gegenüberliegende Wand, von wo aus sie einige Meter weiter durch den Hausflur wirbelte, bevor sie letztlich auf den Boden donnerte.

Skye umfasste Cayas Taille, bevor er mit einem Riesenhechtsprung nach vorne sprang, um einen möglichst großen Abstand zwischen ihnen und dem Explosionsherd zu erreichen. Hart traf sein Körper auf dem Steinboden auf. Anstatt liegen zu bleiben, rollte er jedoch nach links, sodass Caya unter ihm lag. Er spürte die Hitze des hinter ihm brennenden Feuers und atmete einmal tief durch.

Seit dem Moment, in dem Caya den Schlüssel ins Schloss gesteckt hatte, waren maximal zwei Sekunden vergangen. Ihm kamen sie jedoch wie zwei Minuten vor. Bevor er allerdings weiter darüber nachdenken konnte, fühlte er, wie Caya sich unter ihm regte. Langsam nahm er sein Gewicht von ihr und setzte sich auf.

Ungläubig starrte Caya auf das Loch, wo kurz zuvor noch ihre Tür gewesen war. Dann sah sie Skye an. Ihre Augen waren weit geöffnet, ihr Gesicht kreidebleich. Selbst ihre Lippen schienen jede Farbe verloren zu haben.

Nachbarn schrien durchs Treppenhaus, doch Skye interessierte sich nur für Caya. „Bist du verletzt?“

„N...nein.“

„Dann lass uns gehen.“ Entschlossen nahm er ihre Hand und zog sie mit sich nach oben, bevor er sich an einen jungen Mann wandte, der gerade die Treppe heruntergestürzt kam. „Befindet sich noch jemand im oberen Stockwerk?“

„Nein. Meine Nachbarn sind im Urlaub und meine Frau ist noch nicht zu Hause. Was ist passiert?“

„Ich habe keine Ahnung, was die Explosion ausgelöst hat”, log Skye. „Zur Sicherheit sollten wir aber alle das Haus verlassen. Hat jemand die Feuerwehr alarmiert?“, erkundigte er sich laut, sodass auch die anderen Leute ihn verstehen konnten, die sich mittlerweile im Treppenhaus versammelt hatten.

„Ich", antwortete eine kleine rundliche Frau und als ob dies das Stichwort gewesen war, drangen von draußen Sirenen herein.

Da Skye für extreme Situationen ausgebildet war, übernahm er automatisch die Führung und leitete die vierzehn Menschen nach draußen, wo er zunächst mit dem Feuerwehrmann sprach, um ihm mitzuteilen, wo sich der Brandherd befand. Dann griff er nach seinem Samsung Handy und wählte Dylon Price' Nummer.

„Mr Stryker, was gibt es?", meldete sich der Mann erwartungsgemäß sofort.

„Caya Campbells Wohnung ist gerade in die Luft geflogen. Jemand hat einen Zünder an ihrer Haustür angebracht."

Hörbar sog der Mann die Luft durch die Zähne. „Ist ihr etwas passiert?"

„Nein."

„Woher wissen Sie von der Sache?"

„Ich war bei ihr und ohne angeben zu wollen, möchte ich behaupten, dass das ihr Glück war."

Für einen kurzen Moment entstand ein nachdenkliches Schweigen. „Denken Sie, Guttierez steckt dahinter?"

„Denken Sie etwas anderes?", gab Skye zurück. Seine Stimme klang ruhig. In Wahrheit jedoch war seine Geduld bis zum Äußersten gespannt.

„Was genau erwarten Sie jetzt von mir, Mr Stryker?"

„Was glauben Sie, Dylon? Haben wir die Frau aus Kolumbien gerettet, um jetzt tatenlos zuzusehen, wie dieses Arschloch sie direkt vor unserer Nase in Washington tötet?" Langsam war seine Geduld am Ende.

Durch die Leitung hörte er ein Seufzen, doch Skye war nicht bereit seine Frage zurückzuziehen.

„Natürlich nicht", antwortete Price schließlich. „Bringen Sie Miss Campbell für die Nacht in ein sicheres Hotel. Ich höre mich derweil um und morgen bereden wir mit dem Team, wie wir weiter vorgehen."

„Einverstanden", beendete Skye das Gespräch.

Obwohl er einige Meter abseits stand, hatte sein Blick die ganze Zeit auf Caya geruht, die gerade gegenüber einem Polizisten ihre Aussage machte. Der erste Schock hatte nachgelassen und etwas Farbe war in ihr Gesicht zurückgekehrt. Entschieden, die Wartezeit zu nutzen, zog Skye sein zweites Handy aus der Tasche. Drei Sekunden später gab er Pax eine Zusammenfassung der Ereignisse.

„Dieser Scheißkerl! Was hast du vor?“

„Ich nehme ein Hotelzimmer und morgen früh treffen wir uns um zehn.“

„Für ein Zimmer wirst du ziemlich weit rausfahren müssen. Diese Woche sind mindestens drei Kongresse in der Stadt.“

„Mist. Daran habe ich nicht gedacht.“ Einen Moment überlegte Skye.

Seit er in Washington war, hatte er noch nie eine Frau mit nach Hause genommen. Weder in sein Apartment hier in der Stadt noch in sein Strandhaus. Im Augenblick schien er jedoch keine andere Wahl zu haben und zu seiner eigenen Überraschung stellte er fest, dass es ihm nicht einmal etwas ausmachte, wenn Caya ihn begleitete.

„Ich nehme sie mit zu mir“, teilte er Pax kurzentschlossen mit.

„Bist du sicher, dass du das willst?“

„Im Grunde ist es ohnehin die bessere Lösung, denn meine Wohnung ist ausreichend gesichert. Außerdem können wir uns morgen früh dort treffen. Informierst du die anderen?“

„Mache ich und falls noch etwas passiert, ruf an. Du weißt, dass ich in fünf Minuten bei dir sein kann.“

Ja, das wusste Skye. Doch er hoffte, dass es für den Rest der Nacht ruhig bleiben würde. Für heute hatte Caya genug Aufregung gehabt.

KAPITEL 8

„Wo sind wir hier?“, erkundigte sich Caya, während sie sich irritiert umsah, als Skye am Straßenrand parkte und den Motor abstellte.

„U Street.“

„Ich weiß, dass das hier die U Street ist. Aber was machen wir hier?“

Die U Street lag mitten in Shaw, dem Kunst- und Musikviertel Washingtons. Fröhlich feiernde Menschen bewegten sich auf den Straßen und aus den einzelnen Clubs drangen unterschiedlichste Musikstile. Es war ein lebendiges Viertel.

„Wir schlafen hier. Komm mit.“

Unsicher sah sich Caya um. Sie war zwar ausgestiegen, aber so lange sie nicht wusste, was Skye vorhatte, würde sie ganz sicher nicht einfach mit ihm mitgehen. „Was heißt, wir schlafen hier?“, hakte sie daher nach.

Zuversichtlich lächelte Skye sie an. „Wenn ich in der Stadt bin, wohne ich hier. Es ist nur ein kleines Apartment und absolut nichts Besonderes, aber es ist ein Dach über dem Kopf. Alle Hotels sind wegen der Kongresse ausgebucht und somit ist meine Wohnung für heute die einfachste Lösung.“

Ungläubig starrte Caya ihn an, während es ihr kalt den Rücken hinunterlief. Sie sollte die Nacht mit Skye in einer Wohnung verbringen? Niemals! Es reichte, wenn sie selbst von ihren Schreien aufwachte. Auf keinen Fall brauchte sie dafür auch noch einen Zeugen.

„Nein!“, erklärte sie daher sofort vehement, was ihr einen überraschten Blick von Skye einbrachte.

„Du sollst nicht mit mir schlafen, Caya”, erklärte er ruhig. „Du nimmst das Schlafzimmer und ich nehme die Couch im Wohnzimmer. Dazwischen gibt es eine Tür.“

Sie spürte, wie sich eine leichte, verlegene Röte über ihre Wangen zog und sie hoffte, dass Skye sie im Schatten der Leuchtreklamen nicht bemerken würde. Doch das Thema war zu ernst, als dass sie es hätte fallenlassen können.

„Sei nicht albern, Skye", erwiderte sie daher verärgert und beschloss ebenso unverblümt zu antworten. „Natürlich schlafen wir nicht miteinander. Trotzdem kann ich nicht die Nacht mit dir in deiner Wohnung verbringen."

„Weil?", forderte Skye sie zu einer Erklärung auf, die Caya in echte Bedrängnis brachte, da ihr kein guter Grund einfiel, den sie ihm hätte verkaufen können.

„Ich werde bei einer Freundin übernachten", erklärte sie daher einfach. „Ich verstehe, wenn du keine Lust mehr hast, mich zu fahren. Ich werde mir ein Taxi nehmen."

„Mit anderen Worten, du bringst lieber eine Freundin und ihre Familie in Gefahr als ein paar Stunden mit mir zusammen in einer Wohnung zu verbringen", stellte Skye fest.

Allerdings tat ihm die Aussage in ihrer Brutalität sofort leid, als er sah, wie sämtliche Farbe aus Cayas Gesicht wich. Offensichtlich hatte sie dies bislang nicht bedacht. Skyes Stimme wurde ein wenig sanfter, doch es war wichtig, dass Caya die Tragweite akzeptierte, auch wenn sie sie nicht wahrhaben wollte.

„Caya, jemand hat gerade nicht einfach nur deine Wohnung in die Luft gesprengt. Jemand hat versucht, dich zu töten. Das war ein Anschlag auf dein Leben und es war demjenigen völlig egal, ob du vielleicht noch jemanden bei dir hast oder nicht. Was glaubst du? Wird derjenige aufhören, wenn er mitbekommt, dass seine Aktion nicht den gewünschten Erfolg gehabt hat?"

„Schon gut, Skye", unterbrach sie ihn verärgert. „Ich habe verstanden. Wo ist deine Wohnung jetzt?"

„Über dem Jazzclub", antwortete er freundlich, während er eine Hand auf ihren Rücken legte und gemeinsam mit ihr die Straße überquerte. „Sicher ist sie nicht ganz so elegant wie dein Loft, aber es ist ein Platz zum Schlafen."

Als Caya das Apartment betrat, erkannte sie mit einem Blick, dass es genau das war. Ein Platz zum Schlafen. Nicht mehr und nicht weniger. Die Wände zeigten innen den gleichen roten Backstein wie außen und der Boden bestand aus alten Holzdielen. Es war eine Wohnung, die in ihrer Substanz Charakter hatte und aus der man etwas hätte machen können. Doch das hatte offenbar nicht in Skyes Interesse gelegen.

Im Wohnzimmer gab es eine rote Couch, die zu einem an der Wand hängenden Flachbildfernseher zeigte. Eine Theke mit vier Stühlen trennte den offenen Küchenbereich ab.

„Ich hätte dir kein rotes Sofa zugetraut", gestand Caya mit einem süffisanten Lächeln.

„Es ist auch nicht von mir. Das Apartment ist möbliert gemietet. Es liegt günstig und wie gesagt, ich bin nicht oft hier."

„Hin und wieder musst aber doch auch du einmal frei haben, oder?"

„Dann fahre ich in der Regel hinaus ans Meer. Fernab des ganzen Trubels habe ich ein Haus direkt am Strand. Das liegt mir mehr."

„Also bist du kein Partymensch?"

„Natürlich feiere ich auch gern. Ich bin schließlich kein Kind von Traurigkeit, aber Zuhause ist für mich dort, wo das Meer ist und ich Ruhe habe."

Das klang schön. Ruhe. Das Meer. Zuhause. Sie hatte nichts von alledem. Ihre Wohnung war sicherlich nicht das, was die meisten Menschen mit Zuhause assoziierten. Im Grunde stellte auch sie selbst sich etwas anderes unter dem Begriff vor. Statt warmen Teppichen, einem Sofa mit vielen Kissen und Möbeln aus Holz, hatte sie eine eher kühle und minimalistische Einrichtung bei ihrem Einzug bevorzugt. Damals hatte eine solche Umgebung ihren Bedürfnissen entsprochen. Geordnet, strukturiert, klar definiert. Nach einem anstrengenden Arbeitstag hatte sie dort die nötige innere Ruhe gefunden.

Seit ihrer Erfahrung in Kolumbien fühlte sie sich in ihrem Zuhause allerdings nicht mehr sehr wohl. Ihre Seele brauchte Wärme und Geborgenheit. Ihre Wohnung vermittelte allerdings weder das eine noch das andere. Das Klingeln eines Handys unterbrach die Stille.

„Das ist meins", erklärte Caya, während sie in ihrer Handtasche nach dem Telefon suchte. Ein Blick auf das Display ließ sie innerlich die Augen rollen.

„Hallo, Dad", grüßte sie den Anrufer und wunderte sich über die kurze Pause, die entstand.

„Dad?" Erstaunt über ihren fragenden Ton sah Skye zu ihr hinüber und lauschte ihrem Teil der Unterhaltung.

„Natürlich geht es mir gut. Warum fragst du? ... Oh, du hast davon gehört? ... Nein, natürlich nicht. Ich bin einfach nicht davon ausgegangen, dass du so schnell davon erfährst ... Ja, das mache ich. Gute Nacht." Seufzend steckte sie ihr Handy zurück in die Tasche.

„Dein Vater?"

„Ja. Er hat von der Explosion gehört und wollte wissen, ob alles in Ordnung ist."

„Hat er sich nicht dafür interessiert, wo du jetzt bist?", wunderte sich Skye.

„Nein. Die Information hat schließlich keinen Nutzen für ihn."

Oder weiß er vielleicht schon, wo sich sein Töchterchen aufhält?, fragte sich Skye misstrauisch und nahm sich vor, später noch einmal in Ruhe über das Gehörte nachzudenken. Im Augenblick gab es jedoch Wichtigeres zu besprechen.

„Du weißt, dass du morgen früh als Erstes deine Termine für die nächsten Tagen absagen musst?", erkundigte er sich vorsichtig.

„Ganz sicher nicht", äußerste sich Caya, wobei sie ihn mit blitzenden Augen ansah. „Und komm mir jetzt nicht wieder damit, dass ich alle um mich herum in Gefahr bringe. Selbst Guttierez ist nicht so verrückt, die ganze Staatsanwaltschaft in die Luft zu jagen."

„Vielleicht nicht. Aber du solltest nicht ungeschützt draußen herumlaufen, während wir nicht einmal wissen, wo er steckt."

„Skye, ich werde mich nicht verkriechen."

„Niemand verlangt das von dir. Ich möchte nur, dass du einige Vorsichtsmaßnahmen triffst und es Guttierez nicht ganz so einfach machst."

„Ich weiß nicht genau, wie oft ich es noch sagen muss, aber ich werde mir mein Leben nicht von Guttierez diktieren lassen. Ich habe morgen gleich zwei wichtige Termine und ich werde jeden von ihnen wahrnehmen."

„Dann werde ich dich begleiten."

Laut lachte Caya auf. „Wohl kaum. Meine Meetings sind vertraulich. Hast du außerdem keinen Job zu erledigen? Gibt es nirgendwo auf dieser Welt einen Menschen, den du retten musst?"

„Doch und er steht direkt vor mir", erklärte Skye nüchtern, während er langsam direkt auf sie zu kam. Dicht vor ihr blieb er stehen.

Cayas Herz schlug bis zum Hals. Seine Augen drückten eine Besorgnis aus, die sie seit dem Tod ihrer Großmutter nicht mehr in den Augen eines anderen Menschen gesehen hatte. Mit einem Mal wich alle Energie aus ihrem Körper und sie fühlte sich furchtbar müde.

Sie wollte ihr Leben zurück haben, wie es vor Kolumbien gewesen war. Ein Leben, das keine Todesangst kannte. Ein Leben, in dem sie eine Tiefgarage ohne Herzrasen und Schweißausbrüche betreten konnte und ein Leben, in dem sie mindestens sechs Stunden am Stück erholsam schlafen konnte. Doch dieses Leben war vorbei. Zumindest für den Moment. Aber sie würde es sich zurückholen. Egal wie lange es dauern würde. Energisch straffte sie ihre Schultern.

„Es tut mir leid, Skye. Ich weiß, du meinst es gut und wahrscheinlich wäre es die richtige Art und Weise mit der Situation umzugehen. Aber für mich fühlt es sich falsch an. Auch auf die Gefahr hin, dass du mich nicht verstehen kannst, muss ich meinen Weg gehen. Ich kann mich nicht erpressen lassen. Selbst dann nicht, wenn der Preis dafür mein Leben sein sollte.“

Skye sah, wie schwer es Caya fiel, ihre Angst vor den möglichen Folgen nicht siegen zu lassen und bewunderte sie einmal mehr für ihren grenzenlosen Mut. Er dachte an Cals Schwester, für die die gutgemeinte Hilfe von Familie und Freunden ebenfalls der falsche Weg gewesen war.

Mochte er Caya auch noch so sehr beschützen wollen, so wusste er dennoch, dass er ihr nicht ihre Selbständigkeit nehmen durfte. Wenn er ihr wirklich helfen wollte, musste er ihr die Unterstützung geben, die sie brauchte und nicht die, die am einfachsten für ihn bereitzustellen war.

Zärtlich strich er Caya eine Haarsträhne aus dem Gesicht. Sie sah so verletzlich aus. Gleichzeitig wirkte sie jedoch auch wie eine starke Kämpferin. Merkwürdigerweise widersprachen sich diese Gegensätze bei ihr nicht. Vielmehr schienen sie sich in Caya zu etwas ganz Eigenem und ganz Neuem zu vereinen. Es war eine der wesentlichen Eigenschaften, die Skye so sehr an ihr fesselten.

Wenn er tun könnte, was er wollte, so würde er sich zu ihr hinabbeugen und sie küssen. Zart. Langsam. Hart. Wild. Leidenschaftlich. Doch er konnte nicht tun, was er wollte. Ihre private Zeit war um. Vorerst zumindest.

Wenn das Black Panther Team für Cayas Sicherheit verantwortlich sein sollte, bis Guttierez gefasst war und Skye zweifelte nicht daran, dass Dylon Price ihm morgen den offiziellen Auftrag dazu erteilen würde, so konnte er sich keine persönliche

Beziehung zu ihr erlauben. Es war unethisch. Mit eiserner Disziplin zwang er sich dazu, zurückzutreten.

„Wir werden eine Lösung finden", versprach er, bevor er mit großen Schritten das Wohnzimmer durchschritt und eine von zwei Türen öffnete.

Dahinter lag ein etwa fünfzehn Quadratmeter großer Raum, in dem sich ein Einbauschrank, ein großes Bett und eine Kommode befanden. Eine weitere Tür führte in ein angrenzendes Bad. Zielgerichtet zog Skye einige Schubladen auf, denen er ein Handtuch, eine neue Zahnbürste sowie ein dunkles T-Shirt entnahm. Alle drei Dinge drückte er Caya in die Arme.

„Seife, Shampoo und Zahnpasta solltest du im Bad finden. Wenn du noch etwas brauchst, ruf mich einfach."

„Möchtest du vielleicht zuerst ins Bad gehen?"

„Ich dusche morgen früh. Gute Nacht, Caya." Leise zog er die Tür hinter sich zu und legte sich seufzend auf das Sofa im Wohnzimmer.

Mit einem Arm unter dem Kopf starrte er in der Dunkelheit an die Decke, genau wissend, dass er in dieser Nacht keinen tiefen Schlaf finden würde. Sein Körper wünschte sich in das Bett nebenan. Nicht, weil es bequemer war als die Couch. Nein. Der Grund war viel einfacher: Caya lag darin.

Skye sehnte sich danach, sie in seinen Armen zu spüren, seine Finger über ihre seidene Haut gleiten zu lassen und sie nach allen Regeln der Kunst zu verführen. Verwundert fragte er sich, wann er das letzte Mal ein weibliches Wesen hatte verführen wollen. Zärtlich verführen. In den letzten Jahren war es ihm grundsätzlich nur um puren harten Sex gegangen, der mehr einem körperlichen Workout entsprochen hatte als allem anderen.

Wenn er jedoch an Caya dachte, hatte Skye plötzlich eine andere Vorstellung von körperlicher Vereinigung. Hier spielte Zeit keine Rolle. Hier ging es einzig und allein um viel Gefühl. Um Innigkeit und Hingebung.

Hätte er sie eben küssen sollen?, überlegte er sehnsuchtsvoll. Dann wüsste er jetzt zumindest, wie sich ihre Lippen unter seinen anfühlen würden. Würden sie sich genauso seinem Mund anpassen, wie ihr Körper sich im Dschungel an seinen geschmiegt hatte? Wonach würden ihre Lippen schmecken?

Skye seufzte leise. Wenn er sie geküsst hätte, könnte er diese Fragen jetzt alle beantworten. Aber nein, er hatte in jedem Fall richtig gehandelt. Abgesehen davon, dass seine Fantasie keinen weiteren Zündstoff brauchte, hätte er auch ihre Situation schamlos ausgenutzt. Ihr Körper war noch vollauf damit beschäftigt gewesen, den Schock und die Aufregung des Abends zu verarbeiten.

Allein die Erinnerung daran, wie sehr sie sich dagegen gesträubt hatte, die Nacht in seiner Wohnung zu verbringen, sollte ihm eigentlich deutlich gemacht haben, dass sie ihn nicht als Mann begehrte. Wenn der Adrenalinspiegel unerwartet in die Höhe schoss, nur um anschließend mit Karacho wieder in den Keller zu sausen, konnten die Hormone verrückt spielen. Wer wusste das besser als er?

Andererseits hatte es während des Abendessens einige Momente gegeben, in denen er das Gefühl gehabt hatte, Caya würde ihm das gleiche Interesse entgegenbringen wie er ihr. Doch warum hatte sie dann die Nacht lieber bei einer Freundin verbringen wollen? Ach, warum musste das Leben nur manchmal so kompliziert sein?

Frustriert stand Skye wieder auf und trat ans Fenster. Die Bürgersteige hatten sich in der letzten Stunde geleert. Die vielen Theaterbesucher, die nach der Vorstellung in den Restaurants und Bars noch einen Drink genommen hatten, waren mittlerweile nach Hause gegangen. Nur die Studenten und Nachtschwärmer waren um diese Uhrzeit noch unterwegs.

Sein Blick fiel auf eine dunkle Gestalt, die im Schatten eines Eingangs auf der gegenüberliegenden Straßenseite stand und von dort zu seiner Wohnung hinaufsah. Umhüllt von der Dunkelheit des Zimmers wusste Skye, dass der Mann ihn nicht bemerken konnte. War er einer der vielen Clubbesucher, der nur ein wenig frische Luft schnappen wollte und dabei zufällig zu ihm hinaufblickte? Oder spionierte er Caya hinterher?

Das Glimmen einer Zigarette überlagerte für einen kurzen Moment den Schatten in dem Gesicht des Mannes. Es war nicht genug, um seine Gesichtszüge oder die Augen zu sehen, doch es hatte gereicht, um Skye wissen zu lassen, dass der Mann kein Kolumbianer war.

Unentschieden warf Skye einen Blick hinüber zu seiner Schlafzimmertür. Konnte er Caya für einen Augenblick alleine lassen? Sollte er ihr Bescheid geben, dass er kurz hinunterging, um den Mann zu überprüfen?

Wahrscheinlich schlief sie längst tief und fest, überlegte Skye. Wenn er den Alarm seiner Wohnung von außen wieder aktivierte, konnte außerdem nichts passieren. Schließlich überquerte er nur die Straße. Er würde höchstens ein paar Minuten weg sein.

Erneut sah er hinaus auf den Bürgersteig, wo der Mann noch immer zu ihm hinaufstarrte. Nein, das war definitiv kein Musikliebhaber. Kurzentschlossen schlüpfte Skye lautlos hinaus ins Treppenhaus. Sofort dröhnten ihm Musik und Stimmengewirr aus dem Erdgeschoss entgegen. Statt jedoch unten die Haustür zur Straße zu nehmen, öffnete er eine Seitentür, die ihn direkt in die Küche, der unter seiner Wohnung liegenden Bar führte.

„Hallo, Skye", grüßte ihn ein chinesischer Koch, der nur kurz den Kopf hob, als die Tür aufging. „Noch Hunger? Möchtest du was mit hoch nehmen?"

„Heute nicht. Danke, Li-Ju. Es ist ziemlich voll heute", entgegnete Skye im Weitergehen.

„Allerdings, aber das ist gut fürs Geschäft", grinste der Chinese.

Mit Händen und Schultern bahnte sich Skye einen Weg durch die Menschenmasse im Clubraum und atmete erleichtert auf, als er endlich hinaus auf die Straße trat. Umgehend blickten seine Augen zu dem gegenüberliegenden Hauseingang.

Gedankenverloren zog der Mann ein letztes Mal an seiner Zigarette, bevor er die Kippe achtlos auf den Boden warf und sie mit seinem Fuß austrat. Als er aufsah, begegnete sein Blick dem von Skye. Augenblicklich verharrte der Mann in seiner Bewegung, dann drehte er sich um, rannte los und verschwand in einer Seitenstraße.

Sofort sprintete Skye hinterher. Ein Auto hupte, als es wegen ihm bremsen musste, doch Skye sah sich nicht einmal um. Sein Ziel war der Mann vor ihm. Der Rest spielte keine Rolle. Mit großen Schritten jagte er hinter ihm her. Als er in die Nebenstraße einbog, sah er, wie der Mann an dessen Ende nach links abbog. Zum Glück gab es hier weder viele Fußgänger noch viele Autos, sodass er hoffte, durch sein hohes Lauftempo den Abstand schnell verringern zu können. Vorausgesetzt er verlor ihn nicht.

Skye preschte um die Ecke und entdeckte den Mann einen Block weiter auf der gegenüberliegenden Straßenseite.

Schlechter Schachzug, Kamerad, urteilte Skye für sich, während er ihm nachhechtete. Er selbst hätte in jedem Fall die nächste Querstraße rechts oder links genommen, sodass er für einen Verfolger nicht mehr sichtbar gewesen wäre. Glücklicherweise waren jedoch die meisten bösen Buben nicht mit einem allzu hohen

Intelligenzquotienten gesegnet, weswegen sie früher oder später auch erwischt wurden und hinter Gittern landeten.

Skye hatte den Gedanken noch nicht richtig zu Ende gedacht, als die Uhr an seinem Handgelenk zu vibrieren begann. Sofort blieb er stehen und begann innerlich zu fluchen. Er warf der flüchtenden Gestalt einen letzten frustrierten Blick zu, dann drehte er sich um und rannte zurück.

Verdammt! Wie hatte er nur so dumm sein können? Das Ganze war eine Falle gewesen. Mit einem Mal verstand er, warum der Mann nicht die nächste Seitenstraße genommen hatte. Er hatte niemals gewollt, dass Skye ihn aus den Augen verlor, denn sein einziges Ziel war gewesen, ihn so weit wie möglich von seiner Wohnung wegzulocken.

Skyes Herz begann zu rasen. Caya! Er musste unverzüglich zu ihr. Noch einmal erhöhte er sein Lauftempo und forderte seine Muskeln über ihr Limit hinaus. Ein Glück, dass er den Alarm reaktiviert hatte und seine Uhr ihm unverzüglich gemeldet hatte, dass jemand ohne passenden Schlüssel an seinem Schloss hantierte. Und ein Glück, dass er nur wenige hundert Meter von seiner Wohnung entfernt war.

Auf der Hauptstraße rempelte er eine Gruppe von drei Studenten an, die ihm nicht schnell genug ausgewichen waren. Wütend riefen sie hinter ihm her, doch Skye interessierte sich nicht dafür. Er eilte einfach weiter.

Als er die Haustür aufriss und die Treppen hinaufstürmte, waren exakt zweiunddreißig Sekunden vergangen, seitdem er den Alarm erhalten hatte. In dieser Zeit war sein spezielles Sicherheitsschloss nicht zu knacken. Caya war sicher. Es sei denn ...

Skye hatte das Gefühl, sein Herz bliebe auf der Stelle stehen, als er um die Ecke bog und mehrere Dinge gleichzeitig wahrnahm. Der Mann, der in schwarzer Kleidung vor seiner Tür hockte und mit einem speziellen Schließwerkzeug an seinem Schloss hantierte, überraschte ihn nicht. Mit ihm hatte er gerechnet.

Womit er jedoch nicht gerechnet hatte, war Caya. Schließlich war er davon ausgegangen, dass sie tief und fest schlief. Ansonsten hätte er sie über seine Aktion informiert, um genau eine solche Situation zu verhindern, wie sie sich jetzt ergab.

„Skye? Hast du deinen Schlüssel vergessen?“, hörte er ihre fragende Stimme nach draußen dringen, während sie bereits dabei war, die Tür zu öffnen.

„Schließ die Tür!“, rief Skye, doch der schmale Spalt genügte dem Mann bereits, um seinen Fuß dazwischen zu schieben. Mit aller Kraft drückte er mit seiner Schulter gegen den Eingang und Caya schrie erschrocken auf, während sie entsetzt zurückwich.

Der Mann wollte sie greifen, doch Caya war hinter das Sofa geflüchtet und bevor er sie fassen konnte, hatte sich Skye von hinten auf ihn gestürzt. Mit einem dumpfen Knall stürzten beide Männer zu Boden.

Skye spürte den spitzen Ellenbogen, den der Mann hart in seine Rippen stieß. Automatisch drehte er sich zur Seite und sein Gegner nutzte die neugewonnene Freiheit, um seinen Körper unter ihm zu drehen. Sein Bein schnellte nach vorn, doch Skye wehrte den Tritt mit seinem Fuß ab, während er ihm gleichzeitig einen harten Kinnhaken verpasste.

Eine geballte Faust traf Skye in der Magengegend, doch unbeeindruckt davon schlug er ein weiteres Mal zu. Dieses Mal traf er den Mann an der Schläfe und einen Moment lang dachte Skye, er hätte ihn ausgeknockt. Doch dieser hielt plötzlich eine Pistole in der Hand.

Oh, nein. Du wirst damit nicht schießen, entschied Skye entschlossen und ergriff das Handgelenk des Typen. Mit aller Kraft drückte er den Arm des Mannes von sich weg und änderte damit die Richtung des Waffenlaufs. Statt auf ihn zeigte die Mündung nun auf den Kerl selbst.

Fest presste Skye seinen Daumen auf den Puls des Mannes, um die Blutzufuhr zur Hand abzustellen, während sich dieser unter ihm wandt. Unvermittelt holte die linke Hand des Mannes, mit der er gerade noch versucht hatte, Skyes Finger von seinem Handgelenk zu lösen, aus.

Skye sah den Schlag auf sich zukommen und sein erster natürlicher Reflex war, diesen abzuwehren. Dafür hätte er jedoch seine Hände lösen müssen und das würde er auf keinen Fall tun. Jahrelanges Training hatte ihn gelehrt, seine Reflexe in entscheidenden Situationen zu unterdrücken und somit steckte Skye den Schlag ein.

Seine Lippe platzte auf und er schmeckte das Blut, das aus ihr herausströmte. Ein weiteres Mal holte die Faust aus, doch bevor sie zur eigentlichen Schlagbewegung ansetzen konnte, veränderte Skye seine Position. Er sah die Verwunderung in den Augen seines Gegners als dieser merkte, dass seine Beine plötzlich frei waren.

Doch noch bevor er reagieren konnte, zog Skye blitzschnell sein Knie kräftig nach oben.

Der Körper des Mannes, der es nicht gewohnt war, Schmerzreaktionen entgegenzuwirken, krümmte sich sofort zusammen. Dabei vergaß der Kerl all seine anderen Pläne und die Anspannung seiner Muskeln, mit denen er Skyes Händedruck entgegenwirkte, löste sich. Laut hallte der Schuss durch die Wohnung und der Körper des Mannes sackte neben Skye auf den Boden.

„Skye!“, schrie Caya auf und starrte entsetzt auf das Blut, das sich auf dem Boden verteilte.

„Alles in Ordnung”, versicherte Skye, während er kurz zu ihr aufsah und ihr aufmunternd zulächelte.

„Du blutest.“

„Das ist nur meine Lippe. Nicht schlimm.“

„Wie ich sehe, hast du das Problem bereits alleine gelöst”, äußerte sich Pax, der in diesem Moment in der Wohnung auftauchte, mit einem Blick auf die Leiche gelassen.

„Wenn du auch solange brauchst”, knurrte Skye. „Was hat dich aufgehalten?“

Unbeeindruckt warf Pax einen Blick auf die Uhr. „Drei Minuten, einundzwanzig Sekunden. Für die Strecke ist das keine schlechte Zeit. Außerdem hast du mich gar nicht gebraucht. Hallo, Caya. Schön, Sie wiederzusehen.“

In wenigen Schritten stand Pax vor ihr und grüßte sie auf französische Art mit jeweils einem Wangenkuss links und rechts, bevor er seine Aufmerksamkeit wieder dem Mann auf dem Boden widmete. „Wer ist der Typ?“

„Keine Ahnung. Hat jemand im Haus etwas mitbekommen?“ , erkundigte sich Skye.

„Sah nicht danach aus“, erklärte Pax. „Die Musik unten im Club ist so laut, dass sie jedes Geräusch übertönt.“

„Gut“, stellte Skye fest und beugte sich zu dem Toten hinunter. In der Hoffnung, dass er etwas finden würde, was ihnen Aufschluss über die Identität des Mannes geben würde, untersuchte er seine Taschen, doch erwartungsgemäß fand er nichts. Schließlich richtete er sich auf und berichtete, was geschehen war.

Am Ende trat er vor Caya. „Es tut mir leid. Ich hätte die Wohnung nicht verlassen sollen, ohne dir Bescheid zu geben. Ich wollte dich nicht wecken, aber das war ein Fehler.“

„Du konntest nicht wissen, dass es eine Falle war. Es war mein Fehler. Wenn ich die Tür nicht geöffnet hätte, wäre es niemals so weit gekommen", erklärte Caya. „Hast du ein sauberes Handtuch für deine Lippe?"

Aus dem Augenwinkel sah Skye, wie sein Freund grinste. Eine aufgesprungene Lippe war für einen Seal keine Verletzung, um die man sich kümmern musste. Dennoch warf Skye ihm einen vielsagenden Blick zu, der Pax mit amüsierten Augen zum räuspern brachte.

„Ist die Party schon vorbei?", grüßte Ash mit einem bedauernden Blick auf den toten Körper, bevor er Caya zuwinkte. „Hallo, Caya."

„Sieht ganz danach aus", urteilte Blue, der im gleichen Moment hereinschneite. „Hi, Caya. Wie geht es Ihnen?"

Keiner der Männer schien sich darüber zu wundern, dass sie sich in Skyes Wohnung befand, was wiederum Caya verwunderte. Wo kam Skyes Team überhaupt so plötzlich her? Und warum sahen Blue und Ash sie grinsend an?

Auch Skye war der Blick seiner Kameraden nicht entgangen. Verärgert trat er in ihre Sichtachse, bevor er sich umdrehte und Caya eine Hand auf die Schulter legte. Sanft schob er sie in Richtung seines Schlafzimmers.

„Ich glaube, du willst dir etwas mehr anziehen, bevor die Polizei hier auftaucht", flüsterte er leise. Wäre er mit ihr alleine gewesen, hätte er den Anblick ihrer nackten langen Beine gerne noch eine Weile genossen. In seinem schwarzen T-Shirt, das ihr viel zu groß war, sah sie gar zu verführerisch aus. Allerdings war er nicht bereit diesen Anblick mit seinem Team zu teilen, geschweige denn mit der Polizei.

Ein wenig irritiert sah Caya an sich herab, dann errötete sie leicht. In der ganzen Aufregung hatte sie völlig vergessen, dass sie nur Skyes T-Shirt trug. Was würden die anderen von ihr denken? Dachten sie etwa, sie und Skye ...

Wieder einmal schien Skye ihre Gedanken zu erraten. „Mach dir keine Sorgen. Die Jungs wissen, was heute Abend mit deiner Wohnung passiert ist. Außerdem wissen sie, dass ich niemals mit dir ..."

„Schon gut. Ich weiß, was du sagen möchtest", unterbrach Caya ihn schroff. *Er würde niemals etwas mit ihr anfangen. Als ob sie das nicht längst verstanden hätte.*

Sie sah, wie Skye überrascht die Stirn runzelte. Wahrscheinlich überlegte er, was er Falsches gesagt hatte und augenblicklich tat ihr ihr Ton leid. Es war nicht seine Schuld, dass sie ihn durch eine rosarote Heldenbrille sah. Daher entgegnete sie etwas verbindlicher: „Ich ziehe mich an."

„Caya?"

„Hm?"

„Wenn du gleich mit der Polizei sprichst, dann berichte alles genau so, wie du es gehört und gesehen hast. Es kann allerdings sein, dass sie dich darüber hinaus fragen werden, in welcher Beziehung wir beide zueinander stehen. Es wäre gut, wenn du dann nichts von Kolumbien erzählen würdest."

Einen Moment lang sah Caya ihn nachdenklich an. „Gibt es einen Grund dafür?"

„Wir sind eine kleine Gruppe und eine unserer Stärken ist, dass uns niemand kennt. Niemand weiß, wer wir sind und wie wir operieren. Je weniger Leute von uns wissen, desto besser ist es."

Verständig nickte Caya. „In Ordnung. Ich werde sagen, du bist ein Freund."

Leise schloss sie die Tür hinter sich und schlüpfte in ihr Kleid vom Abend. Dann setzte sie sich für einige Minuten auf das Bett.

Ein Freund, wiederholte sie in Gedanken. Sie hatte versprochen, gegenüber der Polizei Skye als Freund darzustellen. Doch was war er wirklich? Und als was sah er sie? Caya seufzte. Sie wurde aus diesem Mann einfach nicht schlau.

Bis er heute Mittag in ihrem Büro aufgetaucht war, war sie sicher gewesen, dass Skye sie längst vergessen hatte. Völlig unerwartet hatte er sie dann jedoch zum Essen eingeladen. Noch einmal erinnerte sei sich an den kleinen männlichen Machtkampf mit ihrem Kollegen Michael Langton, dem man, hätte sie es nicht besser gewusst, durchaus ein gewisses Maß an Eifersucht hatte unterstellen können. Auch am Abend hatte es Momente gegeben, in denen sie ein persönliches Interesse in Skyes Augen gelesen hatte. Dann war allerdings ihre Wohnung explodiert und der Abend hatte sich in eine völlig andere Richtung entwickelt.

Räumlich mochte sie Skye dabei zwar näher gekommen sein, emotional jedoch war sie genauso weit von ihm entfernt wie zuvor. Sowohl seine Stimme als auch seine ganze Körperhaltung waren mehr als distanziert, seitdem er sie hierher gebracht hatte.

Caya ahnte, dass sie nicht ergründen würde, was Skye wirklich von ihr wollte, solange Guttierez nicht gefasst war. Doch gedachte sie in jedem Fall herauszufinden, für welche Abteilung Skye genau arbeitete und was es mit seinem Team auf sich hatte. In Washington gab es keine aktiven Seals. Da war sie sich ziemlich sicher. Dennoch hatten die Männer hier ihre Basis. Das alles ergab keinen Sinn. Wo waren die anderen Jungs überhaupt eben so plötzlich hergekommen? Skye hatte mit keinem von ihnen telefoniert.

Entschlossen, so schnell wie möglich Antworten auf ihre Fragen zu erhalten, kehrte Caya ins Wohnzimmer zurück. Pax, Ash und Blue waren offensichtlich bereits gegangen, denn sie sah nur noch Skye, der mit zwei Herren im Gespräch war. Alle drei Augenpaare richteten sich auf sie.

„Caya, darf ich dir die Detectives Graham und Smith vorstellen? Detectives, das ist Miss Caya Aurora Campbell", übernahm Skye sofort die Vorstellung und in der nächsten halben Stunde war Caya damit beschäftigt, geduldig die sich ständig wiederholenden Fragen der Detectives zu beantworten.

Zwischendrin tauchten drei weitere Herren von der Spurensicherung auf, die nicht nur die ganze Wohnung fotografierten, sondern auch die Wohnungstür mit Graphitpulver zustaubten, um sie auf Fingerabdrücke zu untersuchen, bevor sie Cayas Abdrücke zum Abgleich nahmen. Erleichtert atmete sie auf, als alle die Wohnung endlich wieder verließen und dabei abschließend auch den Leichnam mitnahmen.

„Es ist mittlerweile fast halb vier. Du solltest versuchen, wenigstens noch ein paar Stunden zu schlafen", erklärte Skye, während er die Tür hinter Detective Smith schloss. „Heute Nacht wird uns definitiv niemand mehr stören."

Doch Caya interessierte sich nicht fürs Schlafen. „Können wir uns unterhalten?" Ihr herausfordernder Ton ließ Skye aufblicken.

„Sicher", entgegnete er schließlich ruhig und kehrte an die Küchentheke zurück. Absichtlich wählte er den Platz ihr gegenüber. „Hast du etwas Bestimmtes, worüber du reden möchtest?"

„Woher weißt du, dass in den nächsten Stunden nicht noch jemand versuchen wird, hier einzudringen?", begann Caya.

„Pax hält unten Wache. Morgen sollten wir uns in jedem Fall nach einer anderen Übernachtungsgelegenheit umsehen, doch für den Moment sind wir hier sicher."

Verstehend nickte Caya. Sie hätte sich denken können, dass mindestens einer des Teams in der Nähe bleiben würde. Allerdings erklärte das noch nicht, wieso die Jungs noch vor der Polizei dagewesen waren.

„Woher wussten Pax und die anderen, dass du Hilfe brauchst und wieso bist du so schnell zurückgewesen, obwohl du den Kerl unten auf der Straße verfolgt hast? Wenn es sein Ziel war, dich aus dem Haus zu locken, wird er kaum weggerannt sein, um dich abzuhängen. Du dürftest ihn also keinesfalls verloren haben."

Nachdenklich musterte Skye die Frau ihm gegenüber. Er hatte damit gerechnet, dass sie ihn früher oder später all diese Dinge fragen würde. Doch noch hatte er keine Zeit gehabt darüber nachzudenken, was er ihr antworten sollte. Schließlich entschied er sich für die Wahrheit.

„Sobald jemand versucht in meine Wohnung einzudringen, geht ein stiller Alarm los, der automatisch an meine Uhr gesendet wird. Schalte ich ihn nicht innerhalb von fünf Sekunden aus, sendet die Uhr diesen an alle anderen Teammitglieder weiter." Da er Caya direkt in die Augen blickte, sah er, wie es in ihr arbeitete.

„Was war mit Cal? Wieso war er nicht hier?"

„Cal ist nicht in der Stadt. Mittlerweile dürfte er aber auf dem Weg zurück sein."

„Weil jemand bei dir eingebrochen ist?" Ungläubig sah sie ihn an.

„Nein, weil jemand versucht, dich zu töten. ", erklärte er ohne Umschweife. „Da wir mit dem Fall vertraut sind, macht es durchaus Sinn, dass wir für deinen Schutz verantwortlich sind."

„Wer ist euer Auftraggeber?"

„Das habe ich dir schon gesagt", antwortete Skye ausweichend und nahm die beiden schmutzigen Kaffeetassen der Detectives, um sie in die Spüle zu stellen und Zeit zu gewinnen. Er hasste Lügen, und er versuchte sie zu vermeiden, wann immer es möglich war. Doch Caya ließ sich dieses Mal nicht einfach abspeisen.

„Dann sag es mir noch einmal!" Stumm wartete sie, bis Skye sich wieder zu ihr umgedreht hatte.

„Möchtest du noch etwas trinken?"

„Nein, danke. Ich möchte, dass du aufhörst, mir auszuweichen. Also, für wen arbeitest du?“

„Warum interessiert dich das so sehr?“

„Es ist nicht die Navy, korrekt?“

Eine Weile starrten sie sich gegenseitig an. Schließlich fuhr sich Skye seufzend durch die Haare. „Es tut mir leid, Caya, aber selbst wenn ich es noch so gerne möchte, ich kann deine Frage nicht beantworten.“

„Dann sag mir, wer euch beauftragt hat, mich in Kolumbien zu befreien.“

„Wir erhalten unsere Aufträge grundsätzlich und ausnahmslos von einer Person.“

„Woher hatte euer Kontakt den Auftrag?“

„Das kann ich dir nicht sagen.“

„Das kannst du mir nicht sagen, oder das willst du mir nicht sagen?“

„Ich kann es dir nicht sagen, weil ich es nicht weiß. “

„Du würdest es mir aber auch nicht sagen, wenn du es wüsstest“, stellte Caya fest, doch es klang wie eine Frage.

„Wahrscheinlich nicht, nein“, gab Skye zu.

Nachdenklich kniff Caya die Augen zusammen, während sie ihm nach wie vor fest in die Augen sah.

„Einmal ein Seal – immer ein Seal“, überlegte sie laut. „Aber es gibt keine Basis für aktive Seals in Washington. Mit anderen Worten, ihr arbeitet nicht für die Navy. Wenn ihr jedoch aus der Hauptstadt operiert, dann kommt euer Auftraggeber aus der Politik.“

Skye seufzte. Caya war klug, und sie kannte sich in der politischen Szene aus. Daher war es für ihn immer nur eine Frage des Zeitpunkts gewesen, wann sie die richtigen Schlüsse ziehen würde. Er zweifelte keinen Moment, dass Caya ihre Kontakte nutzen würde, um die gewünschten Informationen zu erhalten, denn sie war niemand, der sich mit halben Antworten und Vermutungen zufrieden geben würde. Dementsprechend war es besser, sie würde die Dinge von ihm erfahren.

„Wir sind ein Team, das offiziell nicht existiert“, erklärte er. „Dadurch können wir in Ländern operieren, für die die USA offiziell keine Erlaubnis zum Eingreifen hat. Unbemerkt von allen Regierungsaugen gehen wir in ein Land rein und machen unseren Job. Anschließend kehren wir genauso unbemerkt wieder zurück, und keiner weiß, dass wir jemals dort gewesen sind. Es ist eine Gewinnsituation für alle Beteiligten. Ich hoffe, du verstehst, wie wichtig es ist, dass diese Geheimhaltungsstufe eingehalten wird."

„Selbstverständlich", nickte Caya in Gedanken. Sie war bereits dabei, die neue Information zu verarbeiten. „Mit anderen Worten, wenn etwas schief läuft, habt ihr keine Rückendeckung."

„Nein."

Lange sah Caya ihn schweigend an. „Macht dir das keine Angst?", fragte sie schließlich leise.

„Warum sollte es?" Wie jedes Mal, wenn Skye in Cayas smaragdgrüne Augen sah, schlug sein Herz schneller. Er konnte nicht leugnen, wer er war. Bisher hat es in seinem Leben auch nie eine große Rolle gespielt, was andere Menschen von ihm dachten. Seine Eltern hatte ihn bereits früh dazu erzogen, seine eigenen Entscheidungen zu treffen und zu ihnen stehen. Ganz sicher war im Laufe der Jahre auch die ein oder andere falsche darunter gewesen. Die Entscheidung, das Black Panther Team zu führen, gehörte jedoch ganz sicher nicht dazu.

„Du liebst die Gefahr", folgerte Caya selbst. Dabei enthielt ihre Stimme keinerlei Werturteil. Auch ihre Mimik gab keinen Aufschluss, wie sie darüber dachte.

„Ich bin nicht sicher, ob ich so weit gehen würde zu sagen, dass ich sie liebe", überlegte Skye laut. „Tatsache ist, dass sie zu meinem Job gehört und dass ich sie nicht fürchte. Ich habe eine hervorragende Ausbildung, eine fantastische Ausstattung und das beste Team. Ich nutze meine Fertigkeiten, um anderen Menschen zu helfen."

„So wie mir."

„Ja. So wie dir", wiederholte er ernst.

Nachdenklich sah Caya zum Fenster hinüber und Skye ahnte, dass sie mit ihren Fragen noch nicht am Ende war. Als sie sich ihm wieder zuwandte, zitterte ihre Unterlippe leicht. „Macht dir das Töten Spaß?"

Entsetzt fuhr er innerlich zusammen. Was war das für eine Frage? In Cayas Augen sah er jedoch, dass ihr die Frage wichtig war und wenn er ehrlich war, war es eine Frage, die er sich schon mehr als einmal selbst gestellt hatte. Tief atmete er ein, bevor er zu einer Antwort ansetzte.

„Nein. Ich wollte, es gäbe eine andere Möglichkeit, aber meine Gegner lassen mir in der Regel keine Wahl. Sie kämpfen für ihre

Sache oder ihre Überzeugung bis zum Tod und das ist entweder ihrer oder meiner, beziehungsweise der meines Teams oder, wenn wir an Kolumbien denken, deiner. Allerdings ist es auf der anderen Seite auch nicht so, dass ich ihren Tod bedaure. Es sind Menschen, die vergewaltigen, foltern, terrorisieren und töten. Die Welt ist besser dran ohne sie."

Nachdenklich betrachtete er Caya. Was dachte sie nun über ihn? Hatte er mit diesem ehrlichen Geständnis all seine Chancen bei ihr verspielt? Skye fühlte sich, als stände er auf einem Katapult und registrierte dabei, welche Macht Cayas Urteil tatsächlich über ihn hatte. Zum ersten Mal in seinem Leben konnte eine Frau seine emotionale Verfassung beeinflussen und er wusste mit einem Mal, dass er eine lange Zeit zur Verarbeitung brauchen würde, wenn Caya ihn als Mensch nun ablehnte. Allerdings konnte er nicht ändern, wer er war.

„Ich bin nicht sicher, ob du das verstehen kannst", fügte er ein wenig leiser hinzu. „Schließlich klebt am Ende ihr Blut an meinen Händen. Egal ob sie den Tod verdient haben oder nicht."

„Als Anwältin dürfte ich das eigentlich nicht, aber ich verstehe genau, was du meinst", erklärte Caya ruhig. „Die letzten Wochen haben mich verändert. In Kolumbien habe ich Guttierez und seinen Leuten hundertmal den Tod gewünscht. Du weißt nicht, wie oft ich mir ersehnt habe, stärker zu sein, um ihnen all die Qualen, die sie mich haben erleiden lassen, heimzuzahlen. Auch der Tod des Mannes heute Abend tut mir nicht leid, und das erschreckt mich."

Mit einem ungewissen Blick, der den Zwiespalt, in dem sie sich befand, spiegelte, sah sie Skye an. „Während du gegen ihn gekämpft hast, habe ich die ganze Zeit nur zwei Dinge gefühlt. Das eine war die Angst um dich und das andere die Vorstellung, dass sich all die Dinge, die Guttierez mit mir gemacht hat, wiederholen."

Hart presste sie ihre Lippen aufeinander, denn noch immer reichte allein die Erinnerung an die Tage ihrer Gefangenschaft, um die Panik zurückzubringen.

Beruhigend legte Skye seine Hand auf ihre. „Es ist vorbei, Caya, und ich verspreche dir, dass sowohl ich als auch Pax, Cal, Ash und Blue alles tun werden, um zu verhindern, dass Guttierez dir noch einmal nahekommt. "

Er widerstand dem unbändigen Drang, sie in seine Arme zu ziehen, denn er wusste, dass es ihm niemals reichen würde. Nicht nach dem Stress, den der Schrecken in ihm ausgelöst hatte, sie alleine zu Hause zu wissen, während jemand versuchte, in seine Wohnung zu gelangen.

„Was macht deine Lippe?", erkundigte sich Caya besorgt und berührte sie sanft mit einer Fingerspitze.

Stocksteif saß Skye am Platz und rührte keinen Muskel. Sein Herz hatte für einen Schlag ausgesetzt, doch nun versuchte es voller Eile den verpassten Schlag einzuholen. Er kostete ihn einiges an Selbstbeherrschung, seinen Atem ruhig und gleichmäßig zu halten, um Caya nicht merken zu lassen, wie sehr ihn diese kleine Berührung erregte.

Seine Zunge wollte vorschnellen und zärtlich über ihre Fingerkuppe fahren. Sein Mund wollte sie gleich ganz umschließen und seine Hände wollten Cayas Taille umfassen und sie fest an sich pressen. Zum Glück hatten sie sechzig Zentimeter Holz zwischen sich.

Als Caya ihre Hand wieder sinken ließ, erinnerte sich Skye, dass Caya eine Frage gestellt hatte und immer noch auf eine Antwort wartete. „Sie ist okay. Morgen wird kaum noch etwas zu sehen sein. Die Lippen sind gut durchblutet. Dadurch bluten sie bei Verletzungen relativ viel, heilen aber auch dementsprechend schnell. Was hältst du davon, wenn wir beide versuchen, noch etwas zu schlafen?"

„Sicher", antwortete Caya sofort und erhob sich. Was war ihr nur eingefallen, ihn auf eine solche Weise zu berühren? Oh, war das peinlich. Schnell verabschiedete sie sich und wandte sich ab. „Gute Nacht, Skye."

„Gute Nacht", erwiderte er, während er ihr grübelnd nachsah. Etwas an ihrem Ton ließ ihn vermuten, dass sie nicht viel schlafen würde. Doch vielleicht hatte er sich auch geirrt. Sie musste todmüde sein. Bestimmt würde der Schlaf sie überkommen, wenn sie erst einmal im Bett lag und die Augen zumachte.

KAPITEL 9

„Der Tote heißt Bill Wilson. Seine Karriere hat er mit dreizehn Jahren als Straßenräuber begonnen, bevor er dann relativ schnell zum Einbruch übergegangen ist", erklärte Dylon Price' Stimme über den Lautsprecher.

Nachdem Skye am Morgen Caya zu einer Boutique gefahren hatte, wo sie sich in aller Eile einige neue Kleidungsstücke gekauft hatte, hatte er sie in ihr Büro gebracht und sich anschließend mit Pax, Cal, Ash und Blue in der Zentrale getroffen. Nun saßen sie gemeinsam in ihrem Besprechungsraum und hörten, was Price bereits herausgefunden hatte.

„Mit neunzehn hat er einen Tankstellenbesitzer erschossen und mit dreiundzwanzig einen sechzigjährigen Manager, der ihn nachts beim Einbruch in seine Villa erwischt hat. Angeblich hat der Mann zuerst geschossen, sodass Wilsons Anwalt auf Selbstverteidigung plädiert hat. Dadurch hat er statt lebenslänglich nur fünf Jahre bekommen. Abgesehen davon hat er noch weitere dreimal für mehrere Monate eingesessen. Beim vierten Mal hat er die Zelle mit einem Jungen namens Terrence Morrison geteilt. Es heißt, die beiden hätten nach ihrer Entlassung einige Dinge zusammen gedreht. Es wäre also gut möglich, dass Morrison der Mann war, der Sie nach draußen gelockt hat, Mr Stryker." Auf der großen Leinwand erschien ein Foto von Terrence Morrison.

„Ich kann nicht mit Sicherheit behaupten, dass das der Mann ist", gab Skye zu. „Größe und Statur passen, aber sein Gesicht konnte ich im Dunkeln nicht sehen. Pax hat jedoch seine Zigarettenkippe auf der Straße gefunden und ins Labor geschickt. Mit etwas Glück haben wir heute Nachmittag ein DNA-Ergebnis."

„Der Computer gibt eine Meldeadresse draußen in Anacostia an", informierte Pax, der parallel auf seinem Laptop tippte. „Vielleicht sollten wir dem Kerl einen Besuch abstatten."

„Gute Idee. Ash, Blue, könnt ihr das übernehmen?", bat Skye.

„Kein Problem", erwiderte Ash sofort.

„Wissen wir schon etwas über die Bombe an Cayas Wohnungstür?", wollte Skye wissen.

„Leider nicht viel. Es handelt sich um einen ganz normalen C-4 Sprengstoff und auch die Bauart gibt uns leider keinen heißen Tipp über den Bastler", informierte ihn Ash.

„Wisst ihr, was mich stutzig macht?", überlegte Skye. „Die Bombe war dazu bestimmt, Caya zu töten. Ob Bill Wilson das gleiche Ziel hatte, können wir nicht mit Sicherheit sagen. Vielleicht wollte er sie tatsächlich ‚nur' entführen. Allerdings stellt sich mir die Frage, wie er zu diesem Auftrag kommt. Soweit wir wissen hatte er niemals irgendwelche Verbindungen zu den Guerillas."

„Und auch nicht in die Drogenszene", bestätigte Pax.

„Caya ist seit sechs Wochen wieder zu Hause. Die Anschläge haben jedoch erst gestern wieder begonnen. Wieso?" Nachdenklich sah Skye in die Runde.

„Nun, sie hat erst vor drei Tagen bekanntgegeben, dass sie den Fall Giribaldi wieder aufnimmt", überlegte Cal.

„Das ist richtig. Aber was ist das Ziel? Worum geht es Guttierez? Sein Ziel, Giribaldi freizupressen, hat er durch ihre Entführung nicht erreicht. Trotzdem hat es nach ihrer Flucht keine weiteren Entführungsversuche oder Anschläge auf die Staatsanwaltschaft gegeben. Ich meine, Caya ist zwar die führende Staatsanwältin, aber nicht die Einzige. Es gibt gleich ein ganzes Team, das sich mit dem Fall beschäftigt."

„Vielleicht ist Guttierez' Motiv einfach nur Rache. Südamerikaner sind stolz", erklärte Blue. „Für ihn ist der Verlust der Geisel eine persönliche Niederlage."

„Möglich. Aber warum hat er Caya dann nicht schon in den letzten Wochen angegriffen? Warum hat er so lange gewartet?", wandte Skye ein.

„Dylon, haben Sie inzwischen mehr über Guttierez herausfinden können?", erkundigte sich Cal.

„Nein, nichts. Es ist, als sei der Mann erst vor wenigen Wochen geboren worden."

„Vielleicht ist das auch so", warf Ash nachdenklich ein.

„Du meinst, jemand hat eine Identität kreiert?", hakte Blue nach.

„Es wäre nicht das erste Mal, dass jemand einen falschen Namen nimmt und im Netz ein paar gut platzierte Informationen hinterlässt, die nicht direkt auf den ersten Blick, aber doch auf den zweiten zu finden sind."

„Auf dem Video, das Guttierez in seiner kleinen Folterkammer gedreht hat, stand der Mann immer im Schatten. Caya war diejenige, auf die der Scheinwerfer gerichtet war", erinnerte sich Pax. „Es wäre nicht schwer gewesen, das Äußere mit einigen wenigen Kleinigkeiten effektiv zu verändern, ohne dass es uns damals aufgefallen ist. Eine Perücke, farbige Kontaktlinsen, eine Brille und ein paar falsche Zähne reichen."

„Kannst du dir das Video noch einmal ansehen und schauen, ob du an den Lichtverhältnissen etwas drehen kannst?", wollte Skye wissen.

„Ich kann es versuchen, aber allzu viel Hoffnung habe ich nicht. Einfacher wäre es wahrscheinlich, wenn Caya mit einem Zeichner arbeiten würde und wir das entstandene Gesicht einscannen. Dann kann ich es in einzelne Details zerlegen und damit spielen, in dem ich Dinge verändere. Wenn wir genügend Einzelbilder haben, findet unser Computer vielleicht ein Gesicht in den Datenbanken, das dazu passt. Aber ich kann euch gleich sagen: Das kann dauern."

„Wir versuchen es trotzdem. Dylon, können Sie einen Polizeizeichner organisieren?"

„Das mache ich sofort. Leider muss ich unser Gespräch beenden. Informieren Sie mich, wenn es etwas Neues gibt und sorgen Sie dafür, dass Miss Campbell am Leben bleibt."

„Ah, Dylon?", hielt Skye ihn auf. „Eine Frage habe ich noch. Wer hat uns damals eigentlich den Auftrag gegeben, nach Kolumbien zu reisen?"

„Der Auftrag kam aus der DEA, der Drogenbehörde. Ihre Agenten hatten Giribaldi damals festgenommen und ihnen hat Guttierez den Downloadlink zu seinem Video gesandt."

Noch immer drehte sich Skyes Magen um, wenn er an die Bilder dachte. Niemals hätte Caya das alles erleiden dürfen. „Wann hat ihr Vater davon erfahren?"

„Senator Campbell? Keine Ahnung. Ich nehme an, dass die DEA ihn informiert hat."

„Er hat das Video also nicht als Erster erhalten?"

„Nicht, dass ich wüsste. Warum fragen Sie?"

„Es wundert mich, dass Guttierez das Video einzig und allein an die DEA geschickt haben soll. Normalerweise senden diese Leute ihr Material an Familie und Nachrichtendienste. Sie wollen Aufsehen erregen, ihre Macht demonstrieren. Schließlich müssen sie den Druck erhöhen, dass das Land ihren Forderungen nachkommt und den größten Druck machen in der Regel die Angehörigen."

„Soll ich mich erkundigen?"

„Nein, danke. Wir kümmern uns darum", erklärte Skye.

„Gut. Dann verabschiede ich mich jetzt", beendete Price die Telefonverbindung.

„Du glaubst nicht, dass die Guerillas dahinter stecken?" Offen sah Pax seinen Freund an und Skye schüttelte langsam den Kopf.

„Wir haben Caya in Kolumbien befreit, bevor Guttierez' Frist abgelaufen ist. Ohne Geisel hatte er jedoch keine Verhandlungsgrundlage mehr, um Giribaldi freizupressen. Damit war er im Grunde gezwungen, alles zu versuchen, Caya wieder in seine Hände zu bekommen und zwar lebend. Jetzt erinnert euch mal an die Guerillas, die uns im Dschungel angegriffen haben."

„Das war ein großer Haufen unorganisierter Wilder, die keinerlei Strategie hatten", erinnerte sich Cal.

„Und auch keine Führung. Guttierez war bei dem Angriff nicht dabei", ergänzte Blue.

„Richtig. Als Anführer kenne ich aber meine Truppe. Guttierez muss gewusst haben, dass diese Leute es niemals mit einer amerikanischen Elitekampftruppe würden aufnehmen können. Vor allem nicht, wenn ihnen niemand sagt, was sie wann zu tun haben. Trotzdem war der Mann nicht anwesend."

„Vielleicht hat er gewusst, dass er in der Situation keine Chance hatte", dachte Cal laut.

„Aber in seiner Position brauchte er Caya unter allen Umständen zurück und er wäre der Einzige gewesen, der einen Angriff hätte koordinieren können. Ohne Geisel war sein Erpressungsversuch beendet und Guerillas kapitulieren nicht vorzeitig", widersprach Skye.

„Die einzige Strategie an jenem Tag bestand jedenfalls darin, uns mit möglichst vielen Leuten abzulenken, damit sich einer von ihnen Caya schnappen kann."

„Was auch fast geklappt hätte, wenn Skye es nicht rechtzeitig verhindert hätte", erinnerte Ash.

„Wenn ich die Situation Revue passieren lasse, glaube ich nicht, dass der Typ Caya jemals zu Guttierez zurückbringen wollte. Er wollte sie vergewaltigen und anschließend töten."

„Aber davon hätte Guttierez nichts gehabt", stellte Blue fest.

„Das ist das, was ich die ganze Zeit versuche zu sagen. Es ergibt einfach alles keinen Sinn. Wenn ihr mich fragt, glaube ich, dass es hier überhaupt nicht um Giribaldi geht, sondern jemand den

Drogenbaron lediglich als Alibi nutzt, um Caya auszuschalten", sprach Skye das aus, was sein Bauchgefühl ihm vermittelte.

„Du meinst, jemand hat seine Kontakte nach Kolumbien genutzt und die Guerillas dazu gebracht, die USA zu erpressen, in dem er ihnen Caya ausgeliefert hat", schlussfolgerte Pax.

„Ja. Es ist nicht schwer ein paar junge hitzige Schwachköpfe ohne Schulausbildung dazu zu bringen, eine Amerikanerin als Geisel zu nehmen und ihnen zu erzählen, dass sie sie gegen einen Haufen Lösegeld eintauschen können. Später hätte er ihnen dann nur sagen müssen, dass ihre Familie nicht zahlt. Das wäre automatisch Cayas Todesurteil gewesen."

Skye mochte nicht darüber nachdenken, was die Männer zuvor noch mit ihr gemacht hätten. „Nachdem die Kolumbianer die Geisel aber verloren hatten, hat Guttierez oder wie immer er richtig heißt, nicht einmal mit dieser Geschichte kommen müssen. Er hat ihnen einfach gesagt, wenn sie noch einen letzten Rest von Ehre in sich haben, zeigen sie es den Amerikanern, die es gewagt haben, in ihr Territorium einzudringen. Mit den richtigen Worten ist es einfach, diese Leute gegen uns aufzubringen. Stolz ist ihnen wichtiger als jedes Lösegeld."

„Das würde zumindest einiges erklären", stimmte Ash zu.

„Das bedeutet jedoch, dass es einen Mörder direkt in Cayas Umfeld gibt", äußerte sich Cal. „Das wird ihr nicht gefallen."

Nein, das wird es ganz sicher nicht, dachte Skye. „Wir müssen uns sowohl ihr berufliches als auch ihr persönliches Umfeld genauer ansehen."

„Das Ganze klingt allerdings mehr nach einem persönlichen Motiv als nach einem Ex-Sträfling, der sich für eine Verurteilung rächen will", meinte Pax.

„Das sehe ich auch so", stimmte Blue ihm zu, woraufhin auch Ash und Cal nickten.

„Also gut, dann fangen wir mit den privaten Kontakten an", seufzte Skye.

„Du wirst mit ihr darüber sprechen müssen", erinnerte ihn Pax.

„Ich weiß", erwiderte Skye, während er sich mit einer Hand durch die Haare fuhr. Wie würde Caya darauf reagieren?

„Caya, geht es dir gut? Ich habe gerade gehört, was passiert ist." Mit einem entsetzten Gesichtsausdruck stürmte Michael Langton in Cayas Büro.

Seufzend erhob sie sich, um ihren Mitarbeiter zu bremsen. So ziemlich jeder in der Staatsanwaltschaft hatte sie im Laufe des Vormittags auf die Explosion in ihrer Wohnung angesprochen und ihr dabei sein Mitgefühl ausgesprochen. Langsam hatte sie davon wirklich genug. Das Einzige, was sie wollte, war in Ruhe ihre Arbeit erledigen und sich dann ein Plätzchen zum Schlafen suchen.

„Ich bin gerade erst ins Büro gekommen. Ist dir wirklich nichts passiert?"

„Michael, mir geht es gut", unterbrach sie ihren Kollegen.

„Du solltest den Giribaldi-Fall abgeben. Zumindest bis dieser verrückte Kolumbianer gefasst ist."

„Ganz bestimmt nicht", widersprach Caya. „Hast du Giribaldis Bilanzen, um die ich dich gebeten hatte?"

„Sie sind heute Morgen gekommen. Bitte sehr. Es sind allerdings jede Menge Daten", stellte Langton fest, als er ihr fünf CD-ROMs überreichte.

„Dann wird es mir zumindest nicht langweilig."

„Du hast heute Nachmittag einen Termin mit Giribaldi, nicht wahr? Warum lässt du mich nicht zu ihm rausfahren? Du solltest dich im Augenblick nicht so viel in der Öffentlichkeit zeigen. Vielleicht wäre es klug, ein wenig mehr im Hintergrund zu bleiben."

„Im Gegenteil, Michael. Ich halte es für wichtig zu zeigen, dass wir uns nicht einschüchtern lassen. Das ist entscheidend für unsere Bevölkerung, denn wenn wir uns schon nicht mehr trauen, dem Bösen entgegenzutreten, wie können wir dann von unseren Mitbürgern Zivilcourage erwarten? Darüber hinaus müssen wir aber auch ein deutliches Signal an die Menschen senden, die glauben, dass sie mit der Androhung von Gewalt sowie der Verbreitung von Angst und Schrecken ihr Ziel erreichen können, denn das können sie nicht."

Ergeben seufzte Michael. „Ich habe befürchtet, dass du das sagen wirst. Wirst du nach deinem Termin bei Giribaldi noch einmal ins Büro kommen?"

„Nein, ich glaube nicht", überlegte Caya laut. „Aber ich werde dich danach anrufen."

„Wo wirst du heute Nacht schlafen?"

„Ich weiß es noch nicht."

„Wenn du ein Bett brauchst ... du weißt, ich habe ein Gästezimmer. Das ist jederzeit für dich frei", bot Michael an.

„Vielen Dank, das ist sehr nett, aber ..."

„Sie braucht kein Bett", mischte sich Skye ein und trat entschieden vor. Bereits seit zwei Minuten hatte er in der Tür gestanden, ohne dass ihn die beiden bemerkt hatten. Insgeheim beschloss Skye, später mit Caya darüber zu reden. Es war gefährlich, wenn man seiner Umwelt nicht genügend Beachtung schenkte.

Vielleicht lag ihre Unaufmerksamkeit aber auch einfach nur daran, dass sie müde ist, überlegte Skye. Ihre blasse Haut sowie die dunklen Ringe unter ihren Augen verrieten ihm, dass sie in der Nacht nicht nur nicht viel, sondern wahrscheinlich gar nicht geschlafen hatte.

Missfallend drehte sich Langton zu ihm um. „Ich denke, das ist eine Entscheidung, die Miss Campbell alleine treffen kann, Mr ...? Mit hochgezogenen Brauen sah er ihn fragend an. „Es tut mir leid, aber ich habe Ihren Namen vergessen." Dabei drückte sein Tonfall mit jedem Wort aus, wie unwichtig er die Information fand.

„Namen sind wie Schall und Rauch", winkte Skye lässig mit einem Zitat von Goethe ab, bevor er bedächtig hinzusetzte: „Michael."

Wütend blitzten ihn die Augen des Mannes an, dann wandte sich Michael wieder an Caya. „Wie ich sagte, mein Gästezimmer steht dir immer zur Verfügung."

„Das ist sehr nett, aber ich denke, ich werde mir heute Nacht ein Hotelzimmer nehmen."

„Lass mich wissen, wie ich dir helfen kann. Bist du sicher, dass ich dich nicht wenigstens zu Giribaldi begleiten soll?"

„Nein, vielen Dank. Du hast selbst genug zu tun."

„Es macht mir nichts, Caya. Ich denke, du solltest wirklich nicht alleine zu dem Mann fahren."

„Sie wird nicht alleine fahren", mischte sich Skye ein weiteres Mal ein.

Langsam drehte sich Langton wieder zu ihm um. „Ich dachte, Sie arbeiten nicht für die Staatsanwaltschaft."

„Michael, könntest du bitte im Laufe des Tages noch den Brief an Vandehog fertigmachen?", bat Caya, um eine weitere Konfrontation zwischen den beiden Männern zu vermeiden. Sie hatte endgültig genug davon. Sowohl von Michael als auch von Skye.

In Langtons Augen blitzte etwas, das Skye als Unwillen interpretierte. Doch es war sofort verschwunden und seiner Stimme war nichts anderes als Freundlichkeit zu entnehmen. „Selbstverständlich. Es steht schon auf meiner Liste."

„Wunderbar. Schick ihn mir bitte noch mal per Mail, bevor du ihn offiziell rausschickst.“

„Das mach ich, aber vergiss nicht, dass du versprochen hast, mich anzurufen, sobald du von Giribaldi zurück bist.“

„Ich denke dran”, nickte Caya und wartete bis Langton ihr Büro verlassen hatte, bevor sie sich wütend zu Skye umdrehte. „Was fällt dir ein, dich in meine Unterhaltung einzumischen? Du wirst es vielleicht nicht glauben, aber ich kann sehr gut für mich selbst sprechen.“

„Er ist ein arroganter Snob, der seine Grenzen überschreitet.“

„Es spielt für dich keine Rolle, was er ist. Er ist mein Mitarbeiter und ich ziehe meine Grenzen alleine. Ich brauche keinen Machtkampf zwischen zwei aufgeblasenen Truthähnen, von denen jeder sein Territorium sichern will.“

Automatisch musste Skye grinsen, wobei seine weißen Zähne zu sehen waren. „Du hältst mich für einen Truthahn?“

Auch Caya musste plötzlich lächeln. „Ja, ich glaube, das habe ich gesagt.“

„Ich bin in meinem Leben schon als vieles bezeichnet worden, aber ein Truthahn war noch nie darunter”, lachte er laut.

Es war das erste Mal, dass Caya ihn laut lachen hörte und augenblicklich wurde es warm in ihrem Bauch. In konzentrischen Kreisen breitete sich die Wärme in ihrem Körper aus und hinterließ ein wohliges Gefühl. Es tat gut zu lachen. In den letzten Wochen hatte sie viel zu wenig gelacht.

„Ich gebe zu, Michael hat eine arrogante Ader, aber er ist ein guter Anwalt. Er braucht noch ein paar Jahre, aber ich bin sicher, dass er seinen Weg gehen wird.“

„Er ist nicht viel jünger als du, oder?“, wollte Skye wissen.

„Ein Jahr.“

„Doch er arbeitet unter dir, richtig?“

„Er ist einer meiner Mitarbeiter, ja.“

„Hat er ein Problem damit?“

„Nein, natürlich nicht. Warum sollte er?“

„Keine Ahnung. Nicht jedem Mann fällt es leicht, unter einer Frau zu arbeiten. Michael ist ehrgeizig. Ich könnte mir vorstellen, dass er gerne sein eigenes Referat führen würde.“

„Das will er ganz bestimmt und das wird er eines Tages auch. Allerdings braucht er dafür noch einiges an Erfahrung.“

„Was wäre, wenn du den Fall Giribaldi abgeben würdest? Wer würde ihn dann übernehmen?“

„Ich gebe den Fall nicht ab, Skye.“

„Ich weiß. Darum geht es mir im Moment auch gar nicht. Es ist einfach nur eine rein hypothetische Frage.“

„Hm”, überlegte Caya. „Ich schätze, Michael würde ihn übernehmen. Neben mir ist er am meisten involviert. Wahrscheinlich würde einer der älteren Staatsanwälte ihn im Hintergrund begleiten, aber offiziell würde er das Team führen.“

„Ist die Annahme richtig, dass der Fall seiner Karriere einen enormen Aufschwung verleihen würde?“

Misstrauisch sah Caya ihn an. „Was willst du damit sagen, Skye?“

„Ich habe nur überlegt, ob er davon profitieren würde, wenn dir etwas zustöße.“

„Vor wenigen Minuten hast du ihm noch unterstellt, ein privates Interesse an mir zu haben. Jetzt unterstellst du ihm, mit Giribaldi unter einer Decke zu stecken. Vielleicht solltest du dich langsam für eine Variante entscheiden, denn beides passt nicht zusammen.“

„Das eine kann man vortäuschen, vor allem wenn man dadurch an wichtige Informationen für das andere gelangt.“

„Dabei vergisst du allerdings, dass auch ich Interesse an ihm haben müsste.“

„Hast du?“ Herausfordernd sah er Caya in die Augen, wobei der Schalk in seinen Augen aufblitzte, denn es war keine Frage, die er fürchtete. Er mochte nicht wissen, ob er als Mann ernsthaft eine Chance bei ihr hatte oder ob die gegenseitige Anziehungskraft, die manchmal zwischen ihnen zu spüren war, nur dem Adrenalinschub geschuldet war, aber er war sich ziemlich sicher, dass Michael Langton nicht ihr Typ war.

„Habe ich was?“, fragte Caya unschuldig zurück, die das Spiel gerade sichtlich genoss.

„Interesse an Langton.“

„Lass mich überlegen!“ Nachdenklich legte sie einen Zeigefinger an die Wange und sah schräg hinauf zur Decke.

Skye grinste. „Wenn du darüber nachdenken musst, dann ist die Antwort nein.“

„Bist du da sicher?“

„Ganz sicher”, lachte Skye und wurde wieder ernst. „Wenn du mich fragst, magst du ihn nicht einmal sonderlich.“

„Woher willst du das wissen?“ Erstaunt sah sie Skye an.

„Du weichst zurück, wenn er zu dicht vor dir steht, du nutzt deine Arme, um deinen persönlichen Bereich zu definieren, deine Augen sind wachsam und deine Haltung ist angespannt."

Ihr Blick wurde plötzlich scharf und sie musterte ihn aufmerksamer. „Du bist ein guter Beobachter."

Skye zuckte lediglich mit den Achseln. „Woran liegt das? Hast du ihn eingestellt?"

„Nein. Michael war ursprünglich einem anderen leitenden Staatsanwalt zugeordnet. Henry ist jedoch letztes Jahr unerwartet an einem Herzinfarkt gestorben. Zum gleichen Zeitpunkt hat die Stadt unser Budget gekürzt, sodass seine Stelle nicht neu besetzt worden ist und Henrys Team aufgeteilt wurde."

„Du hast ihn quasi geerbt."

„So könnte man es ausdrücken, ja. Im Grunde kann ich nicht erklären, warum er mir nicht sonderlich sympathisch ist. Es ist etwas in seinen Augen. Manchmal habe ich das Gefühl, es steckt mehr hinter ihm, als er einen sehen lässt, obwohl es dafür überhaupt keinen Anhaltspunkt gibt. Er ist pünktlich, zuverlässig und arbeitet sauber. Allerdings muss man ihm häufig sagen, was man braucht. Ihm fehlt das Auge fürs Detail und die Kreativität."

„Die Kreativität?", wunderte sich Skye. „Ich dachte, Jura sei eine Wissenschaft."

„Was die Rechtsprechung betrifft, stimmt das. Allerdings muss vorher die Schuldfrage geklärt werden und da der moderne Verbrecher heutzutage auf die merkwürdigsten Ideen kommt, braucht es eine große Portion kreativen Denkens unsererseits, wenn wir ihm die Tat nachweisen wollen."

Spontan würde mir da durchaus noch die ein oder andere weitere Situation einfallen, in der Kreativität gefragt ist, durchfuhr es Skye und sein Blick schärfte sich dabei automatisch.

Caya musste die Veränderung ebenfalls aufgefallen sein, denn auch ihr Körper reagierte ohne ihr bewusstes Zutun.

Skyes braune Augen versanken in ihren grünen und sein Mund fühlte sich auf einmal völlig trocken an. Leicht öffnete er seine Lippen und trat einen Schritt auf sie zu. Aufgeregt flatterte es in seinem Magen und alles in ihm erwartete die Berührung. Seine Finger griffen nach ihrer Hand, als er sich langsam nach vorne beugte und ...

Unsanft riss ihn ein lautes Klopfen in die Realität zurück. Erschrocken vergrößerte Caya den Abstand zwischen ihnen und auch Skye trat beim Umdrehen zur Seite.

Marc Jordan, ihr Ex-Verlobter, erkannte er den eintretenden Mann sofort.

„Caya, wie geht es dir?" Mit einem besorgten Gesichtsausdruck umschloss Marc die Staatsanwältin mit beiden Armen und zog sie eng an sich heran.

Zu eng für Skyes Geschmack. Allerdings beschloss er zunächst abzuwarten, anstatt den Mann mit einer Hand an seinem Kragen zu packen und ihn möglichst weit von Caya wegzuziehen, was er gerade am allerliebsten getan hätte. Doch Skye ahnte, dass Caya davon nicht begeistert sein würde, zumal sie ihm erst kurz zuvor deutlich gesagt hatte, was sie über seinen verbalen Schlagabtausch mit Langton dachte.

Während er die Szene vor sich mit grimmiger Mine beobachtete, wunderte sich Skye über das Ausmaß der Emotion, die ihn erfasst hatte. Niemals zuvor hatte er eine solch starke Eifersucht empfunden. Im Grunde war er noch nie wirklich eifersüchtig gewesen. Sicher, er hatte während der beiden Beziehungen, die er in der Vergangenheit geführt hatte, schon einmal das Gefühl gehabt, deutlich machen zu müssen, dass eine Frau zu ihm gehörte, doch es hatte mehr mit männlichem Stolz zu tun gehabt als mit der Angst jemanden zu verlieren.

Was ein irrsinniger Gefühlsvorgang, fand Skye. Schließlich konnte man nichts verlieren, was man nicht besaß und Caya besaß er ganz sicher nicht. Er wusste nicht einmal, ob sie überhaupt das Gleiche für ihn empfand wie er für sie. Im Grunde wusste er nicht einmal, was er selbst empfand. Es war ein völlig neues Gefühl, in dem Sex zwar eine Rolle spielte, aber eben nicht die Einzige. Vielleicht nicht einmal die Wichtigste.

Das Ganze war eine völlig neue Erfahrung für Skye und verwirrte ihn. Doch im Moment konnte er darüber nicht nachdenken. Vielmehr musste er in Erfahrung bringen, ob Caya noch immer etwas für diesen Mann empfand, der sie in diesem Augenblick in seinen Armen hielt. Angestrengt versuchte er sich zu erinnern, was er über ihren Ex wusste.

Marc Jordan, zweiundvierzig Jahre, Anwalt für Zivil- und Strafrecht. Seit zehn Jahren arbeitete er als Partner in der Kanzlei seines Vaters, die zu den renommiertesten und ältesten der Stadt gehörte. Bereits sein Großvater hatte die Kanzlei gegründet und durch seine einflussreichen Kontakte in Wirtschaft und Politik war das Büro sehr schnell erfolgreich gewachsen.

Die Jordans gehörten zur elitären Washingtoner Gesellschaft und Marc Jordan war definitiv das, was man gemeinhin als eine gute Partie bezeichnete.

Abgesehen von einem gut gefüllten Bankkonto, für das sieben Stellen wahrscheinlich nicht ausreichten, sah der Mann auch nicht schlecht aus. Zwar hatte er keinen trainierten Körper, aber er war groß, schlank, hatte volles braunes Haar und eine gleichmäßige Gesichtsform.

„Ich war gerade bei Richter Cooper und habe von deiner Wohnung gehört. Warum hast du mich nicht direkt gestern Abend angerufen?“, fragte Marc mit einem leicht vorwurfsvollen Unterton, während er Caya eine Haarsträhne aus dem Gesicht strich.

Eine intime Geste, die Skyes Blutzuckerspiegel sofort in die Höhe trieb. Das wirkte alles noch immer sehr vertraut zwischen den beiden.

„Lass das, Marc”, forderte Caya den Mann auf und trat verärgert einen Schritt zurück. „Warum hätte ich dich anrufen sollen?“

„Was ist das für eine Frage? Natürlich, weil ich dich abgeholt hätte. Du musst einen entsetzlichen Schrecken bekommen haben. Bist du sicher, dass dir nichts passiert ist? Bist du im Krankenhaus gewesen?“

„Marc, hör auf. Das ist nicht deine Verantwortung.“

„Ich mache es aber zu meiner. Ich möchte mich um dich kümmern. Du bist mir wichtig und ich weiß, dass du nicht genug auf dich achtest. Du hasst es, krank zu sein und nimmst dir nicht genügend Zeit für dich. Wenn du mich fragst, hast du auch jetzt viel zu früh wieder angefangen zu arbeiten. Nachdem, was du in Kolumbien erlebt hast, hättest du eine viel längere Pause gebraucht.“

„Ich frage dich aber nicht, Marc.“

„Lass uns heute Abend zusammen essen gehen“, schlug Jordan vor, womit er Cayas Aussage überging. Auch ihrem Ton, der ihm eigentlich deutlich signalisierte, wie unwillkommen seine Nähe war, schenkte er keine Beachtung. „Ich hole dich ab. Wo wohnst du im Moment? Bist du zu deinem Vater gezogen?“

„Äh-hm”, räusperte sich Skye, der fand, nun lange genug unbeachtet an der Seite gestanden zu haben.

Verwundert drehte sich Marc Jordan um und Skye überlegte kurz, ob der Mann ihn bisher wirklich nicht wahrgenommen hatte oder ob er einen Oscar für diesen Blick verdient hatte.

„Das ist Marc Jordan. Marc, das ist Skye", stellte Caya die Männer einander vor.

„Freut mich", reichte Skye dem Anwalt die Hand.

„Äh, ja, mich auch", stotterte der Mann, während er Skye eingehend musterte. „Sind Sie ein Klient?"

„Nein, ich bin ein Freund. Caya wohnt übrigens bei mir. Zumindest bis ihre Wohnung renoviert ist", erklärte er, als sei es das Selbstverständlichste der Welt.

„Äh, ja." Irritiert sah Marc von Skye zu Caya, als erwarte er ihren Widerspruch. Da dieser nicht kam, wandte er sich wieder Skye zu. „Woher kennen Sie sich?"

„Wir haben uns vor einigen Wochen kennengelernt", antwortete Skye wahrheitsgemäß und nichtssagend zur gleichen Zeit. „Wollten Sie noch etwas Bestimmtes, Marc? Ich will nicht unhöflich sein, aber Caya und ich wollten gerade los und es wird langsam spät."

„Ich wollte mich nur davon überzeugen, dass es Caya gut geht." Noch einmal ließ Marc seinen Blick an Skye hinunter und hinauf gleiten, bevor er Caya auf die Wangen küsste. „Pass auf dich auf und lass mich bitte wissen, wenn ich etwas für dich tun kann."

„Das mache ich. Auf Wiedersehen, Marc", entgegnete Caya kühl und sah ihm gedankenverloren nach. Dann wandte sie sich mit hochgezogenen Augenbrauen an Skye. „Ich wusste bisher noch gar nicht, dass ich bei dir wohne?"

Spitzbübisch grinste Skye. „Nun, ich dachte, das würde vielleicht helfen, um dem Mann seine Grenzen zu zeigen. Aber abgesehen davon war es auch nicht vollständig gelogen. Schließlich werden wir die nächsten Tage und Nächte gemeinsam verbringen. Nicht in meiner Wohnung, denn die ist nach heute Nacht nicht mehr sicher genug, aber wir werden in jedem Fall ein gemeinsames Quartier beziehen."

„Auf keinen Fall", stieß Caya unvermittelt abwehrend aus und sah ihn erschrocken an, woraufhin Skye seine Stirn runzelte. Irgendetwas verstand er offensichtlich nicht. In der einen Minute wollte sie ihn küssen und für Skye bestand kein Zweifel, dass sie einem Kuss vorhin ebenso sehr entgegengefiebert hatte wie er und in der nächsten Minute wollte sie nicht einmal eine Wohnung mit zwei Schlafzimmern mit ihm teilen.

„Pax organisiert gerade ein Haus. Ich habe ihn gebeten, möglichst in der Nähe zu suchen, damit dein Weg ins Büro nicht so weit wird.“ Verzagt lächelte er sie an, bevor er sich zwang, seine nächsten Worte auszusprechen. „Falls es dir lieber ist, wenn einer der anderen Jungs in deiner direkten Nähe ist, akzeptiere ich das selbstverständlich.“

„Das ist es nicht”, verneinte Caya sofort, wobei sie ihren Kopf abwandte.

Syke hatte jedoch den tieftraurigen Ausdruck in ihren Augen gesehen, und wieder einmal fühlte er dieses schmerzhafte Stechen in seinem Herzen. Dieser verzweifelte Blick gefiel ihm nicht. Cayas Augen sollten strahlen und er wusste, dass er alles in seiner Macht Stehende tun würde, um die Unbeschwertheit in sie zurückzubringen. Sanft berührte er ihre Wange mit seinem Zeigefinger und zwang sie mit leichtem Druck dazu, ihn wieder direkt anzusehen.

„Was ist das Problem, Caya?“, erkundigte er sich leise.

Einen Moment sahen sie sich schweigend an. Skyes Blick war ruhig, voller Geduld, Wärme und Vertrauen, wohingegen Caya ihn voller Zweifel und Unsicherheit ansah.

„Ich kann mit keinem von euch gemeinsam eine Nacht in einem Haus verbringen. Ich muss alleine schlafen“, gestand sie schließlich flüsternd.

Konzentriert arbeitete es in Skyes Gehirn. *Sie hat nur die Nacht erwähnt, nicht den Tag. Warum will sie nicht, dass nachts jemand bei ihr ist? Was ist der Unterschied für sie?* Fieberhaft überlegte er und plötzlich machte es Klick. Ihre Nächte waren bei weitem nicht so problemlos, wie sie ihm gestern glauben gemacht hatte. Das war auch der Grund, warum sie so erschöpft aussah. Wahrscheinlich hatte sie gestrige Nacht alles getan, um zu verhindern, dass sie einschlief.

In Gedanken trat sich Skye in den Hintern. Wie hatte er das nur übersehen können? Leider konnte er die Uhr nicht mehr zurückdrehen, doch er konnte dafür sorgen, dass er zukünftig sensibler war.

Caya fühlte den Herzschlag in ihrem Hals. In dem Moment, als sie ihre Worte ausgesprochen hatte, wusste sie, dass sie zu viel gesagt hatte. Sie erkannte die Sekunde, in der Skye für sich die richtigen Schlüsse gezogen hatte. Allerdings zeigte sich im gleichen Moment so viel Sympathie in seinen Augen, dass Caya mit einem Mal eine große Erleichterung in sich verspürte. Sie erkannte die tiefe Sehnsucht nach Verständnis, die die ganze Zeit tief in ihrem Innern geschlummert hatte. Sie wollte ihre Dämonen nicht alleine bekämpfen. Allerdings wollte sie auch nicht einer Fremden ihre Seele offenbaren.

Die Psychologin, die sie zweimal besucht hatte, war freundlich und mitfühlend gewesen, aber sie hatte niemals Cayas Erfahrungen durchlebt und würde es hoffentlich auch niemals müssen. Ihre Kenntnisse um das, was in Caya vorging, stammten aus Büchern. Es war ein theoretisches Wissen und vielleicht waren ihre Worte und Ratschläge, die sie in den beiden Sitzungen geäußert hatte, alle richtig gewesen. Dennoch hatte die Frau Caya in ihrem Innersten nicht erreicht.

Für ihren Vater war die Sache am einfachsten gewesen. In seinem Leben gab es nur Einsen und Nullen. Sie war wieder zurück und damit war das Kapitel beendet. Er konnte sich schlichtweg nicht vorstellen, dass die Ereignisse sie immer noch beschäftigten. Schließlich lagen sie für ihn in der Vergangenheit.

Ihre Freunde hatten sich gekümmert. Sie hatten sie zum reden animiert und Caya wusste, dass sie es alle gut gemeint hatten. Für keinen von ihnen war Neugier das Motiv ihrer Fragen gewesen. Doch was sie erlebt hatte, war von dem Alltag ihrer Freunde so weit entfernt, dass sie ihnen die Grausamkeit und Brutalität nicht hatte zumuten wollen. Außerdem wollte sie auch kein Mitleid. Sie wollte nicht mit Samthandschuhen angepackt werden. Sie wollte einfach nur ihr Leben von zuvor zurück.

Auf einmal spürte sie Skyes warme Hand an ihrer Wange. Sie spürte die zärtliche Bewegung seines Daumens, der über ihren Wangenknochen fuhr, und sie sah, wie sich sein Kopf langsam zu ihr hinunterbeugte.

Er hatte mit Abstand den sinnlichsten Mund, den sie je bei einem Mann gesehen hatte. Und dann spürte sie seine Lippen auf ihrer Schläfe. Unendlich weich fühlten sie sich an, als sie sich fest auf ihre Haut pressten.

Es war ein freundschaftlicher Kuss, der nicht einmal ansatzweise das enthielt, wonach sich Cayas Körper sehnte. Doch bevor die Enttäuschung darüber einsetzen konnte, spürte Caya die Zuversicht, die in dem Kuss lag. Sie spürte die Kraft, die auf einmal durch sie hindurchströmte und sie spürte das Versprechen, das Skye ihr gab. Sie war nicht mehr länger alleine. Mit einem Mal fühlte sich diese Gewissheit unendlich gut an.

„Wir werden gemeinsam durch die nächsten Nächte gehen”, sprach er leise, aber mit sicherer Stimme. „Und dabei kann ich dir eines versprechen. Es wird nichts geben, was ich nicht schon lange kenne.“

Zweifelnd sah sie ihn an. Unmöglich konnte dieser starke Mann nachts von seinen eigenen Schreien zitternd aufwachen, doch er lächelte sie leise wissend an.

„Vertrau mir, Caya. Ich werde nicht zulassen, dass dir etwas passiert. Weder bei Tag noch bei Nacht.“

Vielleicht hatte er recht und es war an der Zeit, dass sie jemandem vertraute. Warum nicht Skye? Er hatte sie bereits an ihrem tiefsten Punkt gesehen und er wusste, was sie erlebt hatte. Ihm würde sie nichts schildern und schon gar nichts erklären müssen. Die Aussicht war verlockend. In einem tiefen Atemzug sammelte sie all ihren Mut zusammen. Dann nickte sie.

Zufrieden mit ihrer Entscheidung nickte er einmal zurück, bevor er seinen Arm sinken ließ und einen Schritt zurücktrat.

„Wenn du nicht zu spät zu deinem Termin bei Giribaldi kommen willst, sollten wir uns auf den Weg machen“, erinnerte er sie.

„Ja, das ist richtig”, entgegnete Caya. „Von mir aus können wir gehen.“

„Wir lassen deinen Wagen stehen und nehmen meinen. Kannst du mir den Parkschein der Tiefgarage für die Ausfahrt in einen Chip tauschen?“

„Sicher”, erklärte Caya und entnahm ihrer Schreibtischschublade eine rote Münze. Dann griff sie nach ihrer Handtasche und folgte Skye zum Aufzug. Die Fahrt hinunter in die Garage war jeden Tag eine Herausforderung für sie, angeführt nur noch von dem Fußweg, der sich von der Etagentür zu ihrem Auto anschloss.

Nachdem sie an ihrem ersten Arbeitstag nach der Rückkehr aus Kolumbien eine geschlagene halbe Stunde gebraucht hatte, um von ihrem Schreibtisch zu ihrem Auto zu gelangen und sie anschließend nass geschwitzt gewesen war, hatte Caya ernsthaft überlegt, zukünftig ein Taxi von und zur Arbeit zu nehmen. Doch natürlich hatte sie den Gedanken schnell wieder verworfen. Sie würde Guttierez nicht bestimmen lassen, wie sie sich zukünftig in der Stadt bewegte.

Tatsächlich waren ihre Panikattacken auch schon besser geworden. Zwar raste ihr Herz noch immer davon wie die Hufe eines galoppierenden Pferdes, ihre Hände schwitzten und auch ihre Luftröhre zog sich noch immer zusammen. Allerdings tat sie es nicht mehr so eng wie die ersten Male und mittlerweile wusste Caya, dass sie genügend Luft bekommen würde, wenn sie einfach nur weiteratmete. Egal wie anstrengend es auch war.

Allerdings war sie heute auf dem Weg hinunter in die Garage zum ersten Mal nicht alleine. Bisher hatte sie stets darauf geachtet, dass niemand mitbekam, in welch nervliches Wrack sie sich verwandelte, sobald sie den Lift betrat. Warum nur hatte sie Skye nicht gesagt, dass sie vorne auf der Straße auf ihn warten würde?

Weil es dir nicht eingefallen ist. Du warst so sehr darauf fokussiert, deine körperlichen Reaktionen unter Kontrolle zu halten, dass du alles andere vergessen hast und nun ist es zu spät, beantwortete eine stumme Stimme in Cayas Kopf die Frage. Automatisch ballte sie ihre Hände zu Fäusten und konzentrierte sich auf den Schmerz, den die bohrenden Fingernägel dort hinterließen. Starr hielt Caya ihren Blick geradeaus gerichtet, während sie gleichzeitig versuchte, gleichmäßig zu atmen.

Plötzlich spürte sie, wie Skyes Hand zärtlich, aber bestimmt ihre Faust öffnete und seine Finger mit ihren verschränkte. „Ich habe heute Morgen übrigens mit meiner Mutter telefoniert. Sie hat sich gestern einen Hund gekauft."

Verwirrt sah Caya ihn an. „Einen Hund?"

„Einen West-Highland Terrier, um genau zu sein. Das ist so ein kleines wuscheliges Wollknäuel, das sich von selbst bewegt und ab und zu ein Geräusch von sich gibt, das nach dem Bellen eines Hundes klingt."

Herzhaft musste Caya lachen. „Ich sehe, du betrachtest Westies nicht als wahre Hunde."

„Soll das ein Scherz sein? Ein senkrecht aufgestelltes DIN A4 Blatt ist höher als diese Tiere." Seine Augen lachten jedoch und seine Stimme ließ erkennen, dass er mit der Entscheidung seiner Mutter einverstanden war. „Aber es ist ein Hund, der zu meiner Mutter passt und ich schätze, das ist das Einzige, was zählt."

„Wie heißt er?"

„Das willst du nicht wirklich wissen", lachte er.

„Doch, will ich.

„Aber du darfst nicht lachen."

„Versprochen."

„Was bekomme ich, wenn du doch lachst?"

„Hm", überlegte Caya einen Moment. „Wenn ich lache, dann koche ich heute Abend."

Mit einem gespielt ernsten Blick sah er sie an. „Das ist kein Verlustgeschäft für mich, oder? Du kannst kochen?"

„Zumindest haben alle meine Gäste ihren Besuch bei mir bisher überlebt. Also, wie hat deine Mutter ihn getauft?"

„Däumelinchen."

„Däumelinchen? Nach dem Märchen?" Caya gab sich alle Mühe, nicht zu lachen, doch schließlich gab sie auf. Es dauerte fast eine ganze Minute bis sie wieder zu Atem kam.

„Es tut mir leid. Es ist ein süßer Name", entschuldigte sie sich.

„Oh, mir tut es nicht leid. Ich freue mich auf ein leckeres hausgemachtes Essen", bemerkte Skye zufrieden und reihte sich in den Straßenverkehr ein.

Von dem plötzlichen hellen Sonnenlicht geblendet, sah sich Caya blinzelnd um. „Ich habe gar nicht gemerkt, dass wir in der Tiefgarage waren", stellte sie irritiert fest und sah verwundert zu Skye.

Er hat mich abgelenkt, durchfuhr es sie wie ein Blitz und unendliche Dankbarkeit breitete sich in ihr aus.

Skye war ein guter Beobachter und ihre Panik war ihm natürlich nicht entgangen, aber er hatte sie nicht angesprochen. Er hatte nicht mit beruhigenden Worten auf sie eingeredet, die ihren Verstand ohnehin nicht erreicht hätten, denn jede Vernunft schien außen an einer von ihrer Angst errichteten Mauer abzuprallen. Stattdessen hatte er sie mit einer lustigen, aus dem Leben gegriffenen Geschichte abgelenkt.

„Ist es wahr? Hat deine Mum wirklich einen Westie?", erkundigte sie sich, plötzlich skeptisch geworden.

„Natürlich ist es wahr. Glaubst du, ich lüge dich an?"

Als Caya nicht direkt antwortete, griff Skye nach ihrer Hand und an der nächsten Ampel sah er ihr tief in die Augen. „Ich würde dich niemals anlügen, Caya. Niemals."

Eine innere Wärme breitete sich in ihr aus. Dieser Mann war zu gut, um wahr zu sein. Wie sollte sie unter diesen Umständen ihren Heldenkomplex jemals loswerden?

KAPITEL 10

Gemeinsam mit Skye betrat Caya den kleinen Verhörraum, den der Gefängnisdirektor ihr für das Gespräch mit Giribaldi zur Verfügung gestellt hatte. Als Staatsanwältin strahlte sie dabei eine natürliche Selbstsicherheit aus, der auch die letzten Wochen nichts angehabt hatten. Nichts deutete darauf hin, dass die Ereignisse in Kolumbien in irgendeiner Form Einfluss auf ihr Leben hatten. Caya beherrschte die Trennung zwischen ihrer beruflichen und ihrer privaten Person perfekt.

Vor der Tür standen zwei Aufseher Wache, drinnen wartete der Drogenbaron mit seinem Anwalt Douglas Jordan. Douglas war Marc Jordans Vater und um ein Haar hätte er auch die Rolle von Cayas Schwiegervater übernommen, hätte sie ihre Verlobung mit Marc nicht vor einem Jahr gelöst.

Beide Männer saßen an einem stählernen Tisch, der ebenso im Boden verankert war, wie die vier Stühle, die an seinen Seiten standen. Skye schloss die Tür hinter ihnen und wählte einen Stehplatz an der Wand, von dem aus er alle Beteiligten beobachten konnte. Weder Jordan noch Giribaldi beachteten ihn, was ihm nur recht war.

„Schön dich zu sehen, Caya. Wie geht es dir?“, erhob sich Douglas Jordan und küsste Caya auf beide Wangen.

„Sehr gut, danke, Douglas. Wie geht es dir?“

„Bestens. Setzen wir uns.“

„Guten Tag, Mr Giribaldi”, grüßte Caya den Häftling, während sie Platz nahm.

„Ich wäre für Sie aufgestanden, Miss Campbell, aber leider erlauben mir die amerikanischen Haftbedingungen eine solche Höflichkeitsbezeugung nicht”, äußerte Giribaldi mit einem bedauernden Blick auf seine Hand- und Fußschellen. Sein Englisch war korrekt, wenngleich er mit einem spanischen Akzent sprach.

„Bemühen Sie sich nicht.“

„Mein Mandant ist bereit eine Aussage zu machen, beispielsweise über die Transportwege, auf denen Drogen aus Kolumbien in die USA kommen”, begann Jordan und kam damit direkt zur Sache. „Er kann Namen von Mittelsmännern nennen sowie die Namen von großen Erstabnehmern hier im Land. Dafür möchten wir eine Absenkung der Haftstrafe."

„Tut mir leid, Douglas. Das kann ich nicht machen", lehnte Caya direkt ab.

„Ich garantiere Ihnen, meine Informationen werden ein paar Überraschungen beinhalten", bekräftigte Giribaldi, doch noch immer schüttelte Caya ihren Kopf.

„Sie werden in jedem Fall lebenslänglich erhalten. Das Einzige, was ich anbieten kann, ist eine Verbesserung der Haftbedingungen. Einzelhaft, Fernsehen, einen Job in der Wäscherei oder der Bibliothek von Anbeginn."

Abschätzend sah Giribaldi ihr in die Augen. „Ich will ein Mitspracherecht bei der Wahl der Haftanstalt."

„Sie bekommen eine Liste mit fünf Vorschlägen, aus denen Sie wählen können."

Rückversichernd blickte der Mann zu seinem Anwalt, der ihm kurz zunickte, was soviel hieß wie: Ein besseres Angebot wirst du nicht bekommen.

„Einverstanden", beschied Giribaldi und die nächste Stunde plauderte der Mann aus dem Nähkästchen.

Caya war sich sicher, dass er dabei vor allem die Namen und Wege preisgab, die von anderen Kartellen genutzt wurden. Doch wenn seine Informationen dazu führten, dass der Drogenimport ins Land maßgeblich reduziert werden konnte, so war das ein Anfang.

„Ich werde Ihre Aussagen an die DEA weitergeben. Wenn der Inhalt hält, was Sie zugesagt haben, steht unser Deal", erklärte Caya am Ende.

„Das wird er", entgegnete Giribaldi gelassen. „Ach ja, sagen Sie Ihrem Präsidenten doch bitte einen schönen Gruß von mir. Er mag noch so sehr versuchen, die Drogengesetze in diesem Land zu verschärfen, aber es wird ihm auch nicht mit mir als Exempel gelingen. Solange die mittel- und südamerikanischen Kartelle einen Großteil der amerikanischen Wahlkampagnen finanzieren, kann er im Kongress vorschlagen, was er möchte. Die nötige Mehrheit wird er niemals bekommen."

„Es ist nichts Neues, dass es hin und wieder einen Politiker gibt, der sich seine Stimme bezahlen lässt. Alleine der Kongress hat über fünfhundert Mitglieder und in jedem Obstkorb gibt es eine faule

Kirsche. Da ist kein System gefeit vor”, entgegnete Caya schulterzuckend.

Sie hasste den Gedanken, dass Politiker sich kaufen ließen. Es war unethisch und falsch. In ihren Augen war es schon immer ein Verbrechen gewesen, das wesentlich stärker verfolgt und geahndet werden müsste, als es in der Vergangenheit der Fall gewesen war. Erst in der jüngsten Zeit wurde ernsthaft versucht, dagegen vorzugehen und im letzten Jahr war es tatsächlich erstmalig zur Verurteilung eines Senators gekommen. Dennoch würde sie sich ganz sicher nicht mit Giribaldi auf eine politische Diskussion einlassen.

„Oh, ich rede nicht von einem Politiker oder zwei. Ich spreche von einer viel größeren Sache. Es ist eine Organisation, die landesweit agiert und das schon seit vielen Jahren. Vielleicht nehmen Sie das Unternehmen IBB bei Gelegenheit etwas genauer unter die Lupe und falls Sie meine Information für nützlich halten, hätte ich gerne ein Ergometer in meiner Zelle und jeden Sonntagabend ein Glas Whisky auf Eis. Scotch. Keinen Bourbon.“

Prüfend musterte Caya den Mann, doch seine Haltung war nach wie vor entspannt. Offensichtlich war er vollkommen davon überzeugt, ihr gerade etwas einmalig Wertvolles mitgeteilt zu haben. „In Ordnung, ich werde einen Blick darauf werfen. Wenn Sie allerdings meine Zeit verschwenden, nehme ich die Einzelzelle zurück.“

Unbeeindruckt zuckte Giribaldi mit den Schultern. „Sie werden mir eher noch ein Privileg drauflegen. Da bin ich sicher. Im Übrigen wollte ich Ihnen noch sagen, wie leid es mir tut, was Ihnen in meiner Heimat passiert ist. Kolumbien ist ein wunderschönes Land. Sie sollten es unbedingt noch einmal unter anderen Bedingungen bereisen.“

Cayas Körper versteifte sich, doch es war eine fast unmerkliche Reaktion. „Das werde ich ganz sicher tun”, erklärte sie kalt, während sie das Aufnahmegerät und ihren Notizblock einsteckte.

„In den letzten Wochen haben mich gleich mehrere Agenten dazu verhört”, fuhr Giribaldi fort. „Ich weiß, dass keiner von ihnen mir geglaubt hat. Aber, Miss Campbell, ich versichere Ihnen, ich habe den Namen Guttierez noch nie in meinem Leben gehört.“

Überrascht von dem veränderten Ton in seiner Stimme, sah Caya dem Gefangenen noch einmal in die Augen. „Warum wollte der Mann Sie dann freipressen?“, erkundigte sie sich misstrauisch.

„Genau das frage ich mich auch die ganze Zeit, zumal ich keinerlei Kontakte zu den Guerillagruppen im Süden habe.“

„Nun, ich bin sicher, es wird sich alles aufklären.“

„Das hoffe ich für Sie. Wie ich gehört habe, leben Sie gerade recht gefährlich. Es wäre bedauerlich, wenn Ihnen etwas zustöße. “

„Ist das eine Drohung?“, mischte sich Skye nun zum ersten Mal ein und trat an den Tisch. Alle Augen hatten sich bei seinen Worten auf ihn gerichtet, doch Skye hielt lediglich Giribaldis Blick.

Verteidigend hob der Mann seine Hände. „Selbstverständlich nicht. Es würde mir wirklich leid tun, wenn einer so hübschen und erfolgreichen Anwältin etwas passieren würde.“

„Wenn ich herausfinde, dass Sie etwas mit Miss Campbells Entführung zu tun haben, dann werden Sie wünschen, niemals geboren worden zu sein“, entgegnete Skye hart.

„Ist das eine Drohung?“ Giribaldis Stimme klang gelassen, seine Augen spiegelten jedoch seine innere Wut wieder.

„Das“, erklärte Skye kalt, während er sich zu dem Mann nach vorne beugte, „ist ein Versprechen.“ Damit richtete er sich auf und schritt zur Tür.

„Auf Wiedersehen, Mr Giribaldi. Douglas”, verabschiedete sich Caya schluckend.

„Ich komme mit raus”, erwiderte Douglas Jordan und erhob sich ebenfalls.

„Es war mir ein Vergnügen, Miss Campbell. Passen Sie auf sich auf”, rief Giribaldi der Staatsanwältin hinterher, doch Caya ging nicht mehr auf seine Worte ein. Gefolgt von Douglas Jordan und Skye verließ sie den Raum.

„Ich verlasse mich darauf, dass du dich an die getroffenen Vereinbarungen hältst”, mahnte Giribaldis Anwalt, als sie draußen auf dem Flur standen.

„Selbstverständlich”, reagierte Caya kalt.

„Marc hat mir erzählt, was mit deiner Wohnung passiert ist und dass er dir angeboten hat, bei ihm zu wohnen. Ich freue mich, dass ihr euch wieder näher kommt. Du weißt, wie sehr Joanne und ich eure Trennung immer bedauert haben.“

„Die Sache zwischen Marc und mir ist vorbei, Douglas, und ich werde auch nicht bei ihm einziehen”, stellte Caya unmissverständlich klar. „Wenn du mich jetzt bitte entschuldigen würdest, ich habe noch jede Menge zu tun. Sobald ich eine Rückmeldung der DEA habe, rufe ich dich an.“

Höflich reichte sie Jordan die Hand, dann sah sie zu Skye hinüber, der zwei Meter weiter auf sie wartete.

Interessiert hatte Skye dem letzten Teil ihrer Unterhaltung mit Douglas Jordan gelauscht.

Marc Jordan hatte also bereits seinem Vater von seinem Besuch bei Caya erzählt. Dementsprechend musste er entweder schon früher, als er behauptet hatte, von der Explosion gewusst haben oder er hatte seinem Vater ein falsches Bild von seinem Verhältnis zu Caya vermittelt. Beide Möglichkeiten gefielen ihm nicht.

Schweigend öffnete er die Autotür für Caya, bevor er auf der Fahrerseite einstieg und zurück nach Washington fuhr. Neben ihm begann Caya mit ihrem Kollegen Michael Langton zu telefonieren, den Skye ebenso wenig mochte. Automatisch fragte er sich, ob er sich tatsächlich objektiv eine Meinung über diese beiden Männer gebildet hatte oder ob nicht doch deren Zuneigung gegenüber Caya sein Urteil beeinflusst hatten.

Je länger er jedoch darüber nachdachte, desto sicherer war er sich, dass Eifersucht keine Rolle spielte. Vielmehr waren es andere Dinge, die sein Misstrauen erregt hatten. Es waren alles nur Kleinigkeiten in Langtons Verhalten, wie beispielsweise ein Blick, der eine Sekunde zu lange verweilte, eine Geste, die eine Nuance zu spät kam oder ein Tonfall, der ein wenig zu aufgesetzt klang. Teilweise wirkte seine Haltung einstudiert und nicht natürlich. Jedes einzelne Detail war vielleicht nicht viel, aber in der Gesamtheit ergab sich für Skye der Verdacht, dass der Mann etwas zu verbergen hatte. Der Bildschirm des Navigationssystems änderte sich und automatisch wurde sein Blick von dem Farbwechsel angezogen.

‚Ein neues Ziel wurde hinzugefügt. Ziel annehmen?', stand dort in großer Schrift geschrieben.

„Was bedeutet das?“, wollte Caya wissen, die in diesem Moment ihr Telefonat beendet hatte.

„Pax hat uns die Adresse für heute Nacht eingegeben”, erklärte Skye, während er über einen Knopf am Lenkrad die neue Ortseingabe bestätigte.

„Pax kann von einem externen Zugang aus dein Navigationsgerät programmieren?“

„Ja. Das vereinfacht viele Dinge.“ Absichtlich verschwieg Skye, dass dies beispielsweise ein äußerst praktisches Tool war, wenn einer von ihnen verfolgt wurde. Dadurch konnte sich der Fahrer auf den Verkehr konzentrieren, ohne sich zwischendurch auch noch einen geeigneten Weg durch die Straßen suchen zu müssen.

„Wir sind mit ein paar sehr netten technischen Spielereien ausgestattet“, erklärte er, bevor Caya weiterfragen konnte und wechselte dann das Thema. „Musst du noch mal ins Büro? Ansonsten schlage ich vor, dass wir einkaufen gehen und dann direkt in unser neues Domizil fahren.“

„Einkaufen?“

„Du wolltest kochen. Schon vergessen?“, schmunzelte Skye.

„Richtig. Nein, natürlich nicht.“

„Wenn du es lieber verschieben möchtest, kann ich mich als großzügig erweisen.“

„Oh, nein. Ich zahle meine Schulden lieber gleich”, gestand Caya. „Dort vorne ist ein Supermarkt. Lass uns schnell reinspringen. Ich brauche nicht viel.“

„Die Küche wird kaum Vorräte haben”, erinnerte er sie. „Es ist ein Sicherheitshaus, das normalerweise vom FBI genutzt wird. Es würde mich wundern, wenn wir mehr als Salz, Pfeffer und ein paar Konserven vorfinden würden.“

„Kein Problem. Ich habe dir ein Essen versprochen. Das heißt nicht, dass du ein Fünf-Gänge-Gourmet-Menü bekommst.“

„Nein?“ Schmollend schob Skye seine Lippen übereinander, woraufhin Caya lachen musste.

„Wie hören sich Spaghetti mit Meeresfrüchten und Salat für dich an?“

„Sehr lecker”, bekannte Skye strahlend.

„Prima.“

„Vielleicht solltest du auch eine Zahnbürste, Duschgel und dein bevorzugtes Haarshampoo mitnehmen. Manchmal sind die Sachen recht alt, die in diesen Häusern rumliegen.“

„Was ist mit dir?“

„Ich habe eine Tasche im Auto.“

Glücklicherweise war in dem Geschäft nicht viel los, sodass sie innerhalb von fünfzehn Minuten wieder im Auto saßen.

„Stört es dich, wenn ich noch einmal kurz telefoniere?“, erkundigte sich Caya.

„Nein, wieso sollte es? Mach nur.“

Unschlüssig drehte sie ihr Telefon einige Male in der Hand herum, bis sie schließlich eine Nummer aussuchte und das Handy an ihr Ohr nahm.

Merkwürdig!, fand Skye, sagte jedoch nichts. Allerdings lauschte er neugierig, wen sie anrief, obwohl sie ganz offensichtlich auf den Anruf keine Lust hatte. Er musste nicht lange warten bis seine Neugier befriedigt wurde.

„Hi, Dad! Hast du eine kurze Minute?“, grüßte Caya kurz darauf und kam dann direkt zur Sache. „Kennst du eine Firma mit dem Geschäftsnamen IBB?“

Auf der anderen Seite der Leitung war es für eine Sekunde still.

„Dad?“, hakte Caya nach. „Bist du noch da?“

„Ja, bin ich”, erklärte ihr Vater. „Ich habe nur einen Moment nachgedacht, aber der Name sagt mir nichts. Warum fragst du?“

„Nur so.“

„Hast du sonst noch etwas? Ich habe in zwei Minuten einen Termin mit Senator Peterson.“

„Nein, nein, das war alles. Mach’s gut.“

„Du auch”, beendete Senator Campbell das Gespräch und Caya seufzte. Telefonate mit ihrem Vater waren grundsätzlich keine Freude.

„Ist alles in Ordnung?“, erkundigte sich Skye.

„Ja, alles bestens”, erwiderte Caya sofort und setzte eine fröhliche Mine auf. Doch Skye nahm ihr diese nicht ab.

„Du glaubst Giribaldi seine Geschichte der Bestechung?“

„Ich möchte sie nicht glauben. Die Vorstellung, dass gleich mehrere unserer Kongressabgeordneten korrupt sind, ist mehr als unheimlich. Aber in seiner Situation hat Giribaldi nichts davon, mir irgendwelche Lügenmärchen zu erzählen. Also werde ich zumindest einige Nachforschungen betreiben. Wie weit ist es noch bis zu unserem Ziel?“

„Ungefähr eine Viertelstunde, schätze ich. Der Verkehr sollte hier draußen jetzt langsam nachlassen.“

Zehn Minuten später hielt Skye vor einem kleinen Häuschen im Grünen. Es lag außerhalb der Stadt, fernab von den anderen Häusern des idyllischen Vororts. Vor dem Haus wartete eine dunkle Limousine, aus der ein junger Mann in einem schwarzen Anzug ausstieg.

„Warte bitte einen Moment im Auto“, bat Skye und öffnete erst die Fahrertür, nachdem Caya zustimmend genickt hatte.

Aufmerksam behielt Skye sowohl die Umgebung als auch den Mann im Auge, der ihm nun deutlich sichtbar seinen FBI-Ausweis entgegenhielt.

„Ich hoffe, Sie hatten eine gute Fahrt“, begrüßte er Skye, als er auf ihn zutrat.

„Ja, vielen Dank. Es ist eine weite Strecke von Cleveland hier runter, aber die 76 lässt sich gut fahren“, antwortete Skye mit dem vereinbarten Code, den Pax ihm durchgegeben hatte.

Der Agent nickte und übergab ihm den Haustürschlüssel. „Dann wünsche ich einen guten Aufenthalt.“

„Vielen Dank.“ Skye wartete, bis der Wagen des Mannes aus seiner Sicht verschwunden war, dann öffnete er Cayas Tür und half ihr beim Aussteigen. Anschließend nahm er die Einkaufstüten aus dem Kofferraum und schloss die Haustür auf.

„Bitte sehr. Herzlich Willkommen”, lud er Caya zum Hineingehen ein.

„Nett”, erklärte Caya und sah sich interessiert in dem Haus um. Sie stand in einem großen Raum, in dessen Mitte sich zwei Sofas gegenüberstanden, die mit einem Stoff aus blauem Blümchenmuster überzogen waren. Zwischen ihnen befand sich ein Glastisch mit Messingfüßen.

„Na ja”, bemerkte Skye zweifelnd und brachte ihre Einkäufe in die Küche. Sie war zweckdienlich ausgestattet, auch wenn das Design nicht seinem Geschmack entsprach. In der Mitte gab es einen kleinen Küchenblock, in dem die Herdplatte eingelassen war und um den vier Stühle standen.

„Kann ich dir beim Kochen helfen?“, bot er Caya an.

„Nein, vielen Dank.“

„Dann sehe ich mich oben um und rufe Pax an.“

„Ja, geh nur.“

Einen Moment lang sah Skye sie prüfend an, dann verschwand er ins Wohnzimmer, von wo eine Holztreppe hinauf in das obere Stockwerk führte. Rechts und links des kleinen Flurs im Obergeschoss gab es jeweils ein Schlafzimmer. Am Ende war das Bad. Es war ebenfalls blau gefliest, aber der Rest schien irgendwann einmal renoviert worden zu sein.

In jedem Schlafzimmer gab es ein Doppelbett, einen Sessel und einen Schrank. Das Inventar schien ein wenig zusammengewürfelt zu sein, aber zumindest wirkte es sauber. Während sein Telefon bereits Pax' Nummer wählte, ließ sich Skye in dem Sessel nieder.

„Habt ihr das Haus gefunden?“, grüßte ihn sein Freund sofort.

„Das war kein Problem, aber hättest du nicht etwas finden können, was etwas mehr Stil hat?"

„Es hat Persönlichkeit", erwiderte Pax und Skye konnte sein Grinsen durch die Telefonleitung hören.

„Was gibt es Neues?", wurde Skye wieder ernst.

„Nicht viel. Die Polizeizeichnerin, die Dylon organisiert hat, hat gut gearbeitet. Ich nehme an, Caya hat dir erzählt, dass sie direkt heute Morgen mit ihr zusammengesessen hat?"

„Nein, das hat sie nicht", korrigierte Skye. „Aber wir hatten auch noch keine Zeit, um großartig zu reden. Wir waren bei Giribaldi. Der Mann behauptet nach wie vor, Guttierez nicht zu kennen."

„Glaubst du ihm?"

Einen Moment überlegte Skye. Diese Frage hatte er sich in der letzten Stunde bereits mehrfach gestellt. Jedes Mal war er dabei zu dem gleichen Ergebnis gekommen. „Ja, ich denke, er sagt die Wahrheit."

„Das würde heißen, dass wir mit unserer Vermutung richtig liegen und er nur als Alibimotiv dient. Übrigens sind die DNA-Ergebnisse gerade reingekommen. Sie bestätigen, dass Terence Morrison die Zigarette von gestern Abend geraucht hat. Ash und Blue sind an der Sache dran, haben ihn aber bisher noch nicht gefunden. Angeblich hat der Mann eine Freundin, die er regelmäßig besucht. Wenn er bei ihr auftaucht, haben wir den Kerl."

„Sehr gut. Kannst du Cayas Kollegen Michael Langton etwas genauer unter die Lupe nehmen? Ich habe ein komisches Gefühl bei dem Typen."

„Mache ich. Sonst noch jemanden?"

„Marc Jordan."

„Das ist ihr Ex-Verlobter, oder?", erinnerte sich Pax.

„Der Typ hat sie heute Mittag besucht und eines war dabei ganz offensichtlich: Für ihn ist die Geschichte mit Caya noch lange nicht abgeschlossen. Wenn es nach ihm gegangen wäre, würde sie heute Nacht in seinem Bett liegen."

„Das hat dir nicht gefallen."

„Darum geht es nicht. Die Beziehung ist seit einem Jahr beendet. Trotzdem ist er nicht darüber hinweg."

„Warum sollte er sie entführen lassen, wenn er sie zurückhaben will? Das ergibt wenig Sinn, Skye."

„Ich will trotzdem, dass du ihn überprüfst."

„Soll ich ihre anderen Lover ebenfalls durch den Computer jagen?“, fragte Pax sarkastisch.

„Gute Idee”, erwiderte Skye, ohne auf den provozierenden Ton einzugehen. „Ich melde mich morgen früh.“

Frustriert fuhr sich Skye durch die Haare. Wer hatte ein Interesse daran, Caya zu töten? Es graute ihm davor, ihr mitteilen zu müssen, dass mit großer Wahrscheinlichkeit, Giribaldi weder hinter ihrer Entführung noch hinter den gestrigen Anschlägen steckte. Doch er würde dieses Gespräch nicht länger aufschieben können. Seufzend stand er auf und kehrte in die Küche zurück. „Hm, das riecht fantastisch.“

„Das Essen ist gleich fertig. Magst du den Tisch decken? Ich glaube, ich habe dort drüben in dem oberen Schrank Teller gesehen.“

Neben Tellern und Besteck fand Skye auch noch Servietten und den Rest einer halben Kerze. Geschickt faltete er zwei Servietten auf und nutzte sie als Tischsets, bevor er die Teller darauf stellte. Anschließend zündete er die Kerze an.

Überrascht sah Caya ihn an, als sie den Salat und die Schüssel mit den Spaghetti brachte. Doch Skye zuckte nur gleichgültig mit der Schulter.

„Ein mit Mühe gekochtes Essen braucht einen mit Liebe gedeckten Tisch“, erklärte er. „Es tut mir leid, dass unter den gegebenen Umständen nicht mehr möglich war.“

„Das ist schön, Skye. Der Gedanke allein zählt”, lächelte Caya und reichte ihm den Löffel. „Bitte, nimm dir.“

„Das ist göttlich”, lobte Skye nach dem ersten Bissen.

„Es ist ein einfaches Essen.“

„Es ist himmlisch”, bestätigte er noch einmal, bevor er vorsichtig das Gespräch auf Jordan lenkte. „Du bist mit Marc verlobt gewesen, richtig?“

„Ja”, bestätigte Caya einsilbig. Ihre Beziehung zu Marc gehörte nicht gerade zu den ruhmreichen Entscheidungen ihres Lebens. Im Gegenteil. Heute fragte sie sich, wie sie jemals so blind gewesen sein konnte, seinen wahren Charakter nicht durchschaut zu haben. Wie hatte sie sich nur jemals in ihn verlieben können?

„Was ist schief gelaufen?“

„Ich habe ihn mit einer Kollegin erwischt.“

„Autsch! Das ist nicht gerade die feine englische Art”, bemerkte Skye und legte seine Gabel zur Seite. Seinen Partner zu betrügen war eine für ihn völlig inakzeptable Handlung, die von charakterlicher Schwäche und Feigheit sprach.

„Warum hat er eure Beziehung nicht beendet, wenn er gemerkt hat, dass du nicht die Richtige für ihn warst?"

„Oh, zum Heiraten war ich die Richtige. Ich komme aus der richtigen Familie, ich habe die richtige Erziehung, ich kann mich in den richtigen Kreisen bewegen. Ich kann mich richtig anziehen, mich richtig benehmen und mich richtig unterhalten."

Prüfend musterte Skye ihren Blick. Aus jedem ihrer Worte sprach die tiefe Verletzung, die der Mann ihr zugefügt hatte. Liebte Caya Marc Jordan etwa noch immer? In ihrem Büro hatte sie dem Anwalt zwar kalt und abwehrend gegenübergestanden, doch Caya Aurora Campbell war gut darin, ihre wahren Gefühle vor anderen zu verbergen.

„Aber?", hakte Skye vorsichtig nach.

Gedankenverloren starrte Caya an ihm vorbei und Skye fragte sich, was sie so lange beschäftigte. Wenn die Geschichte mit Marc Jordan für sie abgeschlossen war, sollte eine Antwort nicht so schwierig sein, oder? Es dauerte eine gute halbe Minute, die ihm wie eine Ewigkeit vorkam, bis sie sich ihm wieder zuwandte.

„Aber ich war im Bett nicht gut genug für ihn", verkündete sie tonlos.

„Caya!", rief Skye entsetzt aus. Niemals hätte er vermutet, dass das Thema darauf hinauslaufen würde. „Was ist das für ein Unsinn?"

„Das ist kein Unsinn. Ich stehe nun mal nicht auf Hals- und Handschellen, Demutsriemen, Peitschen und Lederdessous. Wie sich herausstellte, ist das aber Marcs bevorzugtes Szenario. Natürlich können solche Fantasien in der feinen Washingtoner Gesellschaft nicht offen ausgelebt werden und eine nette kleine Ehefrau zum Vorzeigen hilft, damit niemand Verdacht schöpft."

Skye stieß einen leisen Fluch aus. Per se hatte er kein Problem mit Jordans Sexleben. Wenn der Mann auf dieses Sado-Maso-Zeugs stand und es derart mit einer gleichgesinnten Frau trieb, war die Sache für ihn in Ordnung. Solange beide Parteien sich freiwillig darauf einließen und ihren Spaß hatten, wollte er nicht urteilen. Wenn Jordan dabei jedoch jemand Dritten verletzte, wie in diesem Fall Caya, hörte der Spaß für ihn auf.

„Weißt du, was das Schlimmste ist?“, fuhr Caya fort. „Ich dachte, Marc würde mich wirklich lieben.“ Hart schluckte sie, bevor sie weitersprach.

„Ich war nie besonders scharf darauf jemanden aus diesen Kreisen zu heiraten. Durch meinen Vater hatte ich genügend Einblick in die sogenannte feine Gesellschaft, um zu wissen, wie oft nach außen hin nur eine Fassade gezeigt wird. Ich wollte nie so leben. Mein Traum war immer eine normale, ehrliche Beziehung als Grundlage für eine glückliche Familie. Als ich Marc kennenlernte, dachte ich, er sei anders. Ich dachte, er würde das Gleiche für mich empfinden wie ich für ihn. Ich wollte ihn heiraten, Skye.“

Mit großen traurigen Augen sah sie ihn an. „Wir waren zweieinhalb Jahre zusammen und ich habe nicht gemerkt, was Marc alles außerhalb unserer Beziehung getrieben hat. Es war schließlich nicht nur diese eine Anwältin. Es gab jede Menge Frauen neben mir. Was sagt das über mich aus?“

„Dass du jemand bist, der seinen Freunden und seinem Partner zu hundert Prozent vertraut”, antwortete Skye sofort. „Das ist eine wunderbare Eigenschaft, Caya. Lass sie dir nicht von jemandem nehmen, der nicht den Mut hat, zu seinen Vorlieben und damit letztlich zu sich selbst zu stehen. Marc Jordan ist ein Feigling, der sich hinter seinem Vermögen versteckt. Allerdings bin ich sicher, er würde das Rad sofort zurückdrehen, wenn er könnte, denn er will dich zurück.“

„Ganz sicher nicht.“

„Oh doch. Wie oft hat er dich in den letzten Wochen oder Monaten angerufen, dich besucht, dir Blumen geschickt?“Als Caya nicht antwortete, wusste Skye, dass er richtig lag. „Ich wette, er hat dir mehr als einmal gesagt, wie leid ihm alles tut.“

„Aber nur, weil er niemals wollte, dass jemand von seinen Sexpraktiken erfährt. Er will sicherstellen, dass wir nach wie vor Freunde sind. Wir können uns nicht vollständig aus dem Weg gehen. Zwangsläufig werden wir uns immer wieder irgendwo begegnen. Im Gerichtssaal, auf Veranstaltungen, bei Bekannten. Es ist wichtig für ihn zu wissen, dass ich sein kleines Geheimnis für mich behalte und in der Öffentlichkeit das Gesicht wahre. Nur wenn wir ungezwungen miteinander umgehen, glauben die Leute, dass wir uns in gegenseitigem Einvernehmen getrennt haben und nicht mehr dahinter steckt.“

Lässig lehnte sich Skye in seinem Stuhl zurück. „Wenn du dir das einreden möchtest, tu das. Aber die Wahrheit ist, dass dieser Mann mehr von dir will als nur deine Freundschaft. Marc Jordan will dich zurück an seiner Seite."

„Woher willst du das wissen? Du hast ihn gerade einmal fünf Minuten gesehen."

„Ich bin ein Mann und ich bin nicht blind. Es mag sein, dass er auf Fesselspiele steht, aber er träumt definitiv dabei von dir als Partnerin."

„Niemals." Entsetzt starrte Caya ihn an, sodass Skye nur mit Mühe ein Lachen unterdrücken konnte.

„Worauf genau beziehst du das jetzt? Die Fesselspiele oder Marc Jordan als Liebespartner?"

„Beides."

„Sehr gut. Meins sind diese beiden Dinge nämlich auch nicht", gestand Skye und stellte ihre Teller übereinander. „Zum Glück hat das Haus eine Spülmaschine."

„Und eine Kaffeemaschine", ergänzte Caya.

Zusammen räumten sie die Küche auf. Dann nahm jeder seinen Kaffee und gemeinsam gingen sie ins Wohnzimmer.

„Kann ich dich etwas fragen, Caya?"

„Sicher." Offen blickte sie Skye über den Tisch hinweg an.

Jeder von ihnen hatte ein Sofa genommen und Caya saß auf ihrem mit angezogenen Beinen, die Füße neben ihr. In dieser Position wirkte sie wie ein junges unschuldiges Mädchen und Skye wünschte, er hätte sich einfach neben sie setzen und sie in seine Arme ziehen können. Stattdessen musste er einen Mörder in ihrem direkten Umfeld finden. Wahrscheinlich sogar in ihrem Freundeskreis. „Hattest du in letzter Zeit mit jemandem Streit?"

„Streit? Nein. Warum fragst du?"

„Bist du sicher? Denk noch einmal nach. Der Disput könnte auch schon länger zurückliegen."

„Ich habe mit niemandem Streit", schüttelte Caya ihren Kopf. „Ich meine, beruflich streite ich mich natürlich ständig mit einem Verteidiger, aber privat bin ich ein recht friedliebender Mensch."

„Was ist mit einem Kollegen? Michael Langton, zum Beispiel."

„Skye, ich habe verstanden, dass du ihn nicht magst. Persönlich kann ich das sogar verstehen. Aber als Kollegin kann ich dir versichern, dass wir ein harmonisches Arbeitsverhältnis haben. Das ändert sich auch nicht, wenn du noch weitere dreimal fragst."

Grinsend hob Skye abwehrend seine Hand. „In Ordnung, ich werde es mir merken." Dann wurde er wieder ernst. „Gibt es vielleicht jemanden, der mehr von dir wollte?"

Fragend sah sie ihn an. „Einen Mann, meinst du?"

„Ja. Du bist eine wunderschöne und äußerst begehrenswerte Frau. Ich bin sicher, du erhältst ständig romantische Angebote."

Verlegen errötete Caya.

Bereits im kolumbianischen Dschungel hatte Skye diese Eigenschaft an ihr geliebt. Es machte sie in seinen Augen unendlich sympathisch. Ein Glück, dass der Abstand zwischen ihnen nicht nur groß war, sondern auch noch ein Tisch zwischen ihnen stand.

Cayas Rock war mittlerweile leicht nach oben gerutscht und endete nun in der Mitte der Oberschenkel. Die glatte, sonnengebräunte Haut ihrer formschönen Beine stellte die süßeste Verlockung dar. Skyes Fingerspitzen juckten bereits und unauffällig fuhr sein Daumen über die Kuppen der anderen Finger. Hatte Skye in der letzten Nacht bereits nur in den frühen Morgenstunden ein wenig geschlafen, so wusste er, dass er diese Nacht noch weniger Schlaf finden würde. Es war eine Tortur mit Caya alleine in einem Haus zu sein und sie doch nicht haben zu können.

„Gab es vielleicht jemanden, den du abgewiesen hast und der dein ‚Nein' nicht ohne Weiteres akzeptiert hat?", zwang er seine Konzentration zurück auf das Thema.

„Nein."

„Gab es jemanden nach Marc, der eine besondere Rolle in deinem Leben spielte?"

„Niemanden. Nachdem unsere Beziehung beendet war, hatte ich erst einmal genug von Männern."

„Was ist mit einem früheren Liebhaber? Hat irgendjemand Kontakt zu dir aufgenommen, nachdem du wieder Single warst?"

„Auch nicht. Das heißt, warte, Dennis hat angerufen, um zu sagen, dass es ihm leid tut."

„Dennis Richard?"

„Ja. Er ist ebenfalls Anwalt. Wir waren einige Monate zusammen, bevor er beschloss, seinem Vater in die Politik zu folgen. Er wusste, dass ich damit nicht würde leben können, doch es war sein Traum und wahrscheinlich wäre unsere Beziehung ohnehin früher oder später in die Brüche gegangen. Jeder von uns wusste das und so war es nur verständlich, dass er seine Ziele nicht für mich aufgeben wollte und ich ihn nicht davon abbringen wollte."

„Wollte er eure Freundschaft wieder aufleben lassen?"

„Nein. Er wollte einfach nur hören, wie es mir geht. Warum willst du das alles wissen?"

Tief atmete Skye ein und entschloss spontan, seinen Platz zu wechseln und sich neben Caya auf das andere Sofa zu setzen. Noch bevor er Platz genommen hatte, wusste er, dass es ein Fehler gewesen war, denn Cayas Duft zog ihn sofort in ihren Bann und er musste für einen Moment die Augen schließen, um nicht alles um sich herum zu vergessen.

„Skye?" Fragend sah sie ihn an und er öffnete langsam wieder seine Lider.

„Ich will ehrlich zu dir sein, Caya. Wir glauben nicht daran, dass Giribaldi etwas mit deiner Entführung zu tun hat." Er sah, wie es in ihr arbeitete und gab ihr einen Moment Zeit, die Bedeutung der Information zu erfassen.

„Vielleicht hat er das Ganze nicht geplant oder organisiert ...", begann Caya, brach den Satz jedoch ab, als Skye langsam seinen Kopf schüttelte.

„Wir glauben, dass es in Wahrheit niemals um Giribaldi ging."

„Aber Guttierez wollte ihn gegen mich austauschen", runzelte Caya die Stirn.

„Es gibt keinen General Felipe Guttierez."

„Was heißt ‚Es gibt keinen General Felipe Guttierez'? Ich habe ihn mehr als oft genug gesehen, gehört, erlebt." Ihre Stimme erstickte und Skye griff nach ihrer Hand.

„Ich weiß", nickte er verständnisvoll. „Jedoch sind wir sicher, dass der Mann unter einem falschen Namen agiert hat. Niemand kennt ihn. Doch solche Leute tauchen normalerweise nicht urplötzlich aus dem Nichts auf. In dem Video, was er uns geschickt hat, steht er immer im Schatten, sodass wir keine klaren Konturen von ihm haben."

„Deswegen habe ich heute Morgen eine Beschreibung an eine Zeichnerin gegeben."

„Ich weiß. Wir hoffen, dass wir ihn auf diesem Weg identifizieren können. Wahrscheinlich hat er sein Aussehen verändert, doch ich bin sicher, mit dieser Zeichnung kann Pax ihn finden. Es ist unglaublich, was er auf digitalem Weg mit einem Gesicht machen kann. Er ist auf diesem Gebiet der Beste."

„Wenn es nicht darum ging, Giribaldi freizupressen, worum ging es dann?" Nachdenklich sah Caya ihn an, doch Skye hatte nicht das Gefühl, dass sie auf eine Antwort von ihm wartete. Daher schwieg er.

„Ich sollte dieses Haus niemals lebend verlassen", flüsterte sie schließlich leise und starrte ihn entsetzt an. „Guttierez war nicht im Haus, als ihr kamt. Er wollte auch niemals zurückkehren. Er hat mich den Guerillas überlassen, richtig?"

„Das vermuten wir", bestätigte Skye sanft, doch Caya hatte ihren ersten Schock bereits überwunden. Wütend stand sie auf und lief im Wohnzimmer auf und ab, wobei sie laut überlegte.

„Ich habe Guttierez niemals zuvor gesehen", begann Caya. „Es gibt keinerlei persönliche Verbindung zwischen ihm und mir, was wiederum bedeutet, es hat ihn jemand beauftragt, der wollte, dass alles nach einem beruflichen Motiv aussieht. Dadurch gäbe es keine Untersuchung." Ihre Augen weiteten sich vor Schreck, als sie erkannte, was das bedeutete. „Es muss jemand aus meinem privaten Umfeld sein."

Langsam erhob sich Skye und ging auf sie zu. Wärmend strich er mit seinen Händen über ihre Oberarme. „Es tut mir leid."

„Aber wer?" Verzweifelt sah sie ihn an.

„Das müssen wir herausfinden."

„Das ist einfach nicht möglich, Skye. Niemand in meinem Freundes- oder Bekanntenkreis hätte ein Motiv."

„Eine Person schon", widersprach Skye sanft.

„Das ist furchtbar, Skye. Wie soll ich damit umgehen? Ich kann unmöglich jedem meiner Freunde mit einem solchen Verdacht begegnen. Weißt du, wie verletzt jeder einzelne von ihnen wäre, wenn er davon wüsste, und das auch noch zurecht?"

Hilfesuchend blickte sie ihn an und Skye konnte nicht anders, als sie tröstend in seine Arme zu ziehen. Augenblicklich schmiegte sich ihr Körper an seinen und er atmete tief den Duft ihres seidenen Haares ein. Seine Hand strich ihren Rücken hinauf und glitt in ihrem Nacken unter ihr Haar.

Tief atmete Skye ein und schloss seine Augen. Konzentriert nahm er bewusst alles auf, was seine Sinne ihm meldeten. Kokosduft. Verführerisch weibliche Rundungen. Wärme. Ein Ziehen in seinen Genitalien. Ein Druck in seinen Lenden. Lust.

Sacht veränderte Cayas Körper seine Position und als Skye seine Augen öffnete, sah er direkt in ihre erweiterten Pupillen. Ihr Blick war fragend und unsicher. Dahinter jedoch erkannte Skye das gleiche Feuer, das auch in ihm brannte.

Oh, die Verlockung war gar zu süß. Ihre vollen kirschroten Lippen versprachen Leidenschaft und er spürte, wie sein Begehren immer stärker wurde und seine Verstand immer weiter abnahm. Besser, er beendete den Kontakt, bevor er eine große Dummheit beging.

Caya sah den Hunger in Skyes Augen. Aber sie sah auch den Zwiespalt, der in ihm tobte. Als sie den Moment erfasste, in dem Skyes Vernunft die Oberhand gewann, schlug alles in ihr Alarm. Ohne darüber nachzudenken, was sie tat, stellte sie sich auf die Zehenspitzen und presste ihren Mund auf seinen. Sie wollte nicht mehr vernünftig sein. Sie wollte diesen Mann fühlen. Sie wollte ihn spüren. Sie wollte alles andere vergessen.

Die erste Sekunde war grauenhaft. Skye sowie die Welt um sie herum, ihr Herz eingeschlossen, schienen zum absoluten Stillstand gekommen zu sein und Caya fühlte nichts anderes als seine steifen Lippen auf ihren.

Ich habe einen Fehler gemacht, durchströmte sie die Erkenntnis eiskalt. Verschämt wollte sie den Kontakt beenden, als Skye ein ergebenes Stöhnen von sich gab und sich seine Arme enger um ihren Körper zogen, während sein Mund ihre Lippen in Besitz nahmen.

Gebend und nehmend zur gleichen Zeit übernahm Skye die Führung und Caya versank in dem Kuss, versank in seinen Armen, versank in der Schwerelosigkeit. Die Welt um sie herum begann sich wie ein Karussell zu drehen, und es existierte nichts mehr, außer dem leidenschaftlichen Spiel ihrer Lippen. Niemals zuvor hatte ein Kuss sie derart in Besitz genommen. Es wurde immer wärmer. Immer heißer. Skyes Arme hielten sie fest an seinen Körper gepresst.

Durch sein Hemd konnte Caya die Härte seiner Brustmuskulatur fühlen und weiter unten spürte sie seine Erektion. Vorsichtig schob sie ihre Hüfte weiter nach vorne und sofort glitt Skyes Hand zu ihrem Po, um sie in der neuen Position zu halten. Einen Moment war es wunderschön, doch dann war es schon nicht mehr genug.

Das Verlangen nach mehr Nähe wurde von Sekunde zu Sekunde stärker.

Verzweifelt seufzte sie leise und Skye beendete den Kuss. Nicht abrupt, aber langsam und deutlich. Er übersäte ihre Lippen mit kleinen zärtlichen Küssen, bevor er ihren Mund ein letztes Mal sanft küsste. Schweratmend legte er seine Stirn für einige Sekunden an ihre, bevor er sie losließ und einen Schritt zurücktrat.

„Du solltest schlafen gehen, Caya", riet er mit rauer Stimme.

„Und wenn ich nicht schlafen will?" Herausfordernd sah sie ihn an.

„Dann solltest du zumindest so tun, bevor wir einen Fehler machen. Bevor ich einen Fehler mache."

Einen Fehler? Der Kuss war für ihn ein Fehler gewesen? Hatte er sie etwa nur aus Mitleid geküsst? Peinlich berührt wandte sich Caya ab, doch Skye hatte ihren verletzten Blick gesehen und hielt sie am Arm zurück. Fragend drehte sie sich noch einmal zu ihm um.

„Ich habe den Eindruck, du hast gerade etwas missverstanden", beantwortete er ihre ungestellte Frage.

„Habe ich das wirklich?"

Prüfend musterte Skye noch einmal ihren Blick, dann nickte er. „Ich denke schon. Nur fürs Protokoll: Ich habe diese Sache zwischen uns gerade abgebrochen, weil alles andere unethisch von mir wäre. Ich bin für deine Sicherheit verantwortlich. Für dein Leben, Caya. Es wäre nicht angemessen, unsere derzeitige Beziehung im Moment emotional zu vertiefen. Wenn das hier allerdings vorbei ist, sieht die Sache anders aus. Dann werde ich diesen Kuss zu Ende bringen und du weißt, wohin er führen wird."

„Du hast mich nicht nur aus Höflichkeit geküsst?"

„Höflichkeit? Glaube mir, Caya, das ist der letzte Punkt auf meiner Agenda. Ich begehre dich, seit ich dich das erste Mal gesehen habe und du machst dir keine Vorstellung, wie schwer es mir gefallen ist, den nötigen Abstand zu wahren. Im Augenblick ist meine Selbstdisziplin allerdings am Ende und wenn du nicht gehst, kann ich für nichts garantieren." Frustriert fuhr er sich über sein Kinn, das sich durch die neu wachsenden Barthaare schon wieder rau anfühlte.

Unschlüssig sah Caya ihn an, dann gab sie ihm einen sanften Kuss auf die Wange. „Gute Nacht, Skye." Mit einem leicht widersprüchlichen Gefühl in ihrem Herzen stieg sie die Treppe hinauf und wählte das linke Schlafzimmer.

Auf der einen Seite fühlte sie ein federleichtes Glück in sich. Skye begehrte sie. Er hatte es gesagt und sie musste nicht mehr jedes Wort oder jede Geste zu interpretieren versuchen. Auf der anderen Seite war sie enttäuscht, dass der Kuss nicht zu mehr geführt hatte. Doch sie hätte ihn niemals verführt.

Mit der Gewissheit einer Frau wusste Caya, dass es nur einer Berührung ihrerseits gebraucht hätte, um Skyes Selbstbeherrschung zu brechen, doch das war nicht ihr Stil. Skye hätte sich später dafür gehasst und sie wahrscheinlich auch. Das würde sie ihm niemals antun.

KAPITEL 11

Skye schreckte im Bett auf. Wenn er im Einsatz war, hatte er grundsätzlich nur einen leichten Schlaf. Das leiseste Geräusch genügte, um ihn sofort hellwach sein zu lassen. Während er seine Füße auf den Boden schwang, lauschte er in die Dunkelheit. Leise erstickte Schreie drangen an sein Ohr und sofort wusste Skye, was die Ursache war. Caya.

Ohne sich die Mühe zu machen, sich etwas anzuziehen, eilte er in seinen Boxershorts in das andere Schlafzimmer hinüber und schaltete das Licht an. Die Bettdecke lag auf dem Boden, während Caya in einem T-Shirt bekleidet zusammengekauert in einer Ecke des Bettes lag. Ihre Arme hatten ihre angezogenen Beine umfasst, ihr Kopf lag zwischen ihren Knien und ihr Körper wurde von heftigen Schluchzern geschüttelt.

Skyes Herz zog sich bei ihrem Anblick zusammen. Niemand sollte solche Träume durchleben müssen.

„Caya!“, sprach er sie leise an und legte ihr beruhigend eine Hand auf die Schulter. Sofort schreckte sie auf und sah sich desorientiert um.

„Es ist alles gut, Sweetheart. Es war nur ein Traum”, sprach Skye ruhig auf sie ein.

„Ich bin eingeschlafen”, stellte Caya entsetzt fest. Noch immer stand der Terror, den sie gerade durchlebt hatte in ihren Augen. „Ich wollte nicht schlafen. Ich wollte dich nicht wecken.“

„Du hast mich nicht geweckt”, log Skye, da er sah, wie sehr Caya dies beschäftigte. „Komm her, bevor du erfrierst.“

Aufmunternd lächelte er sie an, während er die Decke aufhob. Überrascht davon, dass sie sich klamm anfühlte, musterte er Caya noch einmal aufmerksam. „Himmel, du bist nass geschwitzt. Kein Wunder, dass du frierst. Du musst das T-Shirt ausziehen und dann brauchst du eine heiße Dusche.“

„N-nein, keine Dusche”, entgegnete Caya mit schlotternden Zähnen. Es war wirklich kalt in dem Raum. „Es reicht, wenn du die Klimaanlage abschaltest.“ Damit griff sie nach der Bettdecke, doch Skye zog sie zur Seite.

„Die kannst du heute Nacht nicht mehr nehmen. Die Matratze ist auch feucht. Ab mit dir unter die Dusche und dann nimmst du mein Bett.“

„Ich brauche keine Dusche.“

Stirnrunzelnd betrachtete er Caya und dann fiel ihm plötzlich ein, dass der Duschkopf fest in der Wand installiert war. Mit einem Mal verstand er das Problem, denn damit kam das Wasser ausschließlich von oben. Fest sah er ihr in die Augen. „Vertraust du mir, Caya?“

„Was ist das für eine Frage? Natürlich vertraue ich dir.“

„Dann lass uns zusammen duschen gehen”, schlug Skye vor, stand auf und hielt ihr seine Hand entgegen.

„Du meinst, du und ich, gemeinsam?“

„Das meine ich”, lachte Skye.

„Nein.“

„Warum nicht?“ Noch immer hielt er ihr einladend seine Hand entgegen.

Sarkastisch verzog sie ihren Mund. „Man ist nackt unter der Dusche.“

Skye tat, als müsse er überlegen. „Gemeinhin ist das so. Aber wenn du willst, lasse ich meine Boxershorts an und nun komm. Sonst erkältest du dich noch.“ Entschieden ergriff er ihre Hand und zog sie nach oben.

„Ich lasse mein T-Shirt an”, verkündete Caya, als sie ins Bad trat.

„Sei nicht albern. Glaubst du, ich habe noch nie eine nackte Frau gesehen?“, widersprach Skye entschieden und zog ihr das Shirt mit einem Griff über den Kopf. Bemüht, nicht nach unten zu sehen, hielt er ihren Bick. Zärtlich strich er ihr mit einer Hand über die Wange und seine Stimme klang sanft, als er sagte: „Es wird alles gut. Glaub’ mir.“

Cayas Herz pochte in ihrem Hals und sie war sich nicht sicher, was schwerer in der Ursache wog: dass sie nur noch einen schwarzen Spitzentanga trug oder dass sie unter diese Dusche gehen sollte. Skyes Augen jedoch blickten sie voller Zuversicht an, sodass sie schließlich seine Hand ergriff und mit ihm in die Duschkabine trat.

Skye stellte sich direkt unter den Kopf der Brause, sodass Caya zunächst kein Wasser abbekam. Sein Herz brannte als er sah, wie viel Kraft es sie kostete, sich nicht umzudrehen und auf der Stelle aus der Dusche zu fliehen. Schweiß stand auf ihrer Stirn und das lag nicht an dem heißen Wasser, dass die kleine Kabine erwärmte. Ihr Atem kam in schnellen kleinen Zügen, während sie ihren Körper stocksteif hielt. Das Einzige, was sich bewegte, war ihre Halsschlagader.

„Ich ... ich kann das nicht, Skye. Es tut mir leid", sagte sie schließlich und trat unwillkürlich einen Schritt zurück.

„Doch du kannst das, denn du bist stärker als du im Moment das Gefühl hast. Du weißt, dass dir hier nichts passieren wird. Dein Kopf muss nur deine Emotion davon überzeugen, und das schaffst du. Du bist diejenige, die den letzten Schritt unter diese Brause setzt. Ich werde dich nicht dazu zwingen", erklärte er. Dann nahm er das Duschgel, drückte etwas Schaum heraus und sagte sanft: „Dreh dich um, Sweetheart."

Zärtlich legte er seine Hände auf ihre Schultern, drehte sie in die andere Richtung und begann ihre Schultern, ihren Nacken und ihren Rücken zu massieren. Dabei versuchte er nicht daran zu denken, was seine Hände gerade taten. Stattdessen dachte er daran, dass er in seinem Strandhaus schon immer eine Wand herausreißen wollte, um den Fitnessraum zu vergrößern. In Gedanken schrieb er eine Einkaufsliste für all das Material, das er dazu benötigen würde. Doch bereits nach dem Bohrhammer fiel ihm nichts mehr ein.

Seine Hände hatten die glatteste Haut unter sich, die sie je gefühlt hatten und auch wenn Skye seine Augen streng geradeaus hielt, fühlten seine Finger doch die verführerischen Kurven von Cayas aufregendem Körper. Nur zu gerne wären seine Hände über die Schultern nach vorne geglitten, um ihren Busen, den er zuvor unter ihrem Shirt bereits gefühlt hatte, zu ertasten. Doch das war ein absolutes Tabu. Niemals würde Skye die Situation ausnutzen.

Im Moment ging es einzig und allein darum, dass Caya den nächsten entscheidenden Heilungsschritt ging und Skye wusste, dass sie ihn gehen würde. Wenn er sich dessen nicht absolut sicher gewesen wäre, hätte er sie niemals in die Dusche geführt. Vielleicht brauchte sie noch ein paar Minuten Zeit, aber unter den gegebenen Umständen konnte er geduldig sein.

Er spürte, wie sich Cayas Muskeln langsam unter seinen Händen entspannten und sich ihr Atem normalisierte. Schließlich drehte sie sich zu ihm um. In ihre Augen war die für sie typische Entschlossenheit zurückgekehrt. Zufrieden lächelnd trat er an die Seite und nahm ihre Hand.

Als sie ihn noch einmal rückversichernd ansah, flackerte für eine kurze Sekunde Unsicherheit in ihren Augen auf, doch Skye nickte ihr nur aufmunternd zu.

Caya überlegte, ob sie zunächst nur einen Arm oder ein Bein unter den Wasserstrahl halten sollte, doch dann entschied sie sich für ganz oder gar nicht. Schon als Kind hatte sie ein Pflaster lieber mit einem Rutsch abgerissen, anstatt es langsam im Wasser aufzuweichen und dann in einem langwierigen Prozess sanft Millimeter um Millimeter von der Haut zu entfernen.

Noch immer lag ihre Hand in Skyes und als sie unter den Wasserstrahl trat, drückte sie unbewusst kräftig zu. Ebenso fest erwiderte Skye den Druck und beobachtete, wie Caya nach einigen Sekunden des Luftanhaltens wieder zu atmen begann. Erleichtert atmete auch er auf und erfreute sich an dem strahlenden Blick, den Caya ihm nun zuwarf.

„Ich habe es getan", flüsterte sie ungläubig, bevor sie den Satz lauter wiederholte. „Ich habe es tatsächlich getan.“ Alles andere um sich herum vergessend, schlang sie ihre Arme überschwänglich um Skyes Hals und küsste ihn. „Vielen Dank!“

„Mir musst du nicht danken. Du hast diesen Schritt ganz allein gemacht", widersprach Skye, den in diesem Moment eine Vielzahl an Emotionen überschwemmte.

Zum einen war ihm Cayas Dank ein wenig peinlich, denn in seinen Augen hatte er keine große Leistung vollbracht. Zum anderen freute er sich darüber, dass sie ihm vertraute und sich ihm gegenüber völlig unbeschwert verhielt. Er wusste, dass weder ihr Kuss noch ihre Umarmung gerade eine erotische Basis enthalten hatten. Was sich im Augenblick in ihr abspielte, waren pure Dankbarkeit und Freundschaft. Nicht mehr.

Sosehr Skyes Kopf dies auch verstand, so wenig war sein Körper bereit, sich dem zu fügen. Weich und rund fühlte seine Brustmuskulatur ihren wohlgeformten Busen. Seine Hände umfingen immer noch ihre schmale Taille und wollten unbedingt weiter nach unten zu ihrem Po wandern.

Seine nasse Unterhose wies eine deutliche Schwellung auf, von der Skye noch nicht wusste, wie er sie dazu bringen sollte, sich zurückzubilden. Der Druck in seinem Unterleib wuchs von Sekunde zu Sekunde und er wollte nichts lieber, als Caya an die geflieste Wand pressen und in sie eindringen.

Hastig drückte er Caya einen Kuss auf die Stirn und trat zurück. „Ich warte draußen auf dich.“

„Du gehst? Warum?“ Unverständig sah sie ihn an. Alle Peinlichkeit von ihrer Seite aus war plötzlich verflogen.

„Weil du mich nicht mehr brauchst. Den Rest schaffst du allein. Lass dir so viel Zeit, wie du möchtest und genieß den Moment”, brummte er und trat hinaus ins Bad. Hastig trocknet er sich ab, bevor er mit dem Handtuch in seinem Schlafzimmer verschwand. Erst dort entledigte er sich der nassen Boxershorts.

Nachdem er eine neue Unterhose angezogen hatte, beschloss er, darüber noch eine weite kurze Sporthose sowie ein T-Shirt zu ziehen. Dann kochte er einen Tee für Caya und sich und lauschte auf die Geräusche aus dem Bad. Das Wasser hatte bereits vor einigen Minuten aufgehört zu rauschen. Stattdessen hörte er nun leise den Fön.

Als sich die Badezimmertür öffnete, gab er Caya Zeit, in ihr Zimmer zu schlüpfen und sich etwas anzuziehen. Dann ging er zu ihr hinüber und klopfte an die Tür. Ohne auf eine Antwort zu warten, trat er ein. Unentschlossen stand Caya in einem neuen T-Shirt in der Mitte des Raumes.

„Komm mit rüber in das andere Schlafzimmer. Eigentlich hättest du dir zur Feier des Moments Champagner verdient, aber mangels Weinkeller in diesem Haus müssen wir das verschieben. Alternativ habe ich uns einen Tee gekocht.“

„Das ist nach der Aufregung bestimmt auch die bessere Variante”, bemerkte Caya gutgelaunt. Noch immer erfüllte sie die Euphorie über den großen Schritt, den sie gerade gemeistert hatte.

„Dann komm.“ Entschieden ging er über den Flur in das zweite Zimmer. „Spring unter die Decke.“

Zunächst stand Caya etwas unsicher mitten im Raum, dann schlug sie die Decke zurück und setze sich auf das Bett, sodass ihr Rücken senkrecht an der Wand lehnte.

Aufmerksam reichte Skye ihr eine Tasse, während er die andere selbst behielt. „Pass auf. Der Tee ist noch heiß.“

Gedankenverloren nickte Caya, wobei sie ihre Unterlippe zwischen den Zähnen knetete. „Skye, ich ...“

Erwartungsvoll sah Skye sie an. Was wollte sie sagen?

„Es tut mir leid. Normalerweise zeige ich keine Schwäche. Wenn man rational darüber nachdenkt, ist es absolut lächerlich, Angst vor einer Dusche zu haben. Ich weiß nicht, was in mich gefahren ist und es ist mir unangenehm, dass du mich schon wieder in einer Situation erlebt hast, über die ich keine Kontrolle hatte. Du musst mich für eine totale Idiotin halten. Ich weiß nicht, warum es ausgerechnet immer du bist, der mich in den peinlichsten Momenten meines Lebens sieht. Es scheint langsam eine Art Gewohnheit zu werden."

Vorsichtig stellte Skye seine Tasse zur Seite, bevor er das Gleiche mit Cayas Tasse tat. Dann nahm er ihre Hände in seine und sah sie ernst an.

„Jeder Mensch hat Schwächen, Caya. Außerdem gibt es niemanden, der sich nicht vor irgendetwas fürchtet und bei allem, was du durchgemacht hast, hast du jedes Recht, Angst zu haben. Es wäre nicht normal, wenn du unbefangen in eine Tiefgarage gehen würdest. Ebenso wenig kannst du erwarten, dass bestimmte Situationen nicht Erinnerungen zurückbringen und dein Körper diese unter allen Umständen vermeiden möchte. Unsere Erfahrungen beeinflussen uns und sie prägen unser Verhalten. Daran ist nichts peinlich. Vielmehr ist es eine sinnvolle Programmierung der Natur, die uns Menschen über Jahrtausende den Arterhalt gesichert hat. Angst ist etwas Positives."

„Ja, wenn sie begründet ist", stimmte Caya sarkastisch zu.

„Die Ursache deiner Angst ist begründet und dein Körper macht genau das, was er gelernt hat. Er will vor einer bekannten Gefahr fliehen. Nun ist es an dir, ihm die Sicherheit zurückzugeben, die er vor dem Erlebten hatte. Er muss lernen, dass es sich in Kolumbien um eine Ausnahmesituation gehandelt hat, die nicht auf alle anderen Situationen in deinem Leben übertragbar ist. Dein Körper muss neu abspeichern, dass er nicht immer zu ertrinken droht, wenn Wasser von oben kommt. Je größer dabei die durchlebte Angst war, desto länger brauchst du, um ihn davon zu überzeugen. Wenn du dies akzeptierst, wird es einfacher."

Aufmerksam hatte Caya ihm zugehört. Theoretisch wusste sie, dass er recht hatte. Dennoch war es einfacher gesagt als getan. Sie hasste Schwäche.

Verständnisvoll lächelte Skye sie an. Er wusste genau, was in ihrem Kopf vorging. „Weißt du, welche Worte du vorhin gewählt hast?", erkundigte er sich.

Unschlüssig, worauf Skye hinauswollte, schüttelte Caya ihren Kopf.

„Du hast gesagt: Normalerweise zeigst du keine Schwäche. Ich bin sicher, dass du die Worte unbewusst gewählt hast. Dabei hast du allerdings automatisch zugegeben, dass du sehr wohl Schwächen besitzt und das macht dich sympathisch. Wenn ich raten dürfte, würde ich sagen, deine größte Schwäche ist es, Unvollkommenheit zuzugeben."

Wehmütig verzog sie ihre Lippen. „Sag nicht, dass es dir Spaß macht, deine Unfähigkeit zuzugeben."

„Unfähigkeit ist ein hartes Wort und nicht unbedingt mit Schwäche gleichzusetzen. Aber ich halte es in der Tat für wichtig, die eigenen Stärken und Schwächen zu kennen. Niemand kann alles wissen und niemand kann alles können. Daher sehe ich absolut kein Problem darin, zuzugeben, dass man menschlich ist."

„An einigen seiner Schwächen kann man arbeiten", fuhr Skye fort. „Allerdings nur, wenn man sie kennt und sich ihnen stellt. Andere kann man akzeptieren und wieder andere muss man sogar akzeptieren. So funktioniert beispielsweise ein Team."

„Eine Mannschaft, in der alle die gleichen Stärken haben, ist eine Verschwendung von Ressourcen", erklärte er. „Und sie wird immer schwächer sein als ein Team, dessen Mitglieder Individualität einbringen. Dafür darf man aber keine Angst haben, Unvollkommenheit zuzugeben. Es ist eine der Grundregeln der Seals: Wenn du etwas nicht kannst, gib die Aufgabe ab. Schwach ist, wer das nicht kann."

„Das habe ich nie gelernt", gab Caya leise zu. „Mein Vater hat mir beigebracht, dass man niemals Schwäche zeigen darf, weil es immer jemanden gibt, der sie zu seinem Vorteil nutzt. Für ihn war immer wichtig, dass ich mit jeder Situation allein zurechtkomme."

Caya machte eine kurze Pause, bevor sie erzählte. „Ich erinnere mich beispielsweise an eine Szene im Bad, als ich neun Jahr alt war. Meine Haare waren damals lang und sie fielen mir den ganzen Rücken hinunter. Allerdings waren sie total glatt, was ich langweilig fand. Viel lieber wollte ich Locken haben, wie meine damalige beste Freundin. In einer Schublade habe ich den Lockenstab meiner Mutter gefunden und in meiner kindlichen Naivität habe ich gedacht, es sei ganz einfach ihn zu benutzen. Also habe ich ihn eingesteckt und meine Haare aufgedreht."

Sie lächelte kurz bei der Erinnerung. „Natürlich habe ich zu viele Haare genommen und die Strähne auch nicht ordentlich abgeteilt, sodass sich die Haare beim Aufwickeln völlig ineinander verstrickt haben.“

Ihr Blick wurde wieder ernst. „Ich hatte keine Chance, die Haare irgendwie dort wieder herauszubekommen. Abgesehen davon, dass es furchtbar geziept hat, war das Gerät auch viel zu heiß eingestellt gewesen. Als ich mir nicht mehr zu helfen wusste, habe ich tränenüberströmt meinen Vater gerufen, der den Stecker aus der Steckdose gezogen hat, woran ich in meiner Verzweiflung nicht gedacht hatte.“

„Kein Wunder, du warst ja erst neun. Ich schätze, dann hat dein Vater sich daran gemacht, deine Haare zu befreien.” Automatisch musste Skye bei dem Gedanken, wie heillos überfordert er selbst mit einer solchen Aufgabe wäre, grinsen.

„Nein. Nachdem die Gefahr gebannt war, ist er gegangen”, korrigierte Caya kalt. „Wie gesagt, mein Vater ist der Ansicht, dass du dich nur auf dich selbst verlassen kannst und du dich aus jeder Situation in deinem Leben selbst befreien musst. Zeige niemals jemandem auch nur die kleinste Schwachstelle.“

Mit zusammengekniffenen Augen sah Skye sie an. In Gedanken stellte er sich Caya als kleines Mädchen vor, das verzweifelt alleine in einem kalten Badezimmer stand. Das Verhalten ihres Vaters gefiel ihm nicht. „Was hast du gemacht?“

„Zuerst habe ich versucht, die Haare Strähne für Strähne herauszuziehen. Doch wie schon gesagt, es war ein hoffnungsloses Unterfangen. Am Ende habe ich die Haare abgeschnitten.“

„Du hast dir die Haare abgeschnitten?“ Entsetzt starrte er sie an.

Er mochte keine Schwestern haben, aber er wusste trotzdem, wie sehr Mädchen an ihren langen Haaren hingen, vor allem in jenem zarten Alter. „Wie kurz sind sie geworden?“

„Ziemlich kurz. Der Lockenstab hing in der Mitte meines Hinterkopfes. Wenn ich ihn also loswerden wollte, musste ich die Schere darüber ansetzen. Anschließend habe ich den Rest der Haare ebenfalls abgeschnitten. Allerdings nicht ganz so kurz. Natürlich sah es furchtbar aus. Also habe ich meine Spardose geplündert und bin zum nächsten Friseur gegangen. Es mochten nur Haare gewesen sein, aber für mich war es ein einschneidendes Erlebnis.“

„Das kann ich mir vorstellen. Dein Vater hätte dich niemals mit dieser Situation alleine lassen dürfen. Gab es noch mehr solcher Erlebnisse?“

„Wenn du damit meinst, ob ich noch öfter in schwierigen Situationen steckte, dann ja. Wenn deine Frage jedoch darauf abzielt, ob mein Vater auch dann abgelehnt hat, mir zu helfen, so ist die Antwort nein."

Erleichtert atmete Skye auf. Auch wenn es in seinen Augen ein unverzeihlicher Fehler gewesen war, so war er doch froh, dass Senator Campbell ihn nicht wiederholt hatte. Als er jedoch Cayas nächste Worte hörte, verflog seine Erleichterung sofort. Stattdessen legte sich ein schweres Gewicht auf seinen Brustkorb.

„Ich habe ihm nie wieder eine Gelegenheit dazu gegeben", berichtete Caya. „Damals habe ich noch nicht verstanden, dass mein Vater kein Mensch ist, der lieben kann. Er ist ein kalter, berechnender Mann, der seine Ziele definiert und skrupellos verfolgt. Gefühle sind ihm dabei im Weg. Ich wollte jedoch immer, dass er mich liebt. Ich wollte, dass er stolz auf mich ist und daher habe ich alles versucht, um seine Anerkennung zu bekommen. Es hat lange gedauert bis ich verstanden habe, dass das Problem nicht bei mir liegt."

„Oh, Caya." Spontan zog er sie in seine Arme. Es war schlimm genug, dass sie ohne ihre Mutter hatte aufwachsen müssen, aber dann auch noch einen emotional kalten Vater auf der anderen Seite zu haben, war grausam.

Mit einem Mal verstand Skye, woher Cayas Stärke kam. Zweifelsohne war es eine positive Eigenschaft, die ihr nicht zuletzt geholfen hatte, die Gefangenschaft in Kolumbien zu überstehen. Dennoch gab es, wie immer im Leben, auch hier eine zweite Seite der Medaille und alles Positive drehte sich ins Negative, wenn es ins Extrem kippte.

„Ist das der wahre Grund, warum du die Therapie sofort wieder abgebrochen hast?", erkundigte er sich vorsichtig, als er sie aus seinen Armen wieder entließ.

„Vielleicht spielte es mit eine Rolle", gab Caya zu. „Aber selbst wenn ich darüber hätte reden wollen, wäre die Therapeutin nicht meine erste Wahl gewesen."

„Wen würdest du wählen?"

Unentschlossen zuckte sie mit den Schultern. Schließlich konnte sie kaum sagen: *Dich!* Dabei war Skye der erste und einzige Mensch, der ihr einfiel, denn sie wusste, dass sie ihm zu hundert Prozent vertrauen konnte.

„Du hast das Gefühl, es müsse jemand sein, der aus eigener Erfahrung weiß, was du durchgemacht hast, richtig?", vermutete Skye und lächelte, als Caya ihn erstaunt ansah.

„Woher weißt du das?"

„Glaube mir, ich habe das alles schon durch. Man weiß, dass man über das Erlebte sprechen muss und manchmal gibt es Momente, in denen möchte man auch einfach alles loswerden. Gleichzeitig möchte man aber nicht alles erklären müssen. Es gibt Punkte, die möchte man überspringen, ohne dass jemand nachfragt. Man möchte ohne Worte verstanden werden und das auch auf einer emotionalen Ebene. Doch das gelingt nur, wenn jemand die gleichen Gefühle aktiv erfahren hat. Ein angelesenes Wissen genügt nicht oder zumindest hat man als Betroffener nicht das Gefühl, dass es genügt."

Angestrengt schluckte Caya, um die aufsteigenden Tränen zurückzudrängen. Skye hatte mit seinen Worten direkt ins Schwarze getroffen.

„Was hat dich ..." Sie stockte. War es eine zu private Frage?

„Was mich zum Seelenklempner gebracht hat?", vollendete Skye ihre Frage und überlegte einen Moment, ob es eine gute Idee war, Caya davon zu erzählen. Am Ende entschied er sich dafür. Vielleicht würde es ihr helfen zu sehen, dass sie nicht alleine gegen innere Dämonen kämpfte.

„Ich war damals erst ein halbes Jahr bei den Seals und es war eine meiner ersten großen Operationen. Wir waren in Afghanistan und sollten ein altes Fabrikgebäude in die Luft sprengen. Es hieß, Al Kaida hätte einen geheimen unterirdischen Zugang und würde dort Waffen, Sprengstoffe und Ähnliches aufbewahren. An einem Mittwochmorgen haben wir den Befehl erhalten, das Gebäude vollständig zu zerstören. Angeblich würden sich in jenem Moment fünfzig Terroristen dort drinnen aufhalten, die einen Anschlag für den Nachmittag in Kabul planten."

Einen Moment lang schloss Skye seine Augen. Dieser Tag war definitiv der schwärzeste seines Lebens. Als er weitersprach klang seine Stimme tonlos. „Keiner von uns hat den Befehl in Frage gestellt."

„Das ist im Regiment auch nicht vorgesehen, oder?"

„Nein. Dennoch war ich danach sehr viel kritischer und mehr als ein Vorgesetzter wäre mich damals gerne losgeworden."

„Aber?"

„Aber ich war gut.“ Traurig lächelte Skye. „Außerdem hatte ich einen Captain, der wusste, wo meine Skepsis herkam und mich verstanden hat. Ich glaube, er hat in der Anfangszeit mehr als einmal seine schützende Hand über mich gehalten, denn ich war nicht mehr bereit, eine Operation in Eile und Hektik durchzuführen, ohne dass Informationen überprüft worden waren.“

„Was ist damals passiert? War es eine Falle?“

„Ja, es war eine Falle. Allerdings nicht in der Art eines Hinterhalts. Man wollte nur, dass wir Amerikaner diese verlassene Fabrik in die Luft jagen.“

„Ich nehme an, es war kein Al Kaida Versteck.“

„Nein”, schluckte Skye und der Horror jenes Tages stand noch immer in seinen Augen. „Es wurde von den umliegenden Dörfern heimlich als Schule für Mädchen benutzt.“

Hörbar sog Caya die Luft ein und hielt sie bis ihre Lungen brannten. Tränen schossen ihr in die Augen und sie griff nach Skyes Hand. „Wie viele waren es?“

„Einunddreißig unschuldige Mädchen zwischen sieben und vierzehn Jahren sowie drei Frauen, die sie unterrichteten.“

„Wie absolut entsetzlich”, flüsterte Caya. „Doch es war nicht deine Schuld. Es war nicht deine Aufgabe, die Informationen zu überprüfen und du hast den Befehl nicht gegeben.“

„Aber ich habe den Sprengstoff angebracht und daneben gestanden, als dieser gezündet wurde. Noch immer erinnere ich mich in jeder Einzelheit an das Gefühl, das ich damals hatte. Freude. Euphorie. Sieg. Ich habe gedacht, wir hätten einen großartigen, entscheidenden Schlag gegen den Terrorismus errungen und dabei einen direkten weiteren Anschlag auf unschuldige Menschen am Nachmittag verhindert. Doch das Gegenteil war der Fall gewesen.“

Es war ihm deutlich anzumerken, welchen Einfluss dieses Erlebnis auf sein weiteres Leben gehabt hatte. „An jenem Tag bin ich mit einem Schlag erwachsen geworden. Nie wieder habe ich danach eine Form von Freude empfunden, wenn Menschen ums Leben gekommen sind.“

„Es tut mir leid, Skye.“ Ohne Probleme konnte sich Caya vorstellen, dass dieses Ereignis ihn verfolgt hatte.

„Damals wollte ich alles hinwerfen. Ich war zu den Seals gegangen, um zu beschützen, nicht, um unschuldige Kinder zu töten. Ich habe nächtelang nicht geschlafen und wenn, dann bin ich nach wenigen Minuten schweißgebadet aufgewacht. Ich war ein absolutes Wrack."

Verständnisvoll und interessiert zur gleichen Zeit sah Caya ihn an. „Wie bist du aus dem Tief wieder herausgekommen?"

„Besagter Captain hat mich zu einem Psychiater geschickt. Zuerst habe ich mich dagegen genauso gewehrt wie du. Doch Keanu ist ein ehemaliger Seal, der nach seinem aktiven Dienst studiert hat, um genau diese Lücke zu schließen, die auch du empfindest. Dieser Mann war mein Glück. Er hat mir beigebracht, meine Gefühle zunächst zu sortieren und später dann auch zu akzeptieren. Zwar gibt es auch nach all den Jahren noch immer Nächte, in denen mich die Geschichte weckt, aber sie sind selten geworden. Für manche Traumata braucht man jemanden auf der anderen Seite, der nicht nur versteht, was man durchmacht, sondern, der er es auch aus eigener Erfahrung weiß. "

Tief atmete Skye durch, bevor er Caya ansah. „Denkst du nun geringer von mir?"

„Nein!", rief sie sofort entgeistert aus. „Wieso sollte ich das? Es war nicht deine Schuld und ich bin dankbar, dass du mir davon erzählt hast."

„Unter diesen Umständen habe ich noch eine Frage an dich: Warum glaubst du, dass ich von dir geringer denken würde, wenn du mir von deinen Dämonen erzählst?"

Schweigend sah Caya ihn an. *Ja, warum eigentlich?* Sie fühlte sich Skye viel näher als vorher. Noch immer war er ihr Held, aber er war ein Stück menschlicher geworden. Greifbarer. Ihr Herz füllte sich mit Wärme, als sie sich bewusst machte, welch großen Vertrauensbeweis er ihr geliefert hatte, denn sie war sicher, er hatte die Geschichte noch nicht oft erzählt. Es fühlte sich gut an.

Plötzlich hatte Caya das Gefühl, dass sich das Band zwischen ihnen in der letzten halben Stunde ein gutes Stück fester gespannt hatte. Es gab eine neue Verbindung zwischen ihr und Skye, eine Verbindung fernab der körperlichen Anziehungskraft. Es war eine persönliche Verbindung, eine freundschaftliche Verbindung. Interessanterweise musste sie feststellen, dass sie diese Nähe niemals zu Dennis oder Marc gespürt hatte.

Lag es wirklich nur daran, dass Skye etwas Persönliches mit ihr geteilt hatte? War das vielleicht sogar das Geheimnis von tiefer Freundschaft oder wahrer Liebe? Sollte es wirklich keine Rolle spielen, wenn der andere die eigenen Ängste kannte? Konnte das eine Beziehung am Ende sogar stärken?

Skye sah, wie es in Caya arbeitete und beschloss, dass es an der Zeit war sich zu verabschieden. Es war spät geworden und sie brauchten beide dringend etwas erholsamen Schlaf. Auch wenn er gerne noch stundenlang mit Caya auf dem Bett gesessen und geredet hätte, stand er auf.

„Wir sollten noch etwas schlafen. Ich werde die Couch unten im Wohnzimmer nehmen."

Gedankenverloren nickte Caya, doch als Skye die Tür erreichte, rief sie fragend seinen Namen, wobei ihre Stimme leicht zitterte. Überrascht drehte er sich um und kehrte zu ihr zurück, als er sah, wie sie mit sich um die richtigen Worte kämpfte.

„Was ist es, Sweetheart? Du kannst mir alles sagen? Was beschäftigt dich?", ermunterte er sie zum Sprechen, während er auf der Bettkante an ihrer Seite Platz nahm.

„Es ist so ... ich meine ...", druckste sie ein wenig verloren herum, bis sie beschloss, dass ein solch zögerliches Verhalten überhaupt nicht zu ihr passte. Dementsprechend nahm sie augenblicklich ihre Schultern nach hinten und sah ihn offen an. „Könntest du dir vorstellen, statt der Couch die andere Seite des Bettes zu nehmen?"

Wenn Syke auch mit vielem gerechnet hatte, dann doch nicht damit. Als er daher vor Erstaunen nicht direkt antwortete, schob Caya sofort erklärend hinterher:

„Versteh mich nicht falsch. Es ist kein sexuelles Angebot. Es ist nur so, dass ich gerade nicht alleine sein möchte."

„Rutsch rüber, Sweetheart", forderte er sie sanft auf, während er bereits seine Hose auszog.

Caya errötete leicht und wandte ihren Blick ab, was sie zugegebenermaßen einiges an Mühe kostete, denn es war ihrer Aufmerksamkeit zuvor nicht entgangen, dass die Natur es ziemlich gut mit Skye gemeint hatte. Doch abgesehen von seiner Ausstattung der unteren Körperhälfte, hatte der Mann Sex-Appeal ohne Ende.

„Ich sollte dich allerdings warnen", ergänzte sie, nachdem er neben ihr lag.

„Wovor?"

„Ich werde vielleicht noch einmal wach werden. Hm, vielleicht auch noch zwei- oder dreimal. Eventuell war es keine gute Idee von mir. Egal wie unbequem die Couch unten auch sein mag, du würdest dort in jedem Fall besser schlafen", wandte sie ein.

„Ich werde hier ganz wunderbar schlafen", antwortete Skye überzeugt und zog Caya in seine Arme. Ihr Rücken berührte seinen Bauch und augenblicklich reagierte seine Männlichkeit.

Vielleicht schlafe ich auch gar nicht, korrigierte er sich frustriert in Gedanken. Aber hatte er tatsächlich etwas anderes erwartet? Immerhin hatte er die Verlockung nicht mehr nur vor Augen, sondern schon direkt im Arm und Caya besaß einen Traum von einem Körper. Dennoch wusste Skye, dass nichts zwischen ihnen passieren würde. Er würde nicht nur seine Hände, sondern gleich seinen ganzen Körper, bewegungslos halten.

Zwar war Blue der Scharfschützenexperte im Team, doch wenn es sein musste, konnte Skye stundenlang bewegungslos in Deckung verharren. Allerdings war er dann alleine und hatte nicht die größte Versuchung seit Menschengedenken vor sich. Doch wenn ihn seine Lust umbringen würde, dann war dem so. Im Gegensatz zu Adam in der Bibel würde er der Verlockung wiederstehen. Es gab schlimmere Tode, wusste Skye.

Hellwach lauschte er auf Cayas Atemzüge, die innerhalb weniger Minuten tiefer und gleichmäßiger wurden. Dabei überlegte er, wann er das letzte Mal mit einer Frau im Bett gelegen hatte, ohne mit ihr zu schlafen.

Noch nie!, musste Skye schließlich bekennen. Er hatte weder Schwestern, noch Cousinen, noch sonstige Sandkastenfreundinnen gehabt, mit denen er in jungen Jahren jemals sein Kinderbett geteilt hätte und nach der Pubertät hatte es grundsätzlich nur einen Grund gegeben, die Nacht mit einer Frau zu verbringen. Doch mit Caya war alles anders.

Natürlich begehrte er sie. Er wollte ihren Körper unter seinem, über seinem, an seinem spüren. Er wollte sie in eine Welt entführen, die sie alle Geister, Schmerzen und schlechte Erinnerungen vergessen ließ. Er wollte sie vor Lust stöhnen hören und er wollte, während ihres Höhepunktes seinen Namen aus ihrem Mund hören.

Sein Körper brannte vor Gier, doch er widerstand dem Drang seine Hände über ihren Körper gleiten zu lassen. Mit Caya ging es nicht allein um die Befriedigung eines sexuellen Verlangens. Von Anfang an hatte er eine innere Verbindung zu ihr verspürt. Sein erster Blick in ihre damals vor Terror geweiteten Augen hatte ihn direkt in der Mitte seines Herzens getroffen. Von Caya wollte er mehr als nur eine Nacht. Er wollte sie kennenlernen und er wollte eine Beziehung mit ihr.

Ein kalter Schauer lief ihm über den Rücken. Beziehungen waren nicht für Männer wie ihn gedacht. Männer, die töteten und die ständig irgendwo auf der Welt ihr Leben für andere riskierten. Niemals wusste er, ob er von einer Operation zurückkehren würde. Welche Frau würde ein solches Risiko mittragen? Es musste schon eine Frau mit außergewöhnlicher Stärke sein.

Eine Frau wie Caya, durchfuhr es ihn.

In seinen Armen regte sich Cayas Körper und sie stöhnte leise. Doch es war kein leidenschaftlicher Laut, den Skye zuvor ersehnt hatte. Vielmehr wusste er, dass sie erneut träumte. Zärtlich strich er die Haare aus ihrem Gesicht und sprach beruhigend auf sie ein. Es war erstaunlich, wie schnell sie auf seine Stimme reagierte und in einen ruhigen Schlaf zurückfiel.

Skye war sich bewusst, welch großer Schritt es für Caya gewesen war, ihn zu bitten, den Rest der Nacht mit ihr zu verbringen. Für jemanden mit ihrer Biografie war es nicht einfach, auf einmal jemanden um Hilfe zu bitten. Vor allem nicht, wenn es sich um so etwas Persönliches wie Emotionen und nicht um einen Reifenwechsel oder das Tragen eines schweren Kartons handelte.

Es war eine neue Situation, in der sich Caya befand. Eine Situation, in der ihr Verstand zum ersten Mal nicht die Oberhand gewinnen konnte. Es erfüllte Skye mit Stolz und Freude, dass er derjenige war, zu dem sie das entsprechende Vertrauen gefunden hatte. Fest entschlossen, sie nicht zu enttäuschen, glitt auch er langsam hinüber in einen seichten Schlaf.

Es dauerte jedoch nicht lange, als ihn ein harter Tritt gegen sein Schienbein aufschrecken ließ. Gefolgt von einem leisen Schrei, spürte er die Ausholbewegung von Cayas Ellenbogen. Es war einzig und allein seinen guten Reflexen zu verdanken, dass er ihren Arm davon abhalten konnte, direkt in seinem Magen zu landen.

„Caya!“, rief er sanft, aber ernst. So gerne er sie ruhig schlafen sehen wollte, sosehr wusste er nach einem Blick in ihr Gesicht, dass sie zu tief in ihrem Traum steckte, als dass er sie alleine mit seiner Stimme beruhigen konnte. Er musste sie wecken.

„Wach auf, Sweetheart. Es ist nur ein Traum”, forderte er sie bestimmt auf und fasste sie an den Schultern, während er ihren um sich tretenden Beinen auswich.

Um größere Verletzungen ihrer- und seinerseits zu verhindern, legte er schließlich innerlich fluchend sein eigenes Bein auf ihre. Er hasste es, seine körperliche Überlegenheit ihr gegenüber anwenden zu müssen. Wie zu erwarten gewesen war, erhöhte sich zunächst ihre Gegenwehr.

„Caya!“, rief er sie erneut an. „Du bist in Sicherheit. Wach auf und sieh dich um.“

Tatsächlich öffnete sie endlich ihre Augen. Panik wandelte sich in Orientierungslosigkeit. Orientierungslosigkeit in Verständnis. Verständnis in Entsetzen und Tränen schossen in ihre Augen.

„Schon wieder”, flüsterte sie verzweifelt. „Wie lange habe ich geschlafen?“

„Eine Stunde. Leg dich wieder hin.“

„Nein.“ Vehement schüttelte sie ihren Kopf und stand auf. „Es tut mir leid, Skye. Es war eine blödsinnige Idee von mir. Du brauchst deinen Schlaf. Ich verspreche dir, ich werde dich nicht mehr stören. Ich gehe einfach runter und lese ein Buch.“

Caya wusste, dass sie zu schnell sprach, aber ihr Herz schlug immer noch rasant in ihrem Brustkorb. Zum einen war ihr Traum dafür verantwortlich, zum anderen glaubte sie, vor Peinlichkeit im Boden versinken zu müssen.

Sie wollte gerade gehen, als Skye sich vor sie stellte und seine Hände wärmend über ihre Oberarme rieb. „Wie oft wachst du jede Nacht auf, Caya? Sei ehrlich.“

Verlegen sah sie nach unten, als sie leise flüsterte: „Sechs- oder siebenmal.“

Ohne sich eine Reaktion anmerken zu lassen, nahm Skye die Information auf und musterte sie ernst. „Die Träume sind in den letzten Wochen nicht besser geworden”, stellte er schließlich fest und begriff, dass dies eine weitaus stärker ausgeprägte posttraumatische Belastungsstörung war, als er bisher angenommen hatte, die Caya niemals ohne professionelle Hilfe alleine in den Griff bekommen würde.

Für sich beschloss er, später am Tag mit Keanu zu telefonieren. Wenn ihr jemand schnell und effektiv helfen konnte, dann war es der ehemalige Seal-Kollege, der sich als Psychiater ausschließlich mit PTBS beschäftigte.

„Doch das sind sie”, widersprach Caya fest. „Ich gehe jetzt nach unten.“

„Du bleibst hier", entgegnete Skye ebenso entschieden. „Unten wirst du kein Auge zu tun und nachdem du letzte Nacht schon nicht geschlafen hast, brauchst du heute Nacht in jedem Fall mehr als zwei Stunden Schlaf. Zumindest, wenn du den morgigen Tag überstehen willst."

Damit legte er einen Arm um ihren Rücken und schob den anderen unter ihre Kniekehlen, sodass er sie auf seinen Armen zurück ins Bett tragen konnte.

„Lass mich runter. Das ist Blödsinn. Ich werde dich nur wieder stören", protestierte sie.

„Sweetheart, es ist mir egal, wie oft wir heute Nacht noch wach werden, solange du dazwischen schläfst", erklärte er resolut, während er hinter ihr ins Bett stieg. „Falls du allerdings nicht schlafen willst, hätte ich einen wunderbar alternativen Vorschlag." Spitzbübisch grinste er sie frech an, sodass Caya erneut errötete.

Ohne Zweifel hatte sie verstanden, welche Aktivität er damit meinte. Trotz ihres T-Shirts sah Skye, wie sich ihre Brüste härteten und augenblicklich schärften sich seine Sinne. Seine Muskeln spannten sich an, seine Haut prickelte und sein Herz schlug hart und laut. Seine Nase atmete ihren persönlichen Duft, der sich mit dem Duschshampoo gemischt hatte und der wie ein Aphrodisiakum wirkte.

Seine Augen sahen, wie auch Caya von der Stimmung erfasst wurde und wie sehnsuchtsvolle Erwartung ihren Blick fokussierte. Verschwunden war die unsichere Frau, die verzweifelt nach einem Weg suchte, mit den unliebsamen Panikattacken fertigzuwerden. Stattdessen lag hier eine Frau vor ihm, die um jeden ihrer Reize und der damit verbundenen Wirkung auf ihn wusste.

Selbstsicher forderte sie ihn stumm heraus und Skye focht den härtesten Kampf seines Lebens. Niemals hätte er gedacht, dass er diesen einmal in Washington und gegen sich selbst führen würde.

Langsam beugte er sich zu ihr hinunter, wobei sein Bizeps zitterte. Sein Körper wollte sich Caya weiter entgegenbeugen, doch seine Arme hielten mit aller Kraft dagegen. Seine Lippen brannten vor Erregung, seine Lungen vor Sauerstoffmangel und seine Erektion vor Verlangen. Sein ganzer Körper stand in Flammen.

Nur einmal nippen, lockte ihn eine flüsternde Stimme in seinem Ohr. *Nur ein ganz kleines bisschen, um das zügellose Feuer unter Kontrolle zu bringen.*

Tatsächlich gaben seine Oberarmmuskeln ein wenig nach, sodass seine Lippen die ihren berührten. Es war nur eine federleichte Berührung, die sein Mund sofort festigen wollte, doch sein Verstand erinnerte ihn, dass er nur hatte kosten wollen.

Traurig lächelnd strich er Caya mit zitternder Hand über eine Wange.„Wenn ich dich küsse, wie ich will,“, gestand er leise, „werde ich nicht aufhören können.“

„Wer sagt etwas von aufhören?“, flüsterte sie verführerisch, woraufhin Skye seine Augen schloss. Für seine Haltung hätte er die Ehrenmedaille verdient. Dumm nur, dass der Präsident nie davon erfahren würde.

Wahrscheinlich würde Price mich unehrenhaft entlassen, wenn er wüsste, dass ich mit Caya im Bett liege, korrigierte er sich selbst.

„Glaube mir, du hast nicht einmal annährend eine Ahnung, wie sehr ich dich begehre”, gestand er seufzend, als er Caya schließlich wieder ansah. „Sobald dies hier vorbei ist, solltest du dir gut überlegen, ob du noch einmal mit mir ausgehen möchtest. Denn dann wird der Abend definitiv nicht galant vor deiner Haustür enden.“

„Ist das ein Versprechen, Skye Stryker?“

„Allerdings.“

„Gut. Ich nehme dich beim Wort. Allerdings kann ich nicht garantieren, dass ich so lange warten möchte”, entgegnete Caya nickend und drehte ihm grinsend den Rücken zu. Diese Schlacht mochte Skyes Vernunft gewonnen haben, doch die nächste gedachte sie nicht zu verlieren.

KAPITEL 12

„Guten Morgen, kleine Schlafmütze", weckte Skye Caya am nächsten Morgen und hielt eine Tasse duftenden Kaffees unter ihre Nase.

„Hmm?", seufzte Caya verschlafen und reckte sich zunächst, bevor sie die Augen öffnete und sich im Bett aufsetzte. „Wie spät ist es? Ich habe das unglaubliche Gefühl, ausgeschlafen zu sein", wunderte sie sich, während sie Skye unverhohlen musterte.

Er war bereits angezogen und trug eine schwarze Jeans mit einem schwarzen Hemd, dessen oberste beiden Knöpfe er offen gelassen hatte. Mit seinen vom duschen noch feuchten Haaren wirkte er auf sie besonders anziehend. Wie konnte ein Mann bereits am Morgen so unwiderstehlich wirken?

„Das liegt wahrscheinlich daran, dass du zum ersten Mal seit Wochen tief geschlafen hast", lächelte Skye. „Es ist gleich halb acht."

„Halb acht? Warum hast du mich nicht geweckt", rief Caya entsetzt und wollte aus dem Bett springen, doch Skye hielt sie auf, indem er ihr die Tasse reichte. „Nimm erst einmal einen Schluck Kaffee. Es ist genügend Zeit, um pünktlich um neun im Büro zu sein."

„Habe ich wirklich sechs Stunden geschlafen?", fragte Caya ungläubig.

„Ja, das hast du, Sweetheart. Es muss an der Gesellschaft gelegen haben", grinste Skye. „Du hast dich zweimal gewendet, aber ansonsten warst du völlig ruhig."

„Hast du auch geschlafen?"

„Natürlich", antwortete Skye und scherzte: „Das war schließlich der einfachste Weg dir zu widerstehen."

Er verzichtete darauf, sie über die Tatsache aufzuklären, dass die Natur nicht vorgesehen hatte, Männer schlafen zu lassen, wenn sie dermaßen erregt waren, wie er es gewesen war und sich das Objekt der Begierde direkt neben ihnen befand. Es war ihm schleierhaft, wie auch nur einer von Cayas Ex-Freunden genügend Schlaf an ihrer Seite hatte finden können.

Für ihn gab es nur zwei Alternativen, von denen beide dauerhaft auf ein erhöhtes Schlafdefizit hinauslaufen würden. Entweder würde die Nacht von leidenschaftlichem Sex mit Caya gefüllt sein oder er würde hellwach, von leidenschaftlichem Sex mit Caya träumend, neben ihr liegen.

Hin und wieder war er in der Nacht für einige Minuten weggedöst, doch bevor er in einen tiefen Schlaf hatte fallen können, war er immer wieder aufgewacht. Es war eine Technik, die er früh in der Army gelernt und später bei den Seals perfektioniert hatte. Wenn Skye nicht schlafen wollte, schlief er nicht. Punkt. Diese Fähigkeit war ein großer Vorteil. Leider war sie ihm heute Nacht in gleicher Weise zum Verhängnis geworden.

Während ihrer Sealausbildungszeit hatten alle Bewerber durch die Höllenwoche gehen müssen. Das bedeutete, fünfeinhalb Tage mit weniger als insgesamt vier Stunden Schlaf. Skye und Pax hatten es sich zur Aufgabe gemacht, jedes Jahr erneut an einer solchen Woche teilzunehmen und seit Skye das Black Panther Team führte, ging er mit Pax, Cal, Blue und Ash durch ihre eigene Höllenwoche.

Regelmäßig diskutierte Dylon Price mit ihm darüber, da er die Notwendigkeit nicht verstand. Er sah lediglich, dass das Team für zehn Tage nicht einsatzbereit war, da sich nach den Tagen der Qual, ebenso viele Urlaubstage zur Belohnung anschlossen. Skye jedoch wusste, dass sowohl ihre körperliche als auch ihre mentale Fitness das Überleben des Teams sicherte und an dieser Stelle war er nicht bereit, auch nur den kleinsten Kompromiss einzugehen.

„Das ist ein gutes Zeichen, nicht wahr?“ Erleichtert sah Caya ihn mit einem Blick an, der um Bestätigung ihrer Worte bat.

„Ganz bestimmt”, erwiderte er lächelnd, nahm ihr dann jedoch die Kaffeetasse ab und ergriff ihre Hände. Gerne hätte er das Gespräch noch etwas aufgeschoben, allerdings würde das Thema Caya nie gefallen. Dementsprechend konnte er es auch direkt hinter sich bringen.

„Allerdings darfst du dich davon nicht in falscher Sicherheit wiegen, Sweetheart. Die Tage in Kolumbien waren nicht einfach ein schlechtes Erlebnis. Was Guttierez getan hat, hat tiefe Spuren hinterlassen. Die meisten Menschen hätten seine Folter nicht annähernd solange ertragen wie du und von denjenigen, die diese Hölle überstanden hätten, hätten sich später mehr als die Hälfte für einen Suizid entschieden. Hast du schon jemals einen solchen Gedanken gehabt?“

„Mich umzubringen?“

Skye nickte bedächtig, wobei er ihr aufmerksam in die Augen blickte. Er wollte sehen, ob sie die Wahrheit sagte.

„Nein. Niemals”, antwortete sie mit fester Stimme und Skye atmete erleichtert auf, als er die Worte in ihrem Blick bestätigt fand. Ungebrochener Kampfgeist, getragen von einer inneren Kraft, stand darin, den selbst das schwerste Trauma nicht hatte brechen können. Beruhigt lächelte er kurz, bevor er wieder ernst wurde.

„Was ich eigentlich sagen will, Caya,“, begann Skye und atmete noch einmal tief ein, „du brauchst Hilfe beim Verarbeiten dieser Geschichte. Ich würde dir gerne einen Kontakt zu Keanu Collins machen. Er praktiziert zwar in San Diego, aber wir könnten an einem Wochenende hinfliegen und hören, was er für den besten Weg hält.“

Nervös hielt Skye die Luft an. Wie würde Caya reagieren. Die letzten beiden Stunden hatte er nichts anderes getan, als sich alle möglichen Argumente und Gegenargumente zurechtzulegen. Er musste sie einfach davon überzeugen, externe Hilfe anzunehmen und Keanu war der Beste.

„Dein ehemaliger Kollege?“

„Ja”, bestätigte Skye und wartete geduldig, auch wenn es ihn innerlich zerriss.

„In Ordnung”, erklärte Caya schließlich.

Überrascht schnellten Skyes Augenbrauen in die Höhe. Er hatte mit einer langen Diskussion gerechnet, vielleicht sogar mit einem Wutausbruch, der beinhaltete, was er ihr alles nicht zutraute, doch niemals hatte er ein einfaches ‚In Ordnung’ vorausgesehen. „Einfach so?“, hakte er skeptisch nach.

„Skye, ich weiß, dass ich nicht ewig so weitermachen kann, als sei nichts passiert und ich weiß auch, dass ich dafür professionelle Hilfe brauche. Auch wenn ich beides bisher erfolgreich verdrängt habe”, erwiderte Caya ruhig. „Unser Gespräch heute Nacht hat mit jedoch die Augen geöffnet. Was du über Schwächen und Stärken gesagt hast, ist richtig gewesen. Ich kann nicht versprechen, dass es mir nach zweiunddreißig Jahren gelingt, diese Ansicht sofort in allen Bereichen in die Tat umzusetzen, aber ich werde mich ehrlich bemühen.“

Bewunderung flammte in Skyes Augen auf. „Wow! Das nenne ich schnell.“

„Wenn etwas einleuchtend und richtig ist, kann ich das annehmen. Mein Bild zu diesen Punkten ist falsch. Allerdings hat mein Vater es mir hart und lange eingetrichtert. Insofern wird es nicht leicht sein, dies von heute auf morgen zu ändern. Aber ich werde es über kurz oder lang schaffen."

„Daran habe ich keinen Zweifel", nickte Skye. Wenn Caya Aurora Campbell sich ein Ziel gesetzt hat, würde sie es auch erreichen, denn sie würde nicht aufgeben, bevor sie die Ziellinie überschritten hatte.

„Wahrscheinlich habe ich deswegen auch so gut geschlafen", analysierte Caya. „Ich habe dir vertraut und zum ersten Mal innerlich losgelassen."

Ihre Worte lösten ein tiefes Glücksgefühl in Skye aus. Niemals zuvor hatte er etwas so Schönes empfunden. Es war unbeschreiblich, wie warm und intensiv es sich von seinem Herzen in konzentrischen Kreisen ausbreitete. Plötzlich verunsichert von einem Gefühl, das ihn zu überwältigen drohte, erhob er sich von der Bettkante und seine Stimme klang unnatürlich rau: „Ich werde uns ein paar Eier zum Frühstück machen. Wenn du fertig bist, komm einfach runter."

Nach dem Frühstück fuhr Skye Caya ins Büro, bevor er sich anschließend in die Black Panther Ops Zentrale begab, wo alle anderen bereits auf ihn warteten.

„Guten Morgen!", grüßte er, als er die Räumlichkeiten betrat. „Ist noch Kaffee da?"

„Läuft gerade durch", erklärte Cal. „Wie geht es Caya?"

„Den Umständen entsprechend gut. Sie ist niemand, der in Krisen verzweifelt zusammenbricht. Dennoch ist es nicht einfach zu erfahren, dass jemand in deinem direkten Umfeld einen Auftragsmörder engagiert hat. Ash, Blue, ist Terrence Morrison aufgetaucht?", lenkte Skye das Gespräch auf den Typen, der ihn zwei Nächte zuvor aus seiner Wohnung gelockt hatte.

Grinsend sah Blue ihn an. „Sicher! Der Typ ist nun wirklich nicht der intelligenteste. Wie nicht anders zu erwarten war, hat er zuerst alles abgestritten, aber letztendlich hat er doch angefangen zu reden. Wenngleich der Kerl nicht viel wusste."

„Die treibende Kraft in dem Duo war zweifelsohne Bill Wilson", ergänzte Ash. „Morrison behauptet, sein Freund hätte den Job an Land gezogen. Wilson hat ihm fünfhundert Mäuse versprochen, wenn er solange zu deinem Fenster hinaufstarrt, bis du rauskommst und er dann abhaut."

Verbissen kniff Skye die Zähne zusammen. Noch immer ärgerte ihn, dass er auf die Nummer hereingefallen war. „Wer hat Wilson beauftragt?"

„Das ist leider noch immer die Eine-Million-Dollar-Frage", erklärte Blue bedauernd. „Morrison hat nämlich keine Ahnung."

„Ihr glaubt ihm?"

„Der Typ ist selbst zum Lügen nicht schlau genug", nickte Ash. „Er hat uns zwei, drei Clubs genannt, in denen Wilson immer abhing, aber niemand hat ihn dort in der letzten Woche gesehen."

„Ich habe sein Bankkonto gecheckt", mischte sich Pax ein. „Aber auch hier sind erwartungsgemäß keine Beträge eingegangen. Typen wie Wilson machen in der Regel ausschließlich Bargeschäfte."

„Mit anderen Worten, wir befinden uns am Ende einer Sackgasse", schlussfolgerte Skye.

„Was Wilson und Morrison angeht, ja", bestätigte Blue und für einen Moment wurde es still am Besprechungstisch.

„Jemand hat hier einen gewaltigen Aufwand betrieben, um von sich abzulenken", stellte Ash nachdenklich fest.

„Allerdings. Einen Scharfschützen zu finden, der Caya auf offener Straße erschießt, wäre sicherlich einfacher gewesen", schloss sich Cal der Überlegung an.

„Aber dann hätte es eine große Untersuchung gegeben", bemerkte Pax. „Es muss also jemand sein, auf den der Verdacht relativ schnell gefallen wäre und der nicht wollte, dass die Polizei oder das FBI in seinem Privatleben herumschnüffelt."

„Hast du mit Caya über ein Motiv gesprochen? Wer hätte überhaupt ein Interesse an ihrem Ableben?"

„Habe ich. Allerdings mit null Ergebnis. Sie behauptet, es gibt niemanden, mit dem sie Streit hatte. Ihr Ex, Marc Jordan, hat jedoch ein nettes kleines Geheimnis, das er nicht mit der Öffentlichkeit teilen möchte."

Gespannt sahen ihn die anderen an. „Er steht auf abnormale Sexualpraktiken", verkündete er schließlich.

Erstaunt pfiff Blue durch seine Lippen. „Das kommt in der feinen Washingtoner Gesellschaft sicher nicht besonders gut an."

„Ich habe keine Ahnung, ob sein Vater davon weiß, aber wenn es sich herumspräche, würde es in einer konservativen Stadt wie

Washington ganz sicher sowohl seine private als auch seine berufliche Reputation zerstören", erklärte Skye.

„Nur fürs Protokoll: Steht Caya ebenfalls darauf?", hakte Ash ein, woraufhin Skyes Augen seinen Teamkollegen wütend anblitzten. Was fiel ihm ein?

„Es ist eine berechtigte Frage", mischte sich Pax mit ruhiger Stimme ein. Dabei warf er seinem Freund einen beschwichtigenden Blick zu. „Allerdings habe ich dafür keine Anzeichen gefunden."

„Du weißt davon?", wunderte sich Skye, während er seine Wut zur Seite schob. Schließlich hatte Pax recht. Es war eine berechtigte Frage gewesen.

„Du wolltest, dass ich den Typen unter die Lupe nehme und das habe ich getan", bestätigte er grinsend. „Ich kann dir sagen, es war bei weitem keine langweilige Nacht, auch wenn ich noch nicht alle Details ausgegraben habe. Marc Jordan ist jedenfalls schlauer, als ich ihm auf den ersten Blick zugetraut habe. Privat führt er ein regelrechtes Doppelleben. Unter dem Namen Bruce Byron hält er eine Giro- und eine Kreditkarte für ein gut gefülltes Konto, von dem er regelmäßig größere Barbeträge abhebt. Außerdem besitzt er ein kleines Häuschen am Stadtrand."

„Wie klein ist klein?", wollte Blue wissen.

„Hundertfünfzig Quadratmeter."

„Das ist für ihn wahrscheinlich wirklich nicht gerade groß", mutmaßte Cal.

„Nein, aber er wohnt auch nicht dort. Er hält es für seine Domina. Bis eben dachte ich, Desirée Dixon sei einfach seine Geliebte. Sie war früher eine kleine Nutte, doch offensichtlich hat sie sich mit den Jahren spezialisiert. Fünf- bis sechsmal im Monat bestellt sie bei einem örtlichen Caterer für einen angeblichen Frauenabend für vier Personen."

„Jordan mag Sexorgien", ergänzte Skye kalt.

„Hört sich so an", nickte Cal. „Wissen seine kleinen Gespielinnen, wer ihr Sklave im richtigen Leben ist?"

„Das weiß ich nicht. Dafür müssten wir mit Desirée Dixon persönlich sprechen. Allerdings glaube ich nicht, dass das für unseren Fall relevant ist, denn von der Seite aus gibt es kein Motiv, Caya zu töten", erklärte Pax.

„Es sei denn, sie geht mit ihrem Wissen an die Öffentlichkeit und dreht damit Dixon den Geldhahn zu", überlegte Ash, doch Skye schüttelte den Kopf.

„Um die Nummer mit Guttierez aufzuziehen, braucht es mehr als eine kleine Nutte. Ich kann mir nicht vorstellen, dass die Frau das dazu notwendige Wissen, geschweige denn die entsprechenden Kontakte hat. Abgesehen davon sind Caya und Jordan bereits seit gut einem Jahr getrennt. Warum sollte sie also ausgerechnet jetzt Angst haben, dass Caya etwas sagt? Ganz abgesehen davon, dass Caya dafür auch über dieses Arrangement Bescheid wissen müsste."

„Du gehst also davon aus, dass sie keine Kenntnisse über diese Beziehung hat?", hakte Ash noch einmal nach.

„Ich glaube nicht, dass sie von dieser Desirée Dixon weiß, geschweige denn von Jordans zweiter Identität. Als Caya vor zwölf Monaten von Jordans sexuellen Praktiken erfahren hat, hat sie sich sofort getrennt. Sie hat ganz sicher nicht weiter nachgeforscht, wie, wo und mit wem er seine Vorlieben auslebt", bestätigte Skye.

„Offiziell hieß es, jeder von beiden wolle seine Karriere verfolgen, wodurch sie zu wenig Zeit für eine Partnerschaft hätten", führte Pax aus.

„Caya hatte kein Interesse daran, Jordans Geheimnis auszuplaudern", erklärte Skye. „Was hätte sie auch davon gehabt?"

„Für Jordan ist sie jedoch ein Pulverfass", stellte Cal klar.

„Wenn wir allerdings ehrlich sind, würde das Ganze auch auf Caya zurückfallen", wagte Blue mit einem vorsichtigen Blick hinüber zu Skye einzuwenden. „Ihr wisst, wie die Leute reden und ihr könnt euch denken, was sie über Caya sagen würden."

„Sie würden entweder behaupten, dass sie die Sexpraktiken ihres Ex-Verlobten geteilt hat oder sie werden sie als kleines naives Dummchen darstellen, dass nicht einmal in der Lage war, ihren Mann zu befriedigen", brummte Skye, während er die Hände unter dem Tisch zu Fäusten ballte, um seine aufschäumende Wut zu bremsen. „Ich weiß, es ergibt keinen Sinn und wir haben kein Motiv. Dennoch will ich Jordan nicht von der Liste der Verdächtigen streichen. Ich habe bei dem Typen kein gutes Gefühl."

„Ja, weil er Cayas Ex ist und ihr, laut deiner Einschätzung, immer noch an die Wäsche will", stellte Pax unbeeindruckt fest. „Du bist nicht objektiv."

„Vielleicht", gab Skye zu und fuhr sich mit der Hand durch sein Gesicht. War er wirklich nicht objektiv. Überschattete seine Eifersucht sein Urteilsvermögen?

Einen Moment dachte er über die beiden Fragen nach. Schließlich richtete er sich jedoch auf und sah seinen Freund fest an, als er widersprach.

„Aber ich glaube es nicht. Tatsache ist, Jordan hat ein Geheimnis, das er nicht aufgedeckt haben will und das bei einer polizeilichen Ermittlung wahrscheinlich herauskommen würde. Er stammt aus Cayas direktem Umfeld und er hat die nötigen finanziellen Mittel, um Guttierez zu bezahlen. Durch seinen Beruf hat er auch Kontakte in den entsprechenden Kreisen."

Aufmerksam sah Skye die anderen vier an. „Jordan führt ein Doppelleben. Wer sagt uns, dass er nicht noch ein weiteres Bankkonto unter einem dritten Namen hat? Nur weil wir kein Motiv haben, heißt das nicht, dass er unschuldig ist. Zumindest nicht, wenn alle anderen Punkte auf ihn zutreffen. Pax, ich will, dass du weitersuchst. Schau, ob du eine dritte Identität findest und ob er eine Verbindung zu Guttierez hat."

Laut seufzte Pax, womit er zum Ausdruck brachte, dass er es für Zeitverschwendung hielt. Doch er kannte Skye gut genug, um zu wissen, dass jede weitere Diskussion an dieser Stelle nutzlos war. Daher nickte er einlenkend.

„In Ordnung. Solange wir allerdings nicht wissen, wer sich hinter Guttierez versteckt, kann ich auch nicht nach einer Verbindung suchen."

„Wie weit bist du damit?", wollte Skye wissen.

„Ich habe die ganze Nacht Parameter eingegeben. Jetzt können wir nichts weiter machen als warten bis der Computer etwas Passendes gefunden hat. Und nein, ich weiß nicht, wie lange es dauert."

„Schon gut. Ich hätte die Frage nicht gestellt", verteidigte sich Skye.

„Hättest du doch", feixte Pax.

„Gut. Zugegeben. Ich hätte dich danach gefragt", lachte Skye zurück. „Was hast du über Dennis Richard gefunden?"

„Wer ist Dennis Richard?", fragte Blue mit zusammengezogenen Brauen.

„Cayas Ex vor Marc Jordan", klärte Pax ihn auf. „Auf den ersten Blick ist der Mann sauber. Also, soweit man das über einen Politiker sagen kann. Nach Caya hatte er einige Freundinnen, aber nichts Festes. Seit sechs Monaten sieht man ihn öfter mit Clara Warwick.

Sie ist die Tochter eines Kongressabgeordneten. Angeblich soll es zwischen den beiden ernst sein."

„Er hat Caya im Krankenhaus angerufen", klärte Skye auf.

„Das war auch seine verdammte Pflicht. Immerhin sind die beiden zwei Jahre zusammen gewesen", wandte Pax ein.

„Ich werde trotzdem mit ihm reden. Hast du seine Adresse?"

„Sicher. Ich schicke sie dir auf dein Telefon", erklärte Pax kopfschüttelnd, doch bevor er noch etwas anderes sagen konnte, vibrierte Skyes Handy.

„Es gibt einen Feueralarm in der Staatsanwaltschaft", verkündete er entsetzt, nach einem Bick auf das Display und war bereits dabei, Cayas Mobilnummer zu wählen. Verdammt, wieso hatte er sie nur alleine gelassen? Warum war er nicht bei ihr geblieben? Wie hatte er sich nur von ihr überzeugen lassen können, dass sie in ihrem Büro sicher sei?

Pax Hände flogen bereits über die Tastatur vor ihm und der große Bildschirm im Raum gab das Bild seines Laptops für alle wieder. „Es gab eine Explosion in der Tiefgarage", äußerte er laut. „Die Feuerwehr ist unterwegs, daher kommt der Alarm, Skye. Mehr Infos sind noch nicht bekannt."

Eine Explosion in der Tiefgarage? Wahrscheinlich ein Auto. Cayas Auto, schoss es Skye durch den Kopf, während sein Herz raste.

Caya würde das Büro nicht ohne ihn verlassen. Das war seine Bedingung gewesen, damit er sie überhaupt hatte arbeiten lassen. Sie würde sich an die Vereinbarung halten. Oder nicht? Verdammt! Warum ging sie nicht an ihr Telefon?

„Skye?", erklang plötzlich ihre Stimme, in der ein furchtbares Entsetzten lag. Doch Skye hatte das Gefühl, nie im Leben eine größere Erleichterung verspürt zu haben. Schnell signalisierte er seinem Team, dass er auf dem Weg zu Caya war und sich später melden würde, während er mit dem Telefon am Ohr bereits hinaussprintete.

„Geht es dir gut?", wollte er als Erstes wissen.

„Ja, aber sie ist tot."

„Wer ist tot?"

„Lydia."

In Rekordgeschwindigkeit raste Skyes Gehirn durch alle Namen in Cayas Umfeld. „Deine Sekretärin?", hakte er schließlich nach, als ihm endlich eine Verbindung einfiel.

„Ja. Sie ist tot, Skye. Frank hat es gesehen. Oh Gott, es ist meine Schuld."

„Beruhige dich, Sweetheart. Wer ist Frank?"

„Er ist einer der älteren Staatsanwälte. Er ist gerade in die Tiefgarage gefahren, als Lydia losfahren wollte. Skye, sie ist tot, weil sie meinen Wagen wegfahren wollte."

„Scht, ganz ruhig. Wo bist du jetzt?"

„In meinem Büro. Aber wir sollen alle das Gebäude verlassen."

„Gut. Nimm deinen Laptop und gehe mit den anderen hinaus auf die Straße. Sieh zu, dass du von vielen Menschen umgeben bist. Ich bin in fünf Minuten da."

Selten war Skye bisher derart durch Washington gerast. Er überholte die Autos vor ihm mal rechts, mal links, dann wieder rechts und war dankbar für das mobile Blaulicht, dass Price ihnen vor einigen Monaten besorgt hatte. Dadurch konnten die anderen Autofahrer ihn wenigstens rechtzeitig hören, auch wenn sie ihm für seinen Geschmack nicht schnell genug Platz machten. Außerdem würde er auch von keiner Streife angehalten werden. Eine solche Verzögerung konnte er sich nicht leisten. Er musste zu Caya und sich mit eigenen Augen davon überzeugen, dass ihr nichts passiert war. Noch immer raste sein Herz wild in seiner Brust.

Tatsächlich hielt Skye fünf Minuten später hinter zehn Feuerwehrwagen. Hastig sprang er aus dem SUV und suchte in der Menschenmenge nach Caya. Wo war sie? Kurzentschlossen rief er sie an.

„Wo bist du?", fragte er sofort, nachdem sie sich gemeldet hatte.

„Ungefähr dreißig Meter links vom Gebäude. Michael ist bei mir. Er hat vorgeschlagen, dass wir uns mehr an den Rand begeben. Es sind so viele Leute hier."

Suchend bahnte sich Skye einen Weg durch die Menschenmasse. „Ich sehe dich", verkündete er schließlich und beendete das Gespräch, während er sich die letzten Meter zu ihr vorarbeitete.

Endlich zog er sie in seine Arme und atmete erleichtert ihren Duft ein. Erst jetzt merkte er, wie angespannt er immer noch war, obwohl er doch gewusst hatte, dass ihr nichts passiert war. Ein paar Sekunden genoss er es, sie einfach nur zu halten. Als ob es das Selbstverständlichste der Welt wäre, schmiegte sich Caya an ihn.

Ihr Körper zitterte ein wenig und Skye strich ihr beruhigend über den Rücken. Dann kehrte glücklicherweise sein Realitätssinn zurück. Wenn tatsächlich Cayas Wagen explodiert war, musste er sie schnellstmöglich von der Straße wegbringen. Das Risiko, dass der Täter bereits wusste, dass der Sprengsatz sein eigentliches Opfer nicht erwischt hatte und die Gelegenheit des aktuellen Chaos nun für einen weiteren Anschlag nutzte, war zu groß.

„Komm, wir müssen gehen", forderte er sie daher auf und ergriff ihre Hand.

„Gehen? Caya kann nicht gehen", hielt Michael Langton ihn auf, indem er seine Hand auf ihre Schulter legte. „Sie muss mit der Polizei sprechen. Schließlich war es ihr Auto ..."

„Nehmen Sie Ihre Hände von Caya", forderte Skye den Mann auf, wobei seine Augen ihn kalt ansahen. Sowohl sein Blick als auch seine Stimme signalisierten deutlich, dass er keinen Widerspruch akzeptieren würde.

Verunsichert sah Langton ihn einen kurzen Moment an, bevor er seine Hände sinken ließ und sich an Caya wandte.

„Du kannst nicht mit ihm gehen, Caya", versuchte er sie zu überzeugen. „Woher kennst du den Mann überhaupt? Abgesehen davon, dass du eine Aussage machen musst, bist du hier in der Menge sicher. Bleib bei mir. Ich passe auf dich auf."

Zuversichtlich sah Caya den Kollegen an. „Mach dir keine Gedanken. Ich melde mich später."

„Caya!", versuchte es Michael noch einmal, doch sie war bereits mit Skye in der Menschenmenge verschwunden.

Konzentriert scannte Skye mit seinen Augen die Fenster der Gebäude auf der gegenüberliegenden Straßenseite ab. Es war zwar unwahrscheinlich, dass der Drahtzieher bereits wusste, dass Caya nicht in ihrem Auto gesessen hatte, aber nicht völlig ausgeschlossen. In jedem Fall hätte der Täter von dort oben einen guten Überblick und keine schlechte Schussposition. Zügig schob Skye sie durch die Masse der Leute, wobei er versuchte, sie weitestgehend mit seinem Körper zu decken.

„Bist du sicher, dass ich einfach so gehen sollte? Die Polizei wird sicherlich mit mir sprechen wollen", erkundigte sich Caya beunruhigt.

„Das können sie später machen. Im Moment ist deine Sicherheit meine Priorität und deswegen werden wir erst einmal von hier verschwinden. Steig ein!"

Auffordernd hielt er ihr die Tür seines Wagens auf, doch die Geste hatte dieses Mal nichts Galantes an sich. Sein Körper drängte sie einzusteigen und nachdem Skye die Tür geschlossen hatte, eilte er um den Wagen herum. Noch während er seine eigene Tür schloss, startete er bereits den Motor und lenkte den SUV auf die Straße.

Nachdem Skye einige Male abgebogen war und sicher war, dass ihm niemand folgte, sah er zu Caya hinüber. Mit großen Augen, aber leerem Blick starrte sie geradeaus in die Ferne. Spontan griff er nach ihrer Hand. Sie war kalt.

„Sie ist tot, Skye", flüsterte sie und sah ihn an. „Sie war erst siebenundzwanzig Jahre alt. Sie wollte in drei Monaten heiraten und nach Hawaii auf Hochzeitsreise fliegen. Sie hat ihren ganzen Urlaub vom letzten Jahr dafür aufgespart."

Nach einem erneuten Blick in den Rückspiegel hielt Skye auf einem kleinen Parkplatz an und zog sie in seine Arme. Stumm weinte Caya, bevor sie sich wenig später wieder aufrichtete.

„Ich werde den Fall abgeben. Ich kann das nicht mehr. Solange es nur mich betroffen hat, war es etwas anderes, aber ich kann nicht den Tod anderer Menschen verantworten. Das ist Giribaldi nicht wert. Von mir aus soll er als freier Mann nach Hause zurückkehren."

„Langsam, Caya", sprach Skye mit ruhiger Stimme und lächelte sie beruhigend an. Er konnte nachvollziehen, was gerade in ihr vorging und er wusste, dass sie ihre Worte nicht ernst meinte. Es war der Schock, der aus ihr sprach.

Zärtlich legte er eine Hand an ihre Wange und wischte mit seinem Daumen ihre Tränen weg. „Was passiert ist, ist nicht deine Schuld. Du bist nicht für Lydias Tod verantwortlich."

„Doch. Wenn ich sie nicht gebeten hätte, meinen Wagen umzuparken ..." Ihre Stimme erstickte.

„Deswegen trägst du noch lange nicht die Schuld. Du hast die Bombe schließlich nicht angebracht. Und was Giribaldi betrifft, so wirst du ihn seiner gerechten Strafe überführen. Abgesehen davon, dass ich immer mehr von seiner Unschuld in dieser Sache überzeugt bin, bist du niemand, der sich erpressen lässt."

„Nicht, wenn es um mein Leben geht. Aber Lydia hatte nichts mit mir zu tun. Sie hat nur für mich gearbeitet", seufzte Caya und schloss kurz die Augen. Dann straffte sie ihre Schultern. „Doch du hast natürlich recht. Ich kann unmöglich einfach aufgeben. Das hat Lydia nicht verdient."

Zustimmend lächelte Skye. „Ich verspreche dir, dass wir herausfinden werden, wer hinter dem Ganzen steckt."

„Könnten wir uns dabei vielleicht ein wenig beeilen? Ich will nicht, dass noch mehr Unschuldige mit hineingezogen werden.“

„Zu Befehl, Mylady”, grinste Skye und setzte ihren Weg fort.

„Wo fahren wir hin?“

„In unsere Zentrale. Zunächst einmal möchte ich ganz genau wissen, was heute Morgen passiert ist. Danach sehen wir weiter.“

Zehn Minuten später fuhr er auf ein verlassenes Fabrikgelände. Auf Knopfdruck an der Unterseite des Rückspiegels öffnete sich ein heruntergekommenes Tor, von dessen Holzfassade bereits die Farbe abbröckelte. Skeptisch sah sich Caya um.

„Lass dich nicht von dem äußeren Anblick täuschen”, kommentierte Skye ihren Gesichtsausdruck. „Das Tor hat nur den Anschein, als sei es aus Holz. In Wahrheit ist es mit einem dicken Stahlkern ausgestattet. Jemand, der versucht hindurchzubrausen, wird sehr schnell und sehr unsanft zum Stehen kommen.“

Nicht wissend, was sie von dieser Umgebung und Skyes Bemerkung halten sollte, schwieg Caya, während Skye um einige alte Gebäude herumfuhr und schließlich vor einem roten Backsteingebäude anhielt.

Gemeinsam stiegen sie aus und gingen auf eine schmutzige graue Stahltür zu. Skye umfasste den Türknauf und wartete einige Sekunden, bevor er diesen nach links drehte. Lautlos sprang die Tür auf und Caya sah sich erstaunt um. Niemals hätte sie erwartet zu sehen, was sie sah.

Überrascht nahm sie den großen, modern renovierten Raum wahr, in dessen Zentrum ein Billardtisch stand. Caya war nicht besonders gut im Abschätzen von Größen, vor allem nicht, wenn die Hälfte der Raumdecke eine Höhe von fünf bis sechs Metern hatte, doch diesem Raum würde sie eine Grundfläche von mindestens zweihundert Quadratmetern zuordnen.

Die Wände waren in einem leichten Gelb gestrichen, das den Raum mit seinem dunklen Parkettboden regelrecht wärmte. In einer Ecke gab es eine Küchenzeile mit einem beeindruckenden Kochblock. Davor stand ein Holztisch mit zehn Stühlen, über dem ein brennender Kronleuchter hing. Auf der anderen Seite gab es eine große gemütliche Sitzecke mit einem überdimensional großen Fernseher, an den mehrere Spielekonsolen angeschlossen waren.

An den Wänden waren Fenster eingezeichnet, doch es waren lediglich Attrappen. Trotzdem kein natürliches Licht in den Raum fiel, war der Saal taghell erleuchtet, ohne dabei ungemütlich zu wirken. Von der Küchenzeile führte eine schwarze Stahltreppe hinauf in ein Zwischengeschoss, das über Küche und Essecke eingezogen worden war. Das Ganze glich eher einem modernen Loft als einem Arbeitsplatz.

„Hallo, Caya", grüßten Ash, Blue und Cal sofort, während Pax sich von der Küche aus zu ihr umdrehte. „Magst du Kaffee oder lieber Tee?"

„Tee, bitte", antwortete sie automatisch, bevor sie sich an Skye wandte. „Das hier ist euer Büro?"

„Ja. Es ist ganz cool, nicht wahr? Setz dich." Aufmerksam schob er ihr einen Stuhl vom Tisch zurück.

„Danke", erwiderte sie automatisch, während sie immer noch versuchte, das Ambiente in sich aufzunehmen.

Cool? Es war mehr als cool. Es war beeindruckend und auch, wenn Caya nicht hätte sagen können, was sie erwartet hatte, so wusste sie doch, dass es nicht einmal annähernd dem geglichen hatte, was sie hier vor sich sah.

„Du bist die erste Frau in unserem allerheiligsten Zentrum", plauderte Cal fröhlich aus. „Wir sollten die Gelegenheit nutzen und dich nach deiner Meinung fragen. Wie wirkt es aus deiner weiblichen Sicht?"

„Es ist schön", erwiderte Caya, nicht sicher, was Cal hören wollte.

„Findest du nicht, es fehlt etwas?", hakte Blue nach. „Sag uns deine ehrliche Meinung."

„Nein, es ist perfekt. Na ja, ein paar Blumen könnten vielleicht auf den Tisch", zwinkerte sie.

„Blumen?" Als ob es ein Fremdwort mit unbekannter Bedeutung wäre, starrte Pax sie an.

„Ja, Blumen", wiederholte Caya nun mit sicherer Stimme. „Gelbe Tulpen würden sich sehr gut machen."

„Ich finde, sie hat recht", nickte Skye.

„Unsinn. Wir brauchen nicht noch mehr Schnickschnack. Wir sind ohnehin oft genug nicht da und wer hätte dann etwas davon?", wandte Pax ein, doch Skye grinste nur.

Zu gut erinnerte er sich noch daran, dass Pax seiner Mum jedes Mal Blumen mitgebracht hatte, wenn er bei den Strykers offiziell zum Essen eingeladen gewesen war.

„Wir bräuchten eine Vase", gab Blue zu bedenken. „Aber ich fände Blumen auch nett. Wir sollten es einmal ausprobieren."

Verächtlich schnaufte Pax durch die Nase. „Macht, was ihr wollt, aber werft sie rechtzeitig weg, bevor sie anfangen zu faulen und dann alles zustinken. Hier ist dein Tee, Caya.“

„Danke.“ Der lockere Umgangston half ihr, ein wenig Normalität wiederzufinden. Sie ahnte, dass dies auch der wahre Grund für die Konversation gewesen war und sie war den Männern dankbar dafür. Es war unglaublich, wie sensibel dieser Haufen harter Ex-Seals in ihrem Inneren doch war.

Schließlich versammelten sich alle um den großen Tisch und der Ernst kehrte zurück.

„Also, Caya, erzähl uns was genau heute Morgen passiert ist”, bat Skye ruhig. Seine Augen sahen sie dabei aufmunternd an.

„Zunächst habe ich alleine in meinem Büro gearbeitet. Ich hatte heute früh keinen Termin und ich wollte die Zeit nutzen, um mir Giribaldis Bilanzen anzusehen, die mir Michael gestern gegeben hat.“

Sie schluckte kurz, bevor sie weitersprach. „Lydia hatte mir gerade einen Kaffee gebracht, als Michael in mein Büro kam und mir sagte, ich müsse mein Auto umparken, weil die Parkplatzmarkierungen in meiner Reihe erneuert werden sollten. Da ich mich gerade eingelesen hatte, war die Unterbrechung nicht besonders willkommen. Mein Unwillen muss in meinem Gesicht gestanden haben, denn Lydia hat sofort angeboten, dass sie es gerne für mich erledigen könne. Wenn ich doch nur selbst gegangen wäre.“

Glücklicherweise bist du das nicht, dachte Skye sofort, wobei sich sein schlechtes Gewissen regte.

Natürlich gefiel ihm nicht, dass Lydia zum Opfer geworden war. Wenn es nach ihm gegangen wäre, wäre es überhaupt niemals zu einem Todesopfer gekommen. Doch der Gedanke, dass Caya in diesem Auto gesessen hätte ... Nein, daran durfte er nicht einmal denken.

„Dann wärst du jetzt tot”, stellte Pax unumwunden klar. Doch dann wurde seine Stimme etwas sanfter. „Du hast keinen Grund, dich schuldig zu fühlen, Caya. Was passiert ist, ist furchtbar, aber alles ‚Was-wäre-wenn’ hilft niemandem weiter. Dir nicht, Lydia nicht und uns auch nicht.“

Langsam nickte Caya. „Ich weiß.“

Tröstend legte Skye kurz seine Hand auf ihre, bevor er seine nächste Frage stellte, die ihm schon länger auf der Zunge lag. „Woher wusste Michael, dass du dein Auto umparken musst?“

„Ich habe keine Ahnung. Vielleicht hat er mit dem Hausmeister gesprochen.“

„Aber er hat nicht angeboten, dein Auto umzuparken, obwohl er ohnehin für seinen Wagen hinuntergehen musste?“, hakte Skye nach, wobei er Ash unauffällig ein Zeichen gab, der daraufhin durch eine Nebentür verschwand.

Bedächtig schüttelte Caya den Kopf. „Nein, das hat er nicht, aber ich glaube, er sagte, er hätte ohnehin in einer halben Stunde einen Termin mit einem Anwalt in dessen Kanzlei und er würde dann einfach ein paar Minuten früher fahren.“

Aus dem Augenwinkel sah sie, wie Skye und Pax einen verständigenden Blick austauschten. Daher betonte sie noch einmal: „Ich kann mir nicht vorstellen, dass Michael etwas mit der Sache zu tun hat.“

„Wie hat er reagiert, als Lydia anbot, deinen Wagen für dich wegzufahren?“, wollte Skye wissen, womit er gleichzeitig ihre letzte Bemerkung absichtlich überging.

„Das hat er nicht mitbekommen. Er hat mir nur Bescheid gegeben und ist direkt wieder gegangen. Er hatte noch einen Telefonanruf zu erledigen und dann wollte er fahren.“

„Er ist also nicht direkt in die Tiefgarage gegangen?“, versicherte sich Cal noch einmal.

„Nein. Deswegen war er auch noch da, als der Feueralarm losging.“

„Ist er dann in dein Büro gekommen?“

Wieder schüttelte Caya den Kopf. „Ich habe ihn auf dem Flur getroffen und bin mit ihm zusammen die Treppen hinuntergelaufen. Aber er sagte, er sei auf dem Weg in mein Büro gewesen, um nach mir zu sehen.“

„Wie kam es, dass du ganz am Rand standst und nicht mitten in der Menge?“, erkundigte sich Skye.

„Michael hat es vorgeschlagen und mir war es recht. Direkt vor dem Gebäude war es furchtbar eng und es war schließlich nicht so, dass wir alleine völlig abseits gestanden hätten”, verteidigte sich Caya, doch langsam konnte sie auch nicht mehr verdrängen, dass alle Antworten immer Michael als handelnde Person enthielten. „Glaubst du wirklich, er könnte etwas damit zu tun haben?“

„Wenn ich ehrlich sein soll, habe ich keine Ahnung. Aber in jedem Fall möchte ich ihn nicht ausschließen", antwortete Skye vorsichtig, während Ash leise zurückkehrte.

„Wie hat er reagiert, als er dich im Flur gesehen hat?", ging Pax zeitlich noch einmal zurück.

„Ich weiß nicht. Wie meinst du das?"

„Hattest du das Gefühl, dass er erstaunt war?", erklärte Cal.

„Nein. Na ja, vielleicht ein bisschen. Aber eher, weil wir die Letzten waren. Er dachte, ich sei schon lange unten."

„Er hat nichts von deinem Auto erwähnt?", fragte Blue.

„Zu dem Zeitpunkt hat er noch nichts davon gewusst."

„Wie kam es, dass du schon wusstest, was passiert war, als ich dich angerufen habe?", hakte Skye ein.

„Frank hat mich noch aus der Tiefgarage angerufen. Er wusste, dass es mein Auto war, was gerade vor seinen Augen in die Luft geflogen war."

Erschöpft lehnte sich Caya in ihrem Stuhl zurück. „Was machen wir jetzt?"

„Als Erstes begleite ich dich zur Polizei, damit du deine Aussage machen kannst, bevor die Detectives einen Aufstand machen", informierte Skye sie, bevor er sich an sein Team wandte. „Blue, finde bitte alles über den Sprengsatz heraus. Vielleicht gibt uns das einen Hinweis, wer ihn gebaut hat und Cal, du versuchst an die Videoaufnahmen der Tiefgarage zu kommen. Irgendjemand muss dieses nette Präsent schließlich am Wagen angebracht haben. Vermutlich war das bereits gestern der Fall. Hast du etwas bezüglich der Malerarbeiten in der Garage herausgefunden?"

„Ich habe den Hausmeister erreicht. Die Markierungen sollten tatsächlich erneuert werden. Allerdings erst am Nachmittag. Am frühen Morgen hatte er deshalb überall dort Schilder aufgehangen, wo die Parkplätze frei bleiben müssen. Da noch genügend Zeit war, hatte er die Garage noch nicht gecheckt, aber er hat wohl tatsächlich mit Langton darüber gesprochen, als sie sich zufällig im Gebäude begegnet sind. Er ist sich jedoch ziemlich sicher erwähnt zu haben, dass das Umparken Zeit bis nach der Mittagspause hat."

„Und unser System hat wirklich nichts über Michael Langton gefunden?" Herausfordernd starrte Skye zu Pax hinüber.

„Bisher nicht", erklärte dieser ruhig. „Aber ich werde mir seine Biografie gleich noch einmal manuell vornehmen. Wenn es etwas zu finden gibt, finde ich es."

„Ich weiß", nickte Skye. „Ash, häng dich an ihn ran und verpass ihm einen Sender. Ich will zu jedem Zeitpunkt wissen, wo Langton ist. Ich will wissen, mit wem er sich trifft, mit wem er telefoniert, worüber er spricht. Außerdem will ich wissen, was er isst, was er trinkt, welche Farbe seine Unterhose hat."

„Und wenn seine Strümpfe Löcher haben, soll ich dir den Durchmesser sagen können." Ash grinste über beide Ohren. „Ich denke, ich habe dich verstanden."

„Genau das", grinste Skye zurück. Er wusste, er hatte es ein wenig zu weit getrieben, doch wenn es um Caya ging, schien er sich nicht zurückhalten zu können. Und was Michael Langton betraf, so war er sich sicher, dass der Mann etwas zu verbergen hatte.

Cayas Handy klingelte in die kurze Stille, die sich gerade über den Tisch gesenkt hatte. Fragend sah Skye sie an. „Es ist Marc", erklärte sie.

„Dein Ex-Verlobter?", wunderte sich Blue und warf Skye einen misstrauischen Blick zu.

„Geh ran, aber stell das Gespräch auf laut", bat Skye, ohne sich eine Emotion anmerken zu lassen.

„Hallo, Marc", grüßte Caya und hörte einen Moment in die stumme Leitung, bevor sie ihn noch einmal rief. „Marc? Hörst du mich?"

„Ja, ja. Entschuldige. Ich war nur gerade in Gedanken", räusperte sich der Mann hastig. „Ich habe nicht gedacht, dass du so schnell abhebst. Normalerweise dauert es immer, bis du dein Telefon in deiner Tasche gefunden hast. Wie geht es dir? Ich habe gehört, was mit deinem Wagen passiert ist und bin schier verrückt geworden vor Sorgen um dich. Ich dachte, du seist tot."

„Nein, es geht mir gut."

„Gott sei Dank. Welch ein Glück. Caya. Aber wer weiß, wie lange diese Glückssträhne noch anhält. Du musst den Giribaldi-Fall abgeben. Es ist zu gefährlich."

„Ich werde den Fall nicht abgeben, Marc."

„Dann brauchst du einen Begleitschutz. Einen Bodyguard. Lass mich ein paar Kontakte aktivieren. Du brauchst einen Profi. Jemanden, der in Giribaldis Liga spielt."

„Marc, ich weiß es zu schätzen, dass du dir Sorgen machst, aber ich bin diesbezüglich bestens versorgt."

Einen Moment schwieg Jordan und Caya wollte das Gespräch gerade beenden, als der Anwalt verächtlich ausstieß: „Du redest hoffentlich nicht von diesem testosteronschwangeren Loser, den du gestern in deinem Büro bei dir hattest?“

Unwillkürlich mussten alle Jungs am Tisch grinsen. Selbst Skye kniff fest die Lippen zusammen, um nicht laut los zu prusten.

„Das geht zu weit Marc. Außerdem geht dich das gar nichts an.“

„Ich mache mir Sorgen um dich, Caya. Schließlich sind mir eure Blicke nicht entgangen. Glaube mir, du bist viel zu naiv in dieser Hinsicht. Er ist zu dominant für dich. Er wird dich zerstören. Vorausgesetzt du lebst lange genug dafür, denn Giribaldi spielt nicht nur eine, sondern gleich drei Ligen zu hoch für diesen Kerl.“

„Marc!“, versuchte Caya ihn zu unterbrechen. Dieses Gespräch war an sich schon unangenehm genug, mit zehn weiteren Ohren jedoch war es schlichtweg beschämend. Wie hatte sie diesen Mann jemals heiraten wollen können? Doch Marc Jordan ließ sich nicht bremsen.

„Wo ist der Typ übrigens jetzt, Caya? Du solltest nach einem solch traumatischen Erlebnis nicht alleine sein. Doch er ist nicht da, richtig? Wenn es im Leben wirklich darauf ankommt zu einem anderen Menschen zu stehen und für ihn da zu sein, dann sind diese Kerle immer ganz schnell weg. Ich kenne diesen Typ Mann.“

Sich über das Telefon in Cayas Hand beugend, mischte sich Skye nun in das Gespräch ein. Was er gehört hatte, reichte ihm.

„Der Typ ist direkt an ihrer Seite, Marc”, klärte er Jordan kalt auf. „Sie sehen also, Ihre Sorgen sind völlig unberechtigt. Im Übrigen geht es Sie nichts an, mit wem Caya ihre Freizeit verbringt. Das Recht darauf haben Sie, wenn Sie es jemals hatten, mit dem Ende Ihrer Beziehung verwirkt.“ Mit diesen Worten nahm er Caya das Handy aus der Hand und beendete das Gespräch.

„Es tut mir leid. Er hätte diese Dinge nicht sagen dürfen”, murmelte sie, doch Skye lachte nur.

„Vergiss es. Es spielt keine Rolle, was Marc Jordan über mich denkt oder sagt.“

„Er ist eifersüchtig“, gluckste Cal. „Außerdem weiß er, dass er gegen Skye keine Chance hat.“

„Wenn er nicht so ein arroganter Idiot wäre, könnte er einem fast leid tun”, äußerte sich Ash.

Kaum hatte er die Worte ausgesprochen, sah er Caya jedoch erschrocken an. „Entschuldige bitte. Das war taktlos von mir. Immerhin wart ihr mal verlobt.“

„Nein, schon gut. Ich verstehe das heute selbst nicht mehr. Meine einzige Erklärung ist, dass Marc wirklich sehr charmant sein kann. Allerdings muss ich mir im Unterbewusstsein unserer Beziehung nie ganz sicher gewesen sein, ansonsten hätte ich wahrscheinlich kaum meine Wohnung behalten."

„Sein Vater vertritt Giribaldi. Ist es ein Vorteil für ihn, wenn sein Sohn dir wieder näherkommt?", wollte Pax wissen. Doch Caya schüttelte sofort ihren Kopf.

„Nein. Wir sind alle professionell genug, um Arbeit und Privatleben auseinander zu halten. Auch als Marc und ich zusammen waren, haben wir uns zweimal als Gegner gegenübergesessen, wobei wir uns einmal außergerichtlich geeinigt haben."

„Warum vertritt jemand wie Douglas Jordan den Mafiaboss überhaupt? Ich meine, er weiß doch von vorneherein, dass der Mann verurteilt werden wird und der Fall damit für ihn verloren ist", erkundigte sich Blue interessiert.

„Nun, in erster Linie macht Douglas es für Geld", erklärte Caya. „Du kannst davon ausgehen, dass er sich seine Dienste gut bezahlen lässt. In den Kreisen, in denen die Familie Jordan lebt, ist Geld nicht einfach nur wichtig. Es ist die essentielle Basis. Darüber hinaus gibt es verschiedene Ziele, mit denen ein Anwalt in eine Verhandlung gehen kann. In diesem Fall ist Douglas' Ziel, möglichst gute Haftbedingungen für seinen Mandanten herauszuholen, denn selbst Giribaldi erwartet keinen Freispruch. Wenn Jordan das schafft, und dabei ist er auf einem guten Weg, hat er in seinen Augen nicht verloren. Darüber hinaus hat die Staatsanwaltschaft ihre Verhaftung, der Präsident seine Öffentlichkeitskampagne für verschärftere Drogengesetze und alle sind glücklich."

„Also können wir Jordan von unserer Verdächtigenliste streichen", schlussfolgerte Cal.

„Den Vater", schränkte Skye ein und ergänzte nach einem Blick auf Pax: „Habt ihr gehört, wie erstaunt Marc Jordan gewesen ist, Cayas Stimme am Telefon zu hören, obwohl er sie angerufen hat?"

„Skye hat recht", gab Blue zu. „Das war merkwürdig und seine Begründung klang auch ein wenig fadenscheinig."

Ergeben seufzte Pax. „In Ordnung. Wir werden weiterhin nach einem Motiv Ausschau halten."

„Wie haben eigentlich Marcs Eltern auf eure Trennung reagiert?“, wollte Skye wissen.

„Sie haben sie bedauert, aber akzeptiert. Sie haben sich im Grunde nie in unsere Beziehung eingemischt. Joanne ist eine freundliche Frau, die sich ihrem Mann völlig unterordnet und Jordan ist ein ziemlicher Egozentriker, der schaut, das sich alles um ihn dreht. Damit ist er so beschäftigt, dass er für alles andere keine Zeit mehr hat. Mich hat er immer respektvoll behandelt, egal ob wir uns privat am Abend oder tagsüber beruflich begegnet sind.“

„Okay!“, beendete Skye die Diskussion an dieser Stelle. „Ich denke, wir haben alle erst einmal genug zu tun. Ich werde mit Caya bei der Polizei vorbeifahren, sodass die Jungs dort ihr Protokoll schreiben können, bevor sie eine Suchmeldung nach ihr rausgeben. Anschließend fahren wir bei Dennis Richard vorbei.“

Herausfordernd sah er in die Runde, doch keiner im Team sagte etwas dazu. Zufrieden erhob sich Skye und reichte Caya die Hand, um ihr aufzuhelfen.

„Wo willst du heute Nacht bleiben, Skye? Willst du zurück in das Haus von gestern?“, erkundigte sich Pax.

Einen kurzen Moment lang war Skye versucht zu sagen, dass er mit Caya die Nacht in ihrer Zentrale verbringen würde. Schließlich hatten sie oben drei Schlafzimmer und zwei Bäder eingerichtet. Abgesehen davon, dass es hier um ein Vielfaches gemütlicher war als in dem Sicherheitshaus, würde auch mindestens Pax die Nacht in der Nähe seiner Rechenserver verbringen und die Anwesenheit von mindestens einer weiteren Person würde ihn davon abhalten, mit Caya die Dinge zu tun, nach denen sich sein Körper verzehrte.
Doch dann erinnerte er sich an Cayas Albträume. Niemals würde Caya hier schlafen, wenn sie nicht alleine waren und Skye wusste, dass er ihr keine weitere schlaflose Nacht zumuten würde. Das Einzige, was zählte, war Cayas Wohlbefinden. Daher schluckte er und nickte.

„Ich denke, das wäre am besten. Wenn du das arrangieren könntest, wäre ich dir dankbar.“

„Das mache ich. Kein Problem.“

KAPITEL 13

In sicherem Abstand folgte Ash Michael Langton durch die Stadt. Er hatte die Zeit, in der Langton mit einem Kollegen in einem Café gesessen hatte, genutzt, um einen kleinen Peilsender am Wagen des Staatsanwaltes anzubringen. Dadurch konnte er nun relativ gelassen durch den dichten Feierabendverkehr fahren, ohne Sorge haben zu müssen, den Mann zu verlieren. Er war jedoch gespannt, wo Langton hinfuhr.

Soweit Ash wusste, hatte Cayas Kollege keinen weiteren geschäftlichen Termin mehr und sein Haus lag definitiv in der anderen Richtung. Ash staunte allerdings nicht schlecht, als Langton zehn Minuten später seinen Wagen auf der K-Street abstellte und in einem dunklen Club verschwand.

‚House of Dolls', Puppenhaus, stand in verblassten Farben auf einem großen Schild über dem Eingang. Kurzentschlossen parkte Ash einige Meter weiter und lief dann den kurzen Weg zurück. Mit einer Hand schob er den dicken schwarzen Vorhang beiseite und stand in einem kleinen Zwischenraum, in dem er von einer halbnackten Blondine begrüßt wurde. Sie trug nichts außer einem bauchfreien pinkfarbenen Paillettentop, die dazu passenden Hotpants und hohe Plateaustiefel.

„Hallo, Süßer", grüßte sie mit einer erotischen Stimme, während sie ihren Blick anerkennend über Ashs Körper gleiten ließ. „Bist du neu in der Stadt?"

„Auf der Durchreise", bekannte Ash. „Ich habe gehört, hier gibt's die schönsten Mädchen. Offensichtlich hat mein Bekannter nicht zu viel versprochen."

Ein breites Lächeln erschien auf dem Gesicht der Frau, während sie näher trat und ihr enges Top über ihrem üppigen Busen zur Seite schob. „Das macht zehn Dollar, Süßer."

„Im Ernst?"

„Zehn Dollar bis neunzehn Uhr. Danach zwanzig."

Gelassen zog Ash einen Zehn-Dollar-Schein aus seiner Hosentasche und ließ ihn mit einem breiten Grinsen in den Ausschnitt der Blondine gleiten.

„Viel Spaß!“

„Ich bin sicher, den werde ich haben”, entgegnete Ash und trat durch den zweiten Vorhang in den schummrigen Clubraum.

Ungefähr zehn bis zwölf Holztische mit jeweils vier Stühlen standen in dem Raum, der von lauter Elektropopmusik erfüllt war. Vier große Sofaecken waren an den zwei Seiten in die Wand eingelassen, an einer dritten war die Bar positioniert. Dominiert wurde der Raum jedoch von der runden Bühne, die in der Mitte aufgebaut war. Eine vollschlanke Rothaarige tanzte an der in der Mitte angebrachten Stange.

Ashs Blick blieb drei Sekunden an der Frau hängen, bevor er weiterzog. Er kannte Pole- und Lapdancebars sowohl von Junggesellenabschiedsfeiern als auch aus seiner Sealzeit, aber sie waren nie sein Ding gewesen. Er verstand einfach nicht, was ein Mann daran fand, wenn eine Frau halbnackt vor einer Horde anderer geiler Typen ihre Hüften schwang.

Offensichtlich war Langton anderer Meinung. Ansonsten würde er kaum öfter herkommen und die Art, wie ihn die Mädchen begrüßten, ließ keinen Zweifel daran, dass er ein Stammkunde war.

Lediglich drei Tische waren besetzt und so konnte Ash einen Platz wählen, von dem aus er Langton im Blick hatte, während es für alle anderen so aussah, als ob er die Tänzerin beobachtete.

Angespannt saß der Staatsanwalt mit einem Whisky in der Hand an der Theke. Seine Augen folgten dem Tanz an der Stange, doch es fehlte ihnen das leuchtende Glänzen, das sich im Blick der anderen Gäste fand.

Vielleicht steht er nicht auf runde Kurven, überlegte Ash. *Oder auf Rothaarige.*

„Hey, Süßer, ich bin Cherry. Soll ich für dich tanzen?“, trat plötzlich eine weitere Blondine vor Ash.

Seiner Schätzung nach war sie höchstens zwanzig. Ihre Figur war perfekt, doch abgesehen davon, dass er zum Arbeiten hier war und sich keine Ablenkung leisten konnte, regte sich auch sonst nichts in ihm. „Danke, aber ich schau lieber aus der Ferne zu.“

Ihr Blick zeigte Ash deutlich, was sie davon hielt, doch ihr Ton blieb weiterhin verführerisch. „Wenn du es dir anders überlegst, gib’ mir Bescheid.“

„Das mache ich, Schätzchen”, versprach Ash. „Bringst du mir einen Gin Tonic und ein Wasser?“

„Sicher. Mit Eis und Zitrone?“

„Mit allem”, nickte Ash und steckte der Kleinen eine Fünf-Dollar-Note in den Bund ihrer schwarzen Hotpants.

Sofort strahlte sie ihn wieder an. „Bin gleich zurück.“

Ash nickte und folgte ihr mit den Augen zur Bar, wo sich gerade ein Mann zu Langton setzte. Er trug einen hellgrauen Anzug mit einem weißen Hemd ohne Krawatte. Bei den Lichtverhältnissen fiel es Ash über die räumliche Distanz schwer, das Alter des Mannes zu schätzen. Doch er vermutete, dass er Ende dreißig, Anfang vierzig war.

Das Gespräch der beiden Männer war für Langton offensichtlich nicht angenehm, denn er begann zu schwitzen und seine Hände gestikulierten wild. Schließlich zog er aus der Innentasche seines Sakkos einen Briefumschlag, den er dem Mann reichte. Dieser sah hinein und schüttelte dann seinen Kopf.

„Hier. Dein Drink”, kehrte die Blonde zu Ash zurück. „Zahlst du gleich oder später?“

„Gleich”, entschied Ash und steckte ihr eine weitere großzügige Geldnote zu. „Kann man eine von euch auch für mehr buchen?“

„Die eine oder andere”, gab das Mädchen vielversprechend zurück.

„Nicht jede?“

„Nein, nicht jede. Generell gilt hier drinnen: Schauen, aber nicht anfassen.“

„Verstanden. Was mache ich, wenn ich mehr als Schauen will?“

„Dann sprichst du mit dem Boss.“

„Und das ist wer?“

„Reggie. Er sitzt gerade an der Bar. Der Mann in dem grauen Anzug.“

„Danke, Cherry.“

„Kein Problem”, erwiderte das Mädchen und verschwand mit einem aufreizenden Hüftschwung.

Nun, zumindest haben wir schon einmal einen Namen, stellte Ash zufrieden fest und griff nach seinem Handy.

Während er so tat, als lese er eine gerade angekommene Nachricht, fotografierte er unauffällig Langton und Reggie an der Bar. Die beiden schienen sich noch immer nicht geeinigt zu haben. Gerade zog Reggie ein Geldbündel aus dem Umschlag, den der Staatsanwalt ihm zuvor gereicht hatte und schüttelte erneut seinen Kopf.

Interessant, fand Ash, denn das waren mit Sicherheit keine Zehner- oder Zwanzigerscheine.

Automatisch fragte er sich, welche Geschäfte Cayas Kollege mit dem Clubbesitzer tätigte. Keines der Mädchen hier konnte einen solch hohen Preis haben, wie die Menge an Geldscheinen repräsentierte. Lief im Hintergrund vielleicht noch etwas anderes?

Mit einem Mal spürte Ash einen intensiven Blick auf sich ruhen. Unwillkürlich fokussierte er die Poledancestange, dessen Tänzerin mittlerweile gewechselt hatte und sofort wusste er, dass er gefunden hatte, wonach er gesucht hatte.

Ohne dass sie auch nur versuchte ihren Blick zu tarnen, sah ihm die Frau direkt in die Augen und unvermittelt setzte Ashs Herz für einen Schlag aus. Tiefdunkelbraune Augen starrten ihn aus dem atemberaubendsten Gesicht an, das Ash je gesehen hatte.

Die Frau hatte hohe Wangenknochen, die die Frisur ihrer hochgesteckten dunklen Haare noch unterstrich sowie eine zarte und absolut gerade Nase. Ihr makelloser Körper war sonnengebräunt und wahrscheinlich mit Goldpuder bestäubt. Ansonsten hätte er niemals im Licht der Scheinwerfer derart glänzen können.

Ihr dunkelbraunes Neckholder-Kleid war rückenfrei und vorne mit hunderten von Pailletten besetzt. Passgenau schmiegte es sich an ihre Haut und folgte jeder ihrer akrobatischen Bewegungen.

Gerade zog sie sich lasziv an der Stange hinauf, um dann ihren Kopf nach unten zu bringen und ihre Beine in einer breiten Grätsche parallel zum Boden zu öffnen. Zarte, aber gleichzeitig durchtrainierte Muskeln traten durch die aufgewendete Kraft hervor. Dabei blickte sie ihm immer noch direkt in die Augen.

Niemals zuvor war Ash derart fasziniert von einem weiblichen Körper gewesen. Ganz sicher hatte er in den vergangenen Jahren seinen Teil an schönen Frauen mit perfekten Körpern gesehen und auch in seinem Bett gehabt. Niemals zuvor hatte sich für ihn jedoch Perfektion mit einer solch immensen Ausstrahlungskraft vereinigt. Zum ersten Mal spürte er die knisternde Erotik, die von dieser Performance ausging und die ihn alles um sich herum vergessen ließ.

Aus dem Augenwinkel nahm er eine Bewegung an der Bar wahr, doch er brauchte weitere drei Sekunden bis er sich von dem Anblick der faszinierenden Tänzerin lösen konnte.

Glücklicherweise sah er gerade noch, wie Langton von zwei Gorillas durch eine versteckte Tür neben der Bar hinausbegleitet wurde. Entsetzt starrte er auf die sich schließende Tür. Wo waren diese beiden Typen auf einmal hergekommen? Wie hatten sie ihm überhaupt entgehen können?

Noch einmal warf er einen Blick auf die brünette Schönheit, die in diesem Moment die Stange zwischen ihren Oberschenkeln einklemmte, ein Bein lang ausstreckte und das andere um die Stange schlang, während sie sich mit nur einer Hand hoch oben festhielt. Bewegungslos saß sie für zwei Sekunden in der Luft, bevor sie Ash in Zeitlupentempo eine Kusshand zuwarf und sich kopfüber hinabgleiten ließ.

Eine Sirene!, durchfuhr es Ash. Sie war eine Sirene. Und wenn er nicht auf der Stelle verschwand, würde sie ihn ebenso ins Verderben reißen, wie es die Fabelwesen mit den Schiffern getan hatten. Hastig stand er auf und ohne auch nur einen Schluck seines Drinks genommen zu haben, verließ er das Lokal.

Draußen blinzelte Ash zunächst zweimal, bis sich seine Augen an das immer noch helle Tageslicht gewöhnt hatten. Dann wandte er sich nach links und betrat mit dem Rücken an der Hauswand die Hofeinfahrt. Nach zwanzig Metern blieb er stehen und spähte unauffällig in den Hinterhof.

Zwischen den beiden Gorillas stand ein verzweifelter Michael Langton, dem die Angst ins Gesicht geschrieben stand. „Kommt schon, Jungs. Ich treibe das Geld auf. Versprochen!“, flehte er.

„Der Boss hat deine Frist schon einmal verlängert, Langton. Was glaubst du, was das hier ist? Eine Bank?“, erwiderte der ein Meter neunzig große Typ, der vor ihm stand.

„Nein, natürlich nicht. Ich bringe das Geld nächste Woche.“

„Das solltest du tun, Langton, ansonsten pfeifen demnächst alle Schwalben dein kleines Geheimnis von den Dächern Washingtons.“

„Wenn ich meinen Job los bin, seht ihr das Geld nie”, gab Langton aufmüpfig zurück.

„Manchmal ist ein Zeichen wichtiger als Geld”, erklärte der Gorilla kalt und nickte seinem Partner kurz zu, der daraufhin den Staatsanwalt von hinten mit beiden Armen umfasste.

Blitzschnell traf Gorillas Faust dreimal Langtons Magengegend. Sofort fing der Mann an zu husten und ging in die Knie, als die Arme seinen Körper losließen.

Mitleidig kräuselte Ash die Nase. Die Schläge hatten gesessen.

„Der Boss hat dir noch eine Woche gegeben. Wenn du klug bist, nutzt du sie, Langton." Damit verschwanden die beiden Schlägertypen im Gebäude und Ash zog sich lautlos zurück.

Der Staatsanwalt schuldete Reggie also Geld. Eine Menge Geld. Es fragte sich nur, wie viel war ‚eine Menge'? Wenn Caya etwas passieren würde und Langton ihren Job übernehmen würde, würde sein monatliches Gehalt um ein- bis zweitausend Dollar ansteigen. Zusätzlich würde er eine Einmalzahlung von fünftausend Dollar erhalten, wie Caya ihnen erklärt hatte.

Reichte Langton diese Summe, um seine Schulden zu bezahlen? Und wofür hatte er das Geld überhaupt ausgegeben? Der Mann hatte etwas von einem Geheimnis gesagt. Was hatte Langton zu verbergen? War er spielsüchtig? Drogensüchtig?

Ash gedachte, es herauszufinden. Doch zuerst würde er mit Pax telefonieren. Vielleicht konnte er vorab schon etwas über Reggie in Erfahrung bringen.

KAPITEL 14

„Glaubst du jetzt, dass Dennis nicht mehr als Freundschaft für mich empfindet?“, erkundigte sich Caya seufzend, während Skye die Auffahrt der herrschaftlichen Villa zurückfuhr und den Wagen auf die Straße lenkte.

Zwanzig Minuten hatten sie sich mit ihrem Ex in dessen neuen Zuhause unterhalten, das Luxus in reinster Form repräsentierte. Nach außen hin symbolisierte Dennis Richards Leben Erfolg und Macht.

Mit einem sanften Blick sah Skye Caya in die Augen. „Glaube mir, Sweetheart, Dennis' Gefühle dir gegenüber sind alles andere als freundschaftlich.“

Ungläubig schüttelte Caya ihren Kopf. „Hast du nicht gesehen, wie er und Clara miteinander umgehen? Sie himmeln sich an.“

„Sie himmelt ihn an”, korrigierte Skye sacht. „Aber ich bin mir sicher, dass er für sie auch wahre Gefühle hegt. Wenn er dich jedoch zurückhaben könnte, würde er Clara Warwick sofort fallen lassen. Das Problem ist nur, dass er weiß, wie sehr du die Politik hasst und seine politische Karriere ist ihm wichtiger als sein Privatleben. Daher hat er das Opfer, dich gehen zu lassen, in Kauf genommen.“

„Du glaubst also zumindest nicht, dass er hinter der Entführung und den Anschlägen steckt?“, hakte Caya mit einem Hoffnungsschimmer in der Stimme nach.

„Nein, ich denke, wir können ihn von der Liste der Verdächtigen streichen.“

Erleichtert atmete Caya auf und Skye griff nach ihrer Hand, die er kurz aufmunternd drückte, bevor er wieder beide Hände ans Lenkrad nahm.

„Ich kann mir einfach nicht vorstellen, dass einer meiner Freunde mir das antun würde”, sprach Caya leise, während sie geradeaus auf die Straße sah, ohne etwas zu sehen.

„Ich weiß, wie schwer das für dich ist, Sweetheart, und es tut mir ehrlich leid. Wenn ich eine andere Möglichkeit sehen würde, würde ich sie verfolgen, aber in meinen Augen muss es jemand aus deinem engsten Umfeld sein."

„Die Vorstellung, dass mich einer von ihnen umbringen will, finde ich schon erschreckend genug, aber mich durch diese Hölle in Kolumbien zu schicken, ist einfach entsetzlich." Mit Tränen in den Augen sah sie zu Skye hinüber, der in diesem Moment an einer roten Ampel hielt.

„Jemand muss mich wirklich hassen, um mir das anzutun und das Schlimme ist, ich habe nicht einmal eine Ahnung, was ich demjenigen so Furchtbares angetan habe."

Sanft zog Skye ihren Kopf an seine Schulter und drückte einen Kuss auf ihr Haar. „Wir finden es heraus, Caya. Ich verspreche es dir."

„Was ist mit der Polizei? Wird sie die Explosion meines Wagens nicht weiterverfolgen?", erkundigte sich Tara.

„Nein. Unser Auftraggeber hat mit Sicherheit schon einige Fäden gezogen und somit dafür gesorgt, dass die Polizei nicht mehr als die ersten Interviews führt. Alle weiteren Untersuchungen werden von einer Dienststelle übernommen, die wir lenken können."

„Beziehungen sind alles in dieser Stadt, nicht wahr?" Es klang ein wenig abfällig.

„Im Augenblick kommen sie uns zugute", stellte Skye fest, ohne preiszugeben, wie er darüber dachte.

„Warum musste ich dann überhaupt, alles zu Protokoll geben?"

„Weil wir keinen Verdacht erregen wollen. Es hätte doch sehr merkwürdig ausgesehen, wenn die Person, deren Wagen jemand in die Luft gejagt hat, nicht von den ersten Einsatzkräften befragt worden wäre", erklärte Skye geduldig.

Caya seufzte leise. „Es tut mir leid, Skye. Das war unfair. Ich weiß, dass alle ihr Bestes geben. Ich wollte einfach nur, es wäre vorbei."

„Ich weiß, Sweetheart. Ich weiß." Verständnisvoll drückte Skye ihre Hand, während die Ampel auf Grün umschaltete.

Eine Weile fuhren sie schweigend durch die Straßen Washingtons und jeder von ihnen hing seinen eigenen Gedanken nach. Schließlich erkundigte sich Skye: „Hast du schon mit deinem Vater gesprochen?"

„Ich habe ihm eine SMS geschickt. Wundersamerweise hat er mich daraufhin sogar angerufen."

„Wollte er etwas Bestimmtes?“, erkundigte sich Skye, der mittlerweile wusste, dass Cayas Vater niemals ohne Grund anrief.

„Er hat mich gebeten, den Giribaldi-Fall abzugeben.“

Überrascht zog Skye die Augenbrauen in die Höhe. „Wow! Vielleicht hast du ihm doch Unrecht getan und er macht sich mehr Sorgen um dich, als er dich bis jetzt hat spüren lassen.“

„Vielleicht”, erwiderte Caya gedankenverloren.

„Hast du dir einmal überlegt, dass er vielleicht einfach nur versucht, dich deinen Weg gehen zu lassen?“

Verwundert sah Caya ihn an, während Skye ergänzte: „Ich will nicht sagen, dass es die richtige Art und Weise ist und auch ganz sicher nicht, dass ich seine Erziehungsmethoden oder seinen Umgang gut finde. Aber vielleicht hat er oft aus Unsicherheit gehandelt. Immerhin war er ein alleinerziehender Vater und ich kann mir nicht vorstellen, dass er sich in der aktuellen Situation keine Sorgen um dich macht.“

„Hm”, sinnierte Caya unbestimmt und seufzte schließlich. „Es wäre schön, wenn er das dann auch einmal sagen würde.“

„Männern fällt es häufig schwerer als Frauen, ihre Gefühle in Worten auszudrücken.“

„Tatsächlich?“, gab Caya aufgebracht zurück und ihre Augen blitzten herausfordernd. „Und warum sollte das der Fall sein?“

Verwirrt sah Skye zu ihr hinüber. Was wollte sie hören? Es war eine bekannte Tatsache.

„Rein wissenschaftlich gibt es keinen Grund, warum ein Mann nicht ebenso gut sagen kann, was er empfindet, wie eine Frau. Eure phonetischen Fähigkeiten unterscheiden sich schließlich in Nichts von den unseren”, führte Caya aufgebracht aus.

„Du weißt, dass sich dies nicht auf die Mundmotorik bezieht”, argumentierte Skye und hielt in diesem Moment vor dem Schutzhaus, in dem sie auch die kommende Nacht verbringen würden.

„Nein, das tut es nicht. Es ist Angst, die euch davon abhält. Gefühle machen verwundbar und offensichtlich ist es für euch Männer in Ordnung, wenn wir Frauen uns verletzlich machen. Dann könnt ihr die großen Beschützer spielen. Doch wie war das noch heute Nacht? Was hast du über Menschlichkeit, Stärken und Schwächen gesagt? Würde demnach nicht wahre Stärke darin bestehen, seine Schwäche für den Menschen, den man liebt, zuzugeben?“

„Hey! Ich habe weder behauptet, dass ich damit ein Problem habe, noch dass ich es richtig finde, wenn andere Männer ihre Gefühle nicht äußern", verteidigte sich Skye. „Ich habe lediglich versucht eine Erklärung dafür zu finden, warum dein Vater dir nicht häufig sagt, dass er dich liebt."

„Er sagt es mir nicht nur ‚nicht häufig', Skye. Er sagt es mir nie!", erklärte Caya, wobei sie ihn mit einer traurigen Sehnsucht in den Augen ansah. „Und er zeigt es auch nicht." Hastig wandte sie sich um und öffnete die Tür, um auszusteigen. Sie wollte nicht, dass Skye sah, wie sehr sie sich nach ein paar persönlichen Worten ihres Vaters sehnte.

Bereits als Kind hatte sie gelernt, dieses Bedürfnis zu verdrängen und ihm keinerlei Bedeutung beizumessen. Seit sie jedoch aus Kolumbien zurück war, fiel ihr dies mit einem Mal entsetzlich schwer und das ärgerte sie.

„Warte!", hielt Skye sie in ihrer Bewegung auf und drehte sie an ihren Schultern zu ihm zurück. Fest sah er ihr in die Augen. „Du bist nicht allein, Caya, und du brauchst deinen Vater nicht. Ich bin hier, und ich werde verhindern, dass dir etwas passiert."

„Weil es dein Job ist."

„Nein", schüttelte Skye bedächtig seinen Kopf. „Selbst wenn wir keinen offiziellen Auftrag für deinen Schutz bekommen hätten, wäre ich hier. Du bist mir wichtig, Caya. Du, ganz allein."

Ein wenig unsicher lächelte er sie an. „Du faszinierst mich mit deiner Art und mit deiner Ausstrahlung. Wenn du mir in die Augen siehst, beginnt mein Herz schneller zu schlagen und meine Knie werden weich. Deine Stimme lässt Flugzeuge in meinem Bauch fliegen und allein der Anblick deines Körpers bringt mich um den Verstand. Du bist die erste Frau in meinem Leben, die mich auf allen Ebenen anspricht und ich möchte, dass du weißt, dass du für mich etwas ganz Besonderes bist."

Er konnte sehen, wie das Glänzen in Cayas Augen zurückkehrte und Skye wusste, dass er die richtigen Worte gefunden hatte. Es hatte ihm fast das Herz gebrochen, als er gehört hatte, dass ihr Vater ihr nie gesagt hatte, dass er sie liebte. Dafür gab es in seinen Augen keine Entschuldigung. Am liebsten hätte er die drei bedeutungsvollsten Worte der Welt in diesem Moment zu Caya gesagt, doch das wäre falsch gewesen.

Es waren keine Worte, die man leichtfertig sprach und auch wenn Skye bereits ahnte, dass sich seine Gefühle für Caya in

Richtung Liebe entwickelten, so wusste er doch, dass er zunächst noch einiges an Emotionen für sich selbst sortieren musste, bevor er mit ihr darüber sprechen konnte.

Er hatte ihr allerdings sagen können, welche Bedeutung sie für ihn hatte. Auch wenn er damit ein großes Risiko eingegangen war, denn er hatte keine Ahnung, wie viel ihrer Zuneigung ihm gegenüber wahren Gefühlen entsprach und wie viel davon lediglich auf die Umstände zurückzuführen war, die sie zusammengeführt hatten.

Doch er hatte Caya zeigen wollen, dass er sich nicht fürchtete zu seiner Zuneigung zu stehen. Er war anders als ihr Vater.

Angestrengt schluckte Caya vor Rührung. Dann beugte sie sich vor und küsste Skye auf die Wange. „Danke. Das war süß von dir!"

Süß? Entsetzt starrte er sie an. Er legte ihr sein halbes Herz zu Füßen und ‚Süß' war die beste Antwort, die ihr einfiel? Schmerzhaft zog sich Skyes Brustkorb zusammen, doch dann bemühte er sich um ein leichtes Lächeln. Schließlich war es ihr gutes Recht zu antworten, was sie empfand und nicht das, was er hören wollte. Und wenn ‚Süß' die netteste Art war, die ihr auf die Schnelle eingefallen war, um ihn nicht zu verletzen, weil sie nicht im Ansatz das Gleiche für ihn empfand, so musste er das akzeptieren.

„Du bedeutest mir auch sehr viel, Skye", riss ihn Cayas leise Stimme plötzlich aus seinen Gedanken.

Überrascht sah er auf und blickte in ein Paar unsichere, tiefgrüne Augen, deren Ausdruck er zum ersten Mal sah. Dabei hatte er in der Vergangenheit bereits viele Emotionen sich in ihren Pupillen spiegeln gesehen.

Er kannte sie verlegen, verärgert, wütend, selbstsicher und der Situation trotzend. Aber er kannte sie auch in Panik und unter Schmerzen. Noch nie hatte er allerdings diese Form emotionaler Verletzlichkeit in Cayas Augen gesehen und mit einem Mal wusste Skye, dass Caya ihm die gleichen Gefühle entgegenbrachte wie er ihr. Er sah, wie schwer es ihr fiel, dies zuzugeben, denn offensichtlich hatte sie ebendies nie gelernt.

Tief sah Skye ihr in die Augen, während er eine Hand an Cayas Wange legte und sie langsam durch ihr Haar zu ihrem Hinterkopf führte. Dann beugte er sich vor und küsste sie zart. Sofort meldeten seine Sinne eine Flut an Informationen.

Seine Nase atmete ihr Zitronenkokosshampoo ein, seine Fingerspitzen fühlten die samtweichen Haare und von seinen

Lippen ging gleich eine ganze Explosion aus. Als seine Ohren ebenfalls nur noch ein Rauschen wiedergaben, schloss Skye ergeben die Augen. Er zog Caya noch ein wenig näher zu sich heran und intensivierte den Kuss.

Bereitwillig öffnete sie ihre Lippen und Skye zögerte keine Sekunde, die Einladung anzunehmen.

Heftig schlug sein Herz und der Druck in seiner Lendengegend erhöhte sich. Verzweifelt über die Entfernung, die immer noch zwischen ihren beiden Körpern lag, beugte er sich ihr weiter über die Mittelkonsole entgegen. Es spielte keine Rolle, wie unbequem die Haltung in diesem Moment war. Er wollte einfach nur noch mehr von Caya fühlen. Leidenschaftlich legte er seinen anderen Arm um ihre Hüfte und presste ihren Busen an seine Brust.

Oh, das war gut, durchfuhr es ihn, allerdings nur, um im gleichen Moment festzustellen: Aber nicht gut genug. Skyes Hand glitt unter ihre Bluse und als er die darunterliegende warme zarte Haut spürte, verspürte er eine solche Lust, dass er glaubte, sie bringe ihn um den Verstand.

Zielsicher tastete er sich am Rücken zu Cayas BH nach oben, um schließlich über die Seitenteile nach vorne zu wandern. Eine kurze Sekunde ließ er seine Finger am Unterbrustband verweilen, doch als er spürte, wie Caya ihren Rücken durchdrückte, um ihm näher zu sein, nahm er ihre Brust in die Hand.

Leise stöhnte Skye, als er die wundervolle Schwere spürte und realisierte, wie perfekt sie zu ihm passte. Zärtlich strich sein Daumen über die Brustwarze, die sich ihm hart entgegenstreckte. Sein Mund küsste härter, dennoch wollten Skyes Finger die Haut direkt spüren. Vorsichtig schoben sie den dünnen Spitzenstoff zur Seite.

Bevor Skye jedoch den neuen Eindruck aufnehmen konnte, durchfuhr ihn plötzlich ein warmer Blitz. In rasender Schnelle breitete sich eine drückende Hitze in seinem Körper aus und er brauchte einen Moment, bis er begriff, dass Cayas Finger sie ausgelöst hatte, der vorsichtig über die Ausbeulung seiner Jeans streichelte. Ein Finger. Das war ... Wow! Doch er brauchte mehr! Viel mehr!

Sein Mund glitt an Cayas Hals hinunter und suchte über ihr Dekolleté einen Weg zu ihrem Busen. Er musste sie einfach schmecken. Jede Stelle ihres Körpers wollte er erkunden. Mit seinen Fingern, seiner Nase, seinen Lippen.

Als er begriff, dass sich der Stoff ihrer Bluse nicht unendlich beiseite schieben ließ, nahm er notgedrungen seine Hände von ihren gerade bevorzugten Stellen und öffnete den ersten Knopf. Augenblicklich nahm sein Mund den neugewonnen Platz in Besitz und Caya seufzte genießerisch.

Skye war gerade dabei, den nächsten Knopf zu öffnen, als sein Telefon zu klingeln begann. Leise fluchend beendete er den Kuss und nahm das Gespräch an.

„Was gibt es, Pax?“, grüßte er ein wenig atemlos, während er Caya ansah, die verlegen dabei war, ihre Bluse wieder zu schließen.

Eine leichte Röte hatte ihre Wangen überzogen und Skye war in diesem Moment der festen Überzeugung, niemals ein bezaubernderes weibliches Wesen gesehen zu haben als Caya. Weder charakterlich noch äußerlich hatte sie das Geringste mit den Frauen gemein, mit denen er bisher körperliches Verlangen geteilt hatte, doch Skye wusste, dass er von Caya Aurora Campbell auch etwas völlig anderes wollte.

Harter Sex war das Letzte, wonach ihm die Lust stand, wenn er diese Frau anblickte. Vielmehr wollte er zärtliche, liebevolle und stundenlange nie-mehr-enden-wollende Liebe.

„Ash ist Langton in eine Poledancebar gefolgt, dessen Besitzer er offensichtlich eine Menge Geld schuldet. Ich habe mir daraufhin Langtons finanzielle Situation etwas genauer angesehen. Sein Konto ist bis zum Limit überzogen und auf seiner Eigentumswohnung liegt ein Hypothek, die mindestens zwanzig Prozent höher ist als der Wert der Immobilie.“

„Das ist interessant”, kommentierte Skye, während er versuchte, seine Konzentration auf Pax’ Worte zu lenken.

„Seit ungefähr eineinhalb Jahren hebt er monatlich immer größere Bargeldbeträge ab, die in den letzten Monaten sein Einkommen weit überschritten haben.“

„Weißt du, wofür er das Geld ausgibt?“

„Noch nicht. Ich bin dabei diese Bar und ihren Besitzer Reginald Sauer genauer unter die Lupe zu nehmen. Auf den ersten Blick ist es einfach eine erotische Tanzbar.“

„Aber?“

„Aber Mr Sauer führt einen ziemlich gehobenen Lebensstil. Mit einer einfachen Bar lässt sich dieser ganz bestimmt nicht finanzieren.“

„Du denkst, dass er nebenher als Kredithai auftritt?“

„Das ist eine Möglichkeit“, bestätigte Pax. „Wenn sich Langton von ihm Geld geliehen hat und jetzt seine Raten nicht mehr zahlen kann, gerät er unter Druck. Das würde zumindest erklären, warum die Summen, die er abgehoben hat, mit der Zeit auch immer höher geworden sind. Langtons offizielle Wege, an einen Kredit zu kommen, sind jedenfalls schon seit langem ausgeschöpft.“

„Okay, wir müssen wissen, wofür er das ganze Geld braucht. Wo ist Ash jetzt?“

„Er steht vor Langtons Haus. Der Kerl ist von der Bar direkt nach Hause gefahren. Ash hat gesagt, er hat ein paar harte Schläge abbekommen. Du weißt, wie diese Typen arbeiten, wenn jemand nicht pünktlich zahlt. Die verstehen an der Stelle keinen Spaß.“

„Mit anderen Worten, er ist nicht nur mental, sondern auch körperlich geschwächt”, dachte Skye laut, denn beim besten Willen konnte er sich nicht vorstellen, dass der Staatsanwalt mit körperlicher Gewaltanwendung umgehen konnte. „Fahr zu Ash und befragt den Kerl zusammen.“

„Du glaubst, dass er uns einfach so erzählt, was er mit dem Geld macht?“

„Ich denke, ihr findet einen Weg, dass er genau das tut. Ruf mich an, wenn ihr etwas in Erfahrung gebracht habt.“

„Das kann ich machen”, erklärte Pax, bevor er vorsichtig fortfuhr. „Aber vielleicht wäre es besser, wenn du an meiner Stelle zu Ash fahren würdest. Du könntest Caya vorher bei mir in der Zentrale vorbeibringen.“

„Wieso sollte ich das tun?“, gab Skye knapp zurück, während sein Gehirn sich auf einmal messerscharf konzentrierte.

„Euer Quartier hat kein Fitnessstudio, Skye, und ich glaube kaum, dass du Joggen gehst, wenn du für Cayas Sicherheit verantwortlich bist”, erwiderte Pax in ernstem Ton. Die Kurzatmigkeit seines Freundes zu Anfang des Gesprächs war ihm nicht entgangen und er hatte seine eigenen Schlüsse gezogen.

„Willst du mir sagen, wie ich meinen Job zu machen habe?“

„Wenn es sein muss, werde ich genau das tun. Sei ehrlich, Skye, und denk kurz an den Moment, bevor ich dich angerufen habe. Warst du dir zu jenem Zeitpunkt deiner Umgebung vollständig bewusst? Hättest du die kleinste Veränderung bemerkt? Hättest du überhaupt eine Veränderung bemerkt und hättest du ohne Verzögerung richtig darauf reagieren können? Wenn du auch nur eine dieser Fragen ehrlicherweise mit Nein beantworten musst, dann solltest du dich als Bodyguard für Caya austauschen, Skye. Du weißt, dass du das mit jedem von uns tun würdest, ohne auch nur einmal mit der Wimper zu zucken."

Skye schluckte und schloss die Augen. Verdammt! Pax hatte recht. Fairerweise musste er zugeben, dass er nicht nur eine Frage mit Nein beantworten müsste, sondern gleich alle vier.

Jemand hätte direkt vor seinem Auto stehen und mit einer Waffe auf Caya zielen können, ohne dass er es mitbekommen hätte, bevor es zu spät gewesen wäre. Allein der Gedanke ließ ihn auf der Stelle erschaudern.

Allerdings wollte er Cayas Sicherheit niemand anderem übertragen. Nicht einmal Pax, Ash, Cal oder Blue. Dabei wusste er, dass jeder aus seinem Team sie mit seinem Leben schützen würde. Doch keiner von den anderen hatte so viel zu verlieren wie er. Wenn Caya etwas zustoßen würde, ... nein, daran durfte er nicht einmal denken.

Allerdings wusste Skye, dass eben dies der Grund war, warum er tatsächlich besser Pax ihre Sicherheit übertragen sollte. Zumindest für die nächsten Stunden. Wenn er erst einmal etwas räumliche Distanz zu ihr hatte, würde sich sein Kopf abkühlen und er würde wieder übernehmen können.

„In Ordnung. Wir kommen vorbei", entschied er sich schließlich schweren Herzens für die vernünftige Variante.

KAPITEL 15

Appetitlos stocherte Caya in den Penne Arrabiata herum, die Pax zubereitet hatte. Das Essen war bereits fertig gewesen, als sie mit Skye in die Zentrale gekommen war und augenblicklich hatte Caya ein Hungergefühl verspürt, als sie den leckeren Duft nach Tomaten, Zwiebeln und Peperoni gerochen hatte. Doch Skye war nicht bei ihr geblieben, wovon Caya irrtümlicherweise ausgegangen war, sondern hatte sich sofort verabschiedet.

„Ich bin bald zurück", hatte er ihr erklärt, wobei er allerdings jeden Augenkontakt vermieden hatte.

Bereits im Auto hatte Caya gespürt, dass sich die Atmosphäre zwischen ihr und Skye nach Pax Anruf geändert hatte, doch sie verstand die Ursache dafür nicht. Sie hatte Skye darauf ansprechen wollen, doch er hatte während der gesamten Autofahrt über den Knopf in seinem Ohr telefoniert.

„Ist die Soße zu scharf für dich?", erkundigte sich Pax. „Es tut mir leid, wenn ich ein wenig zu viele Chilis drin habe. Ich habe vergessen, dass du es vielleicht nicht ganz so scharf magst wie die Jungs."

„Nein, die Soße ist gut. Ich bin nur nicht sehr hungrig", erklärte Caya hastig und lächelte Pax über den Tisch hinweg an. Tatsächlich war ihr Appetit mit Skyes Verabschiedung verflogen.

„Nicht hungrig? Skye sagte, ihr hättet noch nichts gegessen."

„Haben wir auch nicht. Es liegt wahrscheinlich einfach nur an der ganzen Situation."

Abschätzend musterte Pax die zarte Frau. „Die Situation, dass dir jemand nach dem Leben trachtet oder die Situation mit Skye?"

Überrascht sah Caya auf. „Bist du immer so direkt?"

„Ich habe noch nie verstanden, warum man lange um den heißen Brei herumreden soll, wenn man gleich zur Sache kommen kann. Auf diese Weise gibt es wesentlich weniger Missverständnisse."

Ohne seine Augen von ihr abzuwenden, legte Pax seine Gabel zur Seite. „Ich will ehrlich zu dir sein. Für Skye bist du mehr als ein

Auftrag und das kann sehr schnell zu einem größeren Problem werden."

„Menschen sind für dich also nur Objekte?", forderte Caya ihn heraus und etwas Gefährliches blitzte in Pax Augen auf.

Seine Stimme klang jedoch nach wie vor ruhig. „Keineswegs. Niemand von uns wäre so verrückt, sein Leben für ein Objekt zu riskieren, dass man sich jederzeit mit Geld neu besorgen kann."

Er sah, wie Caya leicht zusammenzuckte und ihre anfängliche Verärgerung in Bedauern umschlug. „Es tut mir leid, Pax. Ich habe es nicht so gemeint."

„Ich weiß", nickte er. „Aber du musst verstehen, dass wir unseren Job nicht machen könnten, wenn wir nicht in der Lage wären, die Emotionen hinter jedem Auftrag auszuschalten. Skye fällt jedoch eben dies immer schwerer und er kann nicht für deine Sicherheit garantieren, wenn du ihn ablenkst."

„Ich lenke ihn ab?" In Lichtgeschwindigkeit kehrte Cayas Ärger zurück. Das war ja wohl das Letzte. Hatte sie Skye vielleicht zuerst geküsst? Nein. Sie hatte aussteigen wollen, doch Skye hatte sie zurückgehalten. Was wusste Pax schon und vor allem, was ging es ihn überhaupt an?

„Ja, das tust du, Caya", gab Pax unbeeindruckt zurück. „Vielleicht bewusst, vielleicht unbewusst. Das weiß ich nicht. Aber ich weiß, dass es Skye zerstören würde, wenn dir etwas passiert. Etwas, das er hätte verhindern können, wenn er hundert Prozent konzentriert und nicht von privaten Emotionen abgelenkt gewesen wäre. Wenn dir also auch nur das Geringste an Skye liegt, dann lässt du ihn seinen Job machen."

Über den Tisch hinweg starrte Caya den Mann an. Was fiel Pax ein, sie zurechtzuweisen? Um sich innerlich zu beruhigen, zählte sie in Gedanken bis zehn und tatsächlich legte sich ihre Wut mit jeder nächsthöheren Zahl. Sie erkannte sogar, dass Pax recht hatte. Das Feuer zwischen ihr und Skye hatte in den letzten Tagen immer stärker gelodert und Skye hatte ihr im Grunde genommen das Gleiche ebenfalls schon gesagt.

Ihr körperliches Verlangen nach Skye war allerdings so groß geworden, dass sie im Auto alles andere vergessen hatte und sich vor Freude und Lust seinem Begehren hingegeben hatte. Sie hatte nicht mehr vernünftig sein wollen. Bereits in der Nacht war sie völlig frustriert gewesen, dass Skyes Vernunft die Oberhand behalten hatte. Dementsprechend glücklich war sie gewesen, dass dieser Damm in ihm am Nachmittag endlich gebrochen war. Nicht eine Sekunde lang hatte sie an die möglichen Konsequenzen für ihn gedacht.

„Ich werde mich von ihm fernhalten", versprach Caya schließlich, woraufhin Pax ihr kurz zunickte und seine Gabel wieder aufnahm.

Nach dem Essen räumten sie gemeinsam die Küche auf. Dann setzte sich jeder an eine Seite des großen Holztisches. Pax wollte versuchen weitere Informationen über Guttierez zu finden, während Caya Giribaldis Konten durchsah. Plötzlich sog sie scharf die Luft ein und starrte entsetzt auf den Bildschirm ihres Laptops.

Überrascht von dem Laut, sah Pax auf. „Ist alles in Ordnung?"

„Hm? Ja, ja", antwortete Caya abwehrend, während ihre Hand auf der Maus den Bildschirm hastig weiter hinunterscrollte. Als ihre Finger das nächste Mal unbeweglich liegen blieben, schüttelte sie ungläubig den Kopf. Fassungslos sah sie Pax an, dessen Augen immer noch auf ihr ruhten.

„Das kann nicht sein", murmelte sie mehr zu sich selbst, doch Pax hatte sich bereits erhoben und kam zu ihr herüber.

Über ihre Schulter blickte er auf ihren Laptop. „Was ist das? Giribaldis Kontoverbindungen?"

„Es sind seine finanziellen Transaktionen, die er von einem Geheimkonto, das auf den Namen seiner Tochter läuft, getätigt hat. Die Agenten der DEA sind zufällig darauf gestoßen und haben uns die Daten zur Verfügung gestellt."

„Was hast du Besonderes gefunden?"

„Nichts", erwiderte Caya hastig, doch dann schüttelte sie wieder den Kopf. Das konnte nicht sein. Wahrscheinlich hatte sie einfach einen Zahlendreher in ihrem Kopf. Schließlich hatte sie die Kombination lange nicht mehr gesehen. Wenn sie die Nummer verglich, würde sich alles sofort in Luft auflösen und sie würde lachen.

Allerdings glaubte Caya nicht ernsthaft an diese Variante. Sie hatte ein gutes Gedächtnis für Zahlen und sie vergaß Kombinationen niemals, vor allem nicht, wenn sie mit ihrer Mutter zusammenhingen. Blitzschnell flogen ihre Finger über die Tasten und sie öffnete eine private Datei, die den Namen ‚Finanzen' trug. Dort suchte sie ein elf Jahre altes Schreiben, in dem ihr die Bank einen Geldtransfer bestätigte. Als sie das Dokument schließlich gefunden hatte und öffnete, verlor sie auch noch den letzten Rest Farbe aus ihrem Gesicht.

„Was ist los, Caya?“, wollte Pax wissen und zog sich einen Stuhl zu ihr heran.

„Das war das Konto meiner Mutter”, informierte sie ihn leise, bevor sie wieder lauter sprach und auf die Überweisung Giribaldis deutete.

Unverständig zog Pax die Augenbrauen zusammen. „Du meinst, der Drogenboss hat deiner Mutter Geld überwiesen?“

„Nicht meiner Mutter. Sie war damals schon gestorben. Aber er hat Geld auf ihr Konto überwiesen.“

„Ist das Konto nach ihrem Tod nicht aufgelöst worden?“

„Nein. Das Geld darauf habe ich geerbt, jedoch durfte es mir erst an meinem einundzwanzigsten Geburtstag übertragen werden. Bis dahin ist das Geld auf dem Konto verblieben.“

„Wer hat das Konto in diesen Jahren verwaltet?“

„Mein Vater. Er war schließlich mein Erziehungsberechtigter und es gab keinen Vermögensverwalter. Warum auch?“

Aufmerksam besah sich Pax die beiden Dokumente, die nun parallel auf dem Bildschirm geöffnet waren. „Dein Geld wurde damals auf ein anderes Konto überwiesen, das bereits auf deinen Namen lief. Das Konto deiner Mutter wurde jedoch nicht aufgelöst. Zumindest geht das nicht aus dem Schreiben hervor. Wenn du möchtest kann ich versuchen herauszufinden, ob das Konto noch existiert und wem es gehört.“

Caya überlegte einen Moment. Dann hakte sie nach. „Das ist nicht legal, richtig?“

Bedachtsam schüttelte Pax den Kopf. „Offiziell, nein. Mit anderen Worten, was immer ich finde, kannst du nicht vor Gericht verwenden.“

Hin- und hergerissen zwischen Gesetz und schockiertem Interesse zögerte Caya. Sie wusste, dass sie als Staatsanwältin Pax’ Angebot sofort ablehnen musste, doch als persönlich Betroffene konnte sie das nicht. „Bleibt es unter uns?“, vergewisserte sie sich.

„Es bleibt im Team”, bestätigte er und daraufhin nickte Caya.

Ohne ein weiteres Wort zu verlieren, zog Pax seinen Laptop zu sich heran und begann zu arbeiten. Zehn Minuten später sah er Caya ernst an. „Das Konto verwaltet dein Vater.“

„Was macht er mit einem leeren Konto? Warum hat er es nicht aufgelöst?“, sprach sie laut aus, was sie sich augenblicklich fragte.

„Oh, ich würde nicht sagen, dass es leer ist", korrigierte Pax und drehte seinen Bildschirm zu ihr herum. „Die Bewegungen sind durchaus interessant."

Ungläubig starrte Caya auf die Zahlen. Da flossen einmal zwanzigtausend Dollar auf das Konto, dann wieder zehntausend herunter. Fünfzehntausend drauf, zwölftausend runter. Auf diese Weise waren in den letzten zehn Jahren mehr als zwei Millionen Dollar auf das Konto überwiesen worden.

„Alle Beträge kommen von IBB", flüsterte sie kreidebleich. Was um alles auf der Welt hatte ihr Vater mit einer Firma zu tun, die Giribaldi in einem Atemzug mit der Korruption der südamerikanischen Mafia nannte? Und hatte ihr Vater nicht gesagt, er kenne kein Unternehmen mit diesem Namen?

„Wer oder was ist IBB?", wollte Pax wissen.

„Giribaldi behauptet, dass alle großen Drogenkartelle jährlich Gelder an die IBB überweisen. Angeblich werden mit diesem Geld Stimmen von Kongressabgeordneten im großen Stil gekauft, um die amerikanische Drogenpolitik im Sinne der Kartelle zu lenken."

„IBB steht für Immobilienberatung. Das Unternehmen agiert weltweit mit dreihundertfünfzig Mitarbeitern. Die Zentrale sitzt in San Diego", gab Pax die Informationen weiter, die er parallel zu Cayas Ausführungen auf der IBB-Website gefunden hatte.

„Das klingt nicht nach einer Briefkastenfirma."

„Nein. Mit Sicherheit machen sie dort auch jede Menge echtes Geschäft. Das heißt jedoch nicht, dass nebenbei nicht noch andere Dinge laufen können. Im Gegenteil. Es ist sogar eine ziemlich gute Methode, Schwarzgeld von einer Seite auf die andere zu schieben."

„Vielleicht hat Giribaldi aber auch gelogen."

„Gib mir ein paar Stunden und ich finde es heraus." Fragend sah er Caya an, die dieses Mal nicht zögerte, sondern direkt nickte.

„Kann ich dir dabei helfen?"

„Ich denke, es ist besser, wenn du damit nichts zu tun hast. Auf diese Weise kannst du immer behaupten, du hättest dein Wissen von einem Informanten und wo dieser seine Kenntnisse her hat, weißt du nicht", gab Pax grinsend zurück.

KAPITEL 16

„Bist du sicher, dass Langton zu Hause ist?“, erkundigte sich Skye, während er mit Ash vor dem Apartmenthaus wartete. Sie hatten bereits zweimal geklingelt, doch noch immer öffnete ihnen niemand.

„Ganz sicher. Ich schätze, dem Kerl geht’s nicht besonders gut. Es waren zwar nur drei Schläge aber davon hat jeder gesessen”, erklärte Ash und betätigte ein weiteres Mal die Klingel.

„Ja?“, kam kurz darauf Langtons Stimme aus der Türsprechanlage.

„Smith und Thompson. Wir sind da, um Ihre Wasseruhr zu tauschen.“

„Meine Wasseruhr? Warum sollte die getauscht werden? Wissen Sie überhaupt, wie spät es ist? Es ist nach acht.“

„Glauben Sie mir, das wissen wir, Sir. Ihr Hausmeister hat jedoch gesagt, dass sie tagsüber nicht zu Hause sind, also mussten wir nochmal vorbeikommen, obwohl wir die Uhren in den anderen Wohnungen schon heute Vormittag getauscht haben.“

„Oh Mann, dann kommen Sie rauf, wenn es unbedingt sein muss”, brummte Langton unfreundlich. „Aber beeilen Sie sich.“

„Das machen wir, Sir”, grinste Ash, während er die Tür aufdrückte und Skye den Vortritt ließ. Nebeneinander liefen sie die breiten Treppen hinauf in den fünften Stock.

„Geh du vor”, forderte Skye, als sie auf dem letzten Absatz ankamen. „Ich möchte nicht, dass er mich frühzeitig erkennt, falls er in der Tür steht.“

Doch Michael Langton stand nicht in seinem Eingang. Seine Tür war nur angelehnt und so betraten Ash und Skye die Wohnung.

„Mr Langton?“, rief Ash.

„Ja. Die Wasseruhr befindet sich im Bad. Ich nehme an, Sie kennen sich ...“ *Aus,* hatte der Mann sagen wollen, der plötzlich in der Tür des Wohnzimmers auftauchte und Skye entgeistert anstarrte.

„Sie sind nicht vom Wasserwerk”, flüsterte er, wobei ihm das Entsetzen ins Gesicht geschrieben stand.

„Nein, sind wir nicht", bestätigte Ash zustimmend.

„Verschwinden Sie! Raus aus meiner Wohnung", rief der Staatsanwalt nun etwas lauter. In einer leicht nach vorne gebeugten Haltung stützte er sich mit einem Arm am Türrahmen ab, während er den anderen Arm vor seinen Bauch hielt.

„Oh, keine Sorge, Langton, wir sind gleich wieder weg", versicherte Skye hämisch. „Sobald wir haben, was wir wollen, sind Sie uns sofort los."

„Und was wollen Sie? Ich habe eine Woche Zeit, um das Geld aufzutreiben."

„Wir wollen kein Geld, Michael", stellte Skye in einem harten Ton klar. „Wir wollen Informationen."

Der Mann begann zu schwitzen, als er merkte, dass er gerade einen Fehler begangen hatte. „Vergessen Sie's! Wer sind Sie überhaupt?"

„Es spielt für Sie keine Rolle, wer ich bin."

„Weiß Caya, dass Sie hier sind? Wohl kaum. Sie würde Ihr Auftreten niemals gutheißen."

Langsam schritt Skye auf den Anwalt zu, der rückwärts zurückwich, bis er schließlich mit dem Rücken gegen ein Fenster stieß.

„Verschwinden Sie!", verlangte Langton.

„Wie ich schon sagte: Sobald wir alle Informationen haben, sind Sie uns los. Also, wofür haben Sie sich bei Reginald Sauer Geld geliehen?"

„Das geht Sie gar nichts an!"

„Sie haben auf Ihr gesamtes Eigentum einen Kredit aufgenommen. Selbst Ihr Auto haben Sie verpfändet. Trotzdem hat die Summe nicht gereicht und Sie mussten zu einem Kredithai gehen, um den Rest zu bekommen. Da frage ich mich wirklich, Langton, wofür Sie eine solche Menge Geld gebraucht haben."

„Hauen Sie ab!" Schwer atmend stand der Mann mit einer grauen Gesichtsfarbe vor ihnen.

„Schläge in Magen und Milz sind schmerzhaft, nicht wahr, Langton?", mischte sich Ash in einem mitfühlenden Ton ein.

Sofort weiteten sich die Augen des Anwalts panisch. „Was wollen Sie damit s...sagen?", stotterte er.

„Nichts. Nur, dass ich weiß, wie Sie sich fühlen", gab Ash unschuldig zurück, wobei er seine Oberarmmuskeln spielen ließ.

„Ich sage Ihnen, wofür Sie das Geld gebraucht haben", übernahm Skye wieder die Führung des Gesprächs. „Es passt Ihnen nicht, dass Sie unter Caya arbeiten müssen. Sie haben es satt, Ihr zuarbeiten zu müssen und nicht selbst die Richtung angeben zu können, wie ein Fall bearbeitet wird."

„Das ist Unsinn! Caya ist eine hervorragende Staatsanwältin."

„Aber Sie wären noch besser, nicht wahr?"

Bestätigung für diese Worte blitzte in Langtons Augen auf, und Skye verzog seinen Mund zu einem wissenden Lächeln. „Sie hassen es, unter ihr zu arbeiten", stellte er fest.

„Das ist nicht wahr!", widersprach Langton, doch seiner Stimme fehlte jede Überzeugungskraft.

„Ich sage Ihnen, was wahr ist. Als Caya den Fall Giribaldi übernommen hat, haben Sie Ihre Chance gewittert. Sie haben Guttierez engagiert und ihn beauftragt, sie nach Kolumbien zu bringen und es aussehen zu lassen, als wolle jemand den Drogenboss freipressen. Dabei war es niemals Ihre Absicht gewesen, dass Caya noch einmal lebend zurückkehrt, denn Sie wussten, wenn Caya etwas zustößt, würden Sie Ihre Position übernehmen."

„Sie sind verrückt!", stieß Langton entgeistert hervor.

„Guttierez hat dafür jedoch eine Menge Geld verlangt. Mehr als Sie auftreiben konnten. Daher mussten Sie zu Sauer gehen, nachdem Ihnen die Sicherheiten ausgegangen waren. Außerdem mussten Sie vermeiden, dass jemand fragt, wozu Sie das Geld brauchten, denn Sie hätten schließlich kaum sagen können, dass Sie Ihren Boss um die Ecke bringen wollen."

Skyes Stimme wurde mit jedem Wort härter und seine Muskeln spannten sich immer mehr an. Es kostete ihn einiges an Mühe, ruhig zu bleiben und Langton nicht seine Faust ins Gesicht zu schlagen. Allein die Erinnerung an die Hölle, durch die Caya in Südamerika gegangen war, verursachte eine brennende Wut in ihm.

„Sie s...sind völlig ir...re", stotterte Langton. „Ich ken...ne nicht einmal einen Guttierez."

„Natürlich nicht. Der Name ist auch nicht echt. Es ist allerdings nur eine Frage der Zeit bis wir die wahre Identität des Mannes herausgefunden haben und dann, Langton, dann finden wir auch die Verbindung von ihm zu Ihnen."

„W...wer sind Sie?"

„Wir gehören zu dem Team, das Miss Campbell aus Kolumbien zurückgebracht hat und wenn Sie wollen, dass wir beim Richter ein gutes Wort für Sie einlegen, dann sollten Sie besser anfangen zu reden. Sie wissen, Staatsanwälte leben im Gefängnis nicht besser als verurteilte Polizisten. Also, wer ist Felipe Guttierez?“

„Ich kenne keinen Guttierez. Wie oft muss ich Ihnen das noch sagen? Ich habe nichts mit Cayas Entführung zu tun. Ich gebe zu, ich würde gerne mein eigenes Referat leiten, aber deswegen bringe ich doch niemanden um.“

„Wofür schulden Sie Sauer dann das Geld?“, mischte sich Ash wieder ein.

„Das geht Sie nichts an. Es ist privat.“

„Privat war es bis Miss Campbell entführt wurde”, gab Ash kalt zurück und öffnete die Schulblade einer Holzkommode.

„Hey, was fällt Ihnen ein?“, begehrte Langton auf und wollte hinüberstürzen, doch Skye stellte sich ihm in den Weg.

„Haben Sie etwa ein Problem damit, dass wir uns ein wenig in Ihrer Wohnung umsehen?“

„Allerdings. Dafür brauchen Sie einen Durchsuchungsbeschluss und wenn Sie diesen nicht haben, dann scheren Sie sich zum Teufel”, funkelten seine Augen Skye wütend an, bevor er sich zu Ash umdrehte. „Hören Sie sofort damit auf, in meinen Sachen zu wühlen.“

„Mit der Einschätzung der Situation liegen Sie leider völlig daneben, Michael”, entgegnete Skye in einem freundlichen Ton, der von einem falschen Lächeln begleitet wurde. „Offizielle Untersuchungen benötigen offizielle Dokumente. So weit stimme ich mit Ihnen überein. Doch das hier ist ein privater Besuch unter Freunden.“

Wütend schnellte Langtons Faust auf Skyes Gesicht zu, doch der Elitekämpfer reagierte sofort.

Abwehrend hob er einen Arm in den Weg und als Langtons Faust auf Skyes Handfläche prallte, griffen seine Finger zu. Blitzschnell drehte er den Arm des Anwalts auf dessen Rücken und drückte ihn an der Schulter nach unten.

„Aaah!“, schrie Langton laut auf und sackte stöhnend auf dem Boden zusammen. Schwer atmend saß er mit dem Kopf auf den Knien auf seinen Schienbeinen.

„Sind Sie verrückt? Sie haben mir den Arm ausgekugelt”, behauptete er nach einigen Sekunden, als er wieder Luft bekam.

„Wenn er Ihnen den Arm ausgekugelt hätte, wären Sie jetzt wahrscheinlich ohnmächtig vor Schmerzen, Sie Weichei", erklärte Ash unbeeindruckt, während er die rechte Schranktür des Sideboards öffnete.

„Nette Filmsammlung. Ich hätte Ihnen einen solchen Horrorgeschmack gar nicht zugetraut", stellte er mit einem Blick auf die Titel fest. „Shining, Lost Highway, Sleepy Hollow."

Wütend starrte Langton den Mann von seiner Position aus an. Erst als Ash die Schranktür wieder schloss und sich der Tür links von den Schubladen zuwandte, atmete er langsam aus und richtete vorsichtig seinen Oberkörper auf.

Nachdenklich betrachtete Skye den Mann, dann sah er hinüber zu der Kommode, wo Ash den Blick auf weitere DVDs freigab. Ein Blick zurück auf den Anwalt zeigte ihm, dass dieser im Moment ausschließlich mit sich und seinen Schmerzen beschäftigt war.

„Ash, sieh noch mal auf der anderen Seite nach", bat er schließlich und registrierte, wie Langtons Kopf zu ihm nach oben schnellte. Unter Stöhnen stand der Mann jedoch plötzlich auf den Beinen.

„Jetzt reicht es. Verschwinden Sie endlich!", forderte er ungehalten, doch Skye ignorierte ihn.

„Du meinst, hier drüben ist mehr als eine DVD-Sammlung?", fragte Ash, während er bereits dabei war, die Filme auszuräumen.

„Wäre möglich. Schau, ob der Schrank einen doppelten Boden hat", schlug Skye vor.

Langton ist definitiv angespannt gewesen, als Ash den Schrank zum ersten Mal geöffnet hat, ging Skye die Reaktion des Mannes noch einmal in Gedanken durch. Im Grunde war ihm nur die Erleichterung aufgefallen, als Ash seine Aufmerksamkeit auf die andere Kommodenseite gelenkt hatte, doch erleichtert konnte nur jemand sein, der vorher unter Strom gestanden hatte.

„Nichts", stellte Ash fest, nachdem er das Holz auf allen Seiten abgeklopft hatte.

Erneut betrachtete Skye den Anwalt, auf dessen Stirn sich abermals deutliche Schweißtropfen gebildet hatten. Etwas an diesem Schrank brachte den Mann zum Schwitzen. Nur was? „Was ist in den DVDs?"

Neugierig öffnete Ash eine Verpackung und anschließend noch eine und noch eine.

„DVDs", bekannte er schließlich frustriert.

„Öffne sie alle“, verlangte Skye, während er Langton im Blick behielt.

Nacheinander klickte Ash die Verpackungen auf und legte sie auf den Boden. Bei der ungefähr zwanzigsten DVD hakte jedoch plötzlich der Verschluss und Ash benötigte etwas mehr Kraft, um das Plastik auseinanderzudrücken. Als es schließlich aufsprang, fiel die innenliegende DVD auf den Boden.

Überrascht sah Ash auf den Datenträger hinunter und anschließend auf einen DVD-Rohling, der sich noch immer in der Verpackung befand. Offensichtlich war dieser unter dem Originalfilm versteckt gewesen.

Langtons Pupillen weiteten sich vor Schreck.

„Tim?“ Fragend hielt Ash den Rohling nach oben, sodass auch Skye die Schrift auf dem Rohling lesen konnte.

„Es ist eine Kopie des Films”, unternahm Michael Langton den Versuch einer Erklärung. „Ich tausche mit Freunden öfter mal DVDs. Keiner von uns gibt dabei jedoch den Originalfilm aus der Hand.“

Mit hochgezogenen Augenbrauen tauschte Skye einen Blick mit Ash. Dealte der Anwalt nebenbei etwa mit illegalen Raubkopien? Das wäre zwar möglich, aber dafür würde er kaum so viel Geld benötigen. Vielmehr würde er damit Geld einnehmen. Es sei denn, jemand erpresste ihn mit dem Wissen.

„In Scream 4 gibt es keinen Tim. Ich kenne den Film”, äußerte Ash nachdenklich und nahm eine andere DVD in die Hand.

„Luis”, las er vor, nachdem er die Originaldisk herausgenommen hatte. Auch unter den meisten anderen Horrorfilmen fand sich eine zweite DVD. „Sean. Gael. Tom. Was bedeuten die Namen?“

„Sie haben kein Recht ...”, begann der Anwalt.

„Seien Sie still, Langton”, unterbrach ihn Skye brüsk, bevor er sich an Ash wandte. „Steck die DVD in den Spieler.“

Langtons Mundwinkel zuckten und Skye sah ein kurzes Leuchten in den Augen des Mannes aufflackern. Noch bevor Ash den Fernseher zum Laufen gebracht hatte, wusste Skye, dass sie nichts sehen würden und tatsächlich erschien auf dem Bildschirm kurz darauf die Information: Diese DVD ist nicht lesbar.

„Wo ist Ihr Computer?“, verlangte Skye zu wissen.

„In der Küche”, gab Langton bereitwillig Auskunft.

Zielstrebig ging Skye in die angegebene Richtung und kehrte kurz darauf mit einem Laptop zurück. Doch auch dieser vermeldete lediglich die Nichtlesbarkeit des digitalen Mediums.

„Wir nehmen die Filme mit", erklärte Skye schließlich.

„Das dürfen Sie nicht!", widersprach Langton vehement, doch Skye lächelte nur süffisant.

„Versuchen Sie mich daran zu hindern."

Einen Moment starrten sich die beiden Männer feindselig an. Dann unterbrach Skyes Handy die Stille der Wohnung.

„Was gibt es?", meldete sich Skye.

„Ich habe endlich die Videos aus der Tiefgarage erhalten", fiel Pax am anderen Ende der Leitung mit der Tür ins Haus.

„Sehr gut. Ist was Interessantes darauf zu sehen?"

„Das kann man so sagen. Man sieht einen schwarz gekleideten Mann, der gestern Nachmittag gegen halb drei unter Cayas Auto kriecht. Drei Minuten später taucht er wieder auf und verschwindet im Schatten der Kamera. Leider haben wir keine einzige Aufnahme seines Gesichts."

„Du kannst ihn also nicht identifizieren", schlussfolgerte Skye seufzend.

„Nicht eindeutig, nein. Allerdings habe ich den Computer einen Abgleich mit allen Aufnahmen von Guttierez machen lassen und mit einer Wahrscheinlichkeit von zweiundneunzig Prozent stimmen die Personen überein."

„Guttierez ist also in den USA."

„Sieht ganz danach aus. Das ist allerdings noch nicht alles", bekannte Pax. „Interessanterweise hat, kurz bevor unser schwarzer Mann die Bühne betritt, ein dunkler Camaro schräg hinter Cayas Wagen geparkt. Du weißt, wer einen solchen Wagen fährt, richtig?"

„Michael Langton", antwortete Skye mit einem Blick auf den Anwalt.

„So ist es. Er scheint anfangs zu telefonieren und will gerade aussteigen, als er den Besucher bemerkt. Unauffällig beobachtet er ihn und wartet mit dem Aussteigen, bis der Mann wieder geht. Dann wirft er einen eigenen Blick unter Cayas Mercedes."

„Das ist in der Tat ziemlich aufschlussreich. Vielen Dank!"

„Kein Problem. Blue hat übrigens einen Blick auf die Überreste des Fahrzeugs geworfen. Er meint, es war eine recht einfache Autobombe. Durchaus effizient, aber nichts Kompliziertes und auch nichts mit dem jemand seine Handschrift hinterlassen hätte."

„Okay. Ich schätze, wir können nicht immer gewinnen. Aber die andere Info ist durchaus hilfreich. Übrigens, ich habe hier gerade einige DVDs, von denen ich sicher bin, dass sie brisantes Material enthalten. Allerdings sagt sowohl Langtons DVD-Spieler als auch das Laufwerk seines Computers, dass der Inhalt nicht lesbar ist. Hast du noch eine Idee?“

„Und du bist sicher, dass die Disk nicht kaputt ist?“

„Positiv.“

„Dann vermute ich, dass sie nur mit einem speziellen Softwareprogramm zu öffnen ist. Es gibt die Möglichkeit, digitale Daten bei der Programmierung mit einem Geheimcode zu versehen. Dadurch kann sie später nur derjenige lesen, der im Besitz des entsprechenden Dechiffrierprogramms ist. Es ist ein ziemlich aufwendiges und kostspieliges Verfahren und lohnt sich nur, wenn der Inhalt wirklich heiß ist.“

„Ein solches Programm müsste dann auf dem Rechner installiert sein, der die DVD einliest, richtig?“

„Ja. Du müsstest es als Erstes starten und dann die DVD in diesem parallellaufenden Programm öffnen.“

„Hast Du zufällig auch noch eine Idee, wie es heißen könnte?“

„Es könnte jeden Namen haben. Vermutlich wird es etwas banales sein, was niemand damit in Verbindung bringt. Kannst du mir ein Foto der Programmdateien des besagten Rechners schicken? Vielleicht springt mir etwas ins Auge.“

„Ash kann das machen. Vielleicht findet ihr zusammen etwas. Warte ich gebe ihn dir.“ Mit drei Sätzen informierte Skye seinen Kollegen, dann übergab er ihm sein Telefon und wandte seine Aufmerksamkeit wieder Michael Langton zu. „Wissen Sie, was ich soeben erfahren habe?“

„Woher soll ich das wissen? Aber ich schätze, Sie werden es mir gleich sagen”, erwiderte der Anwalt achselzuckend, wich aber einige Schritte zurück, als Skye bedrohlich auf ihn zukam.

„Sie haben von der Bombe an Cayas Wagen gewusst. Deshalb haben Sie sie auch am Morgen gebeten, ihren Wagen wegzufahren. Nachdem Caya diesen bereits am Tag zuvor in der Tiefgarage stehengelassen hatte, wollten Sie nicht riskieren, dass sie das Büro auch heute ohne Auto verlassen würde.“

Leichenblass starrte Langton ihn entsetzt an. „Das ist eine böswillige Unterstellung. Ich habe nichts von der Bombe gewusst.“

„Das klingt nicht sehr überzeugend, Michael. Aber ganz abgesehen davon hat eine der Kameras Sie erfasst. Darauf sieht man nicht nur, wie Sie den Mann beim Anbringen des Sprengsatzes beobachten, sondern auch wie Sie anschließend seine Arbeit überprüfen."

„Das ist nicht wahr. Die Kameras sind seit Wochen ausgefallen."

„Sie waren in jener Nacht, in der Caya entführt wurde, ausgefallen. Mittlerweile sind sie jedoch alle wieder repariert", stellte Skye richtig. „Also, wie sieht es aus, Michael? Möchten Sie Ihre Aussage bezüglich Ihrer Beteiligung an Cayas Entführung noch einmal überdenken?"

„Ich habe nichts mit ihrer Entführung zu tun. Ich schwöre es Ihnen."

„Sehen Sie, Langton, ich würde Ihnen ja gerne glauben, aber im Moment spricht alles gegen Sie."

Skye tat einen weiteren Schritt auf den Mann zu. „Tatsache ist, dass Sie von dem Sprengsatz gewusst haben. Doch anstatt Caya zu warnen, haben Sie sie heute Morgen gebeten, ihren Wagen wegzufahren. Das ist Mord, Michael. Eiskalter Mord."

„Ich habe die Bombe nicht angebracht", verteidigte sich Langton.

„Sie kennen das Gesetz besser als ich. Sie wissen, dass Sie schuldig sind."

Verzweifelt fuhr sich der Anwalt durch die Haare. „Okay, ich gebe es zu. Ich habe von der Bombe gewusst. Aber ich weiß nicht, wer sie angebracht hat. Damit habe ich nichts zu tun. Es war reiner Zufall, dass ich es mitbekommen habe."

„Warum haben Sie nichts gesagt?" Feindselig starrte Skye den Mann an, während sich in seinem Gehirn die Gedanken überschlugen.

„Sie wollten die Situation für sich ausnutzten", folgerte er schließlich. „So ist es gewesen, richtig? Vielleicht haben Sie tatsächlich nichts mit Cayas Entführung zu tun, aber Sie haben gedacht, dass Sie auf das Pferd mit aufspringen könnten. Sie hatten es satt, nach Miss Campbells Pfeife zu tanzen und außerdem wäre Ihnen das Geld, dass Sie mit der Beförderung auf Cayas Position bekommen hätten, gerade gelegen gekommen. Ist es nicht so?"

„N...nein."

„Doch, genau so ist es und je schneller Caya stirbt, desto eher können Sie Reginald Sauer davon überzeugen, dass er sein Geld von Ihnen zurückbekommt, denn außer einer Gehaltserhöhung und der Bonuszahlung haben Sie überhaupt keine Chance, das Geld jemals aufzutreiben."

Langtons Blick verriet Skye, dass er ins Schwarze getroffen hatte, doch bevor er fortfahren konnte, rief Ash ihn zum Sofa hinüber. „Die DVD läuft."

„Nein!", stieß Langton entgeistert aus.

Skye warf ihm einen kurzen Blick zu, dann sah er zu dem Bildschirm, den Ash zu ihm umgedreht hatte. Bereits nach wenigen Sekunden begriff er, was er vor sich hatte.

Das war härtestes Kinderpornomaterial in bester Aufnahmequalität. Der zarte blonde Junge in dem Film war noch keine zehn Jahre alt und er war weiß. Das bedeutete, dass der Film ein Vermögen kostete. Wenn sich gleiches Material auch auf allen anderen DVDs befand, war es kein Wunder, dass Langton pleite war.

„Das reicht", befand Skye nach einer Minute, während er sich angewidert abwandte. „Sie stehen auf kleine Jungs, Langton? Das ist wahrhaft ein schmutziges Geheimnis, vor allem für einen Staatsanwalt. Sie sollten sich schämen. Sie stehen auf der Seite des Gesetzes und haben geschworen die Schwachen zu schützen. Doch was machen Sie? Sie vergreifen sich an den schwächsten Gliedern unserer Gesellschaft: den Kindern."

„Sie haben ja keine Ahnung. Ich habe versucht, damit aufzuhören, aber es ist nicht so einfach, wie Sie sich das vorzustellen scheinen", begehrte Langton auf.

„Oh, ich bin sicher, die Kinder in diesen Filmen haben für Ihre Situation Verständnis", urteilte Skye ironisch, bevor er wütend den Kopf schüttelte. „Wissen Sie eigentlich, was diesen Kindern angetan wird? Wie groß ihre psychischen Schäden sind? Ihre Neigung ist krank, Langton. Haben Sie jemals versucht, Hilfe zu bekommen?" Ein Blick in die Augen des Anwalts genügte, und Skye hatte die Antwort.

„Natürlich nicht", sprach er diese laut aus. „Sie hatten viel zu viel Angst, dass jemand hinter ihr Geheimnis kommt, nicht wahr? Lieber haben Sie weiter der Vergewaltigung dieser unschuldigen Jungen zugesehen und sich dabei vergnügt. Vielleicht haben Sie sogar selbst das ein oder andere Mal Hand angelegt?"

Wieder beobachtete Skye aufmerksam Langtons Reaktion. „Sie sind ein ebenso schlimmer Abschaum wie die Guerillakrieger im Dschungel Kolumbiens. Doch ich lasse Ihnen die Wahl, Langton. Wollen Sie sich selbst der Polizei stellen, oder soll ich sie für Sie informieren? Wenn Sie mit allen Informationen, die Sie über die Leute hinter der Kamera haben, auspacken, können Sie vielleicht einen Deal für sich aushandeln."

„Sie sind verrückt. Sie wollen, dass ich singe?" Fassungslos starrte der Mann Skye an. „Die bringen mich um, bevor ich auch nur ein Wort gesagt habe."

„Das ist Ihr Risiko."

Nervös schritt Langton durch den Raum. Schließlich blieb er neben Skye stehen. „Garantieren Sie für meine Sicherheit?"

„Das ist nicht meine Aufgabe. Dafür sind andere zuständig", schüttelte Skye angeekelt den Kopf. Er war zur Navy und zu den Seals gegangen, um Menschen vor Leuten wie Langton zu schützen. Später hatte er die Führung des Black Panther Teams übernommen, weil er die Gesetze des Landes hasste, die Kompromisse befürworteten und belohnten.

Es war eine Doppelmoral, die Schuldigen ihre Strafe erließ, nur um an bestimmte Informationen zu gelangen. Für ihn kam dies einer Erpressung gleich, und es war eine Farce, wenn es hieß, die Vereinigten Staaten würden sich nicht erpressen lassen. Dabei geschah genau dies jeden Tag in hunderten von kleinen Polizeidienststellen im ganzen Land.

„Aber wenn Sie Caya zurückgebracht haben, dann müssen Sie gut sein. Sie müssen mir helfen."

„Ich muss gar nichts, Langton. Treffen Sie Ihre Entscheidung. Informieren Sie die Polizei oder ich?"

Der Anwalt setzte gerade zu einer Antwort an, als plötzlich die Fensterscheibe hinter ihm in hunderttausend Splitter zerbrach. Im gleichen Augenblick platzte Langtons Kopf wie eine reife Melone und Blut und Hirnmasse spritzten in allen Richtungen durch den Raum. Der Körper des Staatsanwalts bog sich nach hinten, seine Arme flogen in die Luft, dann fiel der Mann leblos auf den Boden.

Reaktionsschnell gingen Skye und Ash zu Boden, während sie beide bereits ihre Waffen gezogen hatten. Automatisch fragte sich Skye, warum er keinen Schuss gehört hatte, obwohl der Mann von einer Kugel getroffen worden war.

Ein Schalldämpfer, schlussfolgerte er und wartete einen Moment. Doch es fiel kein zweiter Schuss. „Ash? Alles klar bei dir?“

„Alles klar”, richtete sich der Mann vorsichtig auf und seine Augen weiteten sich entsetzt. „Bist du verletzt?“

Seinem Blick folgend, sah Skye an sich herab und verstand plötzlich Ashs Schrecken. „Nein. Das ist Langtons Blut. Er stand direkt neben mir, als die Kugel ihn getroffen hat.“

„Schöne Scheiße!“, kommentierte Ash, während er über den Tisch hinweg zum Fenster sah. „Jemand muss von dem Dach gegenüber geschossen haben. Vermutlich jemand, der mit der Produktion dieser schmutzigen Filme zu tun hat.“

„Wahrscheinlich. Wenn Langton nicht mehr bezahlen kann, ist er ein potenzielles Risiko. Es ist also gut möglich, dass sie ihn im Auge behalten haben.“

„Der Schuss ist jedoch erst gefallen, als er ernsthaft überlegt hat, auszupacken.“

„Das heißt, es hat jemand mitgehört”, schlussfolgert Skye und sah sich suchend um, während er aufstand. Wo würde er eine Wanze verstecken?

„Runter!“, schrie Ash plötzlich und riss Skye im gleichen Moment zu Boden.

Eine kleine Ampulle surrte über ihre Köpfe hinweg und ging beim Aufprall an der gegenüberliegenden Wand zu Bruch. Leise klirrend fielen ihre Scherben auf den Parkettboden und in Sekundenschnelle verbreitete sich laut zischend weißer Nebel im Raum.

„Wir müssen hier raus”, entschied Skye und ergriff zwei der DVDs, die neben ihm auf dem Boden lagen. „Schnapp dir den Rechner.“

Beide Männer hielten die Luft an und robbten auf den Bauch hinaus in den Flur, wo sich jeder von ihnen auf eine Seite der Wohnungstür positionierte, bevor Ash diese mit einer Hand öffnete.

Mit einer Hand an der Waffe, die er auf dem Handgelenk der anderen Hand abstützte, sprang Skye in den Eingang. „Das Treppenhaus ist klar.“

„Der Hauseingang liegt zur gleichen Seite, wie Langtons Wohnzimmerfenster”, bemerkte Ash.

„Wir nehmen das Dach”, reagierte Skye sofort und begann die Treppen nach oben zu sprinten, wobei er drei Stufen auf einmal nahm. Im zehnten Stock angekommen, öffnete er die Dachluke und zog sich mit einem Schwung hinauf.

Als Ash neben ihm auftauchte, deutete er auf das gegenüberliegende Hausdach, wo er den Schützen hinter dem Schornstein ausgemacht hatte. Sein Gewehr zielte jetzt jedoch nach unten zur Straße.

„Der Kerl hält uns für blutige Anfänger", grinste Ash spöttisch. „Aber irgendwann wird er merken, dass wir nicht aus dem Haus gelaufen kommen und dann wird er rüberkommen müssen."

„Oder er schickt jemanden rein", kommentierte Skye trocken, als ein silberner Hyundai in die Straße bog und direkt unter ihnen hielt.

Der Typ gegenüber sprach etwas in sein Telefon und kurz darauf stiegen zwei Kerle aus dem Wagen und schlenderten betont unauffällig auf Langtons Haus zu.

„Sollen wir zurückgehen und sie ausschalten? Wenn die Kerle sehen, dass wir nicht mehr in der Wohnung sind, werden Sie eins und eins zusammenzählen."

„Wir können keine Schießerei in einem Apartmenthaus anfangen. Es grenzt ohnehin schon an ein Wunder, dass noch niemand etwas mitbekommen hat."

„Das ist das Leben in einer Großstadt", kommentierte Ash. „Niemand interessiert sich für den Nachbarn."

„Ein Traum", kommentierte Skye sarkastisch. „Ich schätze, dann ist es an uns, die Polizei zu informieren."

In der Gewissheit, dass seine Telefonnummer weder angezeigt noch geortet werden konnte, wählte er den Notruf und gab eine Schießerei unter Langtons Adresse bekannt. Dann legte er auf.

„Der Kerl hat bemerkt, dass etwas nicht stimmt", stellte Ash fest und nahm den Schützen ins Visier. „Wenn du willst, kann ich ihn ausschalten."

Skye beobachtete, wie der Mann zuerst in sein Telefon sprach und sich anschließend suchend umblickte. Als sich ihre beiden Blicke kreuzten, gab er Ash den Befehl: „Jetzt!"

Ein leises dumpfes Geräusch war alles, was zu hören war, bevor der Mann lautlos auf dem Dach gegenüber zusammensackte. Im gleichen Moment erklangen bereits aus der Ferne die Sirenen eines Streifenwagens.

„Hauen wir ab!", gab Skye den Befehl zum Aufbruch.

Gemeinsam liefen sie zur anderen Seite des Daches und kletterten zügig die Feuerleiter hinunter. Wieder auf der Straße angekommen, sprinteten sie um das Haus herum und nahmen gleich mehrere Dinge auf einmal wahr.

Zum einen sahen sie die Rücklichter des silbernen Hyundai, der in diesem Augenblick um die Kurve bog und verschwand. Zum anderen sahen sie den Polizeiwagen, der sich von der anderen Seite aus näherte und mit quietschenden Reifen vor dem Haus zum Stehen kam. Und zum dritten bemerkten sie die Flammen, die aus Langtons Wohnzimmerfenster drangen.

„Die Schweine haben die Wohnung angezündet", kommentierte Ash.

„Wahrscheinlich wollten sie sichergehen, dass keine Beweismittel zu finden sind."

„Immerhin haben wir zwei DVDs und den Laptop. Vielleicht kann Dylon Price etwas damit anfangen", erinnerte ihn Skye. „Doch erst einmal sollten wir zusehen, dass wir unbemerkt verschwinden."

KAPITEL 17

„Skye! Was ist passiert?“ Entsetzt stürzte Caya auf ihn zu, als er mit Ash die Zentrale betrat. Unvermittelt blieb sie jedoch auf halbem Weg stehen, als ihr das Versprechen wieder einfiel, Abstand zu Skye zu wahren. Selten war ihr allerdings etwas so schwer gefallen wie in diesem Moment auf jeden Körperkontakt mit Skye zu verzichten. Sie wollte ihn fühlen, wollte seinen Puls spüren und sich selbst davon überzeugen, dass es ihm gut ging. „Ist das dein Blut?“

„Nein”, erwiderte Skye kopfschüttelnd. „Allerdings brauchen wir beide als erstes eine Dusche.“

„Und direkt danach einen Kaffee”, ergänzte Ash.

Gedankenverloren sah Caya den beiden Männern nach, während sie sich gleichzeitig daran erinnerte, wie sie in der Nacht zuvor gemeinsam mit Skye in der Duschkabine gestanden hatte. Verständnisvoll hatte er ihre Muskeln massiert und damit ihre aufkommende Panik langsam zurückgedrängt. Mit festen, aber dennoch zärtlichen Griffen, die jeder Erotik entbehrt hatten, hatten seine Finger die Anspannung in ihr gelöst. In der Situation war sie zu sehr damit beschäftigt gewesen, ihre Angst vor einem Wasserstrahl zu bewältigen, als dass sie an all die anderen Dinge hatte denken können, die Skyes Hände mit ihrem Körper anstellen konnte. Heute hingegen sah die Sache anders aus.

Heiß und kalt lief es ihren Rücken hinunter, wenn sie sich an seine Finger auf ihren Schultern erinnerte. Wie würde es sich anfühlen, wenn sie tiefer an ihrem Rücken hinunterglitten und dabei die Seife auf ihrer Haut verteilen würden?

Cayas Busen erinnerte sich an den kurzen Moment, in dem er am Abend im Auto die Wärme und Weiche von Skyes Händen gespürt hatte. Hart drückten ihre Brustwarzen unter der Bluse gegen den BH und die ansonsten zarte Spitze schmerzte plötzlich an der sensitiven Haut.

„Möchtest du auch noch einen Kaffee, Caya?“, riss Pax’ Stimme sie mit einem Mal aus ihren Gedanken.

„Wie bitte? Kaffee? Nein, vielen Dank. Ich denke, ich habe genug Koffein für heute”, entgegnete sie hastig und wich seinem musternden Blick aus.

Wieso war Skye eigentlich voller Blut gewesen? Und wessen Blut war es überhaupt gewesen?, lenkte sie ihre Gedanken in eine andere Richtung. *Hatten Skye und Ash nicht mit Michael sprechen wollen?* Erschrocken zuckte sie plötzlich zusammen. Konnte es sein, dass es Michaels Blut gewesen war, das an Skyes Kleidung, seiner Haut und selbst in seinen Haaren geklebt hatte?

Entsetzt wandte sie sich an Pax. „Weißt du, was passiert ist?“

„Skye wird es berichten, sobald er fertig ist”, antwortete Pax ausweichend, ohne sich zu ihr umzudrehen.

„Er hat dich bereits vom Auto aus angerufen. Du musst wissen, was geschehen ist”, stellte sie herausfordernd fest. „Ist Michael etwas zugestoßen? Ist er verletzt?“

„Skye wird es dir sagen, wenn er zurück ist”, wiederholte er noch einmal.

„Pax, Michael Langton ist mein Kollege. Ich habe ein Recht darauf zu erfahren, was mit ihm ist.“

„Selbstverständlich, Caya. Deswegen werde ich es dir auch erzählen”, versprach Skye, der unbemerkt hinter sie getreten war. Seine dunkelbraunen Augen sahen sie dabei ernst und voller Mitgefühl an.

Sie kannte diesen Blick. Er war nicht gut. Stumm versuchte sie in Skyes Augen zu lesen, was er ihr sagen würde und mit einem Mal war sie absolut nicht mehr sicher, ob sie die Worte wirklich hören wollte. Sie hatte genug von Schmerz, Gewalt und Terror. Sie wollte ihrer Liste nicht auch noch Verrat anhängen. Insgeheim hoffte sie noch immer, dass Skye mit seiner Annahme falsch lag. Es konnte sie einfach niemand aus ihrem engsten Umfeld an Guttierez ausgeliefert haben.

„Michael hat nichts mit meiner Entführung zu tun, oder?“, fragte sie schließlich, denn am Ende half alles Wünschen nichts. Sie musste sich der Realität stellen.

Langsam schüttelte Skye den Kopf. „Nein, das hat er nicht.“

Erleichtert atmete Caya auf. *Gut. Wenigstens das nicht.* Etwas an Skyes Haltung ließ sie jedoch innehalten. Eine böse Vorahnung beschlich sie, dass das, was folgen würde, nicht unbedingt besser war. Fragend sah sie zu ihm auf.

„Er hat allerdings von der Autobombe gewusst", klärte Skye sie mit direkten Worten auf.

„Nein!" Ungläubig schüttelte Caya den Kopf.

„Er hat zufällig beobachtet, wie sie angebracht wurde und hat kurzerhand entschieden, seine Chance auf eine Beförderung zu nutzen. Er wollte deinen Job, Caya."

Immer noch schüttelte sie ihren Kopf.

„Komm, wir setzen uns", schlug Skye vor und legte eine Hand an ihre Schulter, um sie sacht hinüber zur Couch zur drehen. Doch Caya trat ausweichend zur Seite. Auf die erste Bestürzung folgte nun die Wut.

„Wie konnte er das tun? Jeden Tag hat er daran gearbeitet, Verbrecher hinter Gitter zu bringen. Wie konnte er da selbst zu einem werden? Was er getan hat, ist Beihilfe zum Mord. Warum, Skye? Ich verstehe das nicht. Warum hat er für einen schnelleren Karriereaufstieg den Tod eines Menschen in Kauf genommen? In ein oder zwei Jahren hätte er sein eigenes Referat geleitet."

„Langton brauchte das Geld, Caya. Er hatte Schulden. Viele Schulden."

„Warum ist er damit nicht zu mir gekommen? Ich hätte ihm geholfen." Verzweifelt sah sie ihn an. „Lydia hätte deswegen nicht sterben müssen."

Leise seufzte Skye. „Lass uns setzen."

Behutsam legte er seine Hand an ihren Rücken und lenkte sie mit leichtem Druck zu dem schwarzen Ledersofa, wo er sich neben sie setzte und ihre Hand mit seinen beiden Händen umschloss.

„Ich fürchte, Caya, du hättest Michael nicht helfen können."

Fragend sah sie ihn an, während sie stumm auf eine weitere Erklärung wartete.

Skye seufzte leise und ließ seinen Daumen beruhigend über ihren Handrücken gleiten, als er die Tatsachen enthüllte. „Die Wahrheit ist, Langton stand auf kleine Jungen."

„Kleine Jungen?" Unverständig sah sie Skye an.

„Ja. Er hatte furchtbare sexuelle Neigungen, die er in seiner Freizeit ausgelebt hat. In seiner Wohnung haben wir grausames Filmmaterial gefunden und ich vermute, dass er sich auch mehr als einmal selbst an einem Kind vergriffen hat."

„Das ist entsetzlich. Bist du absolut sicher?" Entsetzt starrte Caya ihn an und Skye nickte bedauernd.

„Er war ein perverser Widerling", stellte Ash fest, als er sich mit einem Kaffee zu ihnen setzte. „Hast du die Information schon weitergegeben?"

Absichtlich erwähnte er den Namen Dylon Price nicht. Auch wenn Caya ihre Zentrale kannte und wusste, dass sie eine kleine im Geheimen operierende Gruppe waren, durften sie dennoch keine weiteren Details preisgeben.

„Ja, habe ich. Sobald wir den Namen des ermittelnden Detectives haben, übergeben wir das Material."

„Ihr habt die Filme mitgenommen?", erkundigte sich Caya. „Ich will sie sehen."

„Nein, das willst du nicht", widersprach Skye sofort energisch. „Außerdem ist es Beweismaterial, das wir so übergeben, wie wir es gefunden haben. Besser als wir weißt du, dass wir damit nicht herumspielen dürfen."

„Du hast recht", gab Caya zu. „Es ist nur, dass ich mir nicht vorstellen kann, dass Langton mit kleinen Kindern ..." Angewidert schüttelte sie sich. Plötzlich stellten sich ihre Augen jedoch scharf und sie fokussierte Ash. „Hast du eben gesagt, Langton war ein perverser Widerling?"

„Ja, das habe ich und das nehme ich auch nicht zurück."

Konzentriert lenkte Caya ihren Blick zu Skye. „Du hast auch die ganze Zeit in der Vergangenheit gesprochen. Was ist in Michaels Wohnung passiert?" Wieso war ihr das nicht schon viel früher aufgefallen? Wie hatte sie überhaupt Skyes Aussehen bei seiner Rückkehr vergessen können?

„Es war Michaels Blut an deiner Haut", stellte sie plötzlich ohne einen Zweifel in ihrer Stimme fest.

„Ja", bestätigte Skye und dachte: *Wenigstens hat sie nicht gesagt, es war Michaels Blut an deinen Händen.*

Zum wiederholten Male dachte er darüber nach, ob er den Tod des Staatsanwaltes hätte verhindern können. Doch auch jetzt konnte er diese Frage nur verneinen. Er hätte nichts tun können. Es war nicht so, dass es ihm um den Mann leid tat. Gewiss nicht. Die Welt war besser ohne ihn dran. Allerdings hätte er gerne seine Informationen über die Hintermänner dieser Videoproduktionen gehabt.

„Langton ist tot", klärte er Caya nüchtern auf und erzählte in wenigen Worten, was am Abend passiert war.

Am Ende saß Caya erschöpft auf dem Sofa. Die Erkenntnis, dass die Kugel, die Langtons Leben ausgelöscht hatte ebenso gut Skye hätte treffen können, ließ ihr das Blut in den Adern gefrieren. Wieso hatte sie bisher noch nie einen Gedanken daran verschwendet, dass Skye etwas passieren könnte?

Ganz einfach, weil du ihn immer nur als Superhelden gesehen hast, beantwortete sie sich die Frage selbst. Vom ersten Moment an hatte sie sich bei ihm sicher gefühlt. Selbst als dieser widerliche Guerillakrieger sie bei dem Angriff der Kolumbianer vom Baum gezogen hatte, hatte sie keine Sekunde daran gezweifelt, dass Skye rechtzeitig zurückkehren würde. Doch er war nicht unverwundbar.

Zu allem Überfluss waren sie auch keinen Schritt weiter, was die Hintergründe ihrer Entführung betraf. Wenn Michael nicht dahintersteckte, wer dann?

„Du bist müde. Warum legst du dich nicht oben in einen der Ruheräume?“, schlug Skye vor.

„Wir fahren nicht mehr in das Schutzhaus zurück?“, wunderte sich Caya.

„Ich möchte zuerst sichergehen, dass niemand nach unserem Auto sucht. Ich halte es zwar nicht für wahrscheinlich, aber es besteht die Möglichkeit, dass der Schütze auf dem Dach die Kennzeichen der parkenden Autos weitergegeben hat. Diese Typen sind absolute Profis und es wäre ein Fehler, sie zu unterschätzen.“

„Ihr würdet es erfahren, wenn jemand eure Kennzeichen checkt?“

„Sobald jemand die Nummer irgendwo im Netz eingibt, erhalten wir eine Information”, bestätigte Pax. „Wenn die nächsten sechs Stunden keine Warnung reinkommt, seid ihr sicher. Aber diese Zeit würde ich abwarten. Da gebe ich Skye recht.“

„Ich bleibe ebenfalls heute Nacht hier”, erklärte Ash. „Komm mit, ich zeige dir die Schlafzimmer. Die Betten sind alle frisch überzogen.“

Ergeben fügte sich Caya in ihr Schicksal. Sie war in der Tat todmüde und wollte nichts lieber, als einige Stunden in Ruhe schlafen. Doch leider wusste sie, dass sie hier kein Auge zumachen würde.

Aufmunternd lächelte Skye ihr zu und folgte Caya mit den Augen, während sie mit Ash die Treppe hinaufstieg. Er wusste genau, was gerade in ihr vorgegangen war und er wollte, er hätte mit ihr in das

Schutzhaus zurückkehren können. Doch ihre Sicherheit war wichtiger als alles andere. Im Übrigen würde er später zu ihr hinaufgehen und vielleicht konnte sie dann auch im Vertrauen darauf, dass er sie rechtzeitig wecken würde, bevor die Albträume ihren Höhepunkt fanden, ein wenig schlafen.

Zunächst einmal wandte er seine Konzentration jedoch Pax zu. „Gibt es was Neues zu Guttierez?"

„Noch nichts. Die Suchmaschine läuft noch. Allerdings hat Caya heute Abend etwas anderes Interessantes herausgefunden."

Erwartungsvoll zog Skye seine Augenbrauen in die Höhe und forderte damit seinen Freund gleichzeitig auf, weiterzusprechen.

„Ihr Vater macht Geschäfte mit der Immobilienfirma, die Marcos Giribaldi in einem Atemzug mit dem Kauf von Kongressabgeordnetenstimmen genannt hat."

Nachdenklich verarbeitete Skye die Information schweigend. „Wie hat sie davon erfahren?", fragte er schließlich.

„Sie hat Giribaldis Finanzen durchgesehen und ist dabei zufällig auf eine Transaktion von vor zehn Jahren gestoßen, die von dem Konto, das auf den Namen von Giribaldis Tochter läuft, auf das Konto ihrer verstorbenen Mutter getätigt wurde."

In schnellen Worten klärte Pax ihn über die Zusammenhänge auf und berichtete, dass Caya automatisch davon ausgegangen war, ihr Vater habe das Konto spätestens nach ihrer Volljährigkeit aufgelöst. Doch offensichtlich nutzte er die Bankverbindung aktiver als jemals zuvor.

„Seit neun Jahren fließt von diesem Konto ausschließlich Geld zu dem Unternehmen IBB, und regelmäßig kehren Dollar in höherer Menge wieder zurück. Dreimal darfst du raten, wann die Firma gegründet worden ist."

„Vor neun Jahren!", schlussfolgerte Skye.

„Richtig. Senator Campbell besitzt Anteile an mehreren Fonds des Unternehmens, die selbstverständlich ausschließlich und immer hohe Renditen ausschütten. Außerdem hat er mehrere Immobilien über die Firma erworben. Ich habe bisher erst drei überprüft, aber diese hat er alle weit unter Marktwert erstanden. Im Übrigen ist es kein Geheimnis, dass Campbell, was die Drogenpolitik betrifft, einer der schärfsten Gegner des Präsidenten ist. Er plädiert für mehr Datenschutz und schürt mit geschickter Rhetorik die Angst der Bürger vor immer mehr Durchsichtigkeit. Seiner Meinung nach schiebt der Staat die Drogen nur vor, um auf diesem Weg den

Datenschutz nach und nach zu untergraben. Insbesondere bei den Farbigen sowie bei den ethnischen Minderheiten trifft er damit den richtigen Ton."

Gedankenverloren versuchte Skye ein Gespräch mit Caya über ihren Vater zu rekonstruieren.

„Was beschäftigt dich?", unterbrach ihn Pax nach einiger Zeit.

„Generell interessiert sich Senator Campbell nicht sonderlich für seine Tochter. Nach ihrer Entführung hat er sie nur einmal im Krankenhaus besucht und nach den Vorkommnissen der letzten Tage hat er höchstens angerufen und sich erkundigt, ob ihr etwas passiert war. Es waren alles sehr kurze Gespräche, die nicht einmal eine Minute gedauert haben."

„Du meinst, er hat Caya nach dem Krankenhausaufenthalt nicht zu sich nach Hause genommen? Sich nicht um eine Therapie gekümmert oder sie anderweitig unterstützt?" Ungläubig schüttelte Pax den Kopf.

„Nein. Caya musste sich von klein auf alles selbst erarbeiten und auch später hat er sich nicht für sie oder ihr Leben interessiert. Heute hat er sie jedoch zum ersten Mal gebeten, den Fall Giribaldi abzugeben. Caya hat es erzählt, weil sie sich so sehr darüber gewundert hat."

Mit großen Augen sah Skye zu seinem Freund hinüber. „Und ich Idiot habe versucht, den Kerl in Schutz zu nehmen. Ich habe ihr gesagt, es sei vielleicht ein Zeichen, dass sie ihm doch mehr bedeutet als sie bislang angenommen hat."

„Vielleicht ist dem so."

„Unsinn, Pax. Der Mann kam erst mit dem Vorschlag, nachdem Caya ihn gefragt hat, ob er die Firma IBB kennt."

„Was er wahrscheinlich verneint hat", knurrte Pax.

„Richtig. Wenn der Senator jedoch ehrliche Geschäfte mit diesen Leuten tätigen würde, müsste er die Verbindung vor seiner Tochter nicht leugnen."

„Er müsste sie auch nicht über ein Konto laufen lassen, das unter dem Mädchennamen seiner verstorbenen Frau geführt wird", ergänzte Pax.

„Damit hat der Mann ein Motiv für Cayas Tod. Sie ist schließlich die Einzige, die die Kontonummer finden konnte", schlussfolgerte Skye ernst und ein flaues Gefühl breitete sich in seinem Magen aus.

Es war eine Sache keine gute, beziehungsweise keine innige Beziehung zu seinem Vater zu haben. Ein Vater, der einen in die Hölle Kolumbiens schickte, hatte jedoch noch einmal eine ganz andere Dimension.

„Weiß Caya, was du alles herausgefunden hast?“, wollte Skye wissen.

„Sie weiß, dass ich recherchiere, aber sie glaubt, dass ich noch nichts gefunden habe. Ich wollte die Dinge zuerst mit dir besprechen.“

„Das ist gut. Wir werden es ihr sagen müssen, aber für heute hat sie genug durchgemacht”, entschied Skye und stand auf.

„Du gehst zu ihr?“, sprach Pax aus, was er sicher wusste.

Langsam drehte sich Skye zu ihm um und sah seinem ältesten Freund herausfordernd in die Augen. „Hast du damit ein Problem?“

„In der derzeitigen Situation ist es ganz sicher nicht die klügste Entscheidung, die du treffen kannst.“

Vielleicht war sie das nicht, gestand sich Skye ein, aber er konnte sich dennoch nicht länger von Caya fernhalten. Er wusste, dass sie alleine die ganze Nacht wachliegen würde, obwohl sie den Schlaf dringend brauchte und ganz abgesehen davon, brauchte auch er den Kontakt. Er wollte sie in seinen Armen fühlen, auch wenn er dabei voll bekleidet sein würde, denn er wusste, dass er ohne Schutzschicht für nichts garantieren konnte. Allerdings hatte ihm der Abend wieder einmal gezeigt, wie kurz das Leben sein konnte und er würde die Gelegenheit, Caya zu halten nicht ungenutzt verstreichen lassen.

„Was ist unklug daran, Pax?“, erwiderte Skye. „Caya braucht einen Freund.“

„Einen Freund, ja?“ Sarkastisch verzog Pax seinen Mund.

„Ja, einen Freund. Du weißt selbst, wie viel schlimmer Situationen sein können, wenn man das Gefühl hat, alleine zu sein. Abgesehen davon ist das hier der sicherste Ort. Meine zusätzliche Aufmerksamkeit ist nicht erforderlich.“

„Heute Nacht nicht, das ist richtig. Aber wenn du die Grenze überschreitest, Skye, dann gibt es kein Zurück und das weißt du. Die Situation ändert sich, Emotionen ändern sich und damit auch die Einschätzungen und Entscheidungen, die du triffst.“

Mit einem Mal stand ein Schmerz in den Augen seines Freundes, der Skyes Ärger mit einem Satz vertrieb und an seiner Statt ehrliches Mitgefühl in ihm auslöste. Verständnisvoll legte er Pax eine Hand auf die Schulter. „Vertrau mir."

„Ich meine es nur gut, Skye. Ich weiß, was du für sie empfindest und ich will nicht, dass du etwas tust, was du später bereust."

„Ich weiß und ich bin dir dankbar dafür. Deine mahnenden Worte heute Abend am Telefon waren auch allesamt richtig gewesen und es war gut, dass ich Caya hergebracht habe. Aber genauso richtig ist es, dass ich jetzt zu ihr gehe. Abgesehen davon ist das, was damals geschehen ist, nicht deine Schuld gewesen."

In einem zynischen Lächeln zog Pax einen Mundwinkel nach oben. „Bist du da hundertprozentig sicher, Skye?"

„Ja, das bin ich", antwortete Skye, obwohl er wusste, dass es keine Rolle spielte. Pax wollte die Worte nicht glauben und so lange er für sie nicht bereit war, konnte jeder andere sie noch so oft aussprechen. Es würde nichts ändern.

Schweren Herzens ging Skye nach oben, doch schob er die düsteren Erinnerungen zur Seite, bevor er leise an Cayas Tür klopfte und sie vorsichtig öffnete.

Überrascht setzt sich Caya im Bett auf. Sie trug ein weißes T-Shirt, das Ash ihr gegeben hatte und das ihr viel zu groß war. Allerdings hatte sie sich nicht mit ihrer Hose und der Bluse hinlegen wollen. Schließlich hatte sie auch nicht damit gerechnet, Skye heute Nacht noch einmal zu sehen.

Spontan erinnerte sie sich, dass sie letzte Nacht auch nur eines von Skyes T-Shirts getragen hatte. Es gab also keinen Grund, verlegen zu sein. Trotzdem zog sie die Bettdecke ein Stück höher. Auf keinen Fall sollte Skye sehen, wie sehr ihr Körper auf seinen Anblick reagierte. Nie zuvor hatte sie einen Mann gesehen, der so viel Sex-Appeal besaß wie Skye Stryker.

„Ist alles in Ordnung?", fragte sie, wobei sie insgeheim dankbar war, dass ihre Stimme nichts von der Erregung verriet, die sie mit jeder Faser ihres Körpers fühlte.

„Ja. Ich wollte nur sehen, wie es dir geht. Außerdem dachte ich, ich könnte dir beim Schlafen Gesellschaft leisten."

Erstaunt weiteten sich Cayas Pupillen und ihr Herz begann stärker zu schlagen. In der Tat wäre es schön, Skyes Arme zu spüren und seinen Duft einzuatmen. Hatte sie nicht gerade eben noch davon geträumt? Doch sie wusste, dass das keine gute Idee war. Nach dem heißen Kuss im Auto würde es das nächste Mal kaum bei einer Umarmung bleiben. Sie zumindest würde nicht die Hand dafür ins Feuer legen, ihm widerstehen zu können.

„Skye, ich denke, es ist besser, wenn du woanders schläfst", schlug sie daher vor und bemerkte, wie sich seine Augen mit einem dunklen Schleier überzogen.

Aufmerksam musterte er sie. Dann kam er näher und setzte sich schließlich zu ihr auf die Bettkante.

„Obwohl Ash und Pax Verständnis für deine Träume hätten", begann er, „weiß ich, dass du mit ihnen im Haus kein Auge zumachst. Letzte Nacht hast du jedoch sehr gut mit mir an deiner Seite geschlafen. Warum wiederholen wir das nicht einfach? Traust du mir nicht?"

Eine verlegene Röte überzog Cayas Wangen. „Natürlich vertraue ich dir", reagierte sie daher ein wenig brüsk.

„Aber?"

„Aber ich möchte dich nicht von deinen Pflichten ablenken", entgegnete sie frustriert. Warum konnte Skye das Thema nicht einfach fallen lassen? Es fiel ihr bereits schwer genug, sich nicht in seine Arme zu stürzen. Wie lange musste sie ihre Willensstärke nun noch unter Beweis stellen?

„Pax hat mir dir gesprochen", stellte Skye fest, der schließlich die richtigen Schlüsse gezogen hatte. Seine Stimme klang ruhig, doch in seinen Augen sah Caya ein verärgertes Blitzen.

„Ja, deswegen musst du aber nicht sauer auf ihn sein. Schließlich hat er nichts gesagt, was du nicht ebenfalls schon auf den Tisch gebracht hast oder hast du vergessen, was du mir über unethisches Verhalten in deiner Position erklärt hast, ganz zu schweigen von deinem Aufmerksamkeitsgrad, den du deiner Umgebung jederzeit zuwenden musst."

„Heute Nacht kann ich alles um mich herum vergessen, denn hier kann uns nichts passieren. Rutsch rüber, Sweetheart", forderte Skye und drängte Caya in die Mitte des Queensizebettes. Jetzt, wo er wusste, dass es keine Frage der gegenseitigen Sympathie war, würde er sich ganz sicher nicht wegschicken lassen.

„Skye!", protestierte sie, doch der Einspruch klang halbherzig. Stattdessen fühlte sie, wie ihr Körper auf die Nähe reagierte. Angestrengt schluckte Caya und spannte ihre Muskeln an, um zumindest ein wenig Abstand zu erringen. Vielleicht konnte sie auf diese Weise die Erregung wenigstens eingrenzen. Doch Skye gab ihr keine Chance zum Entkommen.

Fest zog er sie in seine Arme, sodass ihr Rücken seine starke Brustmuskulatur spüren konnte. Automatisch schmiegte sich Cayas Körper enger an ihn heran, obwohl ihr Kopf ihr einen völlig entgegengesetzten Befehl gab.

Leise lachend strich Skye die Haare in ihrem Nacken auf eine Seite und küsste zärtlich die Stelle unter ihrem Ohr, bevor er mit seiner dunkeln Stimme flüsterte: „Keine Sorge, Sweetheart, heute Nacht werden wir nur schlafen.“

Die erotische Klangfarbe in den Worten jagte Caya einen wohligen Schauer über den Rücken und im selben Moment spürte sie, wie sich die Atmosphäre zwischen ihnen änderte.

Skye wusste um seine Wirkung auf sie und er nutzte sie schamlos aus. „Wenn ich dich das erste Mal verführe, möchte ich, dass wir ein Haus ganz für uns alleine haben. Ich möchte, dass du dir keine Gedanken machen musst, ob uns jemand hören kann. Ich möchte, dass du alles um uns herum vergisst. Es wird nur noch dich und mich geben. Ich will dich seufzen und stöhnen hören. Ich will wissen, was dir gefällt und deine süßen kleinen Schreie werden mich um den Verstand bringen, aber das ist es mir wert.“

Bei Skyes Worten hatte sich eine Gänsehaut auf Cayas Körper gebildet, während ein weiterer heißkalter Schauer ihren Rücken hinunterlief. Niemals zuvor hatte ein Mann so direkt zu ihr gesprochen. Es schockierte sie in gleichem Maße, wie es sie erregte. Doch das wollte sie Skye auf keinen Fall merken lassen. Zur Sicherheit rutschte sie mit ihrem Unterkörper ein wenig nach vorne.

„Ich möchte dich nicht enttäuschen, aber ich seufze und stöhne nicht beim Sex”, klärte sie ihn in normaler Lautstärke auf, in der Hoffnung, dass sie die Stimmung damit in die Normalität zurückführen konnte. Doch Skye flüsterte unbeeindruckt weiter.

„Weil du die falschen Liebhaber hattest, Sweetheart. Glaube mir, in meinem Bett wirst du stöhnen.“ Er küsste ihren Hals, während er gleichzeitig ihre Hüften wieder zu sich heranzog.

Deutlich konnte sie die Härte seiner Erregung spüren und mit einem Mal glaubte Caya, dass Skye recht haben könnte. Nur mit Mühe unterdrückte sie einen wohligen Laut in ihrem Hals. Allerdings gelang es ihr nicht, ihre Atemfrequenz zu kontrollieren, die sich noch einmal erhöhte, als Skyes Hände über ihre Hüfte zu ihrem Po hinunterwanderten.

„Du hast eine mörderische Figur, Sweetheart. Niemals habe ich eine perfektere Frau gesehen als dich. Deine Kurven treiben mich in den Wahnsinn." Um seine Worte zu untermauern, presste er seine Männlichkeit an ihren Körper. „Deine schmale Taille, deine langen Beine, dein runder Po."

Auch sein Atem kam jetzt schneller, doch seine Stimme klang nach wie vor ruhig. „Ganz zu schweigen von deinem Busen." Langsam glitt seine Hand über ihren Bauch nach oben.

„Skye! Hör auf!", flehte Caya und sehnte gleichzeitig die Berührung seiner Finger auf dem nächsten Zentimeter herbei.

„Willst du das wirklich, Sweetheart? Willst du nicht wissen, wie es sich anfühlt, wenn meine Finger über deine Brust fahren? Wenn meine Handfläche sie aufnimmt und mein Daumen über deine erregte Brustwarze streicht?"

Jedes Wort begleitete Skye mit der entsprechenden Bewegung und er musste lächeln, als er Caya leise seufzen hörte. Er wollte sie küssen, er wollte sie schmecken und vor allem wollte er ihre feuchte Hitze spüren. Doch er wusste, dass er aufhören musste. Er selbst war schon so hart, dass es fast schmerzte und was er zu Beginn gesagt hatte, hatte er ernst gemeint. Er würde Caya in einer Art und Weise verführen, die sie alles vergessen ließ und dabei würde er mit ihr alleine sein.

Es würde kein harter, schneller Sex sein, wie er ihn bisher gelebt hatte. Aber es würde leidenschaftlicher Sex ohne Zurückhaltung sein. Mochte er sich bisher darüber noch keine Gedanken gemacht haben, so hatte Caya ihm heute Abend doch mehr verraten, als es wahrscheinlich ihre Absicht gewesen war. Sie war in gesellschaftlichen Kreisen aufgewachsen, in denen alles von Regeln und Konventionen besetzt war. Das galt ebenso, oder vielleicht sogar vor allem, für das Thema Sex.

Skye musste nur an ihren Ex-Verlobten denken, der gezwungen war, ein Doppelleben zu führen, nur weil er auf Sado-Maso-Techniken stand. Dabei wollte Skye nicht wissen, wie viele von diesen sogenannten oberen Zehntausend ihre Ehefrauen regelmäßig betrogen, was jeder wusste und stillschweigend akzeptierte.

In Gedanken schüttelte er den Kopf darüber, dass jemand lieben konnte, ohne auch nur einen Laut von sich zu geben. Was gab es schließlich Schöneres, als dem anderen zu zeigen, dass man ihn begehrte? Und was war auf der anderen Seite aufregender, als das Wissen darum, eben jener zu sein, der dieses Feuer entfachte? Nein, Selbstbeherrschung war an dieser Stelle völlig fehl am Platz.

Leider traf das für diesen Augenblick nicht zu. Im Gegenteil. Jetzt war der Zeitpunkt, an dem er alles an Selbstdisziplin aufbringen musste, was er irgendwo in seinen Knochen finden konnte. Tief Luft holend zog er seine Hand unter Cayas Shirt hervor und legte sie locker um ihre Taille. „Schlaf jetzt, Sweetheart, und träume von den schönen Dingen, die wir vor uns haben."

„Du denkst, dass ich jetzt schlafen kann?", entrüstete sich Caya. „Das ist unfair."

„Das Leben ist leider nicht fair", bestätigte Skye lachend. „Aber ich verspreche dir, das Warten lohnt sich." Bewusst senkte er seine Atemfrequenz ab und verlangsamte seinen Herzschlag. Bereits kurz darauf spürte er, wie Cayas Körper sich seinem Rhythmus anpasste und keine fünf Minuten später war sie eingeschlafen.

Auch Skye glitt hinüber in einen leichten Schlaf, aus dem er jedoch sofort erwachte, als Caya in seinen Armen unruhig wurde. Sanft holte er sie aus ihrem Traum zurück und war dankbar für das Vertrauen, das sie ihm entgegenbrachte. Er mochte gar nicht daran denken, in wie vielen Nächten der letzten Wochen sie mit Herzrasen, schweißgebadet und alleine aufgewacht war.

Automatisch war er davon ausgegangen, dass ihr Vater sie auffangen würde, sobald sie wieder in Washington war. Ohne jeden Zweifel hätten seine Eltern alles stehen- und liegengelassen, so wie sie es nach der schief gelaufenen Operation in Afghanistan getan hatten. Sein Vater hatte damals sogar eine Woche unbezahlten Urlaub genommen und war mit ihm in die Wälder des Yosemite-Nationalparks zum Zelten gefahren. Tage- und Nächtelang hatten sie geredet und Skye wusste, er verdankte es hauptsächlich seinem Vater, dass er damals nicht für immer in den dunklen Tiefen seiner Seele ertrunken war.

Er bewunderte Caya für die Stärke, mit der sie ihr Leben Tag für Tag meisterte. Doch Skye war kein Dummkopf. Er wusste, dass sie noch nicht einmal angefangen hatte, die vergangenen Erlebnisse zu verarbeiten. Wie sie es von ihrem Vater gelernt hatte, hatte sie alle unliebsamen Emotionen beiseite geschoben und sie als nicht existent betrachtet. Als ob nichts geschehen wäre, hatte sie ihr Leben an der Stelle wieder aufgenommen, an der Guttierez es unterbrochen hatte.

Skye konnte nachvollziehen, warum das für Caya wichtig gewesen war. Als Erstes hatte sie ihre Selbständigkeit und damit auch ein erstes Stück Selbstsicherheit zurückgewinnen müssen. Auf Dauer war das Leugnen der Ereignisse jedoch keine Lösung.

Wenn sie das Kapitel Kolumbien abschließen und endgültig hinter sich lassen wollte, brauchte sie professionelle Hilfe, die seine Kompetenz bei weitem überstieg. Aber Skye hoffte, dass er sie auf diesem Weg zumindest begleiten konnte. Vielleicht konnte es sogar anschließend eine Zukunft für sie beide geben.

Die Vorstellung breitete eine angenehme Wärme in Skyes Innerem aus und machte ihm deutlich, wie sehr ihm das gefallen würde.

KAPITEL 18

Als Skye und Caya am nächsten Morgen die Treppe herunterkamen, hatte sich der Rest des Teams schon am Frühstückstisch versammelt. Wundervoller Kaffeeduft erfüllte den Raum und mischte sich mit dem Geruch frisch gebackener Brötchen und leckerem Rührei.

„Es ist noch Ei für euch in der Pfanne", bemerkte Cal.

„Kannst du den Kaffee mitbringen, Skye?", bat Blue.

„Mach ich."

„Setz dich, Caya." Einladend schob Ash den Stuhl neben sich zur Seite.

„Magst du Obst?", hielt Cal ihr eine Schale mit frischen Erdbeeren entgegen.

„Erst einmal brauche ich Kaffee, danke."

„Obst? Seit wann haben wir Obst zum Frühstück?", wunderte sich Skye.

„Frauen mögen so etwas", stellte Cal fest und zwinkerte Caya verschwörerisch zu.

„Und was ist das hier? Joghurt?" Mit einem zweifelhaften Blick hielt Skye einen Becher in die Luft.

„Naturjoghurt, um genau zu sein", erklärte Blue und fügte hinzu: „Mögen Frauen auch."

„Ihr seid also heute Morgen extra für Caya einkaufen gegangen", folgerte Skye grinsend. „Das werde ich rot im Kalender markieren. Schade, dass ich nicht dabei war. Ich hätte zu gerne ein Foto von euch gehabt, wie ihr mit Joghurt und Erdbeeren an der Kasse steht."

„Nicht jeder von uns ist ein Feigling. Ich habe kein Problem damit, neben fünf Kilo Steak auch noch ein Joghurt und ein paar Erdbeeren zu bezahlen", erklärte Blue.

„Das Foto kannst du übrigens haben", bemerkte Cal und spielte das Bild seines Handys auf den Flachbildschirm, der an der Wand hinter ihm hing.

„Was? Du hast ein Foto von mir gemacht?" Entsetzt drehte sich Blue um, als alles anfing zu lachen. Tatsächlich stand er mit einer

Erdbeerschale, die in seiner riesigen Hand fast verschwand, am Kassenband.

„Das glaube ich nicht." Wütend blitzte er Cal an. „Deshalb sollte ich diese Teile kurz halten."

Laut lachte sein Teamkollege auf. „Du musst zugeben, es ist ein einmaliges Foto. Ich finde, wir sollten es als Bildschirmschoner auf den großen Screen im Besprechungsraum laden."

„Untersteh dich!"

„Prima Idee!", stimmte Cal zu.

„Du hat Modelqualität, Blue", lachte auch Ash.

„Obst- und Gemüsemodel!", spezialisierte Pax. „Ich sehe schon, wie sich der Verkauf von Erdbeeren in Washington in den nächsten Wochen um ein Vielfaches steigert. Du brauchst nur noch einen Hut." Mit wenigen Klicks fügte er in das Bild einen roten Erdbeerhut ein und schob ihn auf Blues Kopf, woraufhin selbst Caya lachen musste.

Allerdings nahm sie ihn kurz darauf auch in Schutz. „Ich finde es sehr nett von dir, dass du an mich gedacht hast und in der Tat mag ich Joghurt und Erdbeeren zum Frühstück."

„Seht ihr", grinste Blue, wieder versöhnt mit der Welt, in die Runde.

Während sie frühstückten, berichtete Pax, was er über die Verbindung von Senator Campbell und der Firma IBB herausgefunden hatte.

„Neben diversen Geschäften hat das Unternehmen auch einen recht großen Betrag in den letzten Wahlkampf deines Vaters investiert."

„Mein Vater lässt sich seine Stimme also bezahlen", folgerte Caya tonlos.

Im Grunde wusste sie nicht, warum sie dies wunderte. Ihr Vater war ein kalter Mensch, dem Politik, beziehungsweise die Macht, die sie ihm verlieh, alles bedeutete. Er war kein Idealist, der in jungen Jahren mit Überzeugungen in die Partei eingetreten war, weil er die Welt verbessern wollte. Von jeher hatte er die populärste Meinung vertreten und war auf diese Weise Stufe um Stufe und Wahlkampf für Wahlkampf weiter aufgestiegen.

„Leider sieht es ganz danach aus, tut mir leid", nickte Pax bestätigend.

Gedankenverloren starrte Caya einen Moment in die Ferne, bevor sie ihre Schultern straffte und wieder in die Runde blickte. „Ich muss mit ihm sprechen."

Zustimmend nickte Skye. „Das verstehe ich. Außerdem möchte ich noch einmal mit Marc Jordan reden."

„Was willst du von ihm?", wollte Caya wissen.

„Er will ihm klar machen, dass er seine Chance bei dir gehabt hat", erklärte Blue unverblümt.

„Ist das so?" Scheinbar ruhig sah Caya zu Skye hinüber, doch in ihren Augen registrierte er den Ärger, der eine solche Vorstellung in ihr hervorrief. Sie brauchte niemanden, der für sie sprach. Wenn es etwas mit Marc zu klären gab, so würde sie selbst mit ihm sprechen.

„Nein", antwortete Skye daher kopfschüttelnd, obwohl durchaus ein Fünkchen Wahrheit in Blues Worten steckte. Es war zwar nicht der Anlass für eine Unterredung mit dem Mann, aber ganz bestimmt würde er die Gelegenheit nutzen und Jordan zu verstehen geben, dass dieser sein Interesse an Caya besser heute als morgen verlor. Sie würde nicht mehr zu ihm zurückkommen.

„Warum willst du ihn dann treffen?", wollte Caya immer noch argwöhnisch wissen.

„Laut Langtons Kalender hat er sich im letzten halben Jahr einige Male mit Jordan getroffen", erklärte Skye.

„Das ist nicht ungewöhnlich. Staatsanwälte treffen sich häufig mit Anwälten und ihren Klienten", wandte Caya erklärend ein.

„Nur dass Langton keinen Fall bearbeitet hat, in dem Jordan einen Mandanten vertrat. Nenn mich neugierig, aber ich will wissen, was die beiden zu bereden hatten."

„Vielleicht haben sie sich privat getroffen. Vielleicht waren sie befreundet."

„Waren sie denn befreundet, als du mit Jordan zusammen warst?"

„Nicht, dass ich wüsste, aber das muss ja nicht heißen, dass sie sich nicht anschließend besser kennengelernt haben und dann hin und wieder gemeinsam zum Essen gegangen sind."

„Das ist durchaus möglich", gab Skye zu, während er in Gedanken ergänzte: *Damit Marc den Anwalt über dich ausfragen konnte.*

„Um eins habe ich einen Termin mit Giribaldi. Denkst du, wir können vorher im Büro meines Vater vorbeifahren?"

Nachdenklich warf Skye einen Blick auf die Uhr. Er konnte nachvollziehen, dass Caya das Gespräch mit ihrem Vater hinter sich bringen wollte, doch den Senator und Marc Jordan würden sie keinesfalls am Vormittag unterbringen. Zumindest nicht, wenn sie gleichzeitig pünktlich am Mittag in der Strafanstalt sein wollten, in der der Drogenboss einsaß.

Fragend sah er zu Ash und Blue über den Tisch. Alles in ihm sträubte sich zwar dagegen, Caya aus den Augen zu lassen, doch er wusste, dass sie in den Händen der beiden Kollegen ebenso sicher aufgehoben war wie bei ihm. Vielleicht sogar sicherer.

„Kein Problem", erwiderte Blue.

„Machen wir", ergänzte Ash sofort.

„Was?“ Verwirrt sah Caya von einem zum anderen. „Worum geht es?“

„Ash und Blue begleiten dich zu deinem Vater, während ich zu Jordan fahre. Auf diese Weise sind wir beide gleichzeitig fertig und ich kann dich zu Giribaldi begleiten. Ist das okay für dich?“

„Sicher", erwiderte Caya, doch die Antwort kam ein wenig zögerlich.

Aufmerksam musterte Skye sie, während er den letzten Schluck Kaffee aus seiner Tasse nahm. „Dich beschäftigt noch etwas. Was ist es?“, hakte er schließlich nach.

„Dieses Gespräch mit meinem Vater ...“ Unsicher sah sie ihn an.

„Ja?“, forderte er sie zum Weitersprechen auf.

„Das muss ich alleine führen.“

„Alleine wie in ‚Alleine in einem Raum'?“

„Ja. Diese Sache kann ich nicht mit ihm in Anwesenheit einer dritten Person diskutieren.“ Sie sah kurz zu Ash und Blue hinüber. „Das hat nichts mit euch persönlich zu tun.“

„Kein Problem, Caya. Wir verstehen das", versicherte ihr Blue und auch Ash nickte zustimmend.

Nachdenklich presste Skye seine Lippen aufeinander. Er konnte Cayas Wunsch nach Privatsphäre nachvollziehen, dennoch gefiel ihm der Gedanke, Caya mit dem Senator alleine zu lassen, nicht. Zumal Ash und Blue im Kongressgebäude auch keine Waffe würden tragen können.

Caya spürte Skyes ablehnende Haltung ebenso wie sein Zögern. „Ash und Blue können im Vorzimmer auf mich warten“, schlug sie daher vor. „Auf diese Weise trennt uns nur eine Tür. Außerdem bin ich mir sicher, dass mein Vater mir nichts tut. Er mag korrupt sein, aber das macht ihn noch lange nicht zu einem Mörder.“

Aber vielleicht zu einem Auftragsmörder, ergänzte Skye, behielt den Gedanken aber für sich.

„Caya, ich möchte gar nicht behaupten, dass dein Vater der Drahtzieher der Geschichte ist", erklärte er seine Position noch einmal. „Ich kann es nur leider auch nicht mit absoluter Gewissheit ausschließen, denn es lässt sich nicht leugnen, dass er ein Motiv hat."

„Einverstanden. Aber verrate mir eines: Was kann er in seinem Büro mit mir machen? Ihm sind in der Situation doch sprichwörtlich die Hände gebunden. Wenn mir etwas passiert, wäre er als Täter schließlich sofort enttarnt und gefasst."

Schweigend schenkte Skye ihr diesen Punkt. Rein analytisch betrachtet hatte Caya recht. Dennoch wehrte sich sein Gefühl dagegen. Der Mann brauchte nur eine Waffe im Büro zu haben, von der niemand etwas wusste, und niemand würde verhindern können, was dann unweigerlich folgte.

Aber vielleicht sehe ich auch Gefahren, wo keine sind. Vielleicht bin ich wirklich nicht mehr objektiv genug, was Caya betrifft, überlegte Skye selbstkritisch.

„Wir könnten sie verwanzen. Auf diese Weise können wir direkt eingreifen, wenn etwas schief läuft", schlug Ash vor, doch Skye schüttelte sofort den Kopf.

„Nein. Caya muss sich ohne unsere Ohren mit dem Senator unterhalten."

Ein dankbarer Blick von ihr sagte Skye, dass er zumindest in ihren Augen die richtige Entscheidung getroffen hatte.

„Wir könnten ihr einen Rufknopf geben", mischte sich Pax ein, bevor er sich an Caya wandte. „Das funktioniert quasi wie ein Seniorennotrufknopf. Wenn du ihn drückst, sendet er ein Signal und die Kavallerie macht sich auf den Weg."

Fragend sah Caya zu Skye. „Das klingt vernünftig, oder?"

„Ja. Das ist ein guter Kompromiss", stimmte er zu, obwohl es ihm immer noch lieber wäre, sie würde dieses Gespräch um einige Tage verschieben.

„Möchtest du den Knopf als Armband oder als Kette?", stellte Pax zur Wahl.

„Als Armband, bitte", antwortete Caya erleichtert.

„Ich mach das. Komm mit", erklärte Skye und ergriff ihre Hand. Dann führte er sie in den angrenzenden Technikraum.

Nachdem er die Tür hinter ihnen geschlossen hatte, drängte er Caya an die Wand. Mit seiner linken Hand zog er ihren rechten Arm über ihren Kopf und presste diesen ebenfalls gegen den Putz, während seine rechten Finger über ihre Wange strichen. Intensiv sah er ihr in die Augen. „Versprich mir, dass du mit deinem Vater nirgendwo hingehst und dass du den Knopf drückst, sobald er dir zu nahe kommt.“

Obwohl Caya versuchte ruhig zu atmen, kam ihr Atem stoßweise und es gab nichts, was sie dagegen tun konnte. Skyes Haltung war so ursprünglich männlich, dass es ihren ganzen Körper erregte. Niemals hatte sich ein Mann derart um sie gesorgt, dass er ein bestimmtes Vorsichtsverhalten von ihr gefordert hatte. Das war so sexy.

In Skyes Augen sah sie, dass ihre Antwort für ihn so wichtig war wie der nächste Atemzug und sie begriff, wie schwer es ihm fiel, diesen Kompromiss einzugehen. Schmetterlinge begannen in ihrem Bauch zu fliegen, als sie verstand, wie viel sie ihm bedeuten musste.

In ihrem Leben hatte es bisher nur Männer gegeben, die sie hatten machen lassen, was immer sie für richtig gehalten hatte. Ihr Vater hatte es als unverzichtbare Lehre zum Aufbau eines wertvollen Erfahrungsschatzes gesehen und für Dennis und Marc war es Ausdruck der Akzeptanz ihrer Selbständigkeit gewesen.

Zum ersten Mal überlegte Caya in diesem Moment, ob vielleicht beides nur vorgeschobene Argumente gewesen waren und der eigentliche Grund darin bestanden hatte, dass es ihnen am Ende schlichtweg gleichgültig gewesen war, was sie entschieden hatte und was die Konsequenzen sein würden. Unbestreitbar war Skye ihr Handeln nicht egal. Dennoch hatte er die Größe seine Bedenken beiseitezuschieben, wenn er argumentativ unterlegen war.

Caya zweifelte keine Sekunde daran, dass Skye niemals nachgegeben hätte, wenn er davon überzeugt wäre, dass ihr im Büro ihres Vaters eine wirkliche Gefahr drohte. Doch das änderte nichts an der Sorge, die er sich um sie machte.

Sie spürte die bebenden Vibrationen, die durch seinen angespannten Körper liefen. Aus dem Augenwinkel sah sie seinen beeindruckenden Bizeps und seine harte Brustmuskulatur ließ den Speichel in ihrem Mund zusammenfließen. Unbewusst öffnete sie ihre Lippen.

„Versprich es!“, presste Skye hervor, während sich sein Kopf zu ihr herabsenkte.

„Versprochen!“, flüsterte sie atemlos und stellte sich auf die Zehenspitzen, um ihn zu küssen. Unmöglich konnte sie länger warten. Jede einzelne Nervenzelle sendete kleine Blitze und versetzte sie in erregende Ungeduld. Hitzig rieb sie ihren Körper an seinen und automatisch verringerte Skye den Abstand zwischen ihnen auf Null.

Leise hörte sie ein animalisches Grollen in seinem Hals und dann nahm er ihren Mund in Besitz. Gierig spielte seine Zunge mit ihrer, während seine Hand an ihrem Arm und über ihre Seite hinunterfuhr. Dann ergriff er ihren Oberschenkel und legte ihr Bein um seine Hüfte.

Hart spürte Caya sein Glied in der Jeans, und sie veränderte ihre Position um einige Zentimeter, wo sie den Druck dringender brauchte. Doch es reichte noch immer nicht. Sie brauchte mehr. Sie brauchte Skye. Sie brauchte Sex mit Skye. Der Gedanke ließ sie zusammenfahren. Niemals zuvor hatte sie ein solch primitives Bedürfnis gespürt.

Skye hatte die Veränderung bemerkt und beendete den Kuss. Zufrieden lächelte er sie an, denn er wusste genau, was sie gerade gedacht hatte. Zärtlich küsste er ihre Wange, dann steckte er ihr eine Haarsträhne hinter ihr Ohr. „Blue und Ash werden auf dich aufpassen“, versicherte er ihr.

Allerdings hatte Caya das Gefühl, dass er die Worte mehr zu seiner Beruhigung als zu ihrer gesprochen hatte.

KAPITEL 19

Als Skye die renommierte Anwaltskanzlei Jordan & Partner betrat, sprang ihm der Geruch des Geldes förmlich entgegen. Teurer Marmorboden war mit exklusiven Perserteppichen belegt und die weißen Wände zierten übergroße Gemälde. Hinter dem Empfang lächelte ihm eine kurvige Blondine in einem teuren Chanelkostüm einladend entgegen, doch bevor sie ihn begrüßen konnte, warf ihr ihre ältere Kollegin einen missfallenden Blick zu und trat autoritär neben sie. Kritisch taxierte sie Skye von oben bis unten.

Der Hausdrache, schlussfolgerte Skye sofort und wartete geduldig bis die etwa fünfzigjährige Frau ihm wieder in die Augen sah. Er hasste den Standesdünkel der Frau. Vor fünfzehn Jahren hätte ihre arrogante Musterung ihn mit Sicherheit eingeschüchtert. Heute empfand er sie jedoch nur als unangemessen.

„Ist es ein Problem für Sie, dass ich keinen dreiteiligen Anzug trage?“, fragte er in einem freundlichen Ton, in dem er ein wenig mitfühlendes Bedauern einfließen ließ. „Oder ist die fehlende Rolex das Problem?“ Aus den Augenwinkeln sah er, wie sich die junge Anwaltsgehilfin zur Seite drehte, um ihr Lachen zu verbergen.

Der Drachen hingegen ignorierte seine Frage. „Wie kann ich Ihnen helfen?“

„Ich möchte zu Marc Jordan.“

„Haben Sie einen Termin?“

„Nein, aber ich bin mir sicher, er wird trotzdem einige Minuten seiner wertvollen Zeit für mich opfern.“

„Ich bedaure. Mr Jordans Terminkalender ist bereits sehr eng geplant. Wenn Sie möchten kann ich Ihnen einen Termin nächste Woche anbieten.“ Die Frau warf einen Bick auf ihren Computerbildschirm. „Wie wäre es am Donnerstagnachmittag?“

Lässig legte Skye einen Unterarm auf die Empfangstheke. „Rufen Sie Mr Jordan an und sagen Sie ihm, ich muss ihn wegen Miss Campbell dringend sprechen.“

Bei der Erwähnung von Cayas Namen weiteten sich die Pupillen der Frau. Sie wusste also, wer sie war. Sehr gut.

„Wie ich schon sagte, Mr Jordans Termine sind alle vergeben. Ich denke aber, wenn es dringend ist, kann Miss Campbells Sekretariat die Angelegenheit sicherlich per Mail ankündigen und die Unterlagen zur Ansicht durchsenden."

Langsam beugte sich Skye ein wenig nach vorne und automatisch trat die Dame einen Schritt nach hinten. „Und ich denke, wir überlassen die Entscheidung, ob Mr Jordan Zeit für mich hat oder nicht, am besten ihm selbst."

„Mr Jordan ist in einer Besprechung. Sie sehen, selbst wenn ich wollte ..."

„Unterbrechen Sie die Besprechung", forderte Skye und seine einschüchternde Haltung verfehlte auch dieses Mal nicht seine Wirkung. Auch wenn die Frau sich ihm noch immer widersetzte, klang ihre Stimme doch nicht mehr ganz so fest wie zuvor.

„Mr Jordan ist nicht im Haus."

„Wo ist er?"

„Bei einem Mandanten."

„Wieso steht der Termin dann nicht in seinem Kalender?"

„Er hat sich spontan ergeben", erwiderte die Frau, sah ihn jedoch plötzlich irritiert an. „Woher kennen Sie Mr Jordans Terminkalender?"

„Sagen wir einfach, ich wollte sicher gehen, nicht umsonst herzukommen."

Der Drache warf der jüngeren Kollegin einen strafenden Blick zu. Offensichtlich glaubte sie, Skye hätte zuvor angerufen, um zu erfahren, ob der Anwalt im Haus war. Dann wandte sie sich wieder zurück an den Besucher.

„Nun", straffte sie die Schultern und ihre Stimme wurde wieder resoluter, „wie es aussieht, hätten Sie sich den Weg dennoch sparen können."

„Ich warte."

„Wie bitte?"

„Ich sagte, ich warte. Mr Jordan wird schließlich irgendwann zurückkommen, nicht wahr?"

„Mrs Christensen, ich bin für eine halbe Stunde nicht im Haus", ertönte in diesem Moment unerwartet Douglas Jordans Stimme durch den Raum. „Wenn Samuel Marx kommt, führen Sie ihn in das grüne Besprechungszimmer und bieten Sie ihm Kaffee und Cognac an."

Der seniore Anwalt wollte sich gerade umdrehen und die Kanzlei verlassen, als sein Blick auf Skye fiel. Grübelnd kniff der Mann die Augen zusammen. Offensichtlich überlegte er, wo er das Gesicht des Besuchers einsortieren sollte.

„Sie haben Caya zu Marcos Giribaldi begleitet", fiel ihm schließlich ein, bevor er sich wunderte. „Ist Miss Campbell hier im Haus? Wieso weiß ich davon nichts? War unser Termin nicht für heute Mittag im Gefängnis vereinbart?" Fragend sah er Mrs Christensen an.

„Nein, Mr Jordan. Ich meine, ja, der Termin ist im Gefängnis und nein, Miss Campbell ist nicht im Haus. Dieser ... ähm, Herr wünscht Mr Jordan Junior zu sehen und ich habe ihm gerade erklärt, dass dies, abgesehen davon, dass Mr Jordan nicht im Haus ist, ohne Termin leider nicht möglich ist."

„Mein Sohn ist nicht im Haus? Wo um alles in der Welt treibt er sich zu einer Zeit rum, zu der er seinen Hintern auf seinem Schreibtischstuhl platziert haben sollte?", polterte der alte Jordan los, was der Frau eine unansehnliche Röte ins Gesicht schießen ließ.

Als sie nicht sofort antwortete, drehte Jordan ihren Bildschirm zu sich herum, um sich die Frage selbst zu beantworten. „Hier steht nichts."

„Nein, Sir. Es war ein spontaner Termin."

„Und mit wem findet dieser spontane Termin statt?"

„Das hat Mr Jordan mir nicht mitgeteilt."

„Und hat er gesagt, wann er gedenkt zurück zu sein?", brüllte seine Stimme erneut durch den Raum.

„Nein, Sir."

„Na, wunderbar. Da gebe ich meinem Nichtsnutz von Sohn die Möglichkeit zu arbeiten und er hat nichts Besseres zu tun, als sich auf meine Kosten zu vergnügen." Verächtlich schnaubte der Mann durch die Nase. „Mrs Christensen, auf meinem Schreibtisch liegen die Unterlagen von meinem letzten Meeting. Können Sie diese ablegen und anschließend die Papiere für Mr Marx herauslegen?"

„Selbstverständlich, Mr Jordan, sofort." Eilig verschwand die Dame in einem der angrenzenden Büros.

„Kann ich Ihnen helfen?", wandte sich der Anwalt wieder an Skye. „Oder hat es Zeit? Ich nehme an, wir werden uns ohnehin heute Mittag sehen?"

„Ja, das werden wir. Wenn es Ihnen nichts ausmacht, werde ich eine Weile warten. Vielleicht habe ich Glück und es ist nur ein kurzer Termin, der Ihren Sohn aufhält.“

„Machen Sie, was Ihnen gefällt. Es ist schließlich Ihre Zeit”, erklärte der alte Jordan kühl und verließ die Kanzlei.

„Puh, das ist bestimmt nicht immer einfach hier zu arbeiten”, drehte sich Skye zurück zu der jungen Blondine hinter der Theke und schenkte ihr sein verständnisvollstes Lächeln.

„Nicht immer”, gab sie zurück. „Aber dafür stimmt zumindest das Gehalt.“

„Das ist gut”, erklärte Skye und beschloss, sich ein wenig vorzutasten. „Marc Jordan und sein Vater verstehen sich nicht sonderlich gut, oder?“

Hastig warf die junge Frau einen Bick auf die Bürotür, durch die ihre Kollegin verschwunden war. Dann schüttelte sie ihren Kopf. „Nein. Der arme Marc hat es wirklich schwer. Er kann machen, was er will. Es ist nie gut genug für seinen Vater.“

„Mr Jordan ist ziemlich dominant.“

„Allerdings. Zu seinem Sohn ist er jedoch härter als jedem anderen gegenüber.“ Sie senkte ihre Stimme zu einem vertraulichen Flüsterton ab. „Niemand begreift, warum er Marc nicht längst zum Partner gemacht hat.“

„Vielleicht glaubt er, Marc braucht noch ein wenig Zeit. Er ist noch jung”, versuchte Skye eine Erklärung zu geben, doch wieder schüttelte die Blondine den Kopf.

„Im letzten Jahr hat er zwei Anwälten die Partnerschaft angeboten, die beide jünger sind als sein Sohn. Außerdem ist Marc ein guter Anwalt. Es scheint, als hätte sein Vater regelrecht Spaß daran, ihn zu unterdrücken. Manchmal ist es richtig unangenehm, ihrer Interaktion zuzuschauen.“

„Sie mögen den alten Jordan nicht sonderlich, oder?“

„Nein. Er betrügt seine Frau nach Strich und Faden und verlangt gleichzeitig von ihr absolute Toleranz und Gehorsamkeit. Seine Ehe ist eine einzige Farce. Glücklicherweise habe ich mit ihm nicht viel zu tun. Ansonsten würde ich es hier bei allem guten Lohn nicht aushalten. Möchten Sie vielleicht einen Kaffee, während sie auf Marc warten?“

„Nein, vielen Dank. Ich glaube, das Warten lohnt sich wahrscheinlich auch gar nicht. Ich werde besser später noch einmal vorbeischauen. Aber dann werde ich vorher in jedem Fall anrufen.“

Verschwörerisch zwinkerte er der blonden Empfangsdame zum Abschied noch einmal zu, dann drehte er sich um und verließ mit ausholenden Schritten die Kanzlei.

Skye war gerade in sein Auto eingestiegen, als sein Telefon klingelte. Auf dem Display erschien das Foto des ehemaligen Seals Kollegen, der nun als Psychiater arbeitete.

„Keanu!", grüßte Skye erfreut. „Danke, dass du zurückrufst. Wie geht es dir?"

„Es könnte nicht besser sein. Das Leben unter der Sonne Kaliforniens ist einfach ein Traum."

„Ja, der Südwesten hat schon etwas Beneidenswertes. Eines Tages werde ich ganz bestimmt zurückkehren. Hast du vielleicht gerade fünf Minuten Zeit oder sollen wir später telefonieren? Ich bräuchte deine Hilfe."

„Schieß los!"

In präzisen Worten gab Skye eine Zusammenfassung von Cayas Erlebnissen der letzten Wochen, sowie den Problemen, mit denen sie seither kämpfte. Anschließend beschrieb er das Verhältnis zu ihrem Vater.

„Du siehst, wie schwer es Caya fällt, Hilfe anzunehmen. Sie braucht jemanden, der die gesamte Situation erfasst und die richtigen Zusammenhänge erkennt. Jemanden, der weiß, wovon sie spricht oder gegebenenfalls sie auch dann versteht, wenn sie nicht spricht. Du bist der Beste, Keanu, und Caya braucht den Besten. Die Entfernung spielt keine Rolle. Ich komme mit ihr so oft nach San Diego, wie du es für nötig hältst."

„Sie muss dir wichtig sein."

„Das ist sie."

In der Leitung wurde es für einige Sekunden still. „Bist du dir in vollem Umfang darüber bewusst, worauf du dich einlässt, Skye? Die Aufarbeitung wird kein Spaziergang für sie. Bevor wir uns überhaupt mit den Folgen der Gefangenschaft beschäftigen können, muss sie sich von jahrelang anerzogenen Verhaltensstrukturen lösen. Nur dann kann eine Therapie überhaupt Erfolg haben. Die Auswirkungen dominanter Eltern auf ihre Kinder, insbesondere von Vätern, sind weitaus verheerender als man noch bis vor zehn Jahren angenommen hat. Vor allem wenn zusätzlich auch noch ein liebevoller weiblicher Gegenpart fehlt. Manche Menschen brechen unter dem Druck zusammen. Unter dem Verlust ihres Selbstbewusstseins verfallen sie entweder in eine chronische Lethargie oder sie werden zu Ja-Sagern. Andere hingegen entwickeln eine immense Stärke, wie es hier der Fall zu sein scheint. Doch gerade diese Menschen fallen tief, wenn ihnen eben diese Stärke, mit der sie ihr Leben lang alle Schwierigkeiten gemeistert haben, genommen wird oder sie plötzlich erkennen müssen, dass sie dieses Mal nicht das richtige Hilfsmedium ist. Da ihnen jede Alternative fehlt, haben sie keine Möglichkeit, ihr Problem zu lösen. Nach außen hin versuchen sie ihre Stärke weiter aufrechtzuerhalten, doch unweigerlich kommt es im Privaten zu immer häufigeren psychischen Zusammenbrüchen. Damit beginnt eine gefährliche Abwärtsspirale."

Keanu holte kurz Luft, bevor er weitersprach. „Es war gut, dass ihr Caya in Kolumbien so viel Selbständigkeit wie möglich gelassen habt und es war auch richtig, dass du ihre beruflichen Entscheidungen respektiert hast. Damit hast du das Schlimmste zunächst verhindert. Doch nun muss sie den nächsten Schritt gehen. Bist du wirklich bereit, sie auf diesem Weg zu begleiten? Du weißt aus eigener Erfahrung, dass sich in der Regel während der Aufarbeitung alle Symptome zunächst einmal verschlimmern, bevor der Heilungsprozess einsetzt und es besser wird."

„Das weiß ich. Mach dir keine Gedanken darüber."

„Gut. Dann sag mir, wann ihr kommt. Je eher wir anfangen, desto besser."

„Samstag?"

„Kein Problem. Was macht Pax?"

„Er arbeitet viel, wie immer."

„Hat er eine feste Freundin?"

„Nein."

Keanu seufzte. „Im Grunde war es eine rein theoretische Frage. Ich habe nicht wirklich mit einer anderen Antwort gerechnet. Sag schöne Grüße."

„Das mache ich. Bis Samstag."

„Bis Samstag."

Skye beendete die Verbindung und startete gerade den Motor, als das Telefon erneut klingelte.

„Was gibt es, Cal?", meldete er sich gutgelaunt über die Freisprechanlage des Wagens. Auch wenn Skye mit keiner anderen Reaktion seines Freundes in San Diego gerechnet hatte, so war er doch erleichtert, dass Keanu einer Therapie Cayas trotz der

Entfernung zugestimmt hatte. Der nächste Satz ließ ihn allerdings auf der Stelle einfrieren. Seine Hand, die gerade das Lenkrad hatte greifen wollen, verharrte in der Luft, sein Herzschlag blieb stehen und seine Lungen vergaßen zu atmen.

„Wir haben ein Problem, Skye."

KAPITEL 20

Leise schloss Caya die Bürotür hinter sich und nahm in einem der beiden dunkelgrünen Ledersessel vor dem teuren Mahagonischreibtisch Platz, hinter dem ihr Vater saß und einen Text in seinen Computer eingab.

„Was kann ich für dich tun, Caya?", fragte der Senator ungeduldig, ohne dabei aufzusehen. „Ich habe nicht viel Zeit."

Schweigend betrachtete Caya den Mann ihr gegenüber. Er war ihr Vater und trotzdem hatte sie das Gefühl, einem fremden Menschen gegenüberzusitzen. Sie wusste so gut wie nichts über ihn. Keine gemeinsamen Erlebnisse verbanden sie beide. Sie hatten niemals zusammen Urlaub gemacht, Weihnachten und Geburtstage waren ein nüchterner Austausch an Geschenken gewesen und Caya konnte sich nicht erinnern, dass ihr Vater jemals zu einer ihrer Ballettaufführungen oder Klaviervorspiele gekommen wäre.

„Warum hast du mich eigentlich nie lieben können?", fragte Caya plötzlich und erschrak dabei über ihre eigenen Wortc. Sie hatte niemals vorgehabt, diese Frage laut auszusprechen, aber aus einem unerklärlichen Grund war sie mit einem Mal aus ihr herausgepurzelt.

Überrascht hielt ihr Vater in der Bewegung inne und sah zu ihr auf. Für einen kurzen Moment hatte Caya den Eindruck, ehrliche Bestürzung darin zu sehen, doch der Ausdruck verschwand so schnell wie er gekommen war. Stattdessen verengten sich seine Pupillen und seine Stirn runzelte sich verärgert.

„Mach dich nicht lächerlich, Caya! Hast du deine Tage oder woher kommt dieser sentimentale Unsinn? Ich habe in dreißig Minuten einen wichtigen Termin und muss vorher noch ein Papier dafür fertigmachen. Für persönliche Gefühlsduseleien ist der Moment also wirklich denkbar ungeeignet "

„Gibt es für das Thema überhaupt einen geeigneten Zeitpunkt oder ist es in Wahrheit nicht immer ungünstig?", erwiderte Caya, den Schmerz, den seine Worte in ihr hervorriefen, ignorierend. Ihre Stimme klang fest wie immer und auch an ihrer Haltung deutete nichts darauf hin, wie sehr er sie verletzt hatte.

Intensiv sah sie ihm in die Augen. „Du hast mich angelogen.“

Ungeduldig seufzte der Senator. „Deswegen störst du mich im Büro? Ich dachte, es gäbe etwas Wichtiges.“

„Es ist wichtig”, beharrte Caya. „Du hast behauptet, die Firma IBB nicht zu kennen. Wie kann das sein, wenn du regelmäßig mit ihr Geschäfte machst?“ Angespannt beobachtete sie ihren Vater, dessen Augen sie plötzlich konzentriert fokussierten.

Zumindest habe ich jetzt seine ganze Aufmerksamkeit, durchfuhr es Caya. Insgeheim hatte sie noch immer gehofft, dass es eine harmlose logische Erklärung für den Geldtransfer gab, doch in diesem Moment starb selbst der letzte Funken Hoffnung. Schließlich war sie in den politischen Kreisen Washingtons aufgewachsen und erkannte, wenn jemand den Schalter umlegte, mit dem die Persönlichkeit des Gegenübers von Privat in den Politikermodus wechselte.

„Ich mache mit vielen Firmen Geschäfte. Du kannst kaum erwarten, dass ich mich an jeden einzelnen Namen erinnere.“

„Aber doch an diejenigen, an die du deine Stimme im Kongress verkaufst. Schließlich musst du wissen, wann du deine Hand heben oder an welche Stelle du dein Kreuz setzen musst.“

Wütend blitzten Senator Campbells Augen auf. „Du behauptest tatsächlich, ich sei korrupt, nur weil ich mich nicht sofort an den Namen eines Unternehmens erinnert habe?“

„An ein Unternehmen, das von den südamerikanischen Drogenkartellen dazu genutzt wird, einflussreiche Stimmen zu kaufen und damit die amerikanische Drogenpolitik massiv zu ihren Vorstellungen zu bestimmen.“

„Das ist lächerlich. Nachdem du mich neulich am Telefon gefragt hast, habe ich nachgesehen. IBB ist eine internationale Immobilienberatung und in der Tat habe ich in der Vergangenheit einige Geschäfte über sie abgewickelt. Allerdings mache ich nichts davon selbst. Ich habe einen Investmentberater, der diese Dinge für mich regelt und solange der Gewinn am Ende des Jahres stimmt, interessiert mich nicht, wo und wie er mein Geld anlegt. Das ist sein Job und dafür kassiert er eine ordentliche Stange Geld.“

Intensiv sah Caya ihren Vater an und ihr Herz klopfte im Hals, als sie mit ruhiger Stimme die nächste Frage aussprach. „Warum nutzt du für diese Geschäfte dann Mutters Konto und nicht dein eigenes? Und wie kommt es, dass Giribaldis Tochter dir jemals Geld überwiesen hat?“

Sie sah, wie ihrem Vater die Farbe aus dem Gesicht fiel. Offensichtlich hatte er nicht damit gerechnet, dass sie die Transaktion gefunden hatte.

„Giribaldi war damals auch derjenige, der die IBB ins Leben gerufen hat“, fuhr Caya fort. „Er war niemals aktiv beteiligt, doch alle Geschäftsführer der ersten fünf Jahre haben eine mehr oder weniger direkte Verbindung zu ihm. Sein Cousin, sein Schwager, sein Schwiegersohn. Die neuen Vorstände lassen sich zu anderen Kartellen zurückverfolgen.“

„Giribaldi nutzt dich für sein eigenes Spiel“, änderte Senator Campbell seine Strategie. „Wenn seine Familie von anderen Familien aus dem Unternehmen gedrängt wurde, will er Rache.“

„Ganz sicher ist das der Fall. Ich bin nicht dumm genug zu glauben, dass Giribaldi plötzlich unter die Heiligen gegangen ist. Er steht mit dem Rücken an der Wand und verkauft seine Informationen gegen bessere Haftbedingungen. Am Ende ist mir seine Motivation jedoch egal, wenn wir dafür die Drogenschwemme in unserem Land in den Griff bekommen. Nicht egal ist mir hingegen, warum du dich hast kaufen lassen? Du hattest doch genügend Geld.“

Mit einem Blick, der all ihre Enttäuschung verriet, sah sie ihren Vater an. „Warum, Dad?“

Resigniert ließ der Vater seine Schultern hängen und lehnte sich seufzend in seinem Schreibtischsessel zurück. „Privat ist das richtig. Hier war Geld nie ein Thema. Beruflich liegen die Dinge allerdings ein wenig anders. Wahlkämpfe sind teuer und verschlingen mehr, als du dir vorstellen kannst. Am Ende gewinnt der Kandidat, der die beste Strategie und das beste Marketing hat, was immer eine Frage des Geldes ist. Überzeugungen spielen nur eine untergeordnete Rolle. Schließlich kann immer alles in der einen sowie in der anderen Richtung argumentiert werden. So funktioniert Politik in unserer Zeit nun einmal, ob es uns gefällt oder nicht.“

Niedergeschlagen schüttelte Caya ihren Kopf. „Wie viele andere Senatoren stecken in dieser Geschichte mit drin?“

„Fünfzehn bis zwanzig.“

„Fünfzehn bis zwanzig?“ Bestürzt blickte sie auf. „Das ist fast ein Fünftel des Senats.“ Dann wurde sie wütend. „Seid ihr euch eigentlich darüber bewusst, wie leicht ihr es dieser Mafia gemacht habt, ihre Drogen über die Grenze zu bringen und bei uns zu verkaufen? Weißt du wie viele Jugendliche daran jedes Jahr sterben?“

„Sei nicht naiv, Caya. Die Drogen wären immer ins Land gekommen und die Kids wissen haargenau, was sie machen. Sie sind aufgeklärt genug. Die Schulen erhalten schließlich Beträge in Millionenhöhe für die unterschiedlichsten Aufklärungsprogramme. Wenn die Jugendlichen ihre Finger trotzdem nicht von dem Teufelszeug lassen, ist das nicht mein Problem. Irgendwann müssen sie selbst die Verantwortung für ihr Tun übernehmen.“

Caya konnte nicht fassen, was sie hörte. „So wie du.“

Abschätzend musterte ihr Vater sie. Schließlich nickte er langsam. „Ich habe immer gewusst, dass es vorbei sein würde, sobald du davon erfährst. Du hast eine sehr strenge Vorstellung von Recht und Unrecht und bist ein sehr starker Mensch. Du hast deine Träume immer zielstrebig verfolgt und im Gegensatz zu mir bist du dabei lieber alleine den schwereren Weg gegangen als dich in irgendwelche Abhängigkeiten zu begeben. Ich war an vielen Stellen schwach. Ich habe mich kaufen und damit lenken lassen.“

Mit einem Mal war alle Arroganz verfolgen. Die Kraft war aus Campbells Körper gewichen und Caya hatte das Gefühl, einem Mann gegenüberzusitzen, den sie noch nie zuvor gesehen hatte. Gleichzeitig verspürte sie jedoch das erste Mal eine emotionale Nähe zu ihrem Vater.

„Du hast mir beigebracht, stark zu sein”, sagte sie leise. „Du hast mir gesagt, dass ich mich auf niemand anderen verlassen darf als auf mich.“

Langsam nickte der Senator. „Weil ich weiß, wie es ist, wenn du einmal Unterstützung annimmst. Nichts ist umsonst auf dieser Welt, Caya, und mancher Preis ist ziemlich teuer erkauft. Oftmals sind es die Folgekosten, die man dabei am Anfang nicht bedacht hat. Bist du erst einmal im Labyrinth des Teufels gefangen, findest du den Ausgang nie wieder.“

Nachdenklich musterte sie ihren Vater, während sie über seine Worte nachdachte. Es schien, als ob sie zum ersten Mal die Umstände bedachte, die ihren Vater zu dem Menschen gemacht hatten, der er geworden war. Er hatte in seinem Leben offensichtlich völlig andere Erfahrungen gemacht als Skye, für den es absolut normal war Unterstützung anzunehmen und seinerseits Hilfe zu gewähren.

Sie dachte an ihre Großeltern väterlicherseits, die bereits lange verstorben waren, für die jedoch einzig und allein der äußere Schein wichtig gewesen war. Herzlichkeit und Warmherzigkeit waren Fremdwörter für sie gewesen. Stattdessen war Erfolg das Einzige, was für sie gezählt hatte und sie hatten ihren Sohn von klein auf entsprechend unter Druck gesetzt.

Vielleicht war es kein Wunder, dass ihr Vater so war wie er war, dachte Caya. Allerdings war ihr Vater irgendwann erwachsen gewesen und damit in der Lage, das Verhalten seiner Eltern zu reflektieren und seinen eigenen Weg einzuschlagen. Irgendwann hatte er dabei eine falsche Abzweigung genommen. Doch statt umzukehren war er immer weiter gelaufen.

Die Frage, die sich Caya in diesem Moment stellte, war: Wie weit war ihr Vater tatsächlich gegangen, um seine Machenschaften zu vertuschen?

„Dad?" Ihr Herz raste und auf ihrem Rücken bildeten sich Schweißperlen. Doch sie wusste, dass sie die nächste Frage stellen musste. „Hast du Guttierez beauftragt, mich zu entführen?"

Entsetzt starrte ihr Vater sie an. „Bist du verrückt? Niemals würde ich etwas tun, was dir schadet. Ich habe dich lediglich gebeten, den Fall Giribaldi abzugeben, weil ich nicht wollte, dass du findest, was ich getan habe. Aber niemals würde ich dich entführen lassen."

Stumm sahen sich die beiden einige Sekunden in die Augen. Dann seufzte Caya. „Du musst dich selbst anzeigen, Dad. So leid es mir auch tut, aber ich kann nicht so tun, als hätte ich die Verbindung zwischen dir und Giribaldi nicht gesehen."

„Ich weiß. Das verlange ich auch gar nicht."

Mit einem Mal sah ihr Vater um Jahre gealtert aus und Cayas Herz zog sich zusammen. Schüchtern legte sie eine Hand auf die ihres Vaters. Ihre Unterlippe zitterte dabei und nur mit Mühe konnte sie die Tränen in ihren Augen zurückhalten. Der Körperkontakt fühlte sich ungewohnt an, doch gleichzeitig auch schön.

Selbst wenn es nur zwei Hände waren, die sich berührten, so stellten sie doch eine Verbindung her. Eine emotionale Verbindung, die es bisher zwischen ihnen nicht gegeben hatte und die sich Caya doch so oft herbeigesehnt hatte.

„Auch wenn ich dir das nie gesagt habe, Caya: Ich bin stolz auf dich!“, erklärte ihr Vater und sie spürte, wie er ihre Hand fest drückte.

Doch bevor Caya reagieren konnte, zog er seine Hand zurück und stand auf. Als er wieder sprach hatte sein Ton jegliche Sentimentalität verloren und der Politiker Campbell war zurück.

„Für den Fall, dass du meine Korruptionsaffären eines Tages aufdeckst, habe ich alles fein säuberlich aufgeschrieben. Ich habe einen Aktenordner, der alle Namen und Verbindungen enthält. Nachdem du mich vor ein paar Tagen nach IBB gefragt hast, war für mich klar, dass es im Grunde nur noch eine Frage der Zeit ist, bis du auf mich stößt.“

Mit einem direkten Blick in Cayas Augen fuhr er fort. „Ich weiß nicht warum, aber als du mich heute Morgen angerufen und mir gesagt hast, dass du vorbeikommst, habe ich bereits geahnt, worum es geht. Daher habe ich Marc gebeten, die Akte vorbeizubringen. Für den Fall, dass mir jemals etwas zustoßen sollte, hatte ich sie offiziell mit meinem Testament in Jordans Kanzlei hinterlegt. Wenn man mit der Mafia Geschäfte macht, kann man letztendlich nicht vorsichtig genug sein.“

Der Senator öffnete die Seitentür seines Büros, die in ein angrenzendes privates Wartezimmer führte.

Erstaunt folgte ihm Caya und sah, wie sich Marc Jordan und ein zweiter Mann erhoben. Ihr Blick streifte den Fremden einen kurzen Moment, jedoch wandte sie ihre Aufmerksamkeit sofort wieder ihrem Vater und dem laufenden Gespräch zwischen ihm und ihrem Ex-Verlobten zu.

„Vielen Dank, Marc, dass du solange gewartet hast”, grüßte er den Anwalt.

„Das ist selbstverständlich, Senator. Ich habe die Unterlagen dabei.“

„Sehr gut. Könntest du Caya die Sachen bitte offiziell übergeben? Meine Unterschrift habe ich dir ja bereits gegeben. Wenn ihr fertig seid, kannst du das Haus über den privaten Zugang wieder verlassen.“ Dabei deutete er auf eine weitere Tür, von der Caya wusste, dass sie in ein dahinter liegendes Treppenhaus führte, von wo aus man hinunter auf die Straße gelangte.

Alle Büros auf dieser Seite des Gebäudes hatten einen solchen Zugang. Er stammte noch aus den Zeiten des Kalten Kriegs, als es an der Tagesordnung war, dass Spione und Doppelagenten ungesehen in den Kongress geschleust wurden.

„Je weniger Leute wissen, dass du heute hier warst", fuhr der Senator fort, „desto weniger Fragen werden gestellt. Das Material ist ziemlich brisant und ich will nicht, dass jemand davon erfährt, bevor Caya entsprechend geschützt ist."

Dann wandte er sich an seine Tochter. „Sobald du meine Aufzeichnungen nutzt, brauchst du Personenschutz, Caya. Die Akte enthält eine Menge Namen und Fakten, die Karrieren und Leben zerstören."

„Aufgrund unserer persönlichen Beziehung werde ich den Fall nicht übernehmen können, Dad."

„Ich weiß. Dennoch kann es sein, dass jemand nicht vergisst, wer den Stein ins Rollen gebracht hat", erwiderte der Senator und zog seine Tochter in seine Arme. Er küsste ihr Haar, dann drehte er sich um und kehrte in sein Büro zurück.

Perplex starrte Caya hinter ihm her. Wann hatte ihr Vater sie jemals in den Arm genommen?

„Ich brauche deine Unterschrift, Caya", rief Marc Jordans Stimme sie zurück in die Realität.

„Sicher", murmelte sie und griff nach dem Kugelschreiber, den er ihr entgegenhielt. Argwöhnisch warf sie dem zweiten Mann im Raum einen weiteren kurzen Blick zu. Dann beugte sie sich zu dem kleinen Couchtisch hinunter, um die Empfangsbestätigung zu unterschreiben.

Ich kenne den Mann, dachte sie, während die Mine über das Papier flog. Etwas an ihm kam ihr bekannt vor, doch konnte sie dieses Etwas nicht greifen.

Sie hatte den Stift gerade zur Seite gelegt und wollte sich aufrichten, als sie spürte, wie etwas Spitzes in ihren Nacken pikste. Reflexartig griff ihre Hand an die entsprechende Stelle, während ihre Augen erst zu Marc, dann zu dem Fremden schweiften.

Guttierez, schoss es unvermittelt durch Cayas Gehirn und Panik brach in ihr aus. Doch bevor sie auch nur schreien konnte, wurde es dunkel um sie herum und sie brach zusammen.

„Pass auf, dass euch niemand sieht, wenn du sie wegbringst", verlangte Jordan.

„Ich verstehe immer noch nicht, warum ich sie nicht direkt hier umlegen kann", brummte der Kolumbianer, während er Cayas Hände auf ihrem Rücken fesselte.

„Weil es merkwürdig wäre, wenn du sie umbringst, aber mich am Leben lässt und ich habe noch nicht vor, den Löffel abzugeben. Ansonsten bekommst du übrigens auch dein Geld nicht."

„Sieh zu, dass es in drei Tagen auf meinem Konto ist, ansonsten verliere ich die Geduld."

„Keine Sorge, du bekommst dein Geld schon. Schick du nur noch ein weiteres Video an die DEA und sag ihnen, dass das die Rache für die Befreiungsaktion der Staatsanwältin in Kolumbien ist. Ich will, dass alles auf Giribaldi deutet. Lass Caya übrigens ruhig noch ein bisschen leiden. Sie hat es verdient. Niemand verlässt einen Jordan."

„Bestimmte Wünsche?"

„Nein. Mach, was immer dir Spaß macht, aber sorg dafür, dass dieser Typ, der in letzter Zeit ständig an ihrer Seite zu sehen ist, es erfährt. Es wird Zeit, dass jemand dem Kerl seine Grenzen aufzeigt."

Sorgfältig steckte der Anwalt die Unterlagen zurück in seine Aktentasche, bevor er diese auf den Boden neben dem Sofa abstellte.

„Jetzt knock mich aus", befahl er. „Hau ordentlich zu, sodass man etwas sieht und es glaubhaft wirkt."

Ohne zu zögern, stieß ihm der Kolumbianer seine Faust ins Gesicht und Marc Jordan ging bewusstlos zu Boden. Für einen kurzen Moment sah Guttierez abfällig auf den Anwalt hinunter. Er hasste Männer wie ihn. Sie waren elende Feiglinge, die sich hinter ihrem Vermögen versteckten. Doch Tatsache war, dass er eben dieses Geld brauchte.

Achselzuckend schulterte er Caya und verließ den Raum auf dem gleichen Weg, auf dem er gekommen war. Geräuschlos schloss er hinter sich die Wandtür, die in das private Treppenhaus führte. Dort lief er die Stufen hinab und legte Caya unbemerkt in den Kofferraum seines Wagens, den er direkt vor dem Nebeneingang geparkt hatte.

KAPITEL 21

Cal und Ash hörten ein leises Plopp und sahen sich erstaunt an. Was war das gewesen? Automatisch wussten beide, dass der andere die gleiche Assoziation hatte. Das dumpfe Geräusch hatte sich nach einem Schuss aus einer Waffe mit Schalldämpfer angehört. Unwillkürlich sprangen beide auf und liefen auf Campbells Bürotür zu.

„Halt! Stopp! Wo wollen sie hin? Sie dürfen nicht einfach zu dem Sena..." Die Stimme der Sekretärin brach ab, denn die beiden Männer standen bereits mitten im Büro des Senators.

„Scheiße!", stieß Cal aus, während er bereits auf den Mann hinter dem Schreibtisch zulief.

Entsetzt stieß die Sekretärin einen Schrei aus, als sie die Leiche des Politikers sah. Sofort stellte sich Ash in ihre Sichtachse und drehte sie herum. Der Anblick eines Kopfschusses war niemals schön.

„Er ist tot", erklärte Cal. „Er hat sich die Waffe in den Mund geschoben und abgedrückt. Wo ist Caya?"

„Wo ist seine Tochter?", wandte sich Ash ungeduldig an die Büroangestellte.

„Hier ist noch eine Tür. So ein Mist! Warum hat uns das niemand gesagt?", fluchte Cal und stieß die Tür auf.

In wenigen Schritten stand Ash neben ihm. „Da liegt Jordan. Er ist bewusstlos." Augenblicklich ging er neben dem Anwalt in die Hocke und rüttelte den Mann heftig, der daraufhin langsam zu sich kam.

„Wo führt diese Tür dort hin?", wandte sich Cal an die Sekretärin, die ihnen schockiert gefolgt war.

„Hinunter auf die Straße, glaube ich zumindest. Ich habe den Ausgang nie benutzt. Ich weiß nur, dass der Senator ihn hin und wieder für private Besucher genutzt hat."

Laut fluchte Cal, während er die Tür aufriss und ins Treppenhaus stürzte.

„War jemand hier, bevor Caya zu ihrem Vater hineingegangen ist?", fragte Ash.

„Nicht, dass ich wüsste. Aber wie gesagt, der Senator hat diesen Zugang hin und wieder gebraucht. Er hat an einigen geheimen Projekten gearbeitet und manchmal wollte er nicht, dass jemand anderer zu früh von seinen Vorhaben erfuhr."

Die Frau schluchzte nun heftig. Der erste Schock hatte nachgelassen und langsam sank das grausame Ausmaß der Realität in ihr Bewusstsein.

„Jordan! Wachen Sie auf, Mann!", befahl Ash dem Anwalt.

„Hm?", ächzte dieser und stöhnte, als er sich langsam aufrichtete.

„Kommen Sie, erzählen Sie mir, was passiert ist."

„Mein Kopf!", jammerte der Mann. „Wer sind Sie überhaupt!"

„Ich bin Cayas Personenschutz. Wo ist sie?"

„Caya? Ich weiß nicht. Was ist passiert?"

„Eben das will ich von Ihnen wissen."

„Ich erinnere mich nicht. Wir standen hier und ich wollte ihr die Unterlagen ihres Vaters geben, worum mich der Senator gebeten hatte. Sie müssen in meiner Tasche sein." Ungelenk zog er seine Aktenkoffer zu sich heran und zog die Akte heraus. „Gottseidank. Sie ist noch da."

Ungeduldig riss Ash sie dem Mann aus der Hand. Auf einen Blick erkannte er, was sich darin befand.

„Hey! Das dürfen sie nicht. Sie haben keine Befugnis ..."

„Was ist passiert, Jordan?", unterbrach ihn Ash.

„Die Tür ging auf und plötzlich stand ein Mann vor mir und dann wurde es dunkel. Oh, mein Kopf tut weh!"

„Kein Wunder. Sie haben einen ganz schönen Schlag abbekommen", erklärte Ash kühl. „Das wird ein ziemliches Veilchen werden."

„Wo ist Caya nun?" Fragend sah der Anwalt ihn an.

„Gibt es noch einen Ausgang?", wollte Ash von der Sekretärin wissen.

„Nein."

In diesem Moment kehrte Cal in den Raum zurück. „Nichts", informierte er Ash und zog ihn ein Stück zur Seite. „Das Treppenhaus führt in eine kleine enge Gasse, gerade breit genug für einen PKW. Es gibt weder Kameras am Haus noch auf der Straße."

„Vielleicht erfasst eine der Frontkameras die Einbiegung und wir können darüber an ein Modell kommen. Wenn wir davon ausgehen, dass jemand Caya entführt hat, brauchte er einen Wagen."

„Gute Idee. Ruf du Pax an. Er soll sich in das Überwachungssystem der Stadt einloggen. Ich informiere Skye."

Die Nachricht brachte Skyes Welt für einen Moment zum Stillstand und er hatte das Gefühl, dass ihm der Boden unter den Füßen weggezogen wurde. Dann fing sein Herz plötzlich an zu rasen und jagte sein Blut in Überschallgeschwindigkeit durch die Adern. Ihm wurde übel und schwindelig und es blieb ihm nichts anderes übrig, als die Augen zu schließen. Es war ein Glück, dass er noch nicht losgefahren war, ansonsten wäre er eine Gefahr für den Straßenverkehr gewesen.

„Skye?", drang Cals Stimme über die Freisprechanlage in den Wagen. „Atme, Freund! Wir werden Caya finden!"

Atmen? Ja, das war ganz sicher ein gutes Konzept. Fürs Erste zumindest. Erstaunt stellte Skye fest, dass sein Herz wieder ruhig in seiner Brust schlug. Die nächsten Sekunden konzentrierte er sich auf die einzelnen Schläge, dann hatte er sich wieder im Griff.

Professionell schob er alle Emotionen beiseite und tat das, was er am besten konnte. Er nahm den Kampf auf. „Ich bin unterwegs, Cal. Pax soll die Kameras in der Nähe des Kongressgebäudes checken."

„Er ist schon dran."

„Gut. Haltet Jordan fest und sichert die Unterlagen. Wenn sie tatsächlich das beinhalten, was Ash vermutet, wird Caya sie für eine Anklage brauchen. Und informiert Blue. Er soll alles für eine schnelle Befreiungsaktion vorbereiten. Sobald wir wissen, wo sie ist, greifen wir zu. Ach ja, Pax soll auch alle umliegenden Flughäfen im Auge behalten. Vor allem die kleinen privaten. Ich will von jedem verdammten Flieger wissen, wo er hinfliegt."

Während der Fahrt analysierte Skye die ihm bekannten Fakten. Sie mussten unbedingt herausfinden, wer hinter all den Anschlägen steckte und wer Caya nun offensichtlich schon zum zweiten Mal in Händen hatte. Langton war tot. Der Senator ebenfalls. Für eine Sekunde verweilten Skyes Gedanken noch einmal bei Dennis Richards. Hatte er den Mann zu früh von der Verdächtigenliste gestrichen?

Nein, beantwortete er sich die Frage selbst. Nach wie vor war er sicher, dass Cayas Ex nichts damit zu tun hatte. Vielmehr schrie sein Bauchgefühl, dass Jordan mit drin hing. Aber warum war der Mann dann nicht gemeinsam mit dem Entführer geflohen? Da niemand gewusst hatte, dass sich der Anwalt im Büro des Senators befunden hatte, hätte er sich nicht absichtlich zusammenschlagen lassen müssen.

Fieberhaft dachte Skye weiter nach. Irgendetwas übersah er. Gab es etwa noch eine Person, an die er bisher noch gar nicht gedacht hatte? Plötzlich fiel ihm etwas ein, was Keanu eben am Telefon gesagt hatte. Hastig wählte er noch einmal die Nummer des Freundes.

„Keanu!", fiel er gleich mit der Tür ins Haus. „Du hast mir vorhin erklärt, dass Kinder von dominanten Vätern entweder schwach werden und sich unterwerfen oder aber stark und dabei unter Umständen das Verhalten der Väter übernehmen. Ist es auch möglich, dass sich beide Verhaltensmuster in einer Person vereinen?"

Der Psychiater überlegte einen Moment. „Sicher. Es wäre ungewöhnlich, aber durchaus nicht ausgeschlossen."

„Danke!", verabschiedete sich Skye schnell. Er war nun absolut sicher, dass Jordan hinter all dem steckte.

Von Kindheit an hatte sein Vater Ansprüche und Erwartungen an Marc gestellt, denen der Junge niemals hatte gerecht werden können. Statt ihn zu unterstützen, hatte der alte Jordan seinen Sohn jedoch gestraft und gedemütigt. Noch heute degradierte ihn sein Vater in aller Öffentlichkeit, indem er seinem Sohn die berufliche Partnerschaft verweigerte.

Über all die Jahre hinweg hatte sich in Marcs Bewusstsein ein Verständnis für die Behandlung seines Vaters eingebrannt. Er war nicht intelligent genug, er war nicht fleißig genug, er war nicht gut genug. Dementsprechend musste er bestraft werden. Daher rührte auch sein sexuelles Bedürfnis nach Unterwürfigkeit. Er brauchte eine Domina, die ihn bestrafte und erniedrigte.

Gleichzeitig war der Ehrgeiz, seinem Vater nachzueifern, jedoch nach wie vor ungebrochen. Marc wollte ebenso stark und erfolgreich sein wie Douglas Jordan und er kämpfte um die Anerkennung seines Vaters, die er zum ersten Mal gespürt hatte, als er sich mit der erfolgreichen Staatsanwältin und Tochter eines Senators verlobt hatte.

Als Caya die Verlobung jedoch löste, verlor Marc eben diese Akzeptanz wieder. In seinen Augen hatte Caya ihn vor seinem Vater bloßgestellt und die Demütigung war mehr als er hatte verkraften können. Für Marc war ihr Verhalten ein unverzeihlicher

Akt gewesen. Ein Akt, der in seinen Augen hatte bestraft werden müssen. Und so hatte Marc Jordan die Rolle vom Sünder zum Richter gewechselt.

Je länger Skye darüber nachdachte, desto mehr Sinn ergab es für ihn. Marc Jordan war definitiv ihr Mann. Wahrscheinlich hatte reine Selbstüberschätzung ihn heute dazu bewogen, am Tatort zu bleiben. Er hatte geglaubt, eine Ohnmacht und ein blauer Fleck würden genügen, um den Verdacht von ihm abzulenken. Doch das war für Skye nicht genug.

Zehn Minuten später stürmte er in das Büro des Senators und riss den Anwalt am Stoff seines Hemdes nach oben. „Wo ist sie, Jordan?"

Die Sekretärin stieß einen weiteren schockierten Schrei aus. „Ich sollte jetzt wirklich die Sicherheit informieren."

„Das Sicherheitspersonal im Haus ist hierfür nicht zuständig", erklärte Ash zum wiederholten Mal, wobei seine Stimme ebenso ruhig klang wie die Male zuvor. „Das FBI ist bereits informiert und ich bin sicher, die Kollegen werden gleich hier sein."

Auf keinen Fall durfte das Black Panther Team offiziell in den Selbstmord des Senators mit hineingezogen werden. Glücklicherweise hatten sie ihre eigenen Kanäle, um eben dies zu verhindern.

„Wo ist Caya?", wiederholte Skye eindringlich und schüttelte den Mann vor sich.

„I...ich weiß es nicht. I...ich habe einen Schlag bekommen und wurde ohnmächtig. Glauben Sie mir, ich will genauso wenig, dass ihr etwas passiert wie Sie. Oh Gott, ich wollte, ich hätte etwas tun können, um das alles zu verhindern."

„Lügen Sie mich nicht an, Jordan. Schließlich haben Sie den Auftrag zu Cayas Entführung gegeben und Sie haben auch das hier heute alles eingefädelt, nachdem all die anderen Anschläge auf ihr Leben daneben gegangen sind."

„Skye!", bat Ash ihn mit einer Kopfbewegung zur Seite, bevor er Skyes Meinung im Flüsterton hinterfragte. „Bist du dir ganz sicher, dass Jordan dahintersteckt?"

Auch Cal zweifelte an der Schuld des Anwalts. „Die Faust in seinem Gesicht war kein Alibischlag. Sie hat richtig getroffen."

„Natürlich hat sie das", brummte Skye. „Jordan ist kein Dummkopf. Er weiß, dass wir ihm alles andere nicht abgenommen hätten. Jetzt überlegt doch mal. Ein Mann betritt den Raum und schlägt Jordan k.o. Glaubt ihr nicht, dass Caya sofort den Hilfeknopf an ihrem Armband betätigt hätte?"

„Den Knopf habe ich völlig vergessen", musste Ash gestehen und auch Cal nickte bedrückt, als er zugab:

„Das ist wahr. Es gibt auch keine Kampfspuren. Nichts ist umgefallen oder deutet darauf hin, dass sie versucht hat wegzulaufen."

„Sie hätte auch sicherlich geschrien und das hättet ihr gehört oder zumindest der Senator, der zu diesem Zeitpunkt noch am Leben gewesen sein muss. Nein, Caya muss vor Jordan das Bewusstsein verloren haben und das bedeutet, Jordan weiß mehr als er zugibt", erklärte Skye überzeugt. „Ash, warte draußen mit der Sekretärin. Wenn wir mit Jordan fertig sind, fahren Cal und ich zurück in die Zentrale. Du bleibst hier und übergibst offiziell die Ermittlungen. Sorge dafür, dass Jordan verhaftet wird."

Skye wartete bis sich die Tür hinter Ash und der Frau geschlossen hatte, dann ging er langsam auf den Anwalt zu. Dicht vor ihm blieb er stehen und intuitiv wich Jordan zwei Schritte zurück. Skyes Augen hatten jegliches Funkeln verloren. Eiskalt blickten sie auf den Anwalt hinunter, der einige Zentimeter kleiner war als er.

„W...was haben Sie vor? Sie können nicht ...", stammelte er.

„Was kann ich nicht, Jordan?"

Mühsam versuchte der Mann seine Panik zu unterdrücken und richtete sich zu seiner vollen Größe auf. „Was wollen Sie?", fragte er und klang dabei tatsächlich selbstbewusst. Lediglich sein Blick verriet die Angst, die ihn innerlich zittern ließ.

„Ich will wissen, wo Caya ist."

„Das weiß ich nicht. Das habe ich Ihnen doch schon gesagt. Ich sollte besser draußen auf die Polizei warten. Wenn Sie mich kurz vorbeilassen würden."

„Sie werden nirgendwo hingehen, Jordan", erklärte Skye unerbittlich, während er seine Finger demonstrativ beugte und streckte.

„Sie dürfen mir nichts tun. Das ist gegen das Gesetz", jammerte Jordan plötzlich.

„Ich tue ihn doch gar nichts. Wir unterhalten uns lediglich, nicht wahr, Cal?"

„Das sehe ich genauso", stimmte dieser unverzüglich zu.

„Wenn ich Sie verklage, dann ist das vor Gericht Meineid."

„Sie haben eine böse Kopfverletzung erlitten, Marc", erinnerte ihn Cal in einem verständigen Ton. „Da kann man schon einmal die Ereignisse durcheinander werfen."

„Ihr Spiel ist aus, Jordan", erklärte Skye kalt. „Sie haben es Caya nicht verziehen, dass sie Sie verlassen hat. Ihr ganzes Leben haben Sie um die Akzeptanz Ihres Vaters gekämpft, doch ihre Beziehung zu Caya war das Erste, was sie in den Augen des alten Douglas richtig gemacht haben. Sie haben geglaubt, endlich alles erreicht zu haben, wonach sie jahrelang gestrebt haben."

Skye machte eine kurze Pause, eher er fortfuhr. „Doch ehe Sie es sich versahen, war es mit der Herrlichkeit schon wieder vorbei. Als Caya Sie verließ, sah Ihr Vater erneut nur den Versager in Ihnen. Die Schuld dafür lasteten Sie Caya an. Es war ihr Fehler! Schließlich hatten Sie nichts anderes getan als das, was Ihr Vater tut. Im Laufe seiner Ehe hat er Ihre Mutter hundertmal betrogen. Trotzdem steht sie noch immer bei jeder Gesellschaft an seiner Seite und lächelt. Caya war allerdings nicht bereit, ein solches Verhalten zu akzeptieren und hat Sie damit nicht nur in Ihrer Eitelkeit gekränkt. Viel schlimmer als ihr eigenes angekratztes Ego war, dass Sie in den Augen Ihres Vaters wieder herabsanken zu dem Waschlappen, der Sie vorher gewesen waren."

„Ich bin kein Waschlappen", brach es aus Jordan plötzlich heraus. Offenbar hatte Skye das richtige Wort gewählt, das die versteckten Emotionen in dem Mann aufbrach. „Ich bin ein erfolgreicher Anwalt. In den letzten Jahren habe ich Hunderte von Fällen gewonnen. Und ich kann jede Frau haben, die ich will. Die Weiber stehen Schlange vor meiner Tür."

„Aber sie wollten nicht jede haben. Sie wollten Caya!", erinnerte ihn Skye. „Sie war die Trophäe, von der Sie wussten, dass sie Sie in der Wertschätzung Ihres Vaters nach oben katapultieren würde. Dabei war Ihnen der Mensch egal. Die wahre Caya Aurora Campbell hat sie nie interessiert. Sie interessierte immer nur ihre berufliche Position und der Familienname."

„Caya interessiert sich selbst nur für ihre Karriere. Leidenschaft ist ein Fremdwort für sie. Dafür müsste sie sich gehen lassen und das tut sie niemals. Sie muss grundsätzlich immer und in jeder Situation die Kontrolle haben."

„Und da haben Sie gedacht, eine Entführung von ein paar Guerillakriegern ist genau das, was sie braucht. Bevor sie stirbt, wollten sie ihr noch eine Lektion erteilen. Sie wollten ihr zeigen, wie es ist, keine Kontrolle zu haben, richtig?“, forderte Skye den Anwalt weiter heraus.

„Allerdings. Es wurde Zeit, dass sie diese Erfahrung endlich am eigenen Leib spürt. Außerdem musste sie für ihr Verhalten bestraft werden. Sie hat mich vor der ganzen Gesellschaft gedemütigt. Niemals zuvor hat eine Frau einen Jordan verlassen.“

Einen kurzen Moment hingen die Worte folgenschwer im Raum und Skye gab dem Mann einige Sekunden Zeit, um vollständig zu begreifen, dass er gerade ein Schuldeingeständnis abgelegt hatte. Wie Skye richtig vermutete, hatte Jordan im Affekt gesprochen und nur langsam drang die volle Bedeutung der Aussage in sein Bewusstsein.

„Wer ist Guttierez?“, wollte Skye schließlich wissen, doch der Anwalt funkelte ihn nur zornig an.

„Vergessen Sie es. Von mir werden Sie nichts mehr erfahren. Für Caya kommt ohnehin jede Hilfe zu spät.“

„Machen Sie Ihre Lage nicht noch schlimmer als sie ohnehin schon ist, Jordan. Wo hat Ihr Auftragskiller Caya hingebracht?“

Mit einem kranken Siegeslächeln im Gesicht sah der Mann Skye in die Augen. „Selbst wenn ich wollte, könnte ich es Ihnen nicht sagen. Der General arbeitet alleine und weiht grundsätzlich niemanden in seine Pläne ein. Um ehrlich zu sein, ist es mir auch egal, wie er seine Ziele erreicht, solange am Ende das Ergebnis stimmt.“

Wütend packte Skye den Mann, doch bevor er die Fassung verlieren konnte, ließ ihn das Klingeln seines Handys innehalten. Aufgebracht stieß er den Mann von sich, der einige Schritte nach hinten taumelte.

„Ja!“, meldete sich Skye, wobei seine aufgewühlte Stimmung deutlich zu hören war.

Pax überging dies jedoch und kam sofort zur Sache. „Ich weiß, wer Guttierez ist.“

Überreizt wendete sich Skye von Jordan ab und versuchte seine Emotionen in den Griff zu bekommen, um sich ganz auf Pax’ Neuigkeiten zu konzentrieren, während er der Information lauschte.

„Sein richtiger Name ist Carlos Rojas. Sein Vater war der Anführer einer zunächst kleinen Guerillatruppe im Süden Kolumbiens. Als einer von wenigen wilden Kriegern konnte der Vater zumindest in Ansätzen strategisch denken. Die dadurch erzielten Erfolge sprachen sich schnell rum und so ist es ihm vor dreißig Jahren als Erstem gelungen, sich mit anderen Kämpfergruppen zusammenzuschließen. Carlos ist mit zwanzig Jahren in die USA eingewandert und hat seinen Vater von hier aus mit Informationen und Waffen versorgt, die er gegen Drogen eingetauscht hat. Vor fünf Jahren wurde er dann wegen illegalen Drogenbesitzes hier in Washington verhaftet und jetzt darfst du dreimal raten, wer ihn damals vor Gericht rausgehauen hat."

„Marc Jordan", antwortete Skye bissig.

„Korrekt."

„Hast du eine Adresse von dem Typen?"

„Offiziell ist er in L.A. gemeldet."

„Dort wird er Caya kaum hingebracht haben."

„Nein. Ich habe allerdings eine Fahndung nach seinem Auto herausgegeben. Eine der Frontkameras hat den schwarzen Hyundai von hinten erfasst, als er aus der Gasse auf die Hauptstraße abgebogen ist."

„Konntest du den Wagen nicht über das Verkehrsüberwachungssystem verfolgen?"

„Leider nein. Der Typ ist schlau. Nach der nächsten Kreuzung muss er eine ganze Weile nur kleine Nebenstraßen benutzt haben, denn in einem Radius von drei Kilometern ist der Wagen nicht mehr aufgetaucht."

„Wir müssen den Kerl finden, Pax. Versuche so viel wie möglich über Rojas in Erfahrung zu bringen. Vielleicht verrät uns irgendetwas, wo er Caya hingebracht hat."

„Ich sage es nicht gerne, Skye, aber du weißt, wie hoch die Wahrscheinlichkeit ist, dass er dieses Mal nicht lange mit ihr spielt."

Skye schluckte. Ja, das wusste er. Doch er durfte nicht daran denken, denn dann würde er durchdrehen und Caya keine Hilfe mehr sein.

„Dann sollten wir uns besser beeilen, sie zu finden", erklärte er daher entschlossen und beendete das Gespräch.

Er würde sie finden. Er war schließlich der Beste. Er hatte das beste Team und die beste technische Ausstattung. Wenn er sie nicht retten konnte, war Caya verloren und das war in jeder Hinsicht inakzeptabel.

KAPITEL 22

Caya erwachte mit einem pelzigen Gefühl im Mund. Ihre Kehle war trocken, ihr Nacken steif und ihr Kopf schmerzte.

Nicht schon wieder, dachte Caya, die sich sofort an den Moment erinnerte, als sie in Kolumbien erwacht war. Besonnen versuchte sie sich selbst zu beruhigen. *Es ist nur ein Traum wie all die anderen in den Nächten zuvor. Mach die Augen auf.* Doch sie traute sich nicht.

Vorsichtig schnupperte sie die Luft, die sie umgab. Es roch weder stickig noch feucht und es roch auch nicht nach Schweiß. Erleichtert atmete sie auf. Es war bestimmt nur ein Traum. Sobald sie die Augen öffnete, würde sie sehen, dass sie zu Hause in ihrem warmen, weichen Bett lag.

Doch halt! Sie hatte gar kein Zuhause mehr. Entsetzt riss sie die Augen auf und sah sich panisch um. Dies hier ähnelte nicht im Entferntesten einem der Schlafzimmer, in denen sie die letzten Nächte verbracht hatte. Wo war sie?

Ein schummriges Deckenlicht beleuchtete einen leeren Kellerraum. Nur ein Stuhl stand darin sowie ein Eimer mit Wasser. Kalter Schweiß brach aus ihren Poren aus und Cayas Atem kam stoßweise. Sie würde diese Folter nicht noch einmal ertragen können.

Mit Grauen stellte sie fest, dass ihre Hände auf dem Rücken gefesselt waren. Wild zerrte sie daran, doch wie in Kolumbien, konnte sie die Plastikfesseln nicht lösen. Ihr Brustkorb zog sich immer enger zusammen und immer weniger Luft füllte ihre Lungen. Zu dem dumpfen Schmerz hinter ihrer Stirn gesellte sich nun ein Gefühl von Leichtigkeit.

Sie würde ohnmächtig werden, erkannte Caya, woraufhin sich ihre Panik noch verstärkte. Doch aus der Ferne ertönte eine Stimme in ihr, die ihr befahl, ruhig und langsam zu atmen. Auf keinen Fall durfte sie das Bewusstsein verlieren.

Es dauerte einige Minuten bis Caya ihre Atmung wieder vollständig unter Kontrolle hatte, doch noch im gleichen Moment begann sie ihre Situation zu analysieren. Dabei begann sie mit dem Versuch darüber nachzudenken, was passiert war und langsam kehrten die Erinnerungen zurück. Der Dialog mit ihrem Vater, die versprochene Akte, Marc und ein weiterer Mann, den sie zu spät als Felipe Guttierez erkannt hatte.

Als Guttierez vor ihrem inneren Auge auftauchte, fragte sich Caya, wieso sie den Mann neben Marc nicht sofort identifiziert hatte und auf einmal wusste sie, warum. Er war einige Zentimeter kleiner gewesen als sie ihn in Erinnerung gehabt hatte. Dabei war er selbst in Südamerika nicht groß gewesen. Außerdem hatte er heute keine Brille mehr getragen und seine Augenfarbe war eine andere gewesen. Auch seine Haare hatte sie anders in Erinnerung gehabt. Sie waren ihm in leichten Wellen auf die Schulter gefallen. Offensichtlich hatte er in Kolumbien eine Perücke getragen, ansonsten hätte Pax' Computerprogramm ihn schneller identifiziert.

Die Panik drohte sie erneut zu erfassen, doch entschlossen schüttelte Caya die Furcht ab. Angst lähmte und half ihr nicht weiter. Unter Gewissensbissen dachte sie an Skye, der von Anfang an gegen den Besuch bei ihrem Vater gewesen war. Der Grund für seinen Einspruch mochte sich vielleicht nicht bewahrheitet haben, denn schließlich war die Gefahr nicht von dem Senator ausgegangen, doch am Ende hatte sein Instinkt recht behalten. Warum hatte sie nur darauf bestehen müssen, ihren Vater unbedingt heute zu sehen?

Schwermütig erinnerte sie sich an Skyes besorgten Blick, als sie alleine in dem Technikraum gestanden hatten und dabei fiel ihr das Armband wieder ein, das er ihr gegeben hatte. Hoffnung flammte in ihr auf. Hatte sie es noch an?

Aufgeregt versuchte Caya ihre rechte Hand zu drehen. Tatsächlich konnte sie ihren Daumen weit genug bewegen, sodass sie das Armand fühlen konnte. Wenn sie jetzt noch den Knopf finden würde, konnte Skye sie orten.

Unvermittelt stutzte Caya. Hatte das Armband überhaupt ein Ortungssystem eingebaut? Oder war es einfach nur ein Hilfsknopf? Pax hatte nichts darüber gesagt. Schließlich war niemand von ihnen davon ausgegangen, dass sie unbemerkt von Ash und Cal aus dem Büro ihres Vaters verschwinden würde. Aber vielleicht konnte Pax tatsächlich das Signal des Armbands zurückverfolgen. In jedem Fall musste sie es versuchen.

Cayas Hände begannen zu zittern und ihr Daumen verlor den Kontakt. Entschlossen riss sie sich zusammen und begann erneut, das Armband zu drehen bis sie schließlich den kleinen Knopf fühlte. Fest drückte sie ihn, bis sie den Druck unter dem Leder auf ihrer Haut spürte. Dann sank sie erschöpft zusammen.

Nun konnte sie nichts weiter tun außer warten und hoffen. Hoffen, dass eine Ortungsfunktion integriert war und hoffen, dass die Kellerwände nicht so dick waren, dass sie das Signal nicht durchlassen würden. Allerdings wurde Cayas Warten schon nach wenigen Minuten unterbrochen. Ein Schlüssel drehte sich im Schloss und die stählerne Tür ging auf.

„Miss Campbell, so schnell sieht man sich wieder."

„Guttierez", erwiderte Caya kühl, bemüht sich ihre Angst nicht anmerken zu lassen. „Falls das überhaupt ihr richtiger Name ist."

Über das ganze Gesicht grinsend kam der Mann näher. Er trug die gleiche Uniform, die er auch in Kolumbien getragen hatte. Auch sein Äußeres glich wieder dem General. „Ich muss gestehen, dass Ihre Flucht aus meinem geliebten Heimatland meine Pläne ziemlich durcheinander gebracht hat."

„Das tut mir leid", gab Caya sarkastisch zurück. „Ich darf allerdings sagen, dass mein Ausflug nach Kolumbien auch nicht ganz mit meinen Plänen konform gegangen ist."

Laut lachte Guttierez auf. „Es ist wirklich schade, dass wir uns unter diesen Umständen kennengelernt haben. Ich bin sicher, wir hätten uns gut verstanden." Er wurde jedoch sofort wieder ernst. „Ich will, dass Giribaldi freigelassen und er umgehend nach Hause zurückgebracht wird. Sie verstehen, dass ich diese Forderung nicht zurückziehen kann."

„Sie können sich die Geschichte für mich sparen. Ihnen ist Giribaldi völlig gleichgültig. Sie interessiert nur das Geld, das Marc Ihnen zahlt."

Überrascht zog Guttierez die Augenbrauen in die Höhe. „Sie sind ein schlaues Kind, Caya."

„Nicht schlau genug. Ansonsten wäre ich früher darauf gekommen, dass Marc hinter allem steckt."

„Nun, wie auch immer, für die Öffentlichkeit müssen wir die Fassade noch ein wenig aufrechterhalten. Also lächeln Sie immer schön in die Kamera." Mit einem Finger deutete er auf die obere rechte Zimmerecke, an der ein Camcorder befestigt war. „Das Bild wird direkt in einen Livestream übertragen. Ich muss der DEA nur noch die entsprechende Webadresse geben und schon kann Ihr Freund mitverfolgen, wie es Ihnen geht. Ist das nicht toll?"

Ohne eine Antwort abzuwarten, zog Guttierez sie am Arm nach oben und setzte sie auf den Stuhl in der Raummitte, auf den er sie gleichzeitig fesselte.

„Was kommt jetzt? Schütten Sie wieder Wasser über mich?", fragte Caya kühl, wobei sie innerlich zitterte. Allein die Vorstellung genügte, um sie in Panik zu versetzen.

„Ich bitte Sie, Caya. Es liegt mir fern, Sie zu foltern. Außerdem habe ich dieses Mal auch nicht so viel Zeit. Ihr Auftrag sollte längst abgeschlossen sein und ich muss mich dringend um meine anderen Geschäfte kümmern. Nein, ich stelle mir die Sache dieses Mal etwas anders vor."

Aus seiner Hosentasche zog der Mann eine Fernbedienung, mit der er die Kamera an der Decke einschaltete. Ein rotes Licht verriet, dass sie aufnahm. Laut und deutlich stellte er seine Forderungen.

„Wie Sie sich sicherlich erinnern werden, meine Damen und Herren der DEA, ist meine Name General Felipe Guttierez. Zum zweiten Mal befindet sich die Staatsanwältin, Miss Caya Aurora Campbell, in meiner Gewalt und ich fordere Sie auf, Señor Marcos Giribaldi unverzüglich freizulassen und nach Kolumbien zurückkehren zu lassen. Es wird Sie nicht überraschen zu hören, dass ich nicht sehr erfreut darüber bin, wie Sie das letzte Mal mit meinen Wünschen umgegangen sind. Meine Großzügigkeit, Ihnen einige Tage für die Organisation Ihrer Bürokratie zu überlassen, haben Sie mit Füßen getreten. Sie werden verstehen, dass ich Ihnen kein zweites Mal diese Chance geben werde. Ein Privatflugzeug wartet auf dem Charterareal des Dulles-Airport. Sobald Señor Giribaldi den Flieger bestiegen hat, erfahren Sie, wo sich Miss Campbell befindet."

Unerwarteterweise ging er plötzlich neben Caya in die Hocke und drückte ihr etwas Hartes in die Hand hinter ihrem Rücken. Dann löste er ihre Fesseln. Anschließend zog er ihren Arm nach vorne.

Als Caya sah, was sie in Händen hielt, öffneten sich ihre Finger instinktiv, doch Guttierez hatte mit einer solchen Reaktion gerechnet. Fest hielt seine Hand die ihre umschlossen, während er sie spöttisch angrinste.

„Sie sollten sie besser nicht fallenlassen, Frau Staatsanwältin. Im Gegenteil. Halten Sie diesen Hebel immer schön fest gedrückt. Dann kann nichts passieren." Dabei legte er ihre Finger um den kleinen stählernen Griff der grünen Handgranate, den er an den

Hohlkörper presste. Dann zog er den Sicherungsstift heraus und blickte wieder in die Kamera.

„Ich bin gespannt, wie lange Miss Campbell in der Lage sein wird, ihre Finger mit dem entsprechenden Druck in der richtigen Position zu halten. Ich, an Ihrer Stelle, würde jedoch nicht allzu viel Zeit ins Land ziehen lassen.“Anschließend verband er Cayas Augen mit einem schwarzen Seidentuch und verließ den Raum.

„Caya hat den Notknopf des Armband gedrückt”, verkündete Pax aufgeregt. „Zumindest wissen wir damit, dass sie lebt.“

„Nur nicht, wo sie sich befindet”, ergänzte Skye sarkastisch, während er frustriert in ihrem Besprechungsraum auf- und ablief. „Wieso haben diese Teile keinen Ortungssender? Wie konnte uns ein solcher Fehler unterlaufen? Wir haben doch sonst das neueste Equipment.“

„Der Hilfeknopf war nie für eine solche Situation gedacht”, erinnerte ihn Pax. „Niemand hat damit gerechnet, dass Caya aus dem Büro ihres Vaters entführt werden könnte. Ansonsten hätten wir sie anders ausgestattet.“

„Wir hätten aber, verdammt noch mal, damit rechnen müssen. Wir sind die Profis und sie hat darauf vertraut, dass wir sie beschützen.“

„Skye, wir werden sie finden”, versprach Cal.

„Ach ja? Hast du auch eine Idee, wie wir das anstellen sollen?“, fuhr Skye ihn an.

Stille senkte sich über den Raum. Die Stimmung war katastrophal. Zum ersten Mal seit Bestehen der Black Panther Gruppe waren sie einer Situation hilflos ausgeliefert.

Skye wusste, dass er ungerecht war. Wenn jemand Schuld an diesem Desaster hatte, dann war er es. Er allein trug die Verantwortung. Von Anfang an war er gegen diesen Besuch in Campbells Büro gewesen. Doch statt auf seinen Instinkt zu hören, hatte er sich von seinen privaten Gefühlen gegenüber Caya leiten lassen. In dem Bewusstsein, wie viel ihr dieses Gespräch mit ihrem Vater bedeutet hatte, hatte er alle Warnglocken in den Wind läuten lassen. In den letzten Wochen hatte Caya so viel durchgemacht, dass er ihr gegen alle Vernunft wenigstens so schnell wie möglich die Gelegenheit zu einer Aussprache mit ihrem Vater hatte geben wollen.

Zusätzlich zu dem Gefühl, in seinem Job versagt zu haben, gesellte sich erstmals in Skyes Leben eine Angst, die er tief in jedem einzelnen Knochen spürte und die eine Eiseskälte in seinem Inneren verbreitete. Es musste eine Möglichkeit geben, Caya zu finden. Es gab immer einen Weg. Er musste ihn nur finden und das schnell. Er hatte Caya versprochen, dass ihr nichts passieren würde, und er würde dieses Versprechen halten.

„Können wir das Signal aufgrund seiner Stärke örtlich eingrenzen?“, wandte er sich an Pax.

„Leider nein. Es ist ein einmaliges Signal, das uns sagt, der Träger braucht Hilfe.“

„Aber wie kommt es bei uns an, Pax? Wie läuft die Übertragung?“

„Es funktioniert ähnlich wie ein Telefonanruf. Es baut eine Verbindung auf, sendet das Signal und bricht die Leitung wieder ab. Dadurch können wir keine Ortung vornehmen.“

„Wann genau bricht die Leitung zusammen?“

„Wie meinst du das?“

„Woher weiß das System, dass das Signal angekommen ist? Gibt es keine Rückmeldung?“

„Doch. Sobald die Information bei uns eingeht, sendet unser System automatisch eine Eingangsbestätigung. Es ähnelt der Kommunikation zweier Faxgeräte.“

„Und können wir dieses Signal nicht zurückverfolgen? Ich meine, unsere Computer zeichnen alles auf. Wieso nicht auch diesen Weg?“

„Das ist vielleicht eine Möglichkeit”, überlegte Pax und plötzlich kehrte Aktivität in seinen Körper zurück. Seine Finger flogen über die Tastatur und kurz darauf ratterte einer der Drucker hinter ihm. Während er das Papier dort herauszog, überflog er bereits die Zahlen.

„Den genauen Ort werden wir nicht lokalisieren können, aber zumindest finden wir die Mobilfunkzelle, die das System als Letztes benutzt hat.“

„Wie groß sind diese Zellen?“

„Zwischen drei und zehn Quadratkilometern”, erklärte Pax.

„Das ist immer noch ein Riesengebiet”, erwiderte Skye frustriert.

„Aber es ist ein Anfang”, äußerte Cal. „Je nachdem, um welches Areal es sich handelt, können wir vielleicht den Radius eingrenzen.“

„Gebt mir drei Minuten“, verlangte Pax. Bereits nach zwei Minuten sah er auf. „Caya ist in Walker Mill. Der Ort liegt sieben Kilometer östlich von D.C. und hat ungefähr elftausend Einwohner.“

Während er sprach, warf er eine Karte von Washington auf die große Leinwand und markierte einen großen gelben Kreis, in den er hineinzoomte. „Das Gebiet hat eine Größe von acht Quadratkilometer.“

„Von Capitol Hill ist man in etwa zwanzig Minuten dort. Verkehrsmäßig liegt der Ort für Carlos Rojas, alias Guttierez, also dementsprechend günstig. Problemlos konnte er die großen Kreuzungen mit den Verkehrsknotenpunkten meiden und durch die einzelnen Wohnviertel ausweichen”, stellte Ash fest.

„Wir haben also einen Umkreis. Aber wo genau hält er Caya fest? Haben wir eine Karte aller Gebäude der Umgebung?“, wollte Blue wissen.

„Kein Problem”, erwiderte Pax, während er bereits die entsprechende Seite aufrief.

„Apartmenthäuser scheiden aus”, überlegte Cal und kurz darauf verschwanden eine ganze Reihe von Gebäuden auf der Leinwand.

„Ebenso Geschäftshäuser und Bürogebäude”, ergänzte Skye.

„Gibt es öffentliche Einrichtungen? Verwaltung, Schulen, Kindergärten?“, fragte Ash.

„Drei”, antwortete Pax und löschte die entsprechenden Häuser.

„Gibt es verlassene Fabrikgebäude, Bauernhöfe, Schuppen?“, wollte Cal wissen.

„Keine Industrie und soweit ich sehe, befinden sich die umliegenden Farmer bereits in einer anderen Telefonzelle. Wir haben also ein reines Wohnviertel mit insgesamt etwas mehr als viertausend Haushalten.“

„Häuser mit Familien können wir löschen”, entschied Skye. „Wir sind mitten im Schuljahr. Dementsprechend kann niemand im Urlaub sein.“

„Dann streiche ich alle Haushalte, in denen Kinder zwischen fünf und fünfzehn Jahren gemeldet sind”, erklärte Pax.

„Lass alleinerziehende Mütter drin”, schlug Blue vor. „So viel wir wissen kann Rojas sehr charmant sein. Ich würde nicht ausschließen wollen, dass er sich eine junge Frau gesucht hat, die in ihrer schwierigen Alltagssituation nur allzu empfänglich für ein paar nette Worte ist.“

„Die Frau würde tagsüber arbeiten und das Kind wäre ebenfalls den ganzen Tag nicht zu Hause", stimmte Ash zu.

„Wir müssen alle Eventualitäten bedenken und sollten diese Möglichkeit in der Tat nicht ausschließen", pflichtete auch Skye den beiden bei. „Es nützt uns nichts, wenn wir hinterher nur noch zwei Häuser übrighaben, aber das richtige nicht darunter ist."

„Einverstanden. Ich markiere diese Häuser allerdings mal in einem helleren Grau." Das Bild vor ihnen füllte sich wieder mit immer noch vielen kleinen Punkten.

„Noch siebenhundert. Wie viele von den noch übrigen Gebäuden werden vermietet?", fragte Cal.

„Ungefähr vierhundert", antwortete Pax. „Davon stehen fünfunddreißig zurzeit leer. Fünfundsiebzig stehen zum Verkauf und zwölf Häuser werden offiziell nur als Wochenend- oder Ferienhäuser genutzt."

„Verdammt! Das sind immer noch zu viele." Verzweifelt raufte sich Skye die Haare, doch plötzlich sah er wieder auf. „Caya war bewusstlos. Ich kann mir nicht vorstellen, dass er das Risiko eingegangen ist, sie mitten am Tag über die Straße zu tragen."

„Dann können wir alle Häuser ohne Garage und ohne direkten Zugang ausschließen", ergänzte Pax. „Sehr guter Gedanke, Skye."

„Wie viele bleiben noch übrig, wenn wir die Alleinerziehenden außen vor lassen?"

„Dreihundertachtzehn. Aber davon stehen nur einundvierzig leer."

„Ich weiß nicht, ob ich ein seit Monaten leerstehendes Haus für eine Entführung nutzen würde. Das Risiko, dass Nachbarn eine Bewegung beobachten und melden, ist relativ hoch", schüttelte Skye nachdenklich seinen Kopf. „Wie viele sind in den letzten vier Wochen vermietet worden?"

„Elf."

„Wie viele Häuser davon sind möbliert angeboten gewesen?"

„Drei."

Innerlich wurde Skye von einer anregenden Spannung erfasst. Die Auswahlkriterien klangen für ihn logisch, und er war sich sicher, dass sich Caya in einem dieser drei Häuser befand.

„Wir können den Maklern Bilder von Guttierez zeigen", schlug Ash vor.

„Das dauert zu lange. Wir sind schneller, wenn wir direkt hinfahren." Mit einem Mal wurde Skye von einer nervösen Unruhe gepackt und sein Bauchgefühl sagte ihm, dass sie sich besser beeilen sollten. In diesem Moment vermeldete sein Samsunghandy einen Anruf.

„Was gibt es, Dylon?“, grüßte er den Anrufer.

„Guttierez hat ein neues Video geschickt, in dem er seine Forderung, Giribaldi freizulassen, wiederholt. Sind Sie in der Zentrale?“

„Ja. Spielen Sie es ab”, forderte Skye, während er Mühe hatte, die plötzlich aufsteigende Übelkeit zu unterdrücken. Er fürchtete sich vor den Bildern, die er sehen würde. Womit hatte der Mann Caya dieses Mal gefoltert? Hatte er abermals Wasser eingesetzt oder hatte er dieses Mal zu einer anderen Methode gegriffen?

Skye musste nicht lange auf die Antwort warten, und seine Hände ballten sich zu Fäusten, als er Caya mit der Handgranate sah. Wie lange würde sie den Hebel in seiner Position halten können? Würden sie sie rechtzeitig finden?

„Da das Ganze ein privater Deal zwischen Rojas und Jordan ist und sie Giribaldi als Motiv nur vorschieben, nützt es nichts, wenn ich meine Verbindungen spielen lasse und versuche, den Mann zumindest alibimäßig aus dem Gefängnis zu holen”, überlegte Dylon Price laut, wobei seiner Stimme deutlich anzuhören war, wie schwer es ihm fiel, die Hilflosigkeit der Situation zu akzeptieren.

„Nein, sparen Sie sich die Mühe”, stimmte Skye zu, während er Pax beobachtete, der konzentriert an seinem Laptop arbeitete. „Wir denken, wir wissen, wo Miss Campbell ist. Ich melde mich, sobald sie in Sicherheit ist.“ Er beendete das Gespräch und wandte sich sofort an seinen Teamkollegen. „Hast du noch etwas herausgefunden?“

„Ich habe mir die Grundrisse angesehen. Auf dem Video sieht man deutlich, dass sich Caya in einem Kellerraum befindet und nur eines unserer drei Zielobjekte ist unterkellert. Ich habe unsere OP auch schon offiziell in das staatliche System eingeben, sodass uns nicht plötzlich ein Haufen Polizisten in die Quere kommt, wenn einer der Nachbarn das örtliche Revier verständigt, weil ihm etwas merkwürdig vorkommt. Es ist schließlich hellichter Tag.“

„Gut gemacht”, klopfte Skye ihm anerkennend auf die Schultern. Dann richtete er den Blick auf sein Team. „Auf geht’s! Abfahrt in sechzig Sekunden."

KAPITEL 23

Cayas Finger waren taub. Dreimal hatten sie in der letzten Stunde bereits gekrampft, doch sie traute sich nicht, ihren Griff zu lockern. Fest hielt sie die rechte Hand über der linken, die die Granate umfasste. Wie viel Zeit war mittlerweile vergangen? Wie lange saß sie schon hier? Es war immer wieder erstaunlich, wie schnell man das Gefühl für Zeit verlor, wenn man nichts sehen konnte und darüber hinaus nichts anderes tun konnte als warten.

Ihr Kopf schmerzte noch immer von den Nachwirkungen des Mittels, das Guttierez ihr im Büro ihres Vaters gespritzt hatte und die verkrampfte Haltung ihrer Schultern half nicht gerade, den Schmerz zu lindern. Sie war müde, was sie ebenfalls der Wirkung des Medikaments zuschrieb. Doch sie durfte auf keinen Fall einschlafen. Zu groß war die Gefahr, dass sie dabei die Granate fallenlassen würde. Ihr Körper schauderte bei dem Gedanken. Unmöglich konnte sie die Hölle Kolumbiens überstanden haben, um nun in Washington, oder wo immer sie war, zu sterben.

Wie lange würde es dauern, bis Skye sie fand? Wenn das Armband funktioniert hätte, hätte er längst hier sein müssen, oder nicht? Sie hatte keine Ahnung, wo Guttierez sie hingebracht hatte. War sie überhaupt noch in Washington?

Tränen rannen über ihre Wangen und Caya versuchte verzweifelt, diese zu stoppen. Weinen half nicht. Es verstärkte lediglich den Schmerz in ihrem Kopf. Um sich von der aktuellen Situation abzulenken, versuchte sie sich zu erinnern, was ihr Vater ihr über IBB erzählt hatte und sie überlegte, was die beste Vorgehensweise war, den Skandal vollständig aufzudecken, ohne dass vorzeitig Beweismittel vernichtet werden konnten.

Sie würden mehrere Hausdurchsuchungen parallel durchführen müssen. Auch die Büros des Unternehmens würden durchsucht werden müssen. Es war Caya klar, dass dies eine komplexe Organisation erforderte und der Gedanke an die Planung überforderte sie im Augenblick.

Ihre Finger begannen erneut zu krampfen und fest entschlossen, dem Drang, die Hände zu öffnen, zu wiederstehen, biss sie die Zähne zusammen.

Während der Fahrt ging das Black Panther Team die Operation durch. Pax steuerte den Wagen und Skye erklärte Lage und Grundriss des Gebäudes.

„Das Haus liegt in einem Wendehammer. Damit ist klar, dass wir uns nicht von vorne nähern können. Rojas alias Guttierez würde uns sofort bemerken. Allerdings grenzt der dahinterliegende Garten an ein kleines Waldstück. Wir werden also auf der anderen Seite parken und durch den Wald auf das Grundstück gelangen."

„Haben wir irgendwelche Infos, wie der Garten geschützt ist?", erkundigte sich Ash.

„Keine", erklärte Skye. „Allerdings dürfte es Rojas in der Kürze der Zeit schwer gefallen sein, großartig aufzurüsten. Ich rechne in jedem Fall mit einem Zaun und wahrscheinlich hat er einige Kameras angebracht."

„Falls das Grundstück mit einem leitenden Material eingezäunt ist, könnte er es relativ leicht unter Strom gesetzt haben", wandte Blue unterbrechend ein.

„Möglich. Das werden wir in jedem Fall prüfen", stimmte Skye zu. „Wir sollten auch mit anderen Fallen rechnen. Rojas ist ein Guerrilla, das heißt, er kämpft auch wie ein Guerilla."

Skye wusste, dass er niemandem in seinem Team erklären musste, dass sie diese OP mit der gleichen Konzentration durchzogen wie jede andere auch. Es spielte keine Rolle, dass sie sich dieses Mal in der zivilisierten Umgebung einer amerikanischen Kleinstadt befanden und sie statt hundert Gegnern heute nur mit einem rechneten. Dennoch sagte Skye: „Seid vorsichtig, Leute, und seid jederzeit auf alles gefasst."

Alle nickten und keiner widersprach. Schließlich wusste jeder, was ihr Teamführer für Caya empfand. Die Befreiung der Staatsanwältin mochte auf den ersten Blick nicht als die schwierigste ihrer Karriere erscheinen, doch der Preis war sicherlich der höchste, den sie je zahlen müssten, wenn etwas schief lief.

„Drei Minuten", verkündete Pax ihre Ankunftszeit und Skye schloss seine Augen.

Er dachte an Cayas entsetzten Blick, als sie während der Videoaufnahme erkannt hatte, was Guttierez ihr in die Hand gegeben hatte. Ihrer Art entsprechend hatte sie ihre Angst sofort kaschiert und mutig in die Kamera geschaut, doch er kannte sie mittlerweile gut genug. Vor ihm konnte Caya ihre wahren Gefühle nicht mehr verbergen. Ihre Panik ebenso wenig wie ihre Leidenschaft für ihn.

Als Skye an den gestrigen Abend zurückdachte, strömte ein warmes Gefühl aus Skyes Herzen aus. Er hatte ihre Lust für ihn in ihren Augen gesehen. Ohne jeden Zweifel hatte Caya ihn ebenso begehrt wie er sie. Warum nur hatte er seinem Gefühl nicht nachgegeben? Was war, wenn es seine letzte Chance gewesen war, Caya körperlich zu lieben? Was war, wenn er zu spät kam?

Mit einem Schlag war die Wärme verschwunden und panisch begann sein Herz zu rasen. Nein, daran durfte er nicht denken. Er würde noch viele Gelegenheiten haben, Caya zu lieben und zu verwöhnen.

Doch was war, wenn sie das falsche Haus gewählt hatten und Caya sich gar nicht an ihrem Ziel befand?, drängte sich ein neuer Zweifel in den Vordergrund. *Dann durchsuchen wir das nächste Haus und das nächste und das nächste*, sagte Skye zu sich selbst. „Wir werden sie finden."

Den letzten Satz musste er laut gesprochen haben, denn plötzlich spürte er Cals Hand auf seinem Bein. Zuversichtlich nickte dieser ihm zu. „Das werden wir."

Ungesehen liefen die Männer lautlos durch den verlassenen Wald. Die Kinder waren noch alle in der Schule und die Rentner und Hundebesitzer waren entweder von ihrem Morgenspaziergang schon zurück oder zu ihrem Nachmittagslauf noch nicht aufgebrochen.

Zur Abwechslung bot das Terrain einmal keine Herausforderung für Skye und sein Team. Es war ein gutgepflegter Forst, der nichts mit dem wilden Dschungel, durch den sie sich sonst oft genug bewegen mussten, gemein hatte. Daher kam das Haus auch schon nach wenigen Minuten in Sicht. Mühelos kletterte Ash einen Baum hinauf und seine Stimme erklang leise in den Ohren der anderen.

„Es gibt eine motorgetriebene Kamera, die den Garten in einem zweihundertvierzig Grad Winkel überwacht und der Zaun ist mit einem Bewegungsmelder versehen."

„Siehst du einen Stromanschluss?", fragte Skye zurück.

„Negativ. Es ist ein Maschendrahtzaun, das heißt, er beginnt zu wackeln, sobald jemand, der schwerer als ein Vogel ist, seinen Fuß darauf stellt."

„Kommen wir über einen Baum von oben in den Garten?"

„Negativ."

„Dann müssen wir ein Stück Zaun herausschneiden."

Skye hatte die Worte noch nicht zu Ende gesprochen, da hatten Pax und Blue bereits jeweils eine Drahtzange und mehrere Klemmen in der Hand. Auf dem Bauch liegend begannen sie den Draht Masche für Masche abzuklemmen, sodass sich die Bewegung der Schnitte nicht auf die Sensoren übertragen konnte. Derweil scannte Ash durch sein Vergrößerungsfernglas den Boden des Grundstücks.

„Dieses Schwein", fluchte er plötzlich. „Der Kerl hat mehrere Stolperdrähte durch den Garten gespannt. In dem hohen Gras sind sie so gut wie nicht zu sehen."

„Zumindest wissen wir jetzt, dass wir auf die richtige Adresse gesetzt haben", äußerte Blue.

Gott sei Dank, dachte Skye, konzentrierte sich aber sofort wieder auf die Aufgabe, die vor ihnen lag. „Wo führen die Drähte hin?"

„Kann ich nicht sagen. Doch, warte! Einer führt in die südöstliche Ecke und ein zweiter ebenfalls."

„Bin schon unterwegs", erklärte Cal und lief zu der entsprechenden Stelle. Durch die Maschen des Zaunes versuchte er die Drähte ausfindig zu machen.

„Etwa zwei Meter links von dir", wies Ash ihn an. „Ja, genau. Siehst du den Draht?"

„Ja. Er läuft mit drei weiteren Schnüren zusammen, von wo aus ein Draht über einen Umlenker im Boden an dem Apfelbaum hinaufläuft."

Aufmerksam musterte Ash den Baum. „Oben in den Zweigen hängt etwas. Auf den ersten Blick sieht es aus wie ein Vogelnest, aber es ist ziemlich sicher eine S-Mine. Der Draht öffnet vermutlich den Aufhängemechanismus, die Mine fällt zu Boden und ... bum!"

„Wunderbar", bemerkte Cal sarkastisch. „Können wir das Teil entschärfen?"

„Kommt drauf an, wie empfindlich es gesichert ist. In jedem Fall muss ich dafür den Baum hinauf."

„Dort erfasst dich die Kamera. Wir brauchen eine andere Lösung”, entschied Skye. „Kannst du vielleicht die Verbindung unten trennen, beispielsweise vor dem Umlenker?“

„Das könnte funktionieren”, überlegte Ash.

„Wir sind gleich fertig. Das Loch im Zaun sollte reichen”, erklärte Blue.

„Cal, du behältst die Kamera im Auge. Sobald sie sich in die andere Gartenhälfte dreht, gehst du zuerst durch, Ash, und kümmerst dich um Guttierez Stolperfalle. Wir anderen warten auf dein Okay.“

Auf dem Bauch robbte Ash durch das Gras. Zweimal musste er stoppen, damit die Kamera keine Bewegung wiedergab. Es waren jedes Mal nur wenige Sekunden, doch ihm kamen sie wie Minuten vor. Er wusste, wie dringend sie in dieses Haus mussten. Jede Minute zählte.

Während seiner Sealausbildung hatte Ash einmal als Strafe für einen unordentlich gepackten Rucksack eine scharfe Handgranate für sechs Stunden halten müssen. Sie war zwar nur mit Farbe gefüllt gewesen, doch er hatte gewusst, dass sich die Tinte eine Woche lang nicht abwaschen lassen würde. Auf keinen Fall hatte er sich diese Blöße geben und versagen wollen. Die Schadenfreude der Jungs wäre nicht zu ertragen gewesen.

Er wusste also, was es hieß, wenn die Finger krampften, taub wurden und wieder krampften. Genauso wusste er, wie es einem vor mentaler Anstrengung heiß und kalt den Rücken hinunterlief. Und dabei war es bei ihm lediglich um ein wenig Farbe und die damit verbundene Schande gegangen. Für Caya hingegen hing ihr Leben von dem Druck ihrer Hand ab.

Unvermittelt tauchte vor Ashs geistigem Auge die brünette Schönheit aus der Poledancebar auf und er hoffte, dass Reginald Sauer auf seine Tänzerinnen aufpasste. Allein die Vorstellung, dass einer dieser schmierigen Besucher auch nur seine Hände über ihren Körper gleiten lassen könnte, verursachte Übelkeit.

Hohoho! Stopp! Was waren das für Gedanken? Wie kam er überhaupt dazu über diese Frau nachzudenken und das auch noch mitten in einer OP? War er von allen guten Geistern verlassen? Nie zuvor hatte er sich während eines Einsatzes ablenken lassen und schon gar nicht von einer Frau.

„Weiter, Ash!“, hörte er Cal in seinem Ohr, der ihm damit sagte, dass er sich wieder außerhalb des Blickwinkels der Kamera befand.

Mit seinem rechten Unterarm wischte sich Ash die Schweißperlen von der Stirn und schob damit auch die Erinnerung zur Seite. Dann robbte er die letzten Meter vor. Aufmerksam betrachtete er die Konstruktion. Einfach, aber effektiv.

„Ich brauche drei Minuten und ein zweites Paar Hände", verkündete er schließlich. Nachdem er aus seinem Rucksack ein kleines batteriebetriebenes Handschweißgerät sowie eine Bleiplombe gezogen hatte, war Blue neben ihm.

„Halt den Draht genau hier fest, aber beweg ihn keinen Millimeter."

Sofort legte Blue seinen Daumen auf die eine Seite des Drahts und seinen Zeigefinger auf die andere. Dann ließ er seine Fingerkuppen zusammenschnappen und blickte zu Ash hinüber, der sich sofort an die Arbeit machte. Er verschmolz das Blei über dem Umlenker, wobei sich auch alle Drähte, die dort zusammenliefen miteinandervereinten. Anschließend nahm er eine Zange und durchtrennte alle Verbindungen vor dem Umlenker.

„Okay! Jetzt bist du dran, Blue", forderte er den Kollegen auf, den Draht loszulassen. Beide Männer hielten die Luft an, als Blue vorsichtig seine Finger entfernte.

„Alles klar!", informierte Ash schließlich aufatmend alle anderen.

Nacheinander robbten die Männer zum Haus vor und positionierten sich mit dem Rücken zur Hauswand.

„Das Fenster neben mir ist mit einer Sprengladung versehen", flüsterte Cal.

„Das hier auch", brummte Blue.

„Wahrscheinlich hat Rojas alle Scheiben im Erdgeschoss entsprechend gesichert", vermutete Skye. „Ash, Blue, kümmert euch um die Vorderseite des Hauses. Cal, behalte die Rückseite im Auge. Pax und ich gehen rein."

Geschickt befestigte er ein Tau an einem speziellen Haken, den er anschließend mit seiner Harpune zielgenau direkt unter den Dachüberstand schoss. Prüfend zog Skye noch einmal an dem Seil, bevor er daran hinaufkletterte. Im Obergeschoss warf er einen Blick durch das Fenster. Ein Schlafzimmer. Es war leer. Sorgfältig überprüfte er den Rahmen.

„Sieht aus, als sei das Fenster sauber", flüsterte er und sah dabei hinüber zu Pax, der auf der anderen Seite am Seil hing.

„Von hier aus ist auch nichts zu sehen. Ich schneide das Glas heraus."

„Schneide vorsichtshalber nur in der Mitte."

Pax nickte lediglich zur Bestätigung, dann legte er einen Saugnapf an und schnitt leise einen runden Kreis heraus. Geräuschlos stieg Skye in den Raum und nahm Pax das Glas ab, damit er ihm folgen konnte. Anschließend öffnete er lautlos die Zimmertür und warf einen Blick in den Flur.

Leer. Von unten tönte kolumbianische Salsamusik nach oben. Mit ihren Maschinenpistolen im Anschlag überprüften Skye und Pax zunächst alle Zimmer des Obergeschosses. Es waren drei und wie erwartet, waren alle leer. Hintereinander kehrten sie zur Treppe zurück.

Pax wollte gerade einen Fuß auf die oberste Stufe setzen, als Skye ihn aufhielt. Mit der Mündung seiner Waffe deutete er auf die Unterseite des Handlaufs, an dem ein kleines rotes Licht regelmäßig blinkte. Noch einmal nahm Pax die Treppe genauer unter die Lupe, und plötzlich sah er die dünne Schnur, die von dem Sender an einer Längsstrebe des Geländers hinunter zu einer Stufe führte.

Ein Alarm, signalisierte er mit seiner Hand und Skye nickte, bevor er unter den zweiten Handlauf sah. Als er dort nichts Verdächtiges entdecken konnte, setzte er sich seitlich auf das polierte Holzgeländer und rutschte hinunter. Pax folgte ihm. Glücklicherweise lag im unteren Flur ein hochfloriger Teppich, der das Geräusch ihrer Stiefel schluckte, als sie unten ankamen. Vorsichtig näherten sie sich der Küche.

„Hände hoch, Rojas!", forderte Skye, während er auf den Mann zielte.

In seinen Augen erkannte Skye den Moment der Überraschung, doch Rojas hatte sich sofort wieder unter Kontrolle. „Kompliment, meine Herren!", nickte er anerkennend.

„Nehmen Sie die Hände nach oben!", befahl Skye zum zweiten Mal. „Und treten Sie von dem Tisch zurück."

„Sie möchten sicherlich zu Miss Campbell", fuhr Carlos Rojas unbeeindruckt fort. „Werfen Sie noch einmal einen letzten Blick auf sie."

Verständnislos runzelte Skye die Stirn, als er auf den Bildschirm des ipads blickte, das Rojas in Händen hielt. Was wollte der Typ ihm sagen?

„Schauen Sie auf den Boden unter Miss Campbells Stuhl. Sehen Sie das rote Licht?"

„Treten Sie zurück, Rojas! Ihr Spiel ist aus. Sie haben verloren!"

„Das mag sein", bestätigte der Mann, wobei er seinen Mund langsam zu einem bösen Grinsen verzog. „Sie haben jedoch nicht gewonnen. Sie haben mich gerade bei der Eingabe des Entschärfungscodes gestört. Die Bombe unter ihrer Sitzfläche ist so programmiert, dass sie grundsätzlich scharf ist und man die Detonation rechtzeitig verhindern muss, wenn man die Explosion vermeiden will."

Mit einem Mal begann der kleine leuchtende Punkt zu blinken und das Bild auf dem ipad wurde schwarz. Statt Caya erschien die digitale Anzeige eines Timers. In großen roten Zahlen zeigte er sekündlich die verbleibende Restzeit an.

00:00:56.

00:00:55.

00:00:54.

„Stoppen Sie den Countdown!", forderte Skye.

„Es tut mir leid. Selbst wenn ich wollte, könnte ich das nicht. In der letzten Minute ist er nicht mehr zu stoppen."

00:00:49.

00:0048.

Eine Sekunde starrte Skye den Mann ungläubig an. Dann rannte er los. „Schaff ihn hier raus!", schrie er Pax noch zu, bevor er über die Treppe nach unten verschwand.

Verzweifelt riss er die erste Tür auf. Der Raum war leer. Ebenso der zweite. Die dritte Tür hingegen war abgesperrt und Skye hatte keinen Schlüssel. Kurzentschlossen zog er eine Pistole aus seinem Hosenbund und zielte auf das Schloss. Drei laute Schüsse halten durch das Haus, dann trat Skye die Tür mit einem kräftigen Tritt ein.

Am ganzen Körper zitternd saß Caya auf dem Stuhl und auch wenn Skye ihre Augen nicht sehen konnte, erkannte er mit einem Blick die Panik in ihren Gesichtszügen. Kein Wunder.

In zwei Schritten war Skye bei ihr und riss ihr die Augenbinde vom Kopf. „Ich bin es, Caya. Es wird alles gut."

„Skye?", fragte sie mit bebender Stimme, während ihre Lider vor dem plötzlichen Licht flatterten.

„Fünfundzwanzig Sekunden, Skye", drang Pax Stimme an sein Ohr. „Brauchst du Hilfe?"

„Nein. Warte draußen", antwortete er und durchtrennte das Seil, das Caya auf dem Stuhl hielt. Nun musste er nur noch die Fußfesseln von den Stuhlbeinen lösen.

„Was ist los?“, wollte Caya wissen. Skyes versteinerte Mine machte ihr Angst. Er war hier. Das hieß, sie hatten Rojas entweder überwältigt oder er war nicht im Haus. Warum diese verbissene Eile?

„Wir müssen hier raus!“, erklärte Skye, während sein Messer die Seile durchtrennte.

Pax tauchte in der Tür auf und kniete plötzlich neben ihr. „Ich nehme dir die Granate ab, Caya.“

„Was machst du hier?“, knurrte Skye.

„Ich helfe dir”, gab Pax unbeeindruckt zurück und legte seine Hand um Cayas.

„Zwölf Sekunden”, kam Ashs Stimme durch ihre Ohrknöpfe.

„Zieh deine Hand jetzt langsam unter meiner heraus”, wandte sich Pax seiner Aufgabe zu und klang dabei völlig ruhig. „Okay, ich hab sie. Du kannst sie loslassen.“

„Wirklich?“

„Ja!“

Unsicher sah Caya ihn an.

„Acht Sekunden.“

„Lass los, Caya!“, forderte Pax ein wenig dominanter, jedoch nicht unfreundlich, und dieses Mal gehorchte sie.

„Raus jetzt!“, entschied Skye und legte Caya über seine Schulter. Mit Pax im Rücken liefen sie die Treppe hinauf und erreichten das Erdgeschoss in genau dem Moment, in dem die Bombe unter dem Stuhl explodierte.

Das Haus zitterte, während Holz zerbarst und und Steine zusammenfielen. Weder Pax noch Skye ließen sich davon jedoch aufhalten. Sie sprinteten hinaus ins Freie. Auf der Straße wandten sie sich nach rechts und liefen am Haus zurück in das Waldstück aus dem sie gekommen waren.

Fünf Minuten später saßen sie in ihrem Wagen und atmeten erst einmal tief durch, während Cal sie zurück in die Zentrale fuhr. Von hinten legte Skye Pax, der auf dem Beifahrersitz saß, die Hand auf die Schulter. Als sich sein Freund umdrehte, sah er ihm intensiv in die Augen. Er wusste, dass er es ohne seine Hilfe dieses Mal vielleicht nicht geschafft hätte. „Danke.“

„War mir ein Vergnügen”, zwinkerte Pax ihm zu und lehnte sich wieder entspannt in seinem Sitz zurück.

Mit beiden Armen hielt Skye Caya auf seinem Schoß fest umschlossen. Wenn es nach ihm ging, würde er sie nie wieder loslassen. Die heutige Aktion war definitiv zu knapp gewesen. Zärtlich fuhr er mit einer Hand über ihre Haare und hielt ihren Kopf an seiner Brust.

Nach einigen Minuten richtete sich Caya jedoch auf und sah ihn an. Noch immer waren ihre Pupillen von dem Schock des Erlebten geweitet. „Die Bombe ist die ganze Zeit unter meinem Stuhl gewesen?"

Stumm nickte Skye und Caya seufzte schließlich. „Ein Glück, dass ich es nicht gewusst habe."

Automatisch musste Skye lächeln. Sie war wunderbar pragmatisch. Er bemerkte, wie sie ihre Hand mehrfach hintereinander öffnete und wieder schloss. Sofort nahm er ihre Finger in seine Hand und begann sie zu massieren.

„Besser?", fragte er schließlich.

„Ja, danke. Was habt ihr eigentlich mit der Handgranate gemacht?"

„Pax hat sie in den Keller geworfen, nachdem wir die Haustür erreicht hatten."

„War das nicht gefährlich?"

„Nicht so gefährlich wie sie mit hinaus auf die Straße zu nehmen, wo sich bereits die ersten schaulustigen Nachbarn versammelt hatten."

„Oh Skye, sie haben uns bestimmt aus dem Haus kommen sehen. Was machst du, wenn sie der Polizei davon erzählen? Es wird höchstwahrscheinlich eine Fahndung nach euch geben."

Aufmunternd lächelte er sie an. „Du machst dir zu viele Gedanken, Sweetheart. Ash und Blue haben die Sache im Griff. Sie werden Rojas offiziell übergeben und alles Weitere regeln."

Einen Atemzug lang zögerte Skye. „Caya, es tut mir leid, dass Rojas dich zum zweiten Mal entführt hat."

„Rojas? Ist das sein richtiger Name?"

„Carlos Rojas, ja."

Einen Moment dachte Caya über den Namen nach, doch er sagte ihr nichts. „Es ist nicht deine Schuld, Skye. Und auch nicht Ashs und Cals. Sie wussten nicht, dass Dad ein zweites Zimmer hat, was nur von seinem Büro aus zugänglich ist und dass Marc darin wartete. Ehrlich gesagt habe ich an diesen Raum auch nicht mehr gedacht. Ich bin ewig nicht mehr in dem Gebäude gewesen. Aber ich muss zugeben, dass ich, selbst als ich Marc gesehen habe, nicht gedacht habe, dass von ihm eine Gefahr ausgehen könnte. Obwohl du ihn immer in Verdacht hattest, habe ich dir nicht geglaubt. Ich bin diejenige, die sich bei dir entschuldigen muss."

„Nein, Sweetheart, das musst du nicht. Außerdem ist alles gut ausgegangen."

Besorgt musterte Skye Cayas blassen Gesichtsausdruck. „Kopfschmerzen?"

„Ja, und ich bin furchtbar müde", gab sie zu.

„Wir sind gleich in der Zentrale. Cal kann dir etwas gegen die Schmerzen geben und dann kannst du schlafen." Liebevoll zog er Caya in seine Arme zurück. Skye wusste, dass er sie über den Suizid ihres Vaters informieren musste, doch im Augenblick hatte Caya genug zu verarbeiten. Diese Nachricht konnte noch eine halbe Stunde warten. Sie war ohnehin nicht zu ändern.

KAPITEL 24

Gedankenverloren steuerte Skye den Wagen aus der Stadt hinaus. Eine Stunde später hielt er vor seinem Haus in Chesapeak Beach. Er warf einen liebevollen Blick hinüber zu Caya, die auf dem Beifahrersitz schlief. Der Nachmittag war mit Formalitäten und Abschlussberichten gefüllt gewesen, doch die Jungs hatten ihm zumindest so viel Privatsphäre gelassen, dass er Caya unter vier Augen von dem Tod ihres Vaters unterrichten konnte.

Zuerst war sie gefasst gewesen, doch als er sie in seine Arme geschlossen hatte, war der Damm gebrochen und sie hatte geweint, bis sie schließlich vor Erschöpfung eingeschlafen war. Das Adrenalin, das in den letzten Stunden durch ihre Adern pulsiert war, hatte bei seinem Abbau eine erschöpfende Müdigkeit hinterlassen.

Nachdem Caya zwei Stunden später aufgewacht war, hatte sie ihre Aussage zu Protokoll gegeben und anschließend hatte Skye entschieden, mit ihr nach Hause zu fahren. Sie war die erste Frau, die er in sein Heim mitbrachte und sein Herz hüpfte nervös in seiner Brust. Würde es ihr hier draußen gefallen? Es war nicht zu leugnen, dass sich nicht nur der Baustil, sondern auch die Einrichtung deutlich von ihrer Wohnung unterschieden.

Zärtlich fuhr er mit dem Rücken seiner Finger über ihre Wange und sofort schlug Caya die Augen auf. „Sind wir schon da?"

Bestätigend nickte er, denn er traute seiner Stimme im Moment nicht. Zu süß sah Caya mit ihren vom Schlaf noch leicht geröteten Wangen aus.

„Oh, Skye, das ist ein kleines Paradies", rief sie erstaunt aus, nachdem sie ausgestiegen war und das alleinstehende, kleine weiße Haus mit den Sprossenfenstern sah.

Skye musste zugeben, dass es in diesem Moment wirklich sehr idyllisch wirkte und Cayas Begeisterung erfüllte ihn mit Stolz. Ja, er liebte dieses Haus und die Ruhe, die es ausstrahlte.

„Es ist völlig anders als ich es mir vorgestellt habe", beichtete Caya, als sie es betrat und sich neugierig umsah.

Der Boden war mit hellem Marmor gefliest und die leicht gelb gestrichenen Wände zierten unzählige Familienfotos. In der Küche stand ein großer dunkler Holztisch und eine doppelflügelige Tür ließ sich zu einer großen Terrasse hin öffnen, an die sich ein kleiner Garten sowie Strand und Meer anschlossen.

„Wie hast du es dir vorgestellt?“, wollte Skye neugierig wissen.

„Ich weiß nicht. Aber jedenfalls nicht so persönlich und nicht so gemütlich.“

„Gemütlich?“, hakte er nach. „Heißt das, es gefällt dir?“

„Definitiv. Es ist so, wie ich mir als kleines Mädchen ein Zuhause vorgestellt habe.“

Ihr Blick überzog sich mit einem trüben Schleier und entschlossen trat Skye vor sie. Während er ihr tief in die Augen blickte, umfasste er mit einer Hand ihren Hinterkopf. „Für heute ist Schluss mit traurigen Erinnerungen. Mit ihnen können wir uns morgen wieder beschäftigen.“

„Tatsächlich?“, forderte Caya ihn heraus. „Und was machen wir stattdessen?“

„Ich hätte da eine Idee.“ Langsam beugte er seinen Kopf zu ihr herunter und übersäte ihre Wange mit hundert zarten Küssen.

Zielgerichtet suchte sich Skyes Mund den Weg zu ihren Lippen, doch bevor er sie küsste, nahm er Cayas Kopf in beide Hände. Zärtlich neckte er ihre Unterlippe, bis er die Spannung schließlich selbst nicht länger aushalten konnte und ihren Mund ganz in Besitz nahm.

Einladend öffnete Caya ihre Lippen, während sie gleichzeitig einen Schritt näher trat. Sie wollte Skyes Wärme fühlen und seine Erregung spüren. Sofort umfasste Skyes Arm ihre Taille und presste sie noch enger an seinen Körper.

Durch den dünnen Stoff des Hemdes spürte Caya seine harte Brustmuskulatur ebenso wie seinen Sixpack. Ihre Hüfte fühlte Skyes Erektion und plötzlich war jede Sehne ihres eigenen Körpers gespannt. Ihre Brustwarzen zogen sich zusammen und sehnten sich nach einer Berührung.

Langsam ließ sie ihre Fingerspitzen an Skyes Rücken hinabgleiten. Dabei spürte sie das leichte Zittern, das durch seinen Körper fuhr, bevor Skyes Muskulatur noch härter wurde. Seine Lippen pressten fester auf ihren Mund und der Tanz seiner Zunge wurde leidenschaftlicher. Fordernder. Sie führte das Spiel an. Sie zog sich zurück. Sie gab. Sie nahm.

Caya spürte ihr Herz davonrasen und nahm gleichzeitig Skyes beschleunigten Atem wahr. Er war ebenso erregt wie sie. Ein leises sonores Stöhnen drang an ihr Ohr und beschleunigte ihren Herzschlag noch einmal. Gleichzeitig steigerte es ihr körperliches Verlangen. Bislang hatte sie jeden Laut während des Sexspiels eher abstoßend gefunden, doch zum ersten Mal erregte es sie. Sie fühlte sich begehrt und wurde sich ihrer Weiblichkeit in einem Maße bewusst wie nie zuvor.

Skyes Hände glitten an ihren Kurven entlang und als seine Daumen über ihre Brustwarzen fuhren, spürte Caya die Feuchtigkeit in ihrer Vagina. Das Blut pulsierte durch sie hindurch und ihr Körper brannte nach intensiveren Berührungen. Automatisch schmiegte sie sich enger an ihn.

„Caya!", stöhnte Skye begehrend und unterbrach den Kuss. Intensiv blickte er ihr in die Augen, um sich zu vergewissern, dass sie es ebenso sehr wollte wie er.

Ihre Wangen waren von einem zarten Rosa überzogen und ihr Atem kam ebenso rasch wie seiner. Ihre Pupillen waren geweitet, doch ihre Lider schlossen sich, als er mit seiner Hand unter ihre Bluse fuhr und eine ihrer Brüste umschloss.

Er lächelte zufrieden, als er sah wie sich ihre Lippen als Reaktion auf den neuen Reiz leicht öffneten. Sie war definitiv die sinnlichste Frau, die er je gesehen hatte. Für einen kurzen Moment überlegte Skye, sie direkt in seiner Küche zu verführen. Die Vorstellung war ziemlich verlockend, doch er verwarf den Gedanken sofort wieder. Schließlich war Caya nicht einfach irgendeine Frau, mit der er eine schnelle Nummer schieben wollte. Die Küche konnte warten, denn dies hier wollte er richtig machen. Dieses erste Mal sollte etwas Besonderes zwischen ihnen sein.

Kurzentschlossen nahm er Caya auf seine Arme und trug sie in sein Schlafzimmer, wo er sie auf sein Bett legte. Langsam zog er sie aus. Knopf für Knopf öffnete er die Bluse, bevor er sie von ihren Schultern streifte und sich anschließend um Hose und Schuhe kümmerte, bis Caya nichts weiter trug als ihre Dessous. In wunderschöner dunkelblauer Spitze lag sie vor ihm.

Rasch zog Skye sein Hemd aus, doch dann konnte er nicht länger warten. Er musste seine Fingerspitzen über diese samtweiche, leicht gebräunte Haut gleiten lassen. Hundert Blitze schienen bei der ersten Berührung seiner Finger in seinen ganzen Körper zu fahren. Wow! Das war eine neue Erfahrung!

„Du bist wunderschön!", erklärte er mit rauer Stimme, während sein bewundernder Blick über ihren Körper glitt. An ihrem Busen blieb er hängen. Ihre prallen runden Brüste füllten die Spitzenkörbchen perfekt aus und Skye nahm darüberhinaus ihre erigierten Brustwarzen wahr, die sich ihm sehnsüchtig entgegenreckten.

Cayas Blick war seinen Augen gefolgt, die seinen Hunger nach ihr offen zur Schau trugen. Nie zuvor hatte sie ein Mann mit einer solchen Leidenschaft angesehen. Zu ihrem eigenen Erstaunen erregte es sie. Sie spürte die Macht, die ihre Weiblichkeit ihr verlieh und steigerte gleichzeitig ihre eigene Lust. Ihr Busen härtete sich unter seinem feurigen Blick und innerhalb von Sekunden befand sie sich an der Grenze, an der heißes Verlangen in brennenden Schmerz überging. Wann berührte er sie endlich?

Caya konnte sich nicht erinnern, jemals eine Berührung so inbrünstig herbeigesehnt zu haben und als Skye sich langsam nach unten beugte, schlug ihr Herz so heftig gegen die Rippen, dass sie fürchtete, es zerspringe mit jedem nächsten Schlag.

Ohne ihren Blick loszulassen, schoben Skyes Finger die feine Spitze ihres BHs zur Seite, bevor er zunächst seine Zunge über ihre Brustwarze gleiten ließ und sie dann mit seinen Lippen umschloss. Sanft begann er zu saugen, während seine andere Hand die zweite Brust liebkoste.

Leise stöhnte Caya und erschrak über ihren eigenen Laut, doch hatte sie keine Gelegenheit, darüber nachzudenken. Skyes Hand glitt über ihren Bauch nach unten und löste eine völlig neue Dimension an Begierde in ihr aus, als sie in ihrem Höschen verschwand und ihre Klitoris neckte. In einer selbständigen Reaktion ihres Körpers streckte sich ihre Hüfte seiner Hand entgegen.

Die Gefühle, die Caya durchströmten, waren schön, doch sie reichten nicht. Sie reichten nicht einmal annähernd. Mit jeder Bewegung seiner Finger steigerte sich sowohl die Intensität der Emotionen als auch der Wunsch nach mehr.

Caya hörte ihren eigenen Atem, doch sie konnte ihn nicht unter Kontrolle bringen, wie sie es in der Vergangenheit immer getan hatte. Verzweifelt versuchte sie die Gewalt über ihren Körper zurückzuerlangen und ergriff Skyes Kopf. Bestimmt lenkte sie ihn von ihrem Busen ab, doch bedauerte sie den verlorenen Kontakt sofort.

Skye spürte Cayas Kampf und lächelte innerlich. Er hatte ihre Selbstbeherrschung herausgefordert und nun war er kurz vor dem

Ziel. Er wusste, dass er mit Caya keinen harten Sex haben wollte, der nichts Weiterem diente als der Befriedigung körperlicher Bedürfnisse. Nein, mit Caya wollte er lieben. Er wollte sie lieben. Aber er wollte leidenschaftliche, Nichts-zurückhaltende Liebe. Auf keinen Fall wollte er oberflächlichen Pflicht-Beischlaf ohne Passion und Hingabe.

Ein weiterer Blick in ihr Gesicht brachte ihm die innere Gewissheit, dass Caya noch nie leidenschaftlich geliebt hatte. Sie hatte noch nie einem Mann tief genug vertraut, um sich wirklich fallen zu lasen und diese Tatsache erfüllte ihn mit Freude. Er würde der erste Mann in ihrem Leben sein, der wahrhaft in ihr Innerstes vordringen würde. Verführerisch küsste er seinen Weg ihren Hals hinauf bis zu ihrem Ohr.

„Lass dich fallen, Sweetheart", flüsterte er heiser, während sein Finger langsam in sie eindrang.

Seine erotische Stimme in Kombination mit der unerwarteten Bewegung überwältige Caya. Die Emotion war derart atemberaubend, dass ihr mit einem Mal jede Konvention egal war. Leise schrie sie auf und bäumte ihm ihren Unterleib entgegen. „Skye", stieß sie flehend hervor.

„Hm?“, murmelte er zufrieden, während sein Mund dieses Mal die andere Brust umschloss und an ihr saugte. Zeitgleich fanden seine Finger ihre sensibelste intime Stelle.

Ein weiteres Stöhnen drang aus ihrem Mund und es war der schönste Laut, den Skye je gehört hatte. Stolz schwellte in seiner Brust und beförderte sein eigenes Verlangen direkt nach ganz oben. Doch drängte er seine Gefühle beiseite. Im Moment ging es einzig und allein um Caya. Er wollte ihren Höhepunkt in jedem einzelnen Detail erleben und nicht durch seine eigenen körperlichen Reaktionen abgelenkt sein. Es war zu schön, um auch nur das kleinste Bisschen zu verpassen.

„Skye!“, bat sie inständig und er küsste sanft ihre Lippen.

„Was möchtest du?“, flüsterte er dabei leise und sah ihr tief in die Augen, die von einem wollüstigen Schleier überzogen waren.

Ihre Wangen färbten sich ein wenig dunkler, während ihr Gesicht Lust und Verzweiflung in gleichem Maß ausdrückte.

Oh ja, Caya war kurz vor ihrem Orgasmus, doch offensichtlich war ihr seine Frage unangenehm. Skye hätte sie noch eine ganze Weile lang necken können. Er fand ihre Unschuld gar zu süß, doch er hatte Erbarmen. Gekonnt ließ er seine Finger spielen.

„Gefällt dir das? Oder das?“, flüsterte er, während er sie beobachtete. Ihr Atem beschleunigte sich, doch Skye wollte ihre Stimme hören. Er wollte hören, wie sie vor Lust eine Nuance tiefer klang als üblich. Er wollte hören, wie es ihr unter der Atemlosigkeit immer schwerer fiel, einzelne Worte zu artikulieren. Er wollte seinen Namen noch einmal aus ihrem Mund hören.

„Sag mir, Caya, gefällt es dir?“

„Ja”, stieß sie mit Mühe hervor und dann stöhnte sie und schloss die Augen. Die Empfindungen waren zu intensiv, zu stark und gleichzeitig doch zu wenig. Es fehlte etwas. Es war frustrierend. Nein, es war schön. Caya fühlte sich wie beim Bergsteigen. Nach einem steilen Aufstieg war sie am Ende ihrer Kräfte, doch sie war noch nicht am Ziel. Allerdings konnte sie den Gipfel schon sehen. Sie konnte nicht aufgeben. Nicht jetzt.

Mit einem Mal war es ihr egal, was Skye oder der Rest der Welt dachte. Sie konnte nicht länger an sich halten und fieberhaft begann sie ihre Hüfte zu bewegen. Sie atmete lauter, um genügend Luft in ihre Lungen zu pressen und stöhnte verzweifelt, als alles nicht reichte und Skye mit den Bewegungen seiner Finger plötzlich innehielt.

„Skye, bitte!“, stieß sie aus und sah ihn flehentlich an. „Ich schaffe es nicht alleine!“

„Das musst du auch nicht, Sweetheart! Du musst nie wieder etwas alleine schaffen”, versprach er leise und ließ sie mit einer einzigen Bewegung den Sternen entgegenfliegen.

EPILOG

Geduldig saß Skye in Keanus Wartezimmer und blickte durch die großen Panoramascheiben hinaus auf den Pazifik. Am Horizont traf das Hellblau des wolkenlosen Himmels auf das Meerblau des Ozeans. Einige weiße Segelschiffe glitten durch die Wellen und drei Möwen kreisten über dem Wasser. Damit verbreitete die idyllische Aussicht eine paradiesische Ruhe. Eine Ruhe, die sich langsam auch auf ihn übertrug.

Seit er am Morgen mit Caya in Washington das Flugzeug nach San Diego bestiegen hatte, war Skye von einer inneren Unruhe ergriffen. Zwar hatte sich Caya ohne jede Diskussion dazu bereit erklärt, Keanu Collins zu treffen, doch Skye war ihre Skepsis dabei nicht entgangen. Auch wenn sie wusste, dass sie Hilfe benötigte, glaubte sie nicht daran, dass der Psychiater ihr wirklich helfen konnte.

Skye konnte nur hoffen, dass es Keanu gelingen würde, auf Anhieb den richtigen Weg zu ihr zu finden, denn er bezweifelte ernsthaft, dass Caya ihm ansonsten eine zweite Chance einräumen würde.

Erst am Tag nach der Entführung war der Suizid ihres Vaters vollständig in Cayas Bewusstsein gedrungen und hatte damit einen weiteren emotionalen Abgrund offenbart. Mit aller Kraft hatte sich Caya gegen die aufschäumenden Gefühle gewehrt, doch es waren zu viele persönliche Fragen zwischen ihnen offen geblieben, als dass sie diese einfach so hätte beiseiteschieben können. Nicht zuletzt hatte sie sich die Schuld an dem Selbstmord ihres Vaters gegeben. Schließlich hatte sie die Verbindung zu dem Konto ihrer Mutter gefunden, wodurch der Skandal überhaupt erst aufgedeckt worden war.

Cayas Kopf wusste sehr wohl, dass es die freiwillige Entscheidung ihres Vaters gewesen war, sein Leben zu beenden. Ebenso wusste sie, dass auch nur er allein die Verantwortung dafür zu tragen hatte. Es war seine Entscheidung gewesen, sich kaufen zu lassen und er war sich zu jedem Zeitpunkt über etwaige Konsequenzen bewusst gewesen. Dennoch hatten alle rationalen

Argumente Cayas Schuldgefühle nicht vollständig verdrängen können.

Nachdenklich sah Skye hinaus aufs Meer. Er wusste mittlerweile, dass Caya ihre erste Therapiesitzung in Washington bereits nach zwanzig Minuten abgebrochen hatte. Die zweite hatte ebenfalls nicht länger gedauert. Seit sie jedoch in Keanus Büro verschwunden war, waren bereits neunzig Minuten vergangen.

Er beschloss, dies als gutes Zeichen zu werten. Grundsätzlich hatte er kein Problem zu warten. Wenn es sein musste, würde er den ganzen Tag hier sitzen. Hauptsache, Caya half das Gespräch.

Die letzten drei Tage waren ziemlich hektisch gewesen. Die Renovierung von Cayas Wohnung hatte in Auftrag gegeben werden müssen, und es hatte jede Menge Formalitäten in Bezug auf die Anklage von Marc Jordan und Carlos Rojas gegeben. Darüber hinaus hatten Senator Campbells Aktenordner gesichtet und eine Arbeitsgruppe gebildet werden müssen, und nicht zuletzt hatte Caya die Beerdigung ihres Vaters zu organisieren gehabt.

Skye hatte sie unterstützt, wo immer es ihm möglich gewesen war und hatte sie am Abend mit hinaus in sein Strandhaus genommen. Normalerweise blieb er zum Schlafen in der Stadt, wenn er nicht mindestens einen freien Tag hatte. Doch er spürte, dass die Lage des Hauses, fernab allen Trubels, Caya gut tat und so hatte er die Fahrtzeit am Abend und Morgen auf sich genommen.

Jeden Abend hatten sie auf seiner Terrasse gesessen, sich unterhalten und den Wellen des Meeres gerauscht. Dann hatten sie sich geliebt und Skye hatte es anschließend genossen, ihren warmen, weichen Körper in seinen Armen zu halten, während sie schliefen. Waren sie nachts von Cayas Albträumen geweckt worden, so hatten sie sich ein weiteres Mal geliebt.

Automatisch musste Skye bei diesen Erinnerungen lächeln. Nachdem Caya einmal ihre Reserviertheit abgelegt hatte, liebte sie hemmungslos und leidenschaftlich.

Zum ersten Mal hatte Skye in den letzten Tagen hautnah den Unterschied zwischen Sex und Liebe zu spüren bekommen, der ihm zuvor nur in der Theorie bekannt gewesen war. Er spürte die Vollkommenheit des Glücks, das nur das spezielle Band von Verbundenheit, Vertrauen und Liebe erzeugen kann. Der Gedanke, dass ihm dieses aus den Händen gleiten könnte, erfüllte ihn mit Angst und Schrecken.

Es selbst war sich seiner Gefühle für Caya absolut sicher, doch er hatte keine Ahnung, wie es auf ihrer Seite aussah. Skye zweifelte nicht daran, dass Caya für ihn etwas ganz Besonderes empfand. Doch war es Liebe? Würde es für ein Leben ausreichen? Konnte sie sich überhaupt ein Leben an seiner Seite vorstellen, mit all den Unregelmäßigkeiten und Gefahren, die es mit sich brachte oder würde er seinen Job für sie aufgeben müssen?

Bevor er weiter darüber nachdenken konnte, öffnete sich Keanus Bürotür und der Psychologe trat mit Caya heraus. Prüfend musterte Skye sie. Sie war blass, doch sie wirkte gleichzeitig gelöst.

„Hier bringe ich dir deine Freundin zurück", sagte Keanu lächelnd. „Ich muss sagen, Caya ist eine mutige Frau. Du kannst stolz auf sie sein."

„Das bin ich", erklärte Skye nickend, während Caya leicht errötete.

„Wir sehen uns also Montag?", versicherte sich Kenau noch einmal und blickte Caya in die Augen.

„Montag", wiederholte sie mit fester Stimme.

„Sehr gut. Habt ein schönes Wochenende und genießt die Stadt."

„Du auch, Keanu", erwiderte Skye und konnte seine Ungeduld kaum im Zaun halten.

Als sie endlich auf der Straße standen, wandte er sich zu Caya um. „Montag?"

Zaghaft nickte sie. „Können wir hinunter zum Strand gehen?"

„Sicher." Skye ergriff ihre Hand und gemeinsam schlenderten sie hinunter zum Meer, wo sie sich fernab der Strandbesucher eine Felsgruppe zum Sitzen suchten.

„Möchtest du darüber reden, oder lieber nicht?", erkundigte sich Skye vorsichtig, nachdem sie beide eine ganze Weile schweigend auf die Wellen hinausgeblickt hatten.

Leise seufzend sah Caya ihn an. „Ich denke schon."

„Du bist dir nicht sicher?"

„Na ja, es ist nicht so, dass ich nicht darüber reden möchte. Ich fühle mich nur furchtbar müde. Also nicht müde im Sinne von schläfrig, sondern im Sinne von leer. Ausgelaugt."

„Das verstehe ich. Ich kenne das Gefühl."

Für einige Minuten sahen sie wieder einfach nur auf das Meer hinaus. Schließlich wandte sich Caya Skye zu.

„Vielen Dank, dass du mich hergebracht hast. Ich muss gestehen, ich habe nicht wirklich gedacht, dass ich mit jemand Fremden über all das reden könnte, aber mit Keanu ist es ganz einfach gewesen. Also, einfach ist vielleicht nicht richtig. Es war anstrengend. Emotional anstrengend, aber es war kein Problem die Worte zu finden. Ohne dich hätte ich es wahrscheinlich nicht noch einmal mit einer Therapie versucht."

„Gern geschehen", lächelte Skye zaghaft. „Ich freue mich, wenn Keanu der richtige Mann für dich ist."

„Na ja, ich würde nicht so weit gehen und sagen, dass er der richtige Mann für mich ist." Schelmisch blitzten ihre Augen ihn an.

„Nein?", forderte Skye sie heraus.

„Nein!", stellte sie bestimmt fest. „Vielleicht der richtige Therapeut, aber Mann? Nein, das ist er gewiss nicht."

„Dann ist die Position noch offen?"

„Hm, eventuell", überlegte sie.

„Ich denke, ich werde mich um die Stelle bewerben", erwiderte Skye lachend, bevor seine Stimme wieder ernst wurde. „Du hast einen nächsten Termin mit Keanu ausgemacht?"

„Ja. Montag", bestätigte Caya nickend. „Die Erlebnisse der letzten Wochen und die Beziehung zu meinem Vater sind nicht in zwei Stunden aufzuarbeiten. Daher hat Keanu mit mir einen Plan aufgestellt. Er hat vorgeschlagen, dass ich vier Wochen frei mache, denn seiner Meinung nach brauche ich Abstand von Zuhause und von dem Stress, den meine Arbeit verursacht. Am Anfang war ich dagegen, doch je länger ich über seine Worte nachgedacht habe, desto mehr bin ich zu der Überzeugung gelangt, dass er recht hat."

Caya schluckte. „Die Therapie wird kein Sonntagsspaziergang. Sie wird mich fordern und mir jede Menge Kraft abverlangen, denn neben den Sitzungen mit Keanu werde ich mich auch alleine mit bestimmten Dingen auseinandersetzen müssen. Er wird mir Hausaufgaben geben. Daher habe ich überlegt, ob es nicht besser wäre, während der nächsten Wochen hier in San Diego zu bleiben."

Unsicher sah sie Skye an. Wie dachte er darüber?

„Ich finde das eine hervorragende Idee", beantwortete er ihre unausgesprochene Frage und lächelte sie aufmunternd an.

Zaghaft lächelte sie zurück, bevor sie das Gespräch nach einer längeren Pause wieder aufnahm. „Skye?"

„Ja?"

„Du ..." Caya stockte und senkte die Augen.

Sofort ergriff Skye ihre Hände. Aufmerksam sah er sie an. „Komm schon, raus damit, Sweetheart. Was möchtest du sagen?“

„Du könntest dir nicht vielleicht vorstellen, die nächsten Tage hierzubleiben? Also, ich meine, natürlich nur, wenn du nicht gerade eine neue Operation zu leiten hast.“

„Du willst mich bei dir haben?“, hakte Skye erstaunt nach, während seine Augen jedoch bereits vor Freude strahlten.

„Ja. Wenn ich ehrlich bin, habe ich schon ein wenig Angst vor dem, was kommt. Keanu hat mich vor Albträumen gewarnt und seine Ausführungen haben mir, ehrlich gesagt, schon in der Theorie gereicht. Er hat angeboten, mir etwas zu verschreiben, aber ich möchte keine Medikamente. Allerdings weiß ich nicht, ob ich das alles alleine hinbekomme.“

„Ich bin mir ganz sicher, dass du das alleine schaffen würdest”, entgegnete Skye, völlig von seinen Worten überzeugt. „Aber du musst es nicht. Du bist nicht mehr alleine. Ich werde jede Minute an deiner Seite sein.“

„Wirklich?“, strahlte Caya.

„Wirklich!“, bestätigte Skye und zog sie in seine Arme.

„Du musst mir jedoch eines versprechen.“

„Was?“, hakte Skye stirnrunzelnd nach.

„Du darfst keinen Fall wegen mir ablehnen.“

„Du würdest mich wegschicken?“

„Ja”, nickte Caya. „Ich könnte es nicht ertragen, wenn ich wüsste, dass jemand auch nur eine Minute länger leidet, nur weil du meine Hand hältst. Wenn das Black Panther Team gebraucht wird, musst du gehen.“

„Du hast also kein Problem mit meinem Job?“ Verwundert sah er Caya an.

„Nein”, schüttelte sie ihren Kopf. „Natürlich werde ich mir jede Minute Sorgen um dich machen. Aber was du tust, gehört zu dir. Es ist ein Teil, der dich ausmacht, und ich würde dich nicht lieben, wenn ich von dir verlangen würde, dass du diesen Part aufgibst.“

Gegenseitig sahen sie sich mit geweiteten Augen an. Beide waren erstaunt. Caya von den Worten, die ihr unbeabsichtigt herausgerutscht waren, und Skye von den gleichen Worten, die er völlig unerwartet gehört hatte. Beide Herzen schlugen hart, laut und schnell.

„Du liebst mich?“

Caya schluckte, dann hob sie mutig ihren Kopf. Warum sollte sie nicht zu dem stehen, was sie sicher wusste? Nun war es ohnehin zu spät.

„Ja", antwortete sie mit fester Stimme und nickte bestätigend.

Überglücklich legte Skye eine Hand in ihren Nacken und küsste sie. Dann sah er ihr tief in die Augen, während er ihr zärtlich eine Haarsträhne aus dem Gesicht strich.

„Und ich liebe dich, Caya Aurora Campbell. Ich habe dich von dem Moment an geliebt, in dem ich dir zum ersten Mal begegnet bin.“ Sein Blick hielt immer noch ihre Augen. Sollte er seinem Herzen folgen? Oder sollte er besser warten? Schließlich sprach er aus, was er dachte.

„Caya, ich weiß, es ist noch zu früh, um Zukunftspläne zu machen. Wir kennen uns noch nicht lange, und die nächsten Wochen wirst du hauptsächlich mit deiner Vergangenheit beschäftigt sein, aber du sollst wissen, dass du mehr für mich bist als eine Lebensabschnittsgefährtin. Du bist die Frau, mit der ich gemeinsam alt werden möchte. Ich habe kein Problem damit zu warten, bis die richtige Zeit für meine entscheidende Frage gekommen ist, aber sei dir gewiss, dass ich sie eines Tages stellen werde. Du kannst also in der Zwischenzeit schon einmal über deine Antwort nachdenken.“

„Darüber muss ich nicht nachdenken, Skye. Diese Antwort kann ich dir direkt geben.“

„Wunderbar. Dann heb' sie für mich auf!“, flüsterte Skye heiser und küsste sie, bevor seine Stimme endgültig vor Glück versagte.

ASH

Ash parkte seinen Wagen und sah unschlüssig zu dem Gebäude auf der anderen Straßenseite hinüber. Neonleuchtend prangte ihm die Schrift des ‚House of Dolls' unter all den anderen blinkenden Lichtern entgegen. Sollte er wirklich noch einmal den Club besuchen?
Seit Tagen geisterte die dunkelhaarige Tänzerin in seinem Kopf herum und sogar nachts tauchte sie in seinen Träumen auf. Erschwerend kam die Tatsache hinzu, dass er mit dieser Frau noch nicht einmal ein Wort gewechselt hatte. Dennoch gingen ihm ihre dunklen Augen einfach nicht mehr aus dem Sinn. Es war zum Verrücktwerden. Nie zuvor hatte ihn eine Frau derart in ihren Bann gezogen.

Eine innere Stimme sagte ihm, er solle besser nach Hause fahren oder alternativ in die Kneipe gehen, in der Cal, Blue und Pax zusammen abhingen, doch Ashs Beine hatten ihren eigenen Willen. Zielstrebig schritten sie auf den Eingang der Bar zu. Dabei hasste Ash diese Etablissements. Er konnte ihnen nichts abgewinnen. Doch seit er diese Frau an der Stange tanzen gesehen hatte, war alles anders.

Schwer atmend betrat er den Vorraum. Die Frau, die dort kassierte, erkannte ihn sofort.

„Wie ich sehe, bist du wieder in der Stadt", grüßte ihn die Blondine aufreizend.

„Für ein paar Tage, ja", erwiderte Ash und steckte ihr den obligatorischen Zehn-Dollar- Schein in den Ausschnitt.

„Amüsier dich, Schätzchen."

Noch einmal tief Luft holend schob Ash den Vorhang zur Seite und betrat den eigentlichen Clubraum.

Die Frau seiner Fantasie saß in einer erotischen Pose oben an der Stange, die in der Mitte des Saals auf der runden Bühne befestigt war. Ihre Blicke begegneten sich und Ash sah das aufflackernde Erstaunen in ihrem Gesicht, bevor sie ihre Lippen zu einem Lächeln nach oben zog.

Gebannt hielt Ash den Atem an. Sein Herz raste und er wusste, er sollte sich umdrehen und verschwinden. Sofort. Doch auch dieses Mal ignorierte er die Stimme der Vernunft und nahm stattdessen auf dem gleichen Stuhl Platz, auf dem er auch das letzte Mal gesessen hatte ...

BÜCHER VON JESSICA WESTIN

Black Panther Operations

Black Panther Operations: **Skye**
Black Panther Operations: **Ash** (August 2017)

FBI: Houston

FBI: Houston: **Wann immer**
FBI: Houston: **Wer immer**
FBI: Houston: **Wo immer**
FBI: Houston: **Wie immer**
FBI: Houston: **Was immer**

FBI: Chicago

Chicago Heat: **Spiel auf Herz und Tod**
Chicago Heat: **Kein Reiz ist ohne Risiko**
FBI: Chicago: **Liebe mit und ohne Leidenschaft**
FBI: Chichago: **Stumme Verbindungen**

Contact Jessica

jessica@jessicawestin.com

http://jessicawestin.de
https://www.facebook.com/jesswestin/

IMPRESSUM

Jessica Westin
c/o Scheer UB
Höhenweg 17a
66130 Saarbrücken

mailto: jessica@jessicawestin.com

Geboren in den USA, lebt **Jessica Westin** heute mit ihrem Mann und ihren beiden Söhnen im Südwesten Deutschlands. Neben ihrer Familie sind ihre beiden großen Leidenschaften Bücher und Reisen. Beides hat sie zu ihrem Beruf gemacht. Noch immer fliegt sie einmal im Monatfür eine große deutsche Airline als Flugbegleiterin um die Welt. An allen anderen Tagen erweckt sie in ihren romantischen Krimis die wunderbaren Charaktere ihrer Fantasie für ihre Leser zum Leben.

9567332R00179

Printed in Germany
by Amazon Distribution
GmbH, Leipzig